中原文化视阈下的
河南当代乡土小说研究

吕晓洁 李炎超◎著

中国社会科学出版社

图书在版编目(CIP)数据

中原文化视阈下的河南当代乡土小说研究/吕晓洁,李炎超著. —北京:中国社会科学出版社,2015.12
ISBN 978-7-5161-5505-9

Ⅰ.①中… Ⅱ.①吕…②李… Ⅲ.①乡土小说—小说研究—河南省—当代 Ⅳ.①I207.42

中国版本图书馆 CIP 数据核字(2015)第 018460 号

出 版 人	赵剑英
责任编辑	郭晓鸿
特约编辑	王冬梅
责任校对	韩海超
责任印制	戴 宽

出 版	中国社会科学出版社
社 址	北京鼓楼西大街甲 158 号
邮 编	100720
网 址	http://www.csspw.cn
发行部	010-84083685
门市部	010-84029450
经 销	新华书店及其他书店
印 刷	北京君升印刷有限公司
装 订	廊坊市广阳区广增装订厂
版 次	2015 年 12 月第 1 版
印 次	2015 年 12 月第 1 次印刷
开 本	710×1000 1/16
印 张	15.75
插 页	2
字 数	256 千字
定 价	59.00 元

凡购买中国社会科学出版社图书,如有质量问题请与本社营销中心联系调换
电话:010-84083683
版权所有 侵权必究

目 录

拓展研究河南当代文学的新空间
　　——《中原文化视域下的河南当代乡土小说研究》序…… 樊　星（1）
前言 ………………………………………………………………（1）
绪论 ………………………………………………………………（1）
　　一　中原文化 ………………………………………………（1）
　　二　河南当代乡土小说的文化积淀 ………………………（4）
　　三　河南当代乡土小说的中原文化精神 …………………（11）
　　四　河南当代乡土小说的审美追求 ………………………（15）

第一章　政治视角之下的乡土之思 ………………………………（22）
　第一节　政治主题与民间形式 ……………………………（23）
　　一　李準:挥洒中原民间文化的永久魅力 ………………（25）
　　二　政治与土地夹缝中的民间想象 ………………………（34）
　第二节　张一弓:对农民命运的真切关怀 …………………（39）
　　一　农民命运的思考 ………………………………………（40）
　　二　理想人格的呼唤 ………………………………………（44）
　　三　新气息的捕捉 …………………………………………（46）
　第三节　李佩甫:平原人的心灵史 …………………………（49）
　　一　平原人的生命历程 ……………………………………（50）
　　二　城与乡的双重批判 ……………………………………（59）
　　三　土壤与植物 ……………………………………………（64）
　第四节　李洱:乡村政治的面孔 ……………………………（66）
　　一　特殊时代的乡村政治面貌 ……………………………（67）
　　二　驳杂的乡村文化 ………………………………………（69）

第二章　文化视角下的乡土之思 (72)

第一节　李準:中原人的群雕,民族精神的重塑 (73)
　　一　中原人群雕 (73)
　　二　黄河边的风情 (78)

第二节　乔典运:中原农民的文化心理透视 (83)
　　一　农民文化心理沉疴的揭示 (85)
　　二　健全人格的期待 (89)
　　三　笑里含泪的冷幽默 (91)

第三节　周大新:文化怀乡者的深情回望 (93)
　　一　对故乡的温情回望 (94)
　　二　南阳盆地风俗画 (101)

第三章　新历史视角下的乡土之思 (104)

第一节　刘震云:中原乡村的历史演义 (104)
　　一　灾难的历史表达 (105)
　　二　故乡民间史 (106)
　　三　多重文化的思考 (113)

第二节　张一弓:革命历史的深情回眸 (115)
　　一　革命年代的中原知识分子群体 (117)
　　二　理想与诗情熔铸的乐章 (122)

第三节　张宇:历史潮汐中的生存哲学 (124)
　　一　另类生命姿态 (125)
　　二　洛阳风情 (131)

第四章　民间视角下的乡土之思 (133)

第一节　刘庆邦:简单而丰富的民间世界 (133)
　　一　简单而丰富——乡间生活世相 (133)
　　二　粗粝而深刻——矿工生活写真 (139)
　　三　朴素的追梦人 (144)
　　四　持守与超越 (149)

第二节　孙方友:传统与现代交融的传奇 (155)
　　一　新笔记体小说 (156)
　　二　率性质朴的精神世界 (156)
　　三　浓情浓意陈州风 (162)

第五章　世纪之交的乡村生存之思 ……………………（177）
第一节　阎连科：从权力批判到生命叩问 …………（177）
一　困顿的乡村 ………………………………………（178）
二　叩问生命之痛 ……………………………………（182）
三　阎连科与当代乡土小说叙事的变化 ……………（188）
第二节　刘震云：说话中的生存哲学 …………………（190）
一　言与心的距离 ……………………………………（190）
二　"绕"出来的文化心态 ……………………………（196）

第六章　河南当代女作家的乡土小说创作 ……………（203）
第一节　邵丽：城乡夹缝中的人性审视 ………………（205）
一　悬浮于城乡之间 …………………………………（206）
二　乡村何处去 ………………………………………（208）
第二节　乔叶：城乡众生相 ……………………………（211）
一　乡村与城市 ………………………………………（211）
二　散淡的民间 ………………………………………（215）
三　土地的忧虑 ………………………………………（219）
第三节　梁鸿：乡村的立体观察 ………………………（223）
一　梁庄忧思 …………………………………………（223）
二　豫西方言味 ………………………………………（227）
三　寻觅在文学与乡土之间 …………………………（229）

参考文献 …………………………………………………（231）
后记 ………………………………………………………（236）

拓展研究河南当代文学的新空间
——《中原文化视域下的河南当代乡土小说研究》序

樊 星

吕晓洁告诉我,《中原文化视域下的河南当代乡土小说研究》即将出版,希望我为此书写篇序言,我当然乐意。

本书作者来自河南。一提到河南,我就会想到"逐鹿中原"的成语、还有"洛阳古多士"、"南阳古帝乡"的传说,[①] 还想到老作家李準关于"河南人被称作侉子",具有"天真汉,幽默感,爽朗,智慧,带有某种笨拙"等特征,[②] 还有多年前那本曾经风靡一时的书《河南人惹谁了》,以及徐光春那篇题为《一部河南史半部中国史——河南历史文化在中华文明中的地位和作用》的演讲,还有 20 世纪 80 年代在河南召开的"中原传统文化问题座谈会"上关于"中原文化是中国文化的典型形态",具有"四通八达,消息闭塞","文化氛围的古旧,文化性格的朴拙而狡黠,文化具体特征的模糊不清以至难以描述"等特点的议论[③]……河南文化,因此众说纷纭,也因此才格外值得研究。

说到河南当代文学,也堪称群星灿烂——多年前,有姚雪垠、李準以浑厚的气势叱咤风云;接下来,张一弓、乔典运、刘震云、二月河、阎连科、李佩甫、李洱、邵丽、梁鸿、乔叶……也以丰富多彩的笔触写出了或有口皆碑、或聚讼纷纭、而且常常震撼文坛的一系列力作。他们那些散发出浓郁中原生活气息的作品在当代中国文学的大格局中,占有相当突出的位置。研究当代中原文学的地域特色,已经产生了一批可观的成果。也正因为如此,进一步的研究创新就殊为不易了。本书作者知难而进,写出了这本著作,可谓相当不容易。

在我看来,论文能够从纷纭复杂的河南文学现象中清理出"批判与

---

① 胡朴安编:《中华全国风俗志》,广益书局 1923 年版,第 4—5 页。
② 《百泉三日谈》,孙荪、余菲:《李準新论》,北京十月文艺出版社 1988 年版,第 304—305 页。
③ 《"中原传统文化问题座谈会"综述》,《中州学刊》1987 年第 2 期。

眷恋"、"醇绵、深厚、腐糜"、"笑里含泪冷幽默"这样一些既矛盾又于矛盾中显出混杂的概括，就很有说服力。一个民族的品格（所谓"国民性"，或者"民族魂"），一种民风的特质，常常显得丰富、复杂、一言难尽，绝非"勤劳勇敢"或者"愚昧无知"这样大而化之的浮泛浅见所能包括。人常有"二重人格"。一个地方的民风也是如此。河南的地理优势与曾经的苦难与悲壮，都在"逐鹿中原"一词中得到凸显。在李準的《黄河东流去》、周大新的《汉家女》、阎连科的《日光流年》等等作品中，都充满了对河南人既勤劳刻苦又不拘一格，既善谋出路又常常差之毫厘的感动与叹息；而在刘震云的《故乡天下黄花》、李佩甫的《羊的门》、阎连科的《丁庄梦》、李洱的《石榴树上结樱桃》这些作品中，则凸显了作家对于河南人在历史中饱经忧患、到今天依然难以走出乡村政治泥淖的浩叹。一切都发人深思。我在阅读河南作家那些针砭现实又富有深厚的历史感的作品时常常感到锥心的刺痛，以至于渐渐抵达这样的感悟：河南作家群很可能是当代最富于批判现实的激情同时也最具有荒诞意识的一支文学劲旅。将他们的整体风格与陕西作家群（例如路遥、贾平凹、陈忠实、高建群等等）的厚重与苍凉、山东作家群（例如莫言、张炜、刘玉堂、苗长水等等）的热烈与神秘相比，其文化品格的不同是非常鲜明的。这是地域文化的奇迹。也是不同作家的文学个性在冥冥中昭示出整体风格的大致近似的文化奇观。

另一方面，本研究对于河南本土地域文化的丰富性的关注也很有见地。同一省份内，不同地区，甚至不同县、乡都会因为历史、文化的因缘不同而呈现出各有千秋的特色，应该也是文学的地域文化研究的题中应有之义。当代文学的格局中，河北的"荷花淀派"（如孙犁、刘绍棠等等）、河南的"南阳作家群"（如姚雪垠、周大新、二月河、乔典运等等）、湖北的"恩施作家群"（如李传锋、叶梅等等）、湖南的"湘西作家群"（例如沈从文、黄永玉、孙健忠、蔡测海、田耳等等）、"益阳作家群"（如周立波、叶梦、盛可以等等）、江苏的"苏州作家群"（如陆文夫、范小青、朱文颖、叶弥等等）……就都因为写出了一个地方的风土人情、文化奇观而自成一派。中国的幅员辽阔、历史悠久、文化灿烂、矛盾复杂、积弊深重，也都在上述地域文化的背景中得到千姿百态的生动呈现。有一种说法尽人皆知："越是民族的，才越是世界的"，其实，还可以加上一句："越是地域的，才越是民族的"。当代描写地域文化的文学作品之多、成就之大，也许在文学史上堪称空前。这方面的研究，还有相当大的空间可以拓展。在本书中，作者特别留意对李佩甫笔下的"平原人"、周大新笔下的"南阳盆地风俗画"、张宇眼中的"洛阳风情"、孙方友眼中的"浓情浓意陈州风"、还有梁鸿作品中的"豫西方言味"展开描述，意义正在于此。

应该说，对于河南文学、河南文化的研究，还有一些话题是不应遗漏的。例如阎连科早期作品"东京九流人物志"系列（包括《横活》、《斗鸡》等等佳作）对于老开封人生活的精彩描绘，就与姚雪垠在《李自成》中对明代开封风情的展示一起，为当代"都市文学"的研究提供了新的话题。还有邵丽的《我的生活质量》、《刘万福案件》、乔叶的《认罪书》这些作品，在当代"官场小说"中也显得相当特别，或者是因为细致入微地刻画出官场中人的心理压力与扭曲人格而不同于常见的嘲讽之风，或者是由于深刻暴露了乡村社会矛盾的尖锐性、错综复杂性而令人震撼。这两位女作家的力作，与刘震云的《故乡天下黄花》、李佩甫的《羊的门》、阎连科的《丁庄梦》、李洱的《石榴树上结樱桃》一起，写出了当代"乡村政治小说"、"官场小说"的新境界。

因此，希望作者的研究继续下去，不断深入。相信会做得更好！

是为序。

2015 年 11 月 26 日于武汉大学

前　言

　　河南当代乡土小说最能体现河南当代文学的成就与风貌，也最能体现河南作家与中原文化的精神契合。因此，本书以河南当代文学发展为主经，以河南当代文坛典型代表作家作品为纬，以河南当代乡土小说与中原文化为主要研究对象，以河南作家对于中原文化的多角度反思为研究重点，分析了河南作家乡土反思的选择动因与作品中体现出的文化品格与美学追求，进一步探讨了河南作家在反思中蕴含的复杂情感，对河南人文化性格的丰富性进行了前所未有的开掘，对于中原文化与河南文学的进一步向前发展有一定的启示意义。

　　乡土风景与地域文化资源。地域是物质与精神交融的空间，中原这块特殊的地域孕育了特殊的中原民风民情，也产生了特殊的中原精神气质。河南作家深受中原文化影响是不言而喻的，无论是中原大地上的山河地貌、风土人情，还是人文思想、政治制度、民间戏曲等，都会作为一种特殊的文化记忆深深地印在他们的脑海中，并投射到他们的创作中去。从早期的河南作家徐玉诺、尚钺、冯沅君等人的创作，到三四十年代师陀、姚雪垠的创作，再到"十七年"时期李準、段荃法、张有德等人的创作，再到新时期张一弓、乔典运等人的创作，直到90年代以来张宇、李佩甫、刘震云、阎连科、周大新、刘庆邦等人的创作，都具有鲜明的中原文化痕迹。无论是小说中的地理风貌，还是对于中原农民性格的描绘，都浸透了中原文化的汁液，具有浓浓的中原味。河南作家一边构筑他们心中的乡土世界，一边从各个不同的角度对中原文化不断进行反思，揭示河南人性格及这种性格生成的文化根源，探寻中原滞后发展的原因，抒发种种复杂纠结的心绪。

　　乡土构建与地域局限。中原文化给河南作家带来了丰厚的创作资源，与此同时，中原文化中一些陈旧因素对于河南作家也形成了一定的制约。历史上中原大地灾难重重，给河南作家留下了太多的痛苦记忆，河南作家共同构建了一个充满苦难的乡土世界。如姚雪垠《长夜》里的中原是一幅土匪横行,民不聊生的图景;李準《黄河东流去》里的中原大地是一幅横遭黄水灾害,黄河两岸人民妻离子散、流离失所的惨状;张一弓《犯人李铜钟的故事》中的中原大地也呈现了饿殍遍地的惨象;阎连科《丁庄梦》中有艾滋病蔓延的灾难。对苦难的呈现寄寓了他们被儒家文化熏染出来的可贵的忧国忧民的情怀。但另一方面,不少河南作家因过于执着于中原苦难世界的描写,从而囿于一个封闭的"乡村世界"而无力自拔,从而导致了创作题材狭窄、创作主题单一等问题。中原根深蒂固的政治文化给予作家深远影响,乡村政治权力成为河南作家描写的一个重心,但过分于沉迷于权力的描写,反而影响了描绘广阔生活的气度。如李佩甫《羊的门》中,对呼天成权力运作的描写是如此沉迷,权力反而成了一种可供玩赏的艺术,这样的结果很可能导致权力描写易于落入文化消费的圈套。就单独作家个体来说,也存在着模式化问题。如乔典运小说形成了固定的模式,叙事一件生活小事,制造出人意料的结局,从中揭示中原农民的奴性,却缺少进一步的自我突破。阎连科对于苦难的描写是他小说的总主题,他始终未能跳出乡村苦难这一主题。刘震云在揭示生活的深度上为人称颂,但创作中期的故乡系列作品一度沉迷于狂欢化叙事,造成语言的自我膨胀,也影响了读者的接受。

乡土世界与代际差异。随着我国城市化进程的不断向前推进,农村正在发生剧烈的变化,农民在物质与精神方面都发生了重大变化。河南男性作家的乡土小说创作大多止步于过去的农村生活书写,而对于 20 世纪 90 年代以来直到 21 世纪的乡村矛盾表现上则存在着缺失现象。河南当代作家中第一代与第二代作家如姚雪垠、张一弓、李準、刘震云、阎连科、周大新等多生于 50 年代以前或者 50 年代,成年以后大多离开农村进入城市,他们的乡土体验建立在过去的乡村生活经验之上,与当下的乡村生活表现出一定的隔膜。农村在现代化进程中处于什么位置,农村所面临的困境是什么,当下农村在发展过程中出现的矛盾与困惑等重要问题,他们似乎关注得不够。如何回到乡村中去,表达当下乡村的精神困境,这也是目前我国乡土小说中普遍存在的一个问题。20 世纪 90 年代以后,河南一些女作家崭露头角。女作家多生于 70 年代,与上一代作家有不同的乡村经验与文学理念,有不同世界观、人生观及不同的情感表达方式,因此她们笔下的乡村世界不同于以往。如邵丽对于城乡之间人们精神生活的表现,乔叶对于乡村土地征用拆迁问题的揭示,都在一定程度上反映了当下乡村的精神面貌。但她们的创作也存在一些问题,由于缺乏深厚的历史生活积淀,具有厚重历史感的长篇作品不多,缺乏对于历史、文化、人性更为深刻而宽广的认识。乡村正处于一个复杂的历史关口，面对日益全球化、都市化、市场化的复杂环境，乡土小说如何更好地面对现实而深入写作，这些问题有待于进一步探索。

河南乡土小说创作超越问题。河南乡土文学如何实现超越，这是目前亟待解决的问题。梁鸿的创作有一定的启示意义。深入乡村，了解乡村目前共时性的发生着的一切，写出时代巨变中的真实的乡村，是一条可选路径。另外，作家需要反思自身问题，刘增杰说："中原文化要进步，当务之急是真枪实刀地戳戳自己的痛处。"找出自己存在的问题，放宽眼界，借鉴吸收世界优秀乡土文学作品的有益经验，首先实现自我超越，然后才能实现整体超越。再者，中原文化内涵丰富，换一种视角会挣脱权力文化与苦难乡村的苑囿，发现更多不同的表现领域。

河南当代乡土小说创作虽然存在着地域文化方面的共性特征，但由于每个作家的个人气质与经历不同，每个作家的乡土小说亦有自己的艺术个性。因此，本书对这些乡土小说进行了分类论述，难免造成对于他们的更多个性的遮蔽，因此，河南当代乡土小说还存在着许多有待于探索研究的空间。另外，由于材料的限制及作者本人的研究能力等问题，本书未免有一些疏漏之处，有待于日后进一步的完善补充。

2014 年 3 月

绪　论

一　中原文化

（一）中原文化概念界定

中原的概念已有很多人进行界定，总体说来大致有两种观点：一种是广义上的中原，指河南省大部分地区、山西南部、河北南部、陕西东部、山东省西部等在内的黄河中下游地区，是华夏民族早期的主要生活聚居区，是中华文明的发源地。另一种是狭义上的"中原"，《辞源》解释为："狭义的中原，指今河南一带。"这里取狭义上的中原含义，指河南省。中原文化即指在河南省区域内形成并不断发展着的物质文化和精神文化的总和。中原文化既是一个空间概念，也是一个时间概念，空间上主要以今天河南省为主。从时间上来说中原文化是一个不断发展的概念，在每一个新的时代，中原文化内涵都有所增减与更新。比如新石器时代的裴李岗文化与仰韶文化、夏商文化、周文化、秦汉时期文化、魏晋时期文化、唐宋时期文化等都有不同的历史文化内涵。裴李岗文化与仰韶文化为中原文化源头，夏商时期中原文化初具轮廓，春秋时期中原文化思想构架基本形成，并成为中华文化的核心思想文化；秦汉、唐宋进一步发展，明清呈现变势，现代又发生了一系列变化。中原文化有漫长的演进过程，它在历史的长河中一直在不断地整合与重构，形成了一个体系庞大、内涵丰富的文化体系。

（二）中原文化与中国文化

研究中原文化，中原文化与中国文化的关系是无法绕过的问题。中原居中国之中部，曾经是中国政治、经济、文化中心，素有"中州"、"中土"、"中国"之称，随着历史的发展，这个中心区域的文化不断向四方辐射，进而扩大到全国各地。因此中原文化与中国文化的核心是重叠的，如论者所言："中华民族统一政治体制及价值观念的形成，在很大程度上就是中原地区制度文化和精神文化的放大"。① 因此，传统意义上中原文化的特点常常可以置换成中国传统文化的特点。但从地域构成上来看，中原文化确实与中国文化存在着许多异质性的因素，因为中国文化是多区域文化构成，与中原文化并存的区域文化很多，如荆楚文化、燕赵文化、吴越文化等，更为重要的是，随着时代的发展，现代的中原文化又增添了新的文化因子，因此，中原文化这一概念自有其存在的依据与意义。

中原是华夏文明的主要发源地，"华夏先民建国黄河中游，自认中央，且又文化发达，故称'中华'"。② 中原文化是中国文化的摇篮。从夏商到北宋3000年的时间里，中原地处中国中心地带，位置优越。四周环山，中部是广大的平原，黄河自西向东穿流而过，河两岸土地肥沃，气候温和，适宜生存居住。夏之前的裴李岗文化、仰韶文化、河南龙山文化开启了中华农耕文明。距今约6000年前的仰韶文化遗址中曾发现有稻谷遗迹，3000年前的殷墟甲骨文中有关于农事活动的记载，并有稷、黍、麦、稻等农作物名字。自黄帝部落群居此地以后，此地农业、手工业、建筑业、制造业等得到很快发展，此部落人民勤劳勇敢的精神也成为后世的精神财富。中原因其优越位置也成为历代封建王朝的定都之所，《史记·吴起列传》说："夏桀之居，左河、济，右泰、华，伊阙在其南，羊肠在其北。"《国语·周语》说："昔伊洛竭而夏亡。"这里出现的伊、洛、河、济、伊阙等地就在今天的中原地区。夏朝的活动范围主要在中原地带，夏至南宋三千年间中原一直是中国封建统治的中心地带，有十多个王朝在此建立国都，是全国的政治、经济、文化中心，政策、法令、典章制度、道德、礼仪、习俗多源于此，是当时先进文化发源地。如农作物的生产培育，牲畜家禽的豢养，先进生产生活工具制作，手工艺品、房舍建筑、笔墨纸砚等物质文化等都处于当时的先进之列。因此，中原地带一直是中国文化的中心，政治、经济、文学艺术、文字、建筑、医学、科技等都得到充足的发展。宋代以后，随着文化中心的迁移，中原文化慢慢衰落。河南作家张宇有一段形象论述："这么说吧，如果把我们中华民族比拟成一棵大树，那么河南人不是哪一根树枝，也不是哪一段树干，可能就是那根盘。如今撂出地面的只仅仅是个小脸面罢了，大部分被埋在历史的地层深处，只能够去感受去联想去意会去感悟，而很难从表层上看到庐山的真面目。"③ 张宇道出了中原文化的丰厚性与根源性特征。

---

① 刘成纪：《关于中原文化的三个基本问题》，《郑州大学学报》2007年第6期。
② 冯天瑜：《中国文化史》，高等教育出版社2010年版，第11页。
③ 张宇：《张宇散文》，华夏出版社1999年版，第31页。

中原文化构成了中国文化的核心。中华第一经《周易》源于中原，老子道家思想在中原得到最充分的发展，与孔子儒家思想相生相融，共同形成了中国传统文化的精神内核，对中华民族的精神气质与心理特征的形成有着无可替代的深远影响。春秋战国时期，儒家、道家、墨家、法家、兵家、名家、纵横家在中原地区十分活跃，他们的学说与著作，被奉为中华文化的元典，至今仍为人们的精神食粮。

中原文化的这种源头性、核心性特征，使得中原文化与中国文化有着千丝万缕、紧密缠绕、血浓于水的关系。因此，中原文化的许多特性也是中国文化的特性，比如农耕文化，儒道合一，延绵坚忍，中庸协合，外圆内方等。老子、庄子皆为中原人士，孔子虽然生于山东，但传播其思想的主要地方在于河南，正是儒家与道家文化的相互融合构架起了儒道相济的中原文化，儒家思想、道家精神构成中原文化的骨架。中原地区历史悠久，也经历了无数次的劫难，生活于中原大地上的人们在历次的劫难中顽强地生存下来，绵延至今，因此中原文化中坚忍的一面尤其突出。中庸思想也是其显著的特征，"枪打出头鸟"、"露在外面的椽子早沤烂"、"沙堆于岸，水必湍之，木秀于林，风必摧之"，这些俗语是这种文化的典型解释。

李佩甫说"一部河南文学史，半部中国文学史"。[①] 从另一方面也说明了中原文化与中国文化之间互相缠绕的关系。也因为此，给人造成中原地域文化特点不够鲜明的印象，认为中原文化特点在中国的其他地方有普遍的存在。任何一个地域都有自己的文化特点，鲁迅笔下的浙东民风，沈从文笔下的湘西世界，老舍笔下的北京胡同，师陀笔下的果园城等为我们描绘了各具特色的地域文化景观。尽管中原文化与中国文化互为表里、相融相生，但亦有着自己的鲜明个性。从表层看中原地区的地理风貌、风土人情、人生百态都有着自己的个性特征，这在中原作家的作品中都有反映；从深层看，"老酒气息"、"有骨无气"、"柔韧"、"厚实"等特点都是中原独有的精神文化气质，这些气质深深地影响着中原作家的创作个性，并产生复杂的效应，反映在他们的作品中，有时是令人慨叹的悲剧，有时是笑里含泪的喜剧，有时是一曲悲喜纠结的正剧。如李準《黄河东流去》是一部中原大地人民顽强生存的悲喜剧，张宇《活鬼》是一部中原文化熏染出的含泪的喜剧，李佩甫《李氏家族的第十七代玄孙》、《羊的门》、《生命册》则是中原人从古到今一路走来的心灵史，刘震云像一

[①] 李佩甫：《"坚守与突破——2010 中原作家群论坛"发言》，2010 年 11 月 23 日，http://book.sina.com.cn/news/c/2010-11-23/1722280243.shtml。

个忧郁的王子，用冷幽默谱写了一幕幕追问存在的哲理剧，周大新通过温情回望，写出了亦爱亦恨的南阳盆地，阎连科写出了具有独特气息的"耙耧山系列"。因此，中原文化还是显示出了自己鲜明的文化特色。

二　河南当代乡土小说的文化积淀

二十世纪二三十年代到四十年代，河南乡土文学是在中国整个乡土文学大框架内生成，也是中西文化冲突的产物。最初河南作家徐玉诺、尚钺、冯沅君等人的乡土小说以客观描写中原大地人民的苦难生活为主，后来介入了西方异质文化的参考体系，师陀、姚雪垠等反观中原文化，对其封闭落后的一面有所揭示。在师陀的小说中，乡村不仅仅是人物活动的环境，还有重要的象征意义，如《城主》象征了封闭与停滞的中原。五六十年代河南乡土文学以李準、张有德、段荃法、吉学霈等为代表，描写时代重大主题，如农业合作化运动、农村两条路线的斗争等。但他们化时代重大主题于巷里琐事之中，加上对于中原农民的劳作、生活、节日习俗等乡土风情的描写，并采用中原方言，使作品呈现出非常生活化的一面。新时期河南文学繁荣，河南乡土小说占据最突出的位置。中原是中国传统文化最为集中的区域，中原文化因数千年的久远积淀而异常深厚，同时，也因其久远而携带了比其他地域文化更多的沉重负载。比如一些衰败腐朽的封建思想、一些顽固不化的民族积习等，这些深深影响了河南人民的思维方式与行事作风，影响了河南向前发展的速度。尤其是新时期以来，河南作家面对传统文化与现代文化的冲突，本土文化与外来文化的冲突，感受异常强烈，带着爱恨交织的矛盾心态反思中原文化，写出了一部部影响较大的作品。一方面他们对于故土有说不尽的眷恋，另一方面对故土文化越来越表现出来的滞重现象进行了多面的审视与思索。

（一）乡土风情

河南自古农耕文明发达，黄河中下游两岸沃土千里，为古代人在这里进行精耕细作的农业生产提供了优越的自然条件。悠久发达的农业文明孕育了丰厚的传统文化，为河南作家的乡土文学创作提供了丰富的创作资源。

早在五四新文学运动时期，徐玉诺、冯沅君、曹靖华、于庚虞等人分别创作出了带有浓郁乡土气息的作品，为河南文学的发展作出了不凡的成绩。徐玉诺短篇小说《良心》发于1921年1月7日《晨报·副刊》，通过回忆家乡的一场火灾，发出了人道主义的呼唤；1923年6月短篇小说

《一只破鞋》发于《小说月报》，叙述了一个安分守己、勤劳善良的农民去学校给儿子送钱，结果回家路上被土匪杀害的故事，真实再现了当时中原大地土匪横行、人民处在极度困苦之中，农民生活朝不保夕，生命随意被践踏的惨状。冯沅君《劫灰》发于1926年1月4日第60期《语丝》上，作者以回忆自己亲历的一场土匪烧杀抢的往事为线索，再现了当时中原大地匪祸横行，人们深陷水火的乡村景象。尚钺（"五四"时期莽原社成员）短篇小说《斧背》取材于家乡河南信阳农民的悲惨生活，是"五四"时期河南乡土小说的重要收获。鲁迅说："他的创作态度，比鹏其严肃，取材也较为广泛，时时描写着风气未开之处——河南信阳——的人民。"①《洗衣妇》写一位寡妇卖淫供儿子上学的故事，后因羞愧心理而用麻绳吊死在一棵树上；《伏法的巨盗》写了李根一家饥寒交迫，家中无粮维持生存，一连三天都在挨饿，李根在街上偷了一块面包被酷刑逼供承认自己是巨盗，最终被处死；《谁知道》写了乡村恶霸与官勾结，欺压百姓的故事。这些文学作品均把目光投向了广大中原农村，再现了当时中原农村百姓的苦难生活。乡村书写成为河南新文学一个重要的创作主题，关注农村生活，反映乡村现状也成为20世纪河南文学的一大传统。

三四十年代，河南文学进一步发展，师陀创作了大量乡土作品，《里门拾记》、《野鸟集》、《落日光》、《无名氏》等小说集，在当时颇为引人瞩目，短篇小说集《谷》，曾获《大公报》文艺奖。师陀的乡土小说风格奇特，影响深远。短篇小说《晨的雾》以迷人的雾与残酷的现实形成对比，写出了当时人们生活的悲苦。尤其是《里门拾记》，写出了一个身陷黑暗泥沼的中原。李健吾曾感叹："老天爷，这是活脱脱的现实，那样真实，只要我们随便走下平汉和陇海两条铁路，我们就会遇见一滩滩的大小坑，里面乌烂一团的不是泥，不是水，而是血、肉，无数苦男苦女的汗泪！"②《里门拾记》描摹了一幅幅中原乡村画卷：浓密的高粱地、平整的秋原、大野上的村落、村落后面的荒烟等，是30年代中原地区农村自然景观的再现，乡土气息浓郁。《果园城记》描写了家乡小城里各色人等，如民间艺人、邮差、旧家庭的旧式女子、富绅家的纨绔子弟、小知识分子、革命者的遗属及其他的市井人物，再现了当时中原地区人们的精神面貌。夏志清曾给予师陀高度评价，1988年师陀去世后，夏志

---

① 鲁迅：《新文学大系小说二集序》，雷达、李建军主编《百年经典文学评论（1901—2000）》，长江文艺出版社2004年版，第44页。
② 吴福辉编：《20世纪中国小说理论资料（1928—1937）》第三卷，北京大学出版社1997年版，第475页。

清给师陀夫人写的信中说："1983年我在国内见到的老作家，张天翼先过去，沈从文今年5月走了，现在轮到了师陀。沈老特别红。张天翼海外也没有人写文纪念他，但他同师陀却已是我国不朽的作家，这是可以告慰的。"①

　　三四十年代河南另一位重要作家是姚雪垠，比较有影响的作品是《差半车麦秸》、《长夜》等。《差半车麦秸》主要通过一个在抗日战争中成长起来的农民形象的塑造，写出了中原大地农民的性格特征，憨厚、闭塞、有自私狭隘心理却不失正义，关键时刻顾全大局，舍己利人。《长夜》这部长篇小说是作者根据自己被土匪劫走当人质的一段经历写的，写出了当时中原大地土匪横行、民不聊生、农民生活极端贫困与动荡的情景。当时的中原大地一片破败，人们走投无路，有些人宁愿去当"蹚将"或"杆子"（土匪），是20年代黑暗沉沉的中原农村的生活写照。全书处处都是中原生活习俗及方言土语，弥漫着浓郁的乡土气息。姚雪垠以一个十分熟悉与热恋故土的赤子的情怀写下了这篇作品。他坦言，家乡是他创作的源泉，"河南的土地和人民哺育过我的童年少年，在青年时代我又在河南留下了活动的足迹，我熟悉河南的历史、生活、风俗、人情、地理环境、人民的语言。提到河南的口语，那真是生动、朴素、丰富多彩"。②姚雪垠的作品中河南方言的运用是其一大特色，方言土语中蕴含着大量的地域文化信息。作者后来创作的长篇历史小说《李自成》也用朴素的河南方言写成，读来有浓郁的河南味。《李自成》写到起义军的足迹横跨河南、山西、陕西、四川、湖北等多个省份，但作品中大量的民风描写多源于中原地区。在第四部"李自成星驰入豫"、"伏牛冬日"、"河洛风云"等章节中，集中描写了伏牛山区及开封、洛阳等地人民生活现状与民风民俗。开封洛阳等地为古代帝王之都，达官显贵不计其数，他们强抢强占，欺压百姓，人民生活在痛苦之中，官民矛盾一触即发，正因为此，李自成所到之处，百姓蜂拥跟随。一些风俗描写如农历十月初一给去世的亲人上坟烧纸、烧寒衣；过年时节，家家户户"二十三杀灶鸡、二十四扫房子、二十五磨豆腐、二十八贴门画、三十包饺子"；大年初一晚辈得"压腰钱"，大年初一不许扫地、要聚财等皆为河南人民过年的习俗，书中很多生活画面直接来自作者的故乡生活记忆，如元宵节习俗、婚礼习俗、农舍的构造布局、人民的穿衣打扮、耕种打粮的方式等，生动呈

---

① 刘增杰：《心灵之约——友人书简中的师陀》，《师陀全集》第五卷，河南大学出版社2004年版，第581页。
② 姚雪垠：《为重印〈长夜〉致读者的一封信》，《中国现代文学研究丛刊》1980年第1期。

现了中原风情。

到了当代,无论是"十七年"时期的李凖、段荃法等人的创作,还是 20 世纪 80 年代张有德、乔典运、张一弓、李凖等人的创作,90 年代刘震云、李佩甫、周大新等人的创作,乡土小说都是他们整个文学创作中最重要的方面,可以说河南当代乡土小说已经构成了中国当代乡土小说史的半壁江山。

(二) 深情忧思

中原的闭塞、落后,中原在漫长的发展过程中呈现出的种种沉滞现象,是引发作家们批判与反思的重要原因。在古代河南曾经是中国文化的中心,一度出现文化繁荣发展的高峰,如春秋战国时代百家争鸣,学说缤纷,著作浩繁;汉唐时代,制度、典籍、儒学、佛道等,形成气势恢宏的文化气象;南宋以后中原地区逐渐失去往日的辉煌,出现被边缘化现象,这种情况一直持续到"五四"时期;新中国成立前夕与"十七年"时期,除李凖、姚雪垠等著名作家外,河南文学没有更为突出的成绩;直到新时期河南文学出现,才又出现繁荣景象,并形成了创作高峰,这样曲折的发展现状促使河南作家对河南文学与中原文化进行多面反思。

另外,前几年河南人在其他地区遭遇的种种尴尬现象,河南人自身的形象问题,也促使河南作家对于河南及中原文化进行深刻的反思。反思这些现象背后复杂的文化因素,反思传统文化在中原人心理结构中的深层存在。贫穷、落后、愚昧这些字眼如影随形横在他们面前,与之相应的另一面如粗朴、坚忍、败中求生存等,构成这种文化的一体两面。中原文化与沿海地区文化差异、文明进程的不同步导致的乡村文化与都市文化之间的矛盾、传统文明与现代文明的碰撞对现实世界中人的精神影响与钳制等,均在他们的反思之列,反思的过程也是一个重构的过程。

再者,河南当代乡土文学对于中原文化的反思,也是对河南现代文学传统的继承。师陀早在《果园城记》中就对中原文化的封闭与凝滞特点作出了思索。师陀走出家乡后,在外面世界获得了现代性眼光,返回中原小城,看到了小城不变的面貌:街上尘土很深,狗永远卧在那里打盹,猪从容横过马路,头发抹着刨花油的女人总是坐在家门前闲谈着,"这是个有许多规矩的单调而又沉闷的城市",果园城有象征意义,象征停滞闭塞缺乏更新的内陆中原文化,果园城世界是中原大地的一个缩影。"魁爷"(《城主》)、"小刘爷"(《刘爷列传》)的身上则凝聚了中原根深蒂固的封建宗法制思想,以及这种思想的沉滞与内质的虚伪。素姑(《桃红》)身上则凝聚了封建思想的沉重与命运的悲凉。"我有意把这小城写成中国一切小城的代表,它在我心目中有生命、有性格、有思想、有见解、有情感、有寿命,像一个活的人"。① 沉闷不变的小城带给人们的是压抑与无望。作者由家乡的封闭与落后进而思考了当时的中国社会,他说"这是一个黑暗、痛苦、绝望、该诅咒的社会"。② 40 年代姚雪垠的《长夜》描写了中原大地土匪横行,中原人民在重重苦难之下的生活,《差半车麦秸》塑造了一个憨厚、勤俭、贪小、热爱土地的中原农民形象。

"十七年"时期,由于与时代政治保持了最密切的关系,因此当时河南文学对于中原文化的反思力量减弱,作品中对于中原人民的淳朴生活与民风民俗有一定展现。到了新时期初期,姚雪垠、李準、乔典运等人接续了现代作家的文化反思之路,姚雪垠《李自成》写出了中原人的反抗精神;李準挖掘出了中原文化中朴素顽强的因素,这种因素赋予了中原人民坚韧抗争的生命力;乔典运则对中原文化在人们性格深处烙下的痼疾进行了揭示。到 90 年代以后,周大新、阎连科、刘震云、李佩甫等进一步对于中原人的性格、对乡村政治权力、中原大地的苦难根源进行了反思。21 世纪之初,李洱对于乡村政治及其新的变化进行了关注,河南女作家对于现代化进程中河南农村新问题进行了探索,河南当代乡土小说对于中原文化的反思与批判,在一步一步走向深广。

90 年代河南乡土小说中对于乡村政治的书写是一个最为鲜明的特点。许多其他地域的作家也写到了乡村政治的问题,如江苏作家毕飞宇《玉米》、《平原》等作品,陕西作家贾平凹《商州》、《浮躁》、《秦腔》等,陈忠实《白鹿原》,湖北作家陈应松《独摇草》,刘醒龙的作品《圣天门口》等,但河南作家的乡村政治书写与其他地方相比,更为集中、更为尖锐、更为复杂。新时期几乎每位河南作家小说创作都涉及了乡村政治问题,如刘震云、阎连科、张宇、周大新、李佩甫、李洱等,表现出对于乡村政治的集体关注,而且他们笔下的乡村政治问题多表现得尖锐复杂,如刘震云笔下的乡村权力争夺、阎连科笔下的乡村权力对人的极端压抑、李佩甫笔下的乡村经营谋略、周大新笔下的乡村权力痼疾、李洱笔下的乡村政治选举等,从各个侧面揭示了乡村政治问题。另外,乡村政治也是河南作家笔下的一个反思窗口,透过这个窗口,可以窥视到中原文化中的更多侧面,如根深蒂固的官本位文化、积极进取的儒家文化、迂回求生的道家文化等。

---

① 师陀:《果园城记序》,孔范今主编《中国现代新人文文论》,山东文艺出版社 2005 年版,第 400 页。
② 师陀:《〈果园城记〉新版后记》,《师陀全集》(8),河南大学出版社 2004 年版,第 269 页。

(三) 批判与眷恋的交响曲

　　河南作家对于中原文化虽然进行了无情的批判，但每个作家的骨子里都蕴藏着对于故土最深的眷恋、对于中原文化博大精深的自豪，批判与眷恋的交织变奏，使他们的作品呈现出丰富多彩的面貌。40年代师陀《果园城记》描写了中原地区的闭塞、落后、衰败、停滞。同时，字里行间是作者对于中原大地的殷殷情怀。他在第一篇开篇写道："我在河岸上走着，从车站上下来的时候我没有雇牲口，我要用脚踩一踩这里的土地，我怀想着的，先前我曾经走过无数次的土地。……我缓缓向前，这里的一切全对我怀着情意。久违了啊！曾经走过无数人的这河岸上的泥土，曾经被一代又一代人的脚踩过，在我的脚下叹息似的'沙沙'的发出响声，一草一木全现出笑容向我点头。"① 双脚踩在故园的土地上，作者的意识里，一切都对他怀着情意，一草一木都在向他点头微笑，那种浓郁的恋乡之情跃然纸上。姚雪垠在他的作品《差半车麦秸》、《李自成》中，对于中原农民的落后愚昧与小生产者的自私心理都有清晰的描写，同时对于他们的朴实与善良又有着认同。新时期李凖《黄河东流去》中，描写了中原人的"侉子"性格，李凖对于"侉子"是这样解释的："一般人管河南农民叫'侉子'，'侉'是什么东西呢？我理解是既浑厚善良，又机智狡黠，看去外表笨拙，内里却精明幽默，小事吝啬，大事却非常豪爽，我想这是黄河给予他们的性格。"② 李凖对于"侉子"性格的分析中有着对于中原人民的热爱。

　　河南当代作家对于乡土文化中淳朴、善良民风的眷恋，对于中原人的文化性格丰富性的开掘，其情之深，超过了现代作家，这种情感显然与现代化进程给乡土带来的巨大冲击有关。

　　李佩甫在《羊的门》中有对于中原人奴性的批判、对于玩弄权术者的批判，另一方面，对于精通儒家与道家文化的呼天成则又流露出了欣赏。呼天成虽然老谋深算，精于权术之道，但却不失为一个有所作为的人物。他克己奉公，办事果断，把一个村子治理得井井有条，成为闻名全国的村子。他不事张扬，住草房，睡草床，不让大家为他过生日，不贪图私利，可谓另类精英人物。李佩甫说："每个作家都有他最熟悉的地域和生活，我在平原上长大，我热爱这片土地，心中有着挥之不去的平原情结，所以平原就是我的写作领地，我在作品中一直进行着'人与土地'的对话，或者说我始终关注'土壤与植物'的关系。"同样，在《无边无际的

---

① 师陀：《果园城记·果园城》，《师陀全集》(2)，河南大学出版社2004年版，第456页。
② 李凖：《〈黄河东流去〉代后记》，《黄河东流去》，人民文学出版社2005年版，第702页。

早晨》中,李佩甫对于李治国不惜一切向上攀爬的官欲及对于土地的背离进行批判的同时,对于曾养育过他的乡村大地及村人的无私与宽容有着来自内心深处的挚爱。

周大新说:"无论走多远,我的精神始终依恋着中原大地,对我来说,写作就是对家乡的回忆。"① 在他的笔下有着很多悲剧性的人物,《香魂塘畔香魂女》、《老辙》、《伏牛》、《向上的台阶》、《银饰》等作品中对于家族之间的争斗,对于盆地的闭塞与保守,对于人们身上那些固有的封建意识有着深刻的审视与批判;《湖光山色》中对于权与性构成的中国政治文化本身存在的痼疾的揭示等都是入木三分的。另一方面,周大新对厚重的中原文化的敬仰与挚爱也是显而易见的,在周大新看来,中原文化幽深厚实,对生长于这块土地上的作家的影响是深层的。周大新说:"河南是一个出大作家、厚重作品的地方。这块土地上的作家不怕吃苦,辛勤写作,持续关注乡土生活,作品既散发着清新与芳香,也蕴含着苦涩与沉重,具有引人深思的力量。"② 阎连科以写家乡的酷烈而著名,故乡在他的笔下是闭塞、落后、令人绝望的。如《情感狱》中的连科好像东突西奔,就是找不到出路,看不到走出去的希望;《受活》中的受活村人被卷入到了现代化的旋涡里难以自拔,虽然经过千辛万苦退了社,小村已经是千疮百孔、面目皆非,再也回不到原来的生活秩序中了;《日光流年》中的三姓村人物质极度贫困,生命还时时面临着怪病的威胁。然而在阎连科的骨子里仍有着对于故乡的热爱,可谓是爱恨交织,那些为了能让他读高中而为他凑学费的村人,那个为他用400斤粮食换取一张招工表的村长,那些不计报酬而去城里卖皮试图改变村人命运的村民,这些人物身上潜藏着他对故乡的感激与热爱。

刘震云说:"中原文化有两个特点,一是大气,二是幽默。"③ "大气"一词可见他对于中原文化的高度评价,"河南人的大气体现在对人忠厚,说实话,办实事;幽默则体现在生活态度上。别的地方的幽默或是语言幽默,或是事儿幽默,或是理儿幽默,但河南人的幽默是根儿上的幽默。无论多大的苦难,河南人总是以幽默的态度来看待。他们用幽默,把严酷的现实变成一块冰,掉到幽默的海水里。这是他们的生活态度"④。张宇对于中原文化的滞重与保守有所批判,但曾多次提到中原文化对于中

---

① 周大新:《写作是对家乡的回忆》,《中国作家网》2010年。
② http://www.chinawriter.com.cn/news/2010/2010-11-25/91785.html.
③ 刘震云、张琳:《中原文化大气幽默是河南人的生活态度》,《河南日报》2010年7月27日。
④ 张宇:《守望中原》,选自《闲说中国人》,中国文联出版社2001年版,第361—362页。

国文化的本源性，对于中原文化的博大与精深的自豪感也时时流露。他在散文《守望中原》中写道："我曾想，古时候的河南人作为天下文明人的代表，曾经怎样的开放了自己个性的灿烂呀。于是，他们在各个领域对人类做出了巨大的贡献。他们一批又一批被或请或派到全国各地去，去传播文化，去开发边缘。那时候的河南就像一个文化的血站，不断地向全国各地输血。那时候的河南人就像文明的火种，到天下各地去点燃文明之火。那时候河南人的性格特点，河南人的品格，河南人的人格精神影响着甚至是照耀着全民族的精神之光。"[1] 张宇在其小说《活鬼》中成功塑造了一个屡次遭遇苦难，但用幽默应对苦难的主人公侯七的形象。"小事上糊涂，大事上分明"，有些狡黠，内含机智，在多次运动中、抗日战争、解放战争、"肃反"、"文革"中，都能够利用那近乎狡黠的智慧从容应对，在其貌似油滑的性格底下是沉重的人生创痛，这也是柔韧、坚强、于败处求生存的中原文化性格，这种性格在特定的背景下组成了起起落落的人生悲喜剧，从另一种意义上说这也是一种在奴役重压之下的反奴役精神，一种务实进取精神。

中原作家对于中原文化这种又爱又恨，爱恨交织的情感，组成了一支支强有力的变奏曲，唱响在中国当代文坛之上，成了一道别样的风景。

三　河南当代乡土小说的中原文化精神

中原文化是居于中原的人们的活动一代一代累积而成，渗透在历史、地理、生活方式、风土人情、传统习俗、行为规范、文学艺术、思维方式、价值观念等之中，无处不在，反映在作家的作品中，中原文化的精神气质主要表现为：

（一）醇厚绵长腐靡的气息

老酒是时间的产物，因年代久远而醇香绵远，厚重、苍劲、古朴是它的特点，又因其年代久远而散发着陈腐气息。正如中原文化，曾发展得光辉灿烂，里面又包含了很多陈腐的东西，比如保守、奴性、自卑等劣根性。李佩甫在《羊的门》中称豫中平原有"老酒气息"，用来概括中原文化精神可谓恰当而独到。熟成巅峰的老酒，有着难言的迷人的深沉韵致，还有一种熟烂的腐靡气息。同时，内含一种抗拒死亡的阴柔顽强，透着一股生命的神秘气息，正如熟透了的中原文化，久远、厚重、醇绵、陈腐。

河南因其处于黄河中下游地区，大部分地区在黄河之南，故称河南。

---

[1] 张宇：《守望中原》，选自《闲说中国人》，中国文联出版社2001年版，第361—362页。

古时称豫州，位于九州之中，故又有中州之称。这里三面环山，西北部耸立着太行山，西面是伏牛山为主体的豫西山脉，南部是桐柏山与大别山系，中部与东部是广阔的平原，因其有利的地理位置，是人类最早繁衍生息之地，也是人口最为密集之地，形成了年代久远的文明。经过长久的发展，形成最为成熟最为丰富的文化。中原文化为中国文化的源头与核心，集聚了中国文化的精华，辉煌灿烂的中原文化就像一坛老酒，有着其他地方少有的雅致与醇厚绵长，也存在着挥之不散的陈腐气息。河南作家尤其自幼生长于这块土地，耳濡目染中原文化，中原文化的精神内质早已融入到他们的血液之中，沉淀在他们的思想里，滋生暗长，弥散在他们的作品中，处处散发出这种特有的精神气息。

  李佩甫《羊的门》开篇对于豫中平原描写道："再走，你先是发生了一种平缓的感觉，甚至是太平了，眼前是展展的一马平川，一看，你就会对这块土地产生一种灰褐色的感觉。灰是很木的那种，褐也是很乏的那种褐。灰和褐都显得很温和，很亲切，一点也不刺眼，但却又是很染人的那种，它会使人不知不觉地陷进去，化入一种灰青色的氛围里。"① 用鼻子细细闻一闻，"生的气息与死的气息杂合在一起，糅勾成了令人昏昏欲睡的老酒气息"。"平原的气息是叫人慢慢醉的"。这是作者笔下的豫中平原，那块绵羊地，"再走下去，你先是会眼晕，尔后会头晕，走着走着，你就会觉得你已植入了平原，成了平原上的一株植物了"。② "平"、"木"、"老酒气息"是这块地的特征，也正是生长于这块地上的乡民的隐喻，少棱角，有些陈腐，又很淳朴。"吃了么？"是中原流行的第一句话，这是一种最传统也最古老的打招呼方式，它又是一个陈年旧日的烙印，也是一代一代相传下来的饥饿的烙印。豫中平原上流行的第二句话："上屋吧。"这是最真心实意的表达，"当走进了一个你熟悉的人家，这时院子里的狗会绕着你汪汪地叫，随即会有一个主人从屋子里走到你跟前来，亲切地对你说声'上屋吧'，这时候什么都不用说了，这是主人在告诉你，你到这里就是已经到家了，这里就是你的家"③。两句话代表了中原人最朴实的一面，就像那一马平川的平原，一览无余，又显得有些单调与木讷，但却包含着最真挚的情义。李佩甫《黑孩儿》中的黑孩，从小没了爹娘，一个村子都是他的衣食父母，到谁家里谁都对他比自己的娃子还亲几分；阎连科《瑶沟人的梦》里的连科，上高中家里负担不起，既无钱

---

① 李佩甫：《羊的门》，华夏出版社1999年版，第3页。
② 同上。
③ 同上。

又无粮,全村人一点一点地给他凑起上学费用;《日光流年》中的蓝四十为给村里筹钱,自己到都市去做人肉生意,结果染病死于家中;《无边无际的早晨》中李治国从小没了爹娘,是全村的人把他养大的。不求回报,无条件援助有困难的人,是中原人最淳朴动人的一面。

中原历史悠久的另一面,是一些陈腐气息会不时散发出来,折射在生长在这块土地上的人们身上,表现为小生产者的封闭保守心理、绝对服从权威的奴性心理等,这些在作品中都有表现。阎连科《寨子沟,乱石盘》中,寨子沟是一个群山包围的小山村:沟里是"天高地阔,林子无声无息,山静静默默,林也静静默默,一切都极为空旷、疲乏、单调"。沟外是"人流、车队、商店、裙子、冰棍、汽水、宽马路、电影院、自由市场、个体商贩……"一个封闭的世界,在这个世界里村干部被称为朝廷三爷、皇后四婶、宰相六叔等,反映出当地人的封闭与落后思想。朝廷三爷的话就是圣旨,有着绝对的权威,人们只能伏首听命。《两程故里》中程天民在乡村当了十多年的秘书,村子里大小事都是他说了算,程天青虽然也姓程,但却是外来者,因此一直受排斥,受打压。他想改变村子贫穷的现状,带领村民致富,可惜程天民惯于玩弄权术,致使其屡屡不能如愿。《情感狱》中没有公平,只有村长的权威起作用。阎连科《黑猪毛,白猪毛》中,村子里人竟然把替镇长坐牢作为一件体面而又占便宜的事情,这样可以得到一些好处。比如柱子,幻想替镇长坐牢可以把自己的孩子老婆找回来;李平则是自己的弟弟就要毕业了,想求镇长把他安排在学校教书;而根宝则是把娶媳妇成家这事寄托在这件事上,那个被介绍给根宝的寡妇要找个在乡里"有人"的对象,因为自己的丈夫就是因为与人争水浇地时上面没人,吃了亏而上吊了。入木三分地揭示了权力对于人们的奴役与愚弄,权力之下的不公及由此加深的苦难是人们对于权力如此热衷的重要因素。李佩甫《羊的门》中,人们对呼天成顶礼膜拜,他想听一声狗叫,全村的人都跪下学起狗叫来,可见这种对于权威的迷信心理是多么深入人心。

(二) 骨与气的纠结

《羊的门》中把豫中平原描绘为"绵羊地","无骨的平原"。这块地形状如绵羊,土壤肥沃,绵柔湿润,因此称为绵羊地。生活在这块地上的生命如绵羊般柔韧,"连年的战乱,天灾又是那样的频繁……仍然是一处一处的村舍,一处一处的炊烟……人活着,树也活着"。

"无骨",指从众,善于机巧应变,这是在严酷的生存环境中磨练出来的生存哲学,即败处求生。无骨却"有气",支撑人的生命之"气"。平原有一句最流行的话叫"人活一口气",气是无形的,气又是硬的,人就靠那一口气活着。连年的战乱，频繁的天灾，3000年的光阴似乎眨眼间就溜走了，在广阔平整的豫中平原上，"仍然是一处一处的村舍，仍然是一处一处的炊烟"，人是怎么活过来的呢？就是靠那一口气。中原人如同中原大地上随处可见的草一样，朴素到近于寒碜，却是那么坚韧，这里面包含了多少生活的坚韧不拔！正是有了这股气，才可能克服一切困难生存下去，生命有了超乎寻常的韧性。《日光流年》中的人们受到的是最难以排解的生命之忧，但那里的人们不是消极待毙，而是一代一代顽强抗争，想尽一切办法去改变生存现状。《红蚂蚱、绿蚂蚱》中，狗娃舅在村里最能干，个子很矮，力气很大，他只有十二岁，父亲瘫痪在床，姊妹又多，全家的日子只有靠他来维持。他个子矮小，力气很大，一天能割二百斤草，甚至超过了村里最强壮的汉子，书里有一段动人的描写："坡上晃出一队割草的孩子，全赤条条的，一线不挂。远远，极像被风吹的草儿押送的一队泥丸。那打头的草捆极大，小垛儿一般地缓缓滚来，仿佛草也成了气候。近了，你才能瞅见那埋在草里的小头。叫你真不信是那泥丸一般的孩儿驮了草动，倒疑是成了精气的草操着孩儿走。这打头的，便是狗娃舅了。"狗娃舅可谓是一个最具有顽强韧性的生命象征。

气，《说文解字》中解释："气，云气也。"可知"气"本义是指云气。《孟子·公孙丑下》："我善养吾浩然正气。"这里的"气"指一种精神。"人活一口气"中的"气"与此同义，指一种精神，一种念想，如"争气"。也指人的生命状态，元气，如"还有一口气"，这里也有此义。"气"好像看不到摸不着，但在生活中却随手可触，甚至左右人的一切。《羊的门》中的呼国庆说："人活一口气，我看也没什么不好。这也是这土地上流传了几千年的生存法则。气虽是软的，但它一旦聚集起来，也是了不得的。"这时谢丽娟却针锋相对地说："你们这里的人就老说，人活一口气。人活一口气，哼，那是一口什么样的气？窝囊气！"[①] 这里正可以说明中原大地上气所形成的两种人生观，"争气"，为气而活，为一种精神而活，为了"争口气"，人会充满斗志，奋发向上。同时，为了这种精神可以不惜一切，而走向对立面。如《羊的门》中呼国庆为一口气与王华欣斗来斗去；《两程故里》中的程天青挖空心思要当上村长，也为一口气，要让程天民看看自己当年曾经打击小瞧的人是如何带领全村走向富裕的；《瑶沟人的梦》中整个瑶沟村的村民想尽一切办法要把高中毕业的连科推上村委会中去，也是为了争一口气，为使村子不再一次次遭受不公

---

① 李佩甫：《羊的门》，华夏出版社1999年版，第206页。

平的待遇;《城的灯》中的冯家昌家,因为家人常常受到孤立与排斥,自己家的一棵树被邻居强行占有,争执过后带给家庭的是一腔窝囊气,为了争口气,他不惜一切向上爬,扭曲了自己的人性,违背了自己的良心。这里"气"呈现出了复杂的面貌,一方面是一种咬牙切齿的反奴役心态,是一种摆脱"窝囊气"的行为,却又不是一种"浩然之气",而是一种以毒攻毒的"戾气"。气有清浊,指积极和消极的两面,气的清浊决定个人的操守行事,从"气"上可以判断一个人的能力品行。

气,还可以引申为一种气势,如"人气""地气"。河南方言中"地气",指风水宝地。在古代中原被华夏民族视为天下中心,夏商朝曾建都于中原商丘、安阳、郑州等,自汉朝起洛阳、南阳、开封成为王侯将相建都之地,因此中原是中国历史上大部分时间的政治、经济和文化中心所在地,可谓占尽"地气"。中原地处中国之中,是历代兵家必争之地,很多民族、种族、国家为了争夺中原地区的控制权,逐鹿中原,因此古有"得中原者得天下"之说,也谓之占了"地气"。土地肥沃,人口稠密,有光辉灿烂的文化;名人辈出,群星灿烂,可谓占了"人气"。这种"地气"与"人气"造成了中原人自大、好斗的心理,这种争斗很多时候不为经济利益,而是为了一口气。阎连科《老屋》中,兄弟之间为了老屋而斗得死去活来,周大新《紫雾》中家族之间斗得如火如荼,都是为了争那一口气。什么气?不服输、不低头、维护自尊的硬气。有时为了面子,过于自尊而表现为受到伤害后的扭曲性的复仇情绪。有你死我活的现实武力之斗,还有着双方精神的"斗法"。《羊的门》中许市市长李相印与呼家堡的村支书呼天成二人你来我往,看似双方在闲聊一些草虫药方,实则在暗中斗法,暗中较量,正是有股气在胸支撑着双方。

这些"气"在河南作家的内心深处都有着纠扯不断的情结。他们一方面为中原曾有的厚实与渊博而自豪,另一方面又为其深重的负累而感叹,因此,他们作品中的反思批判与眷恋如此激情、如此深沉、如此咬牙切齿而又如此一往情深,从而也使他们的作品如此真挚、朴实、忧愤,有时甚至走向了偏激。

四 河南当代乡土小说的审美追求

河南当代乡土小说创作的审美追求与哺育他们的中原文化是分不开的。中原独特的文化,积淀在作家心理的最深层,投射在文学创作中,形成独特的审美追求。河南当代乡土小说的审美追求总体来看,主要表现在以下方面。

朴素本色。自然朴素近乎"土",这是河南当代乡土小说的一个重要审美特色,主要表现为自然,不加修饰,生活味浓的语言;自然呈现,不加雕饰的形式;真切情感的内涵。李佩甫在《羊的门》中用了一个词"很木"来描写中原特点,一眼望不到边,"很木",即没有过多变化,有"木讷"、"土气"、"朴素"之义,也有守拙、闭塞之意,和中原作家创作风格一致。

李準的小说多用中原方言土语,故事取材于自己生活所见,富有生活气息,小说采用老实的讲故事形式,具有一种朴素美;"十七年"时期的另外几位作家吉学霈、张有德、段荃法等人的作品更加生活化,多取材于日常生活,形式朴素,语言亲切自然,诚实地讲述故事,有头有尾,追求连贯,在日常生活中孕育时代主题。新时期以来的乡土小说大多继承了这种朴素的审美追求,用传统的现实主义方法表现时代、社会、政治变迁。如李佩甫、张宇、周大新等人的创作都属传统的文学叙事,表现在内容上是浓厚的乡土气息与中原地域特色。刘震云与阎连科在小说叙事上有一定的革新与颠覆,但他们大部分作品仍然遵守了传统小说的叙事传统,刘震云从《塔铺》、《新兵连》到《故乡天下黄花》,这些作品呈现的是质朴老实的品格。阎连科的前期作品如《情感狱》、《瑶沟人的梦》等作品也都是一些比较质朴的文字。这些作品致力于承传中国小说的传统,使中国小说呈现出了新的生命力。尤其是豫东作家孙方友的小说系列,善于采用笔记本小说体式,把淮阳地区丰富的民间故事、奇闻佚事,民间风情信手拈来,融入一个个传奇故事之中,朴素而富有浓郁的地域特色。如《陈州铁笔》娓娓道来,对于陈州的风物如数家珍,别有一番韵味。《杨林集的狗肉》,同样是一篇以陈州文化为背景,以故乡历史的、现实的生活为题材的笔记小说,写得朴素自然,引人入胜。

河南作家的朴素风格也是对古典文学风格的继承,中国作家自古有崇尚自然美的写作传统,孔子有"绘事后素"之言,庄子亦主张"自然之美"。朴素之美是中西方文学共同的审美追求,古希腊的亚里士多德在《修辞学》一书中指出:"一个作家,必须使他的艺术给人以自然的印象,而不是矫揉造作。自然是有说服力的,而矫揉造作则适得其反。"[1] 俄国作家托尔斯泰说得更为明确:"朴素是美的必要条件。"[2]

悲怆风格。河南作家当代乡土小说有深沉的忧患意识,有强烈的苦难意识,中原是儒家文化的发源地,中原文化中儒家文化色彩浓厚,生于中

---

[1] 段宝林编:《西方古典作家谈文艺创作》,春风文艺出版社1980年版,第46页。
[2] 同上书,第564页。

原的当代乡土作家们，在创作中表现出的挥之不去的政治情结，忧国忧民的悲悯意识，积极主动的入世精神，是儒家思想的流脉。这种精神更多地表现为对于现实的关注，对于在社会发展过程中出现的各种问题的忧患意识，在文学作品内容上又表现为苦难意识，审美追求上表现为悲怆之美，这也是对河南现代小说写作传统的继承。此外，中原在历史上一直为多灾多难之地，这种层层积聚的苦难凝结在人们的心中，表现在作家的作品中多为苦难意识，悲怆情感。

二三十年代现代作家师陀、徐玉诺、曹靖华等人对于中原苦难的描写，40年代姚雪垠对于中原匪祸的描写，让我们从中可以看到一个充满苦难的中原。新时期李準《黄河东流去》更是谱写了一曲中原大地的悲壮之歌，1938年国民党在郑州花园口扒开了黄河大堤，酿成惊天惨剧，1943年1月17日《大公报》上的《豫省灾况纪实》里有一段文字勾勒出了黄泛区灾难图：泛区居民因事前毫无闻知，猝不及备，堤防骤溃，洪流踵至；财物田庐，悉付流水。当时澎湃动地，呼号震天，其悲骇惨痛之状，实有未忍溯想。间有攀树登屋，浮木乘舟，以侥幸不死，因而仅保余生，大都缺衣乏食，魂荡魄惊。其辗转外徙者，又以饥馁煎迫，疾病侵夺，往往横尸道路，填委沟壑，为数不知几几。幸而勉能逃出，得达彼岸，亦皆九死一生，艰苦备历，不为溺鬼，尽成流民……因之卖儿鬻女，牵缠号哭，难舍难分，更是司空见惯，而人市之价日跌，求售之数愈伙，于是寂寥泛区，荒凉惨苦，几疑非复人寰矣！[①] 李準在《黄河东流去》中对黄河决口，人民流离失所的图景有细致的描写，同时也描写了在极其悲苦的生活面前，中原人民苦难中求生，危难面前保持正义节气的毅力与韧性，极为悲壮。姚雪垠《李自成》描写李自成领导的农民革命从胜利走到失败，又从失败走到胜利，最后又从胜利走向失败，情节曲折，文字悲壮。《犯人李铜钟的故事》属于反思小说，作者塑造了一个悲剧英雄李铜钟的形象。李铜钟为救断粮七天的村民，冒着进监狱的危险毅然劝说自己的战友、粮站站长开仓借出五万斤苞谷。最后终因操劳过度与极度饥饿，轰然倒地死去。美好的东西被毁灭，正义的力量受到压制，甚至付出了生命的代价，这篇作品给人强烈的震撼。即使《张铁匠的罗曼史》这样的具有喜剧色彩的反思作品，也真实再现了人们经历的各种苦难。阎连科《日光流年》讲述了人的生命蒙受的不可预知不可抗拒的灾难，还有现代文明带给人们的灾难。三姓村表现出了反抗命运的顽强，卖皮卖肉，更换

---

① 河南省政府社会处：《豫境灾况纪实》，上海图书馆藏1946年编写。

土地与饮水,那种反抗也是悲壮决绝的。《年月日》中先爷与天地对抗,最终保住了几粒粮种,作者写出了自然对于生命极限的考验,人在对抗自然过程中表现出的生命的悲壮。刘震云是一位公认的冷幽默作家,但其幽默背后是一种忧郁气质,从《塔埔》中的命运挣扎、《新兵连》中人的倾轧、《故乡天下黄花》的厮杀,到《一句顶一万句》中的孤独等,无不有一层忧郁悲凉的调子在里面。周大新的南阳盆地系列,盆地的闭塞与落后,盆地人的苦难命运与挣扎,深藏着作者"哀其不幸"的悲怆之情。

幽默态度。中原人生性幽默,在日常生活中能把一件普通的事讲得起伏跌宕,"幽默是一种看问题的方式,也可以说是一种从容的态度"。① 刘震云在新浪读书网与另三位河南作家李佩甫、阎连科、李洱坐论河南性格时,也强调了河南人的幽默本性。他还举了两个例子,"比如说,一个人到另一人家去串门,河南人一般这么问:'又是吃过来的?'这对河南人来说是一句正常的玩笑,可是换作外省的人,听出来的意思是不让吃饭。河南人会这么回答:'我吃了昨天的饭来的'。问的人又说'又是不抽烟,又是不喝酒?'另一人马上会说'不抽差的烟,不喝孬的酒。'"河南人将幽默融入日常生活的每一页,在日常见面的打招呼中、在大树下的饭场中、在亲朋相聚的高谈阔论中,随处可见幽默的言语与会心的笑声。幽默的方式很多,正话反说是常见的一种,说与听的两个人都会意,两人会哈哈大笑一番,然后开始拉家常谈正事,这样的说话方式在外地人看来就成了"绕",有话不好好话,其实这只是河南人幽默的一种方式。

历史上河南曾经历过不少的苦难,以幽默化解苦难,给悲苦生活增加乐趣,也可谓是河南人的另一种生存之道。张宇《活鬼》这篇小说对于这点有着形象的阐释。李凖概括河南人的"侉子性"时曾这样概括:"既浑厚善良,又机智狡黠,看去外表笨拙,内里却精明幽默,小事吝啬,大事却非常豪爽,我想这是黄河给予他们的性格。"② 李凖在这里也指出了河南人幽默的性格。

河南作家在新时期作品中普遍出现的幽默风格,与河南人的幽默本性有密切关系。乔典运的系列短篇小说,刘震云《一腔废话》、《手机》、《故乡相处流传》,李洱《石榴树下结樱桃》,阎连科《坚硬如水》,孙方友的一些短篇小说等,都表现出了不同性质的幽默特点。乔典运是冷幽默,把深刻的思想包含在故事情节里,看完了会觉得可笑,笑里又有一股苦味。刘震云《故乡相处流传》中,把严肃的事件戏谑化,以玩笑与戏

---

① 孔庆东、高晓春:《直面中国文化名流》,西藏人民出版社 2006 年版,第 169 页。
② 李凖:《〈黄河东流去〉代后记》,《黄河东流去》,人民文学出版社 2005 年版,第 707 页。

拟的手段对历史重大事件进行重新叙述。曹操、袁绍在历史上都是重大人物，他们所做的事是建功立业平天下的大事，在书里延津之战却成了两人争夺姓沈的小寡妇的争风吃醋事件；另一个重大历史事件是朱元璋的大移民，原来是一个政治大骗局，这样重大的事情竟然是由掷硬币这样的小游戏来决定的；慈禧太后的南巡竟然是为了寻找离散多年的旧日情人。庄严的事件竟然成了个权力人物的癖好决定的游戏，这样的游戏给老百姓带来的却是妻离子散、家破人亡的惨剧。戏谑化了的情节使历史的面目变得可疑，从而达到对历史的质疑。告诉人们历史是怎么写成的，就是不断经过人为的改写与粉饰，经过重重的谎言，最后成了今天的版本。作者在文中大量使用了具有戏谑色彩的词汇与句子，如"狗咬人不是新闻，人咬狗才是新闻"，"如果搁在三国，就是全国剩一碗饭，也得先给我端过去呀。真是年年岁岁花相似，岁岁年年人不同。我无话矣"。"我们中华民族有一个很大的特点，就是善于把坏事变成好事；一切都好时，大家一盘散沙；一遇到大的困难，反倒增加了凝聚力……现在我们十成人死了七八成，这令我们悲伤；但也没有什么，我们可以化悲痛为力量，干出更多更好的事情。何况经过这么多困难，还能保留下来的人，必是人中之精英，芦荡之火种，大家不要怕，将来都是要重用的"。"怎么不一样，钢铁不同，程序一样，没听说钢铁，钢铁是怎样炼成的"？作者把格言、经典的戏剧对白、文学名句、古典诗词、政治口号等随手拉进文章，故意模仿、曲解，达到了消解历史真实的目的，同时也消解了叙述自身的意义。在表面喧哗的背后，也含有作者无处不在的悲悯之情。"从《故乡相处流传》中感受到的不可能只是俏皮与调笑，也不可能只是真真假假、虚虚实实相混杂的胡言乱语，而会有一种难以言喻的悲悯，既悲悯人生，也悲悯自己"。[①] 作者对于历史的嘲笑与悲悯人生的情愫混合在一起，他慨叹芸芸众生难以逃脱的命运循环，只能成为一次又一次战争的牺牲品，而像曹操、袁绍这样的大人物，也不过是历史中的一粒尘土，留下的是后人的种种猜测与议论。

李洱《石榴树上结樱桃》同样运用了大量的名言、诗词、俗语等的改写，使作品呈现出幽默风格，幽默背后是对于乡村选举问题、民主问题、乡村文化现状的关注。孙方友以写短小说而著名，后期作品多显幽默之风。2003年发表的《幽您一"默"》，上篇写了村支书吕二毛，与村民形成的深刻隔阂和尖锐冲突；下篇写吕二毛逃往省城，在路上草木皆兵，

[①] 林为进：《难以言喻的悲悯——读〈故乡相处流传〉》，《长篇小说与时代生活》，接力出版社1999年版，第248页。

总觉得有人在跟踪、追杀他，结果完全是他的幻觉。从作者幽默的笔法中感到了作者对农村现实问题的忧虑，幽默中饱含着沉重。

90年代以来河南作家创作中出现的幽默化风格，与中原文化特点相关，同时与当时大的文化环境气候也有关系。80年代以后，中国思想进一步解放，人们从过去的政治工具的附丽身份中解脱出来，成为市民社会的主体，力图发出自己的声音，展示着按自己的意志选择的自己的生活方式与价值观念，中国进入了一个众声喧哗的时代。文化也被纳入到市场经济体系之中，中国文化领域出现多元并存现象，文化的深刻转型意味着在中国社会历史进程中又一次真正形成了文化多元话语的局面。小说中出现的狂欢文体正是这种环境的产物。幽默、调侃、戏拟、模仿等形式大量出现在小说里面，如王朔《千万别把我当人》、王小波《黄金时代》、阎连科《坚硬如水》、刘震云《故乡相处流传》，再到21世纪李洱的《石榴树上结樱桃》等，书里到处充斥着语言拼贴、原意曲解、戏拟、模仿等语言，从而完成了对于意识形态的消解或否定。

河南作家创作的这种幽默倾向与中国文化中的幽默天性也有密切的关系。中国文化中的幽默源流久远，中原文化为中国文化之核心，深得幽默之传统。庄子是幽默的，"若庄子观鱼之乐，蝴蝶之梦，说剑之梦，蛙鳖之语，也够幽默了"。① 孔子也是幽默的，一生频尝失败之真味，他十四年间，游于宋、卫、陈、蔡之间，不如意事，十居八九，总是泰然处之，保持着乐天幽默的精神。司马迁在《史记·孔子世家》里讲了一个故事：孔子适郑，与弟子相失，孔子独立郭东门。郑人或谓子贡曰："东门有人，其颡似尧，其项类皋陶，其肩类子产，然自要以下不及禹三寸，累累若丧家之狗。"子贡以实告孔子。孔子欣然笑曰："形状，末也。而谓似丧家之狗，然哉！然哉！"欣然笑说自己是丧家之犬，实在很幽默。类似的幽默言谈在《论语》中随处可见。孟子也是幽默谐趣的，林语堂在《论幽默》中指出："孔子既殁，孟子犹能诙谐百出，逾东家墙而搂其女子，是令时士大夫所不屑出口的。"刘大杰曾指出，孟子文章在说理论事时"偶尔举例取譬，时时露出一种幽默"。

河南作家的幽默是一种苦幽默，是那种让人笑颜含泪的幽默。如老作家乔典运的作品《满票》、《冷惊》、《乡醉》、《村魂》等，作者不动声色地叙述与人物的行为形成巨大反差，出现可笑滑稽的效果，但读者又无法对着里面的故事与人大笑或者讥笑，如《满票》中的何老十，不是一个

---

① 林语堂：《林语堂评说中国文化》（第一集），中共中央党校出版社2001年版，第47页。

坏干部，他大公无私，从不占公家一分便宜，他勤劳肯干，他勤俭节约不忘旧时代受的苦，穿着件破棉袄。对于可笑的选举结果无法笑出来，却别有一种沉重在心头，这就是苦幽默的效果。刘震云是大家公认的冷幽默高手，他的作品也是不动声色，寓可笑可悲滑稽于一体，如《故乡相处流传》里面的闹剧，《故乡面和花朵》中的东拉西扯，《一千句顶一万句》中的话语纠缠，让人在刚要展露笑颜之际，发出一声沉重的叹息。

　　河南作家的冷幽默，也是一种进行深刻反思的手段，通过故事情节、人物行为语言等的戏剧化处理，揭示里面所蕴含的文化精神。

第一章 政治视角之下的乡土之思

　　政治视角是当代河南乡土小说作家反映社会问题、反思中原文化的重要途径,从"十七年"时期的李凖等人的创作,到新时期张一弓、刘震云、李佩甫、周大新等人的创作,再到21世纪阎连科、李洱等人的创作,都曾从政治角度切入,对社会现实生活与中原文化作出了自己的思考。阎连科说:"河南作家共同性的特性就是对于政治的热情不减,不管是热爱,还是嘲弄,都是一种关心。"①"十七年"时期李凖配合当时的形势写了赞美合作化运动的作品,但同时也针对当时社会中出现的问题给予了反思与披露,如《芦花泛白的时候》、《灰色的帆篷》等。新时期张一弓对于"左倾"错误的批判是"反思文学"的重要收获,如《犯人李铜钟的故事》。李佩甫对于乡村政治作出了独特的审视,如《羊的门》。李洱的《石榴树上结樱桃》对于乡村民选的阴差阳错进行了颇有讽刺意味的解读。阎连科的《坚硬如水》对于"文革"的反思相当具有讽刺的力量,《丁庄梦》对于乡村恶劣生态的观察也令人惊心动魄。这些都体现了当代河南作家从政治视角去思考历史、现实、乡村、人性等问题,揭示产生这些问题的关键因素,十分透彻地洞悉这些问题的本质,深刻入微地思考人的命运遭际、情感世界、精神历程等问题的特色。由此可见,政治与人们的社会生活联系密不可分,政治对于人们的影响无处不在,人们的宗教、信仰、物质生活、人身自由、精神追求等无不打上了深深的政治烙印。正如西方学者詹姆逊说的:"在那个意义上,一切文学,不管多么虚弱,都必定渗透着我们称之为政治无意识的东西。"②加西亚·马尔克斯也曾表示:"关于现实,我认为作家的立场就是一种政治立场。改变那个社会的任务如此紧迫,以致谁也不能逃避政治工作。而且我的政治志趣同文学志

---

① 阎连科、梁鸿:《对话:"中原突破"的陷阱》,《外省笔记——20世纪河南文学》,社会科学文献出版社2008年版,第272页。
② [美]弗雷德里克·詹姆逊:《论阐释:文学作为一种社会的象征行为》,王逢振主编《詹姆逊文集》(第二卷),中国人民大学出版社2004年版,第192页。

趣都从同样的源泉中汲取营养：即对人、对我周围的世界、对社会和生活本身的关心。文学志趣是一种政治志趣，政治志趣也是一种文学志趣。两者都是关心现实的形式。"① 文学评论家李建军用不同的话语表达了同样的意思："一个作家，只要具有基本的现实感和责任感，他就必然会有自己作为'公民'的政治立场和政治志趣，他的写作也必然会表现出属于他自己的政治立场和政治态度。"② 由此看来，政治也是人类生命活动的一个重要形式，政治活动渗透在人类生命的许多领域，从政治的核心即人际之间的权力关系来看，政治是无处不在的，政治不仅指国家及阶级间的权力关系，也关系到人性的生成、自我的存在等问题。因此，政治视角是作家思考观察客观现实，观察中原文化，并对中原人进行深入了解的一个十分重要的角度。

第一节 政治主题与民间形式

"十七年"时期河南乡土小说以中短篇为主，主要作家有李準、吉学霈、南丁、段荃法、郑克西、张有德等人。其中，李準的《不能走那条路》及《李双双小传》在当时产生了广泛影响。这一时期河南小说创作与国家政治主题高度一致，主题大多有明显的趋向于主流意识形态的痕迹，另一方面，生动的中原方言、鲜活的人物描写、真实的生活场景又使这些作品具有浓郁的乡土气息，弥补了因过多趋同时代政治倾向而流失的审美上的缺陷。李準是"十七年"时期河南小说创作的代表作家，他的作品大多表现社会重大问题，与当时国家农村政策保持高度一致，甚至是国家重大政治问题的直接演绎，但是因为他采用地道的中原地区方言，描写中原地区农村的日常生活场景，他的小说又有着明显的中原地域风土人情。此外，他的小说中虽然表现的是时代政治主题，却又体现出了一定的现代精神气质，如李双双那种要求走出家庭的大胆泼辣的女性意识，要求跟上时代的生活渴望，这些在今天仍然有很强的生命力，仍然被读者所喜爱。

"十七年"乡土文学作品因过分看重了作品的重大题材与思想倾向性，过分倚重阶级的、政治的视角，着力描写新中国成立后中国农村的巨

---

① [哥伦比亚]加西亚·马尔克斯：《两百年的孤独》，朱景冬译，云南人民出版社1997年版，第134页。
② 李建军：《文学与政治的宽门》，《小说评论》2007年第3期。

大变化，以及这种变化的必要性，作品中两条路线斗争明显，双方矛盾尖锐，地方色彩与风俗画描写则相应削弱，甚至在一些作品中销声匿迹，不少作品因此常常成为较为生硬的政策图解。以农村合作化与人民公社化为主要线索的作品如《不能走那条路》、《三里湾》、《创业史》等都或多或少存在这样的问题。《山乡巨变》与同一时期同类小说有所不同，虽然也以农村干部和普通农民为主要表现对象，着力表现两条路线之间的斗争，但作者把农业合作化运动的重大主题巧妙地穿插在日常生活及风土人情的描绘中，成为同一时期合作化运动作品中乡土气息较为浓郁的作品。

  河南作家这一时期的小说大多也是写好与坏、落后与先进、两条路线斗争、揭示农业合作化运动中农民的各种矛盾关系、心理变化等，但他们的小说大多借助巷里小事来演绎这些主题，如卖猪灌水、除草不认真、羊吃生产队里庄稼等事件，接受了共产主义思想的进步青年或者农村干部，与落后现象作斗争，帮助落后分子改正错误等，没有你死我活的斗争，也没有阴险的阶级敌人的破坏，而且运用了新鲜活泼的河南方言，加上日常生活场景，就散发出了浓郁的生活气息。

  这一时期的作品存在的问题是暴露了一些旧时代沿袭下来的心理，比如守旧、自私、消极等文化性格，却没能结合当时合作化运动、新文化建设等问题而深入洞察农民的文化心理的另一面，比如经受多重灾难的农民们面对时局变动时的惶惑与谨慎，他们对于土地的渴望与依恋。比如《不能走那条路》中的宋老定，"落后"其实是对于土地的深厚情感及对没有土地的苦日子的恐惧，如果以为这是自私保守，就显得过于简单化。《李双双小传》中的孙喜旺有大男子主义思想，有些自私，爱面子，胆小，但他本性善良，打心眼里喜欢李双双，只是不愿表现出来。他不赞成双双去参加"大跃进"，在落后的背后也存在着农民的本分务实心理，比如当李双双要求走出家门去修水库时，他说"什么'大跃进'啊，还是挖土"。一句话可谓点睛之笔，把一些貌似高深的东西的本质一下子揭示了出来，时过境迁，当历史已经还原了极"左"年代伤害广大农民的根本利益的无情真相时，重读上述作品，重新回味那些"中间人物"的困惑、叹息时，不能不令人感慨万千！

  出现上述问题有值得重视的时代原因，"十七年"乡土小说与二三十年代乡土小说发生的背景有所不同，二三十年代一批远离故土侨居上海、北京的游子，面对传统文化与现代文化的冲突，重新审视自己生活过的故乡，看到了处于封建统治下的乡村的封闭、落后、凋敝等问题，发出了对于社会现实及封建思想的批判。"十七年"时期的写作者处于中国改天换地的社会主义建设热潮当中，已远离了二三十年代乡土文学写作者批判现实主义的传统，少了冷静的理性审视，多了热情的参与。因而，作品思想显得单一，这正是乡土文学转型的时代因素，身处其中的河南作家，当然也不例外。

总体上说这一时期河南作家的乡土小说缺乏文化审视意识，与之前"五四"到新中国成立前期河南作家如师陀、姚雪垠等人对于苦难深重的中原大地的描写与背后根源的思考不同，与新时期以来河南作家对中原文化的多方审视与深层反思也有所不同，在关注中原农民命运、关注农民生活方面对于二三十年代文学创作有所继承，但更多的是远离。到新时期，张一弓从政治视角反思"左"倾错误，关注时代大潮中的农民的命运，刘震云探索乡村政治文化与国民性问题，这些与"十七年"文学又有些相一致的地方。

一 李準：挥洒中原民间文化的永久魅力

李準（1928—2000），河南洛阳孟津县人，祖父、叔父、伯父都曾从事教师职业，有较好的家庭文化氛围。他读完初一便辍学在家，跟随其祖父读古典文学作品《史记》、《古文观止》、《乐府诗选》、《唐诗合解》等。1943到洛阳的一家商店当学徒，接触了大量的外国文学作品，如狄更斯、巴尔扎克、屠格涅夫等人的作品。新中国成立前又接触到了马列主义著作、解放区文学、新文艺作品，为以后的创作储备了较为丰富的文学积淀。童年在农村度过，后曾经在乡镇邮政所、银行、洛阳干部文化学校工作，并参加过业余剧团，这些经历使他有机会广泛接触社会各阶层人士的生活，为以后的创作积累了生活素材。1953年发表广有影响的短篇小说《不能走那条路》，随后创作了一些紧跟形势之作如《白杨树》、《孟广泰老头》、《雨》等短篇小说，1955年调入河南省文联工作，创作《一头小猪》、《妻子》等作品。1956年发表《芦花泛白的时候》、《灰色的帆篷》、《信》等作品，1958年发表《两匹瘦马》、《两代人》等作品，1960年发表了短篇小说《李双双小传》，为其前期代表作品。

今天回头来看"十七年"时期李準创作的成功，有政治原因，也有艺术上的成就。创作于"十七年"的作品，大多有着强烈的政治色彩，但如果我们跳出当时历史语境来看，浓厚的乡村生活气息，生动的原味方言，朴素的人物形象，使作品具有更多的乡土气息与地域文化特色，在一定程度上冲淡了作品的政治宣传色彩，而与当时反映合作化或人民公社的一般作品有所不同，作品增添了可读性与生动性，减少了雕琢主题的痕迹。作者这一时期也写出了一些反思性的作品，如《灰色的帆篷》，批判当时一些弄虚作假的官僚主义者，提出了党的干部的工作作风问题。《芦花泛白的时候》主要写一些党的干部喜新厌旧的生活作风问题，表现出干预生活的勇气。可见，作者在创作跟风时代的作品之外，也在不断地思索一些时代问题，只是反思的意识在那个特定的年代太过微弱。

（一）《不能走那条路》，中原农民土地情结的固守与松动

李準短篇小说《不能走那条路》于 1953 年 11 月 20 日在《河南日报》发表之后，《人民日报》、《长江日报》、《人民文学》等全国各地共 38 家报刊先后转载，原因不在于它的艺术成熟，而在于作品中触及问题的现实感。略选两则当时的评论以作说明："《不能走那条路》是我国最早从文艺上表现社会主义和资本主义两条道路斗争的作品。"[①] "今天我们来谈这篇作品，感到这篇文章之所以值得引起注意，固然是由于它有着相当大的社会效果，而且还更由于它表现了作者对于现实生活中重大的尖锐的问题，予以密切的注意与关心"。[②] 可见大家的焦点在于作品反映的社会问题。到了七八十年代，出现了对于这篇作品的反思性的评价，从艺术上进行了一些探讨。有人指出对于人物的刻画有些单一，故事太过于简单等问题，[③] 这些问题确实存在，但这篇作品到今天仍有一定的生命力，作品所反映的社会问题及作品本身的艺术性仍有值得探讨的空间。如作者所言："我所要写的正是要说明，'不能走那条路'，即资本主义道路，要走美好的社会主义道路。"[④] 作品虽然反映了一个时代的重大问题，表现出一定的趋时性。然而，除此之外，作品本身却显示了相当的真诚忧思，至于作者因时代局限所指出的出路则另当别论。如何避免两极分化的问题，如何实现共同富裕的问题，如何建立和谐互助的农村秩序问题等，在今天现代化的进程中，农村再次面临一个重要历史关头，作者所关注的这些问题仍有思考的价值。一个时代有一个时代的文学，但好的作品除了在一个时代有突出的影响外，还应有一些穿越时代的东西在里面。

这篇作品写在土地革命刚刚完成之际，农民手里有了土地，但有了土地之后并不意味着万事大吉，而是还存在着一些亟待解决的现实问题，作为一个时代的歌手，李準肯定要唱出他的声音。他说："我有一个心情，

---

① 华中师大语言文学编写组：《中国当代文学史稿》，科学出版社 1962 年版，第 352 页。
② 杜希唐：《读李準的短篇小说》，《奔流》1959 年第 10 期。
③ 金汉等主编：《新编中国当代文学发展史》，浙江大学出版社 1997 年版，第 165 页。
④ 原载《人民日报》1961 年 3 月 6 日。

在一个大的革命历史前进时期，作为作家应该留下一些时代的声音和风貌。"① 书中写到两类农民形象，一类是安分守己固守土地，依靠勤劳耕作而获得富足生活的，如宋老定；另一类是不那么安分守己，喜欢倒腾的人，如张拴。书中说："张拴本来的日子也能过，一家四口人种着十几亩地，要是不胡倒腾牲口，地种好，粮食也足够吃。"② 可见张拴并不是日子过不下去，而是"他觉着种地老不解渴"，想要快速地致富，作家对他显然是有批评之意的，因为那个年代里不认真务农就意味着投机取巧。但是，我们又可视张拴为一个土地情结开始松动、有了新的商业头脑的青年农民形象。小说里写他一直在倒腾牲口，结果失败，欠下了一大笔账，于是就想到把地卖掉，不但可以还债款，而且可以再有机会"倒腾"一下，说不定能翻过身来。有论者认为：作者没有把矛盾的焦点对准张拴，而是对准了宋老定，其实张拴是一个好逸恶劳、胡乱折腾的农民形象。③ 这种评判显然带有特定时代的痕迹，张拴的不安分其实也透露出了新一辈农民土地情结的松动，商品意识的萌芽。

宋老定是一个安分守己、勤劳耕作、爱惜土地又有些落后思想的农民形象，他满脑子都是土地，不断攒钱想多购买土地。对他来说，土地是最重要的，最靠得着的。在旧社会，他曾因为欠地主的钱被迫失去土地，饱受生活折磨，因此，他认为有了土地才有依靠，哪怕日子再穷也有所依赖，而失去土地就等于失去了根，无所依托，甚至死无葬身之地。另外，他认为置地也可以给子孙后代留下财产，后代子孙提起他来也会知道爷爷是"置业手"，而不是没本事的人。这是中原大地上的老一代农民最典型的思想。在中原乡村，提起某个显赫的家庭，常常以土地的多少来衡量其家业大小，土地占有量代表了家庭的地位与财富。中原农耕文明历史悠久，千百年来人们形成了浓厚的土地情结，农民千方百计想得到土地，一般老百姓，干一辈子辛辛苦苦攒些钱，最大的愿望就是买地。在古代是否拥有土地也是能否生存下去的一个重要条件，因此，土地也是农耕文明为主的中国人内心深处的信仰，钱穆先生也曾说："中国文化自始到今是建筑在农业上来的。"④ 无数的家庭，手里一旦有一些钱，首先想到的就是买地，就像宋老定，千方百计想把那块地买过来，在他看来土地才是最主要的家产，宋老定是老一代具有浓厚土地情结的农民代表，李準对于宋老

---

① 李準：《观察生活和塑造人物》，《解放军报通讯》1978 年第 13 期。
② 李準：《不能走那条路》，《李準小说选》，人民文学出版社 2009 年版，第 1 页。
③ 张鸿声主编：《河南文学史》（当代卷），郑州大学出版社 2011 年版，第 44 页。
④ 钱穆：《中国文化史导论》，商务印书馆 1994 年版，第 15 页。

定的心理描写是深刻而真实的。小说真实地揭示了从旧社会走过来的农民在饱受无地之苦后对于土地的最深切的渴望。这样的渴望本来无可厚非,但宋老定这样的人物身上又有着浓厚的小农经济意识,虽然心地善良,不存害人之心。但一心为自己打算,为子孙后代打算,缺少进步,毕竟与当时的社会主义革命要求是格格不入的。他自私,保守,居然到了因为儿子东山把车借给别人用,两人闹得很多天不说话,而且还不愿意把钱借给张拴,这样就显然狭隘了。但宋老定想到自己与张拴的父亲一样因无地遭受的苦楚,还是心软了下来,又经过东山的思想工作,最终答应把钱借给张拴,说明他本性善良。善良、自私、保守、具有深厚的土地情结,这样的农民形象十分真实,是非常符合当时的现实情况的。宋老定不是概念化的产物,而是现实生活的产物,很多农民都可以从他身上找到自己的影子。这也是与其他描写合作化小说中的人物的不同。

对于青年农民东山,作者也没有过分地拔高,东山思想进步,能够与共产党要大家共同富裕的目标保持一致,十分诚恳地帮助张拴渡过难关,对于他爹只是想办法做思想工作,作品没有激烈的思想交锋,也没有后来有关合作化运动的作品中常出现的好坏极其分明的叙事模式,情节简单明了,作者就像在叙述一件生活中的小事,节奏平缓朴素,却显出生活的本来面目。篇幅不长,却把当时农民的生活现状、不同类型的农民的心理、农村存在的新动向清晰地展现出来。有人把这篇作品称为"农村实行合作化的序曲",[①]合作化其实出发点是善意的,问题在于推进过程与方法的偏激,互助合作在今天仍有着积极意义,但看如何落实到实事,解决实际困难。由于这篇小说写在作者创作的早期,体现了作家的使命感,作者也确实看到农村买卖土地现象而忧虑,因此可以说还是写得相当实在的。

李準的经历与赵树理有些相似,都经历了因一部作品一举成名的奇遇,创作激情得到极大的张扬,同时创作个性也受到政治的抑制。李準因"最敏锐的眼光表现了农村两条路线的斗争"而受到广泛赞誉之后,必然会顺着这条路子走下去。

(二) 民间语言的生命力

李準在谈及如何创作《不能走那条路》时曾说:"我这篇小说中用的是豫西群众语言。我很喜欢这种语言,它是那样地精练、生动而又能准确地表达思想感情。"[②] 用精炼准确的本色方言描写人物的神形态势,凸显人物的心理与性格,揭示人物的命运,是李準作品语言的一大特色。所用

[①] 吕茭晨:《农业合作化小说的序曲——解读李準〈不能走那条路〉》,《大众文艺》2010 年 1 月。
[②] 李準:《我怎样写〈不能走那条路〉》,《长江文艺》1963 年 2 月。

方言包括一些俗语、谚语、歇后语、习惯用语，体现出浓郁的地域文化特色，如论者所言："李凖的作品总是这样，通过极平常的三言两语，就能从人物身上，从描写的环境中，渗透出浓郁的乡土气息，给人以十分亲切自然的感觉。"①

如"要想穷，胡翻腾"，这句谚语意思是不安于现状，来回折腾，不稳定，容易把家折腾穷。体现了中原人那种趋同保守、安于现状、不易思变的心理。这句话在小说中表现了张拴有地不好好种，"偏偏好掂根鞭杆转牛绳"，来回倒腾牲口，不安于现状的性格。"踏下窟窿背上账，像黄香膏药贴在身上"，这句话是对于中原农民以前那种穷苦日子的总结。主要表示家底薄的人家一旦欠下了大笔的账，就难以甩掉这沉重的包袱，像黄香膏药一样黏得牢牢的，并把人给拖垮拖死。就像宋老定，因为妻子生病欠下了一大笔账，只好把地卖给了何老大，其结果是家庭更加困顿拮据，女儿活活饿死，儿子东山十三岁就被送去当学徒。失去了土地的宋老定饱尝生活的艰辛，因此，才对拥有土地有着深深的渴望。这样的语言极富表现力，三言两语，有时甚至只是几个词汇，就把人物的性格特点突出出来了。又如"谁都知道他这几年翻过来了"中的"翻过来了"，在中原地区是一个使用频率比较高的词，出自当地一种生活习俗，在家庭主妇烙煎饼时，有人问翻过来了吗？这时候不管饼子是不是翻过来了，做饼的人都一定要回答"翻过来了"，这样表示吉利，人们相信运气也会转过来。在旧时代，农民生活苦，常常是没有翻身的机会，也就是永无出头之日。这句话表示了中原人民对于幸福生活的最深切的向往。李凖在文章中用"翻过来了"，是指宋老定从以前的吃了上顿没下顿的贫穷状态翻过身了，以前地被迫卖掉，欠很多账，一家生活无着落。现在不但有了吃穿，而且有了闲钱可以用来买地了，正可谓"翻过来了"。这些语言通俗生动，富于表现力，即使普通百姓也能理解接受。这样的土语大多带有当地文化印记。

从整体上看，这篇小说到处都是方言口语，生动形象，含义丰富，给作品增添的浓郁的生活气息，增加了可读性，减弱了作品政治色彩的生硬性。作者不时引用俗言俚语，有时甚至整段运用方言写成，如：

> 这几天，人人都在谈论着张拴卖地的事情了。俗语不俗，"要得穷，胡翻腾"。张拴本来日子倒也能过，四口人种着十几亩地，要不是胡倒腾牲口，地种好，粮食也足够吃。可是，他这个人偏偏好掂根

---

① 刘景清：《李凖创作论》，内蒙古人民出版社1987年版，第79页。

鞭杆转牛绳，今年春天把一头红牡牛换回了小叫驴，回来做不成活，没喂够十天就卖了。算下来赔了20多万元，想再买个牛犊，也买不住。这时乡干部对他说："张拴你不要胡翻吧！翻拙弄巧，袍子挟个大夹袄。"可他就不服气，又向他妻妹夫借了一百多万元，一下子到周家口赶回两头老口牛。到家偏偏碰上麦前霜灾，牛卖不上价。借草料喂到犁旱地的时候，好容易才推出手，算下来一个驴价赔得干干净净，又欠下他妻妹夫几十万元的账。

这是开头一段话，用原味的农民语言，朴素、简练、流畅，杂以俗语、俚语，把当时中原农村的情况及张拴的性格、处境交代得清清楚楚，就像两个老乡拉家常，极为亲切自然，整篇小说都是这样的语言，使作品充满浓郁的地方色彩。

李準小说对于中原方言口语的成功运用，是与他对于民间语言的努力学习分不开的，他说："在运用语言技巧上，我首先是学民间戏曲说唱的流畅和明快。像河南豫剧、曲子、坠子等艺术形式，都是叙述味道很浓，而又朴实流畅的。"[①] "我到一个县里，只要时间稍长一点，总要交两个说话生动，掌握群众语言较多的朋友。"[②] 正是这种处处留心，极其认真的精神，才使李準小说的语言有了独特的魅力，为人所称道。

（三）《李双双小传》，政治话语之下的现代精神

短篇小说《李双双小传》发表于1960年《人民文学》第3期，这篇作品发表之后引起了众多的评议，改编后通过电影的播放，成了"十七年"时期家喻户晓的红色经典之一。作品适应当时政治形势而作，但到了今天仍有着很强的可读性，最重要的原因在于这篇小说的民间文化魅力，从语言到人物形象，到结构模式都焕发着民间文化特有的活力。除此之外，作品也表现出了一定的现代精神，如：女性走出家庭投入到火热现实生活中去、实现自我价值的强烈愿望，新一代农村妇女对自我形象的大胆追求等。

今天回过头来再看李双双这个形象，是可以读出作品已经溢出了图解政治的主题的。李双双大胆泼辣、淳朴直爽、聪明能干、急于跳出家庭、融进新生活，表现出了独立自主的女性意识。这个形象直到今天还一直被人们所喜爱，她不是根据形势横空造出的，李双双有真实的生活原型的。1958年，李準到河南林县一个叫龙头村的山区去，被老队长安排在妇女

---

① 李準：《答〈文学知识〉编辑部问》，《文学知识》1959年第12期。
② 李準：《〈大河奔流〉创作札记》，《十月》1978年第1期。

队长刘凤仙家里，李準看到她住的三间陈设干净的瓦房里，墙上和糊着白纸的窗子上，贴满了小纸条，小纸条上的话正是李準写进《李双双小传》中李双双贴在墙上的那些话，李準说："写着这样话的纸条还很多，这是这位妇女队长学文化练写字的。我看着这些像火焰一般的语言，这些对新生活充满希望、理想和挑战的语言，我的感情激动得很厉害……这些语言在我面前打开了一个崭新的精神世界。"① 李準说："这是我孕育李双双这个人物的开始。"② 可见，在时代面前，女性精神面貌的巨大变化使李準思想上受到巨大震动，这是李準写作这篇小说的初衷。在 50 年代，我国妇女在政治与经济上已经取得了和男性同样的地位，但由于封建传统思想的影响，在广大的农村地区，妇女在文化心理上并没有与时代同步，她们身上还留有旧时代的深深烙印，这在《李双双小传》中也有反映。在大跃进以前李双双很少抛头露面，很少上地，很少开会，主要在家带孩子。李双双的名字在村里很少有人知道，村人叫她"喜旺家"或"喜旺媳妇"，喜旺叫她"俺屋里人"、"俺小菊她妈"、"俺做饭的"。在没孩子以前还常挨打。前几年村里有了扫盲班后，她积极学习，追求进步，用孙喜旺的话说就是："双双自从学了文化以后，又听广播，又看报纸，倒是越发要闹起'事儿'来"。李双双从一个旧时代在家里经常挨打、在村子里连名字都不被知晓的农村女性，到成为能够读书看报、不断学习追求知识的女性，这是农村妇女精神面貌的巨大变化，是一种来自农村妇女自身的深层心理变化，她们不再把自己囿于长期的封建思想定位她们的在家做饭带孩子的"屋里人"角色，而是要走出家庭，投入到外面轰轰烈烈的集体劳动中去，这是一种独立自主的主体精神追求。李双双身上有着二三十年代知识女性走出家庭、追求个性的精神流脉，但在根本上她又不同于那一代女性，因为社会已为她们提供了经济与政治上的平等地位，她们要在以男性为中心的社会建设之中找到自己的位置，参与到集体行动之中，在公共活动领域中实现一个平等主体的自我价值。从这点上来说，这篇小说有着现代精神气质。体现了新中国"妇女能顶半边天"的政治时尚给农村妇女带来的新风貌。

李双双是农村新人形象，是新型农村妇女的代表，也是作者在时代激荡之下参与社会主义建设的现代性想象，如论者所言："在现代性不断激进化的历史进程中，20 世纪的中国文学始终是激进变革的先驱，它既是一面镜子，更是历史最内在的躁动不安的那种精神和情绪。在那些剧烈的

---

① 李準：《我喜爱的农村新人——关于写〈李双双〉的几点感受》，《电影艺术》1962 年 6 月。
② 同上。

变革时期，在那些猛然发生的历史断裂过程中，文学都在扮演一种推波助澜的角色。"① 任何一时期的文学，在民族国家构建的过程中，都在积极参与关于现代民族共同体的构想与体认，"十七年"文学在这点上的意义也不容忽视，只是过于浓烈的政治话语对其有所遮蔽。《李双双小传》虽然是配合当时的政治形势而作，但作品里面所表现的农民渴望尽快走向国富民强、共同富裕的愿望却是真实的，农村妇女渴望走出家庭参与到轰轰烈烈的建设中去，也体现了那个年代许多妇女真实的要求。

《李双双小传》不单单是一个底层妇女翻身解放的故事、塑造女英雄的形象，也是李準这篇小说创作的一个重要出发点，李準说："一九五八年，在我们的农村，基层的人民民主生活不够，产生了'五风'。要不要对基层干部监督？要不要敢说斗争？这是当时农村生活中一个严重问题。就在这时候，我遇到了李双双式的新人物。从当时的感情上说，我认为她是英雄！所以我就把她写进作品。"② 由此可知作者要歌颂敢想敢干式的新人物。《李双双小传》塑造了李双双这个敢想敢干的女英雄形象。她心直口快，泼辣能干。在喜旺眼里她是"出马一条线的家伙"，在村子里爱多管闲事，常常得罪人，喜旺不得不常去给人家赔不是；在罗书记眼里，她是有股"冲劲"；在老进叔眼里，她"能很拿得出来"，敢于在大辩论会上发言；在村民眼里，她是在扫盲班"利利洒洒的，读书心眼可灵了"。最重要的是她敢想敢干，要冲出家庭，投入到火热的社会生活中去。为此，她贴出了大字报，还和丈夫打了一架。村子里要办食堂，她热烈拥护，而且把丈夫也拉进了食堂中。她带头搞卫生，为让大家吃得更好，她想办法把平常饭做出一些花样。喜旺是一个有落后思想的农民形象，他总想让李双双安分守己待在家里，最终在李双双的影响下，转变了思想。

"女胜男"这个故事本身就是对于传统性别话语的颠覆，这样的故事在我国历史上有很多，在中原戏曲中也这样的女性形象，如《花木兰从军》中的花木兰、《杨门女将》中的穆桂英、《隋唐演义》中的白奶奶等。这样的女性一般都具有大胆泼辣、有勇有谋、率真质朴的性格，并且都做出了不凡的事迹。这是古代人对于男性主流话语社会中女性形象的浪漫想象，是渴望男女平等的美好愿望。李双双身上有着这些女英雄的因子。在"十七年"文学中涌现出许多女英雄的形象，如《红色娘子军》中的吴琼花、《沙家浜》中的阿庆嫂，这是妇女运动蓬勃发展的体现，如论者言"雄强女

---

① 陈晓明主编：《〈现代性与中国当代文学转型〉之〈导言〉》，云南人民出版2003年版，第6页。
② 李準：《从生活出发》，《李準谈创作》，中国文艺联合出版公司1983年版，第51页。

性是'十七年'文学贡献给当代文学的新女性形象,这一形象既蕴含了一种全新的女性观,又体现了一种崭新的社会理念;既是对西方文学中的女性形象的否定,也是对中国传统女性形象的反叛"。① 李準曾说:"到了三年困难时期,我们经济上受到了挫折,当时农村的悲观情结是很严重的。但是也有一些先进人物,他们总结了教训,提高了认识,踏踏实实苦干,一步一个脚印,艰苦奋斗,重新走上革命的道路。我通过对这些人物的感受、认识、体验,写成了《龙马精神》。当时,'艰苦奋斗'是千百万人民的心声,是人民意志的反映。在文化大革命中,我酝酿写剧本,《大河奔流》也是这样产生的。"② 李準是要通过这样的英雄形象写出一种时代需要的精神,那种精神,在"十七年"常常体现为革命热情,其实放到历史中去看,也是中华民族艰苦奋斗、自强不息精神在新时代的体现。

《李双双小传》存在的问题也是显而易见的,比如过分强调的政治话语。作者曾于1958年下放到河南登封进行劳动锻炼,当时处于合作化、人民公社化风起云涌的时候,作者曾谈道:"下去之后,正赶上'大跃进'的序幕揭开。群众那种意气风发,斗志昂扬的干劲和不畏艰险,发奋图强的革命意志,都深刻地激励着我,鞭策着我。当时我下定决心,一定要按照毛主席指出的路走,把学习马克思列宁主义,改造世界观,和参加群众火热的斗争结合起来;我经常拿自己的思想和群众中最先进的人物思想作比较,反复检查自己的缺点和弱点,认真向劳动人民的优良品质学习。"③ 由此可以看出当时全国是处于怎样的形势。新中国成立后,中国农村发生天翻地覆的变化,广大农民充满了对新生活的激情,信心百倍。合作化运动初期,农民被社会主义建设的火热大潮所激荡,情绪高涨,干劲很大。李準说:"嵖岈山、七里营都是我国最早的人民公社。当我第一次到嵖岈山参观调查时,看到三间大房里放满了几十万张大字报、决心书。这些决心都是当时群众要求合并大社时写的,昂扬的意志,气吞山河的精神,都跃然纸上。面对着这些群众意志的结晶,我好像看到了一个伟大运动高潮的源头。"④ 其实就在《李双双小传》写作的时刻,河南农村因为"人民公社化"和"大跃进"的展开,饥饿肆虐,饿死人的事时有发生,而李準却写出了这样充满乐观情调的作品,即使有着要振奋民族士气、鼓舞大家艰苦奋斗的愿望,也不能不说是回避了可怕的现实。这样的

---

① 刘宁:《论"十七年"文学中的雄强女性形象》,《海南师范大学学报》2010年第2期。
② 李準:《从生活出发》,《李準谈创作》,中国文艺联合出版公司1983年版,第51页。
③ 李準:《群众是最好的老师》,原载《光明日报》1960年8月24日。
④ 同上。

遗憾，在那个年代是普遍存在的。

　　李準出生于农村，后来虽到城市生活工作，但又多次回到农村去锻炼，对于农民的想法他是熟知的。他看到过旧时代的农民的真实生活，也看到了新时代翻身后的农民的精神面貌。只是当他看到农村出现的令人激动的热潮时，被这股热潮所鼓舞，而热潮后面真正的想法他却缺少深入的了解。在那样的浮夸时代，真相有时候与虚浮的表面都存在于生活中，但很多人因为革命的热情对此视而不见。作者正是为群众要求尽快改变生活面貌的热情表象所鼓舞，尤其是他获得的成功也极大地影响了他的创作，因此写出热情洋溢的颂歌是不难理解的。这是"十七年"文学存在的问题，但从另一方面来说，也是"十七年"文学的独特性，正如张志忠所言："'十七年'文学的现代性意义，正是对民族国家的现代性进程的热烈赞颂，是对新建立的共和国的合理性合法性的充分证明，也是对现代民族国家由衷的文化认同。"[①]

　　这部小说改编成电影后广受欢迎，也在于其借助了一个有意思的民间形式：男女斗。男女斗法、婆媳争执、清官除害是中原农村戏曲矛盾展开比较常见的形式，这些戏曲形式最主要的作用在于乡村逗乐，在人们辛苦劳作之余给人们带去欢笑。李準在这里就采用了这样的民间艺术结构，一个急于走出家庭争取新生活的妇女，一个有封建思想处处压制妻子的男人，决定了二人之间必定要斗来斗去，也就是二人之间"有戏"，正可以满足大家的"看热闹"心理。另外《李双双小传》中那些生动有趣的中原方言，那些熟悉的生活场景，两口子之间的斗架……这些都是引起人们兴趣的东西。这些都在一定程度上冲淡了小说的政治主题，具有了民间艺术的审美价值，就像陈思和所说："自然、明净、朴素的民间日常生活中，开拓出了一个与严峻急切的政治空间完全不同的艺术审美空间。"[②]

二　政治与土地夹缝中的民间想象

　　吉学霈，河南偃师人，原名吉清江。主要短篇小说集《两个孩子的故事》、《有了土地的人们》、《高秀山回家》、《一面小白旗的风波》、《三月里的风云》、《农村纪事》、《两个队长》等，《一面小白旗的风波》是其成名作。吉学霈以写农村故事为主，涉及的多是日常小事，借助日常小事表现时代精神风貌是他作品的特点。如《王耙子卖猪》主要讲述负责王家营生产队工作的公社团委书记金长海用计惩治落后分子的事。王太和

[①]　张志忠：《世纪初的漂浮与遮蔽》，北岳文艺出版社 2006 年版，第 14 页。
[②]　陈思和主编：《中国当代文学史教程》，复旦大学出版社 1999 年版，第 17 页。

外号叫"王耙子",满脑子投机取巧、贪小便宜心理,在卖猪之前给猪吃了很多烂萝卜,以便多卖些钱,结果偷鸡不成反蚀一把米,闹了个大笑话。《两个队长》主要讲记分员如何大公无私,惩治一些让自己家的羊偷吃公家麦苗的落后分子的事。《婆媳之间》主要讲述接受了时代新思想的青年妇女王景兰如何对待婆婆贪小便宜、乘人之危买回古镜的事。作者借助这些家常琐事,完成了关于破旧布新、幸福社会的美好想象,里面融入了获得翻身的感恩心理,向往美好未来的浪漫情怀,这也是特定时代的文学审美特征。所不同的是,这些家常琐事之中,蕴含着中原地区原汁原味的生活习俗,呈现出一定的地域文化特征。

《一面小白旗的风波》写副社长叶俊英和农业股长正德老汉两人对待工作的不同态度,一个认真公正,眼里揉不进沙子;一个怕得罪人,不太讲原则。叶俊英的丈夫所在的劳动小组除草不认真,正德老汉怕得罪人,想马虎放过,但叶俊英不讲情面,毅然在丈夫那个小组锄过的地里插上了小白旗。在这些生活琐事中作者写出了新气象,突出了叶俊英这一类工作认真负责、聪明能干的农村新女性形象。她们走出家庭,担任村干部,热爱集体,大公无私,即使亲人犯了错误,也公正对待,已不再是过去那种呆在家里、唯唯诺诺、失去个性的女性了。这样的故事在赵树理的《锻炼锻炼》中也写到过。《锻炼锻炼》中的"争先农业社"的主任王聚海奉行"和事佬"工作方法,是个很会"和稀泥"的人,平息争端主张"和事不评理",只求"了事",但这种方法对付像"小腿疼"与"吃不饱"这样投机取巧、爱占小便宜、一心为自己打算的落后分子已经不奏效。而副主任杨小四办事讲求原则,他采用了与王聚海截然不同的方法,惩治了落后分子。《一面小白旗的风波》与《锻炼锻炼》两篇小说都反映了农村走上合作化道路之后发生的巨大变化,表现具有新思想的农民工作者在思想观念与工作方式上的巨大变化,批评不讲原则的"和事佬"作风。两篇小说都较多使用方言口语,文字朴素自然,真实生动。不同的是,《锻炼锻炼》是典型的问题小说,作者写作的功利性目的非常鲜明,就是要反映农村工作中存在的问题,因此,作品中新与旧矛盾问题集中而突出,意识形态痕迹明显,而地域特色很淡。《一面小白旗的风波》中,作者把矛盾放在一对年轻夫妇中间,更具有了喜剧色彩。妻子叶俊英给丈夫李良玉锄过的地插上小白旗,让他们返工,李良玉认为这是不给他面子,让他丢脸,于是先进与落后的矛盾又转到了夫妻之间的怄气,最终在叶俊英的教育与关怀之下,李良玉改正了错误。作者把先进与落后的矛盾放在伏牛山区农村的日常生活场景中来写,乡土气息浓郁。小说一开头描绘出一幅伏牛山脚下的农民春耕图：伏牛山上的积雪在融化，"白啦啦的雪水，漂着陈柴烂草，栗壳、黑树叶子，哗啦啦从山谷里流下来，在小石河里蹦跳着，溅着浪花，像箭一样向大汝河流去"。"黑油油的土地被雪粉得酥松松的"。麦苗开始"炸垅"了，绿葱葱的，甩着宽宽的叶子从地上挣起来，轻轻地在风里抖动着。大汝河像带子一样从村子绕过。人们开始春耕了，锄麦的人东一群、西一群，南一片、北一片，"黑鸦鸦的，看有多少人啊！"有人在唱"豫西梆子"，还有人在哼"南阳大调"。① 这一段文字干净洗练，形象地描绘出豫西伏牛山农村风情，生活气息扑面而来。

吉学霈出生在农村，有长期农村生活的经历，对于农民语言与农民的生活他是非常熟悉的。他的作品善于运用质朴而又生动的方言口语，表现人物的个性，如《两个队长》中队长刘震山的一段话："够招架了吧！""你把羊子牵来，对着哩，要不捉着她的手脖，那可不好办。三分多麦子，硬给毁的不像样！"这是典型的农民干部语言，"捉着手脖"即为抓某人现行，指重实证，凡事不能凭空想象或捏造。"对着哩"也是典型的河南豫西方言，运用率非常高，这种语言表现出说话人的朴实与痛快脾气。又如：

嘿，这一下算戳住了马蜂窝。魏三婶是有名的"疙瘩头"。论本事，据说她数数只能数到一百，再往上，她就不知道该怎么数了。可是，要讲起吵架，撒泼……她能连闹三天喉不发干，舌不打顿。因此，全村人都怕招惹她，给她送了个绰号叫"人人怕"。

这一段话全用当地口语写成，简练、朴实，把魏三婶的性格写得十分生动。

吉学霈的小说故事都不长，但每个人物形象都很鲜明，如《两个队长》中的刘震山，有觉悟，热爱集体财产，有工作方法，他外表憨厚内心精明，对人诚恳却公私分明；记分员刘快活则年轻气盛，积极爱集体，但思想不够成熟；魏三婶泼辣难缠，自私，思想落后，这些人物都写得相当生动。

段荃法，河南舞阳人。他的主要作品主要创作于"十七年"和新时期两个阶段。《凌红蝶》、《"状元"搬妻》、《杏花雨》等作品写于"十七年"时期，新时期主要有《苦酒》、《瓜园轶事》、《杨老固事略》、《活

---

① 吉学霈：《一面小白旗的风波》，选自《农村纪事》，作家出版社1961年版，第46页。

宝》等作品。《"状元"搬妻》是他"十七年"时期代表作，主要写王二老两口为生产队养牛，对牛如同对待自己的孩子般精心细致，养牛养出了成绩，被选上劳模的故事。这篇小说故事简单，最有特色的还是语言，全篇用对话的形式写成，语言很土，却很鲜活，有大量的方言俗语，使农民的质朴憨厚的个性得到充分表现。例如：队长让王二作为劳模到县里去开会，并告诉他要在会上发言，王二拍拍头说："我就怕讲话。八字不识一撇，难说个小老鼠上灯台。"① 短短几句话，就把一个不爱讲话、朴实憨厚的农民形象表现出来了。再如王二在劳模会上的一段发言：

> 我喂这牲口都是母的。牲口别看不会说话，可是通人性，知好歹。我待它好，它也知道给我壮光。在张祥甫手里，一个老鼠崽子不生，到我手里不几年，母生子，子生孙，添了一大群，全大队九个生产队，如今都有我摆弄的牲口。哪队牲口生驹了，都来向我报喜，说的是报喜，无非是让我去照顾一下，让娃娃平平安安生下来。②

这段话极富表现力，很好地表现了王二这个土里土气、没有文化知识却很淳朴实在、无私心杂念、爱牛如子的老农形象，这些语言初读起来平淡，仔细品味，才会感觉到它蕴含的魅力。

张有德，河南武陟县人，写于"十七年"时期的作品有《信》、《玉厚说媒》、《又是一个早晨》等短篇小说，其中《玉厚说媒》是一篇受人称道的作品。主要讲述了李玉厚与高玉凤两个农村进步青年，一个是种地好手，一个一心扑在盐碱地研究上。落后青年白天心在一群青年的撺掇下，央求李玉厚替自己说媒，而高玉凤却喜欢李玉厚，最后高玉凤与李玉厚两个志向相同的青年喜结良缘。主要表现了新中国成立后农村青年男女新的精神面貌。这篇小说通篇采用白描手法，语言简练朴实，文章开头写道："东高庄村北有一片柿树园，柿叶稠，阴凉好，男女老少都好到这里歇晌乘凉。老规矩，一群没结婚的小青年，总是远离大家，躺在东北角那棵大柿树下，说一些他们喜欢说的话。"几句话把一个小乡村的环境与人们的生活习惯交代出来了。故事很简单，但人物个性鲜明，作者善于抓住人物的特点，寥寥几笔勾勒出人物的个性，如："这吉大平细高条个子，眼睛好眨巴，顶好跟小青年们闹着玩。当下弯着腰，眨巴着眼，随口说

---

① 段荃法：《"状元"搬妻》，曹增渝主编《河南新文学大系·短篇小说》卷2，河南大学出版社1996年版，第78页。
② 同上。

'你们这一群没出息货,啥事都好指靠别人,四五尺高小伙,就不会到外村碰碰,拉一个来!'"短短一段文字,却从神形体貌到语言行动,生动刻画出一个精明幽默、和群众关系十分融洽的乡村生产队长的形象。

上述几位作家的共同点是:他们均出生在农村,长期生活在农村,熟悉农民生活,对农民有深厚情感。他们把自己作为农民中的一分子,采用平视或者欣赏的视角来写那些淳朴的农民,写不同类型的农民在新时代里的所思所想,体现出对农民命运的真切关怀。他们小说的语言风格一改现代文学阶段乡土小说中的知识分子语言,而变为农民自己的语言,这种语言与农村生活一致,淳朴无华而又鲜活丰富,没有了知识分子语言的欧化现象,富有乡土气息。如《一面小白旗的风波》中一段话:"他没想到叶俊英会追问他这回事,心里一急,嘴里跟塞着个大蒸馍一样,哼哼吃吃地说:'嗯,嗯……跟那些年轻人打交道嘛,我考虑还是少打别为妙。你知道,他们这会都跟犟牛犊子一样,只可以顺毛抹……'"整段话都是典型的农民语言。让农民自己说话,更有利于反映农民自己的生活世界,减少知识分子身份与之的隔膜,这也是"十七年"乡土小说取得的不可忽视的重要成就之一。40年代赵树理及解放区作家的作品在对农民语言的借鉴运用上就进行了探索运用,并直接影响了"十七年"乡土小说的语言。"十七年"农村小说继承和发展了解放区小说口语化、大众化方向,并进一步有所发展有所整合,对于新文学语言的更加成熟有一定的意义。

方言在文学作品中有很强的表现力,胡适曾说过:"方言的文学所以可贵,正因为方言最能表现人的神理。通俗的白话固然远胜于古文,但终不如方言的能表现说话的人的神情口气。古文里的人物是死人;通俗官话里的人物是做作不自然的活人;方言土话里的人物是自然流露的活人。"①但方言需要提炼整合,正如周立波所言:"在创作上,使用任何地方的方言土语,我们都得有所删除,有所增益,换句话说:都得要经过提炼。"②在这方面,河南这几位作家做得比较成功,把中原方言加以提炼,保留了原来的风貌,又剔除了粗俗、冷僻难懂的部分,生动而不失大雅,又有地方特色。但也存在一些问题,比如有很多政治化的语言,过于直白的语言,使语言的美感有所丧失。

这些作品里许多诙谐有趣的农村生活细节,也给作品增添了别样的魅力,把农村在实行合作化运动过程中出现的问题融化在农家日常生活描写当中,通过家长里短、鸡毛蒜皮,写出了落后人物与先进人物之间的小小

---

① 胡适:《〈海上花〉序》,《胡适文集》(第6卷),人民文学出版社1998年版,第279页。
② 周立波:《方言问题》,《文艺报》1951年第3卷第10期。

纠葛，善良人物之间的小小矛盾，落后人物的小小算计。这样的处理与"干预生活"的作品有所不同，整篇作品里没有尖锐的斗争，没有剑拔弩张的人物关系，文字有些散漫温和，这样宜于表现新生活里人们的精神风貌，表现在巨大社会变革之中，农村生活的渐渐趋于平和，这些充满着乐观主义情调的作品也确实给乡土文学带来了新的气息。另一方面，趋时性、意识形态性仍然是作品中呈现的鲜明的时代印记。写新人新事，新与旧、公与私、先进与落后、保守与激进等之间的矛盾是那个时代共同的文学主题，这样的主题当然能够鼓舞大家建设社会主义国家的激情，是当时作家的真诚愿望，也是文学的时代性选择，这些作家也不例外。

这一时期的乡土小说在人物塑造上也存在着脸谱化的倾向，比如农村干部，多是思想积极，公而忘私，如《不能走那条路》中的东山、《一面小白旗的风波》中的叶俊英、《两个队长》中的刘镇，他们接受了共产主义思想的教育，成为农村工作中的先进分子。落后分子或富裕中农则又总是思想不通、消极处世，有些甚至搞一些破坏，比如《鞋》中的秀娥、《两个队长》中的魏三婶等，当然，邪不压正，最终以正面人物的胜利而告终。但作者对于农村生活的熟悉，对于方言的熟练驾驭，对于农民的深厚情感，又使他们的作品充满了浓郁的生活气息，弥补了人物形象塑造的一些不足。

第二节 张一弓：对农民命运的真切关怀

张一弓（1935— ），生于河南开封，祖籍河南新野。是新时期河南作家群的领军人物。他曾在 20 世纪 50 年代因一篇小说《母亲》而受到批判，其后中断文学创作 20 年，在新时期"反思"文学的浪潮中开始了新的创作历程。长期的基层工作经历使他积累了丰富的生活素材，新的时代气息又激发了他的创作热情，于是他以 20 世纪 60 年代发生在河南大地上的"信阳事件"为背景创作了中篇小说《犯人李铜钟的故事》，刊登在 1998 年《收获》第 1 期上。后又创作了《张铁匠的罗曼史》、《赵镢头的遗嘱》等反思小说，以及《春妞和她的小嘎斯》、《黑娃照相》等反映新时代人们新的生活及精神面貌的作品。短篇小说《黑娃照相》获得 1981 年全国优秀短篇小说奖；中篇小说《犯人李铜钟的故事》获得 1979—1982 年第一届全国优秀中篇小说奖；《张铁匠的罗曼史》获得 1981—1982 年第二届全国优秀中篇小说奖，并由长春电影制片厂拍摄成电影；

《春妞儿和她的小嘎斯》获得 1983—1984 年第三届全国优秀中篇小说奖。张一弓在这一时期还写有中篇小说《流泪的红蜡烛》、《山村理发店纪事》，短篇小说《考验》、《寻找》、《牺牲》等。其中《流泪的红蜡烛》等多篇小说被改编成电影，《山村理发店纪事》等多篇小说被改编为电视剧。他因此成为 20 世纪 80 年代前期中国文坛最为活跃的作家之一。2002 年 5 月出版的长篇小说《远去的驿站》，是他对中原大地家族历史的深情回眸。

张一弓的小说具有现实主义特色，也有鲜明的政治色彩，这是众人公认的。但这种政治色彩并不表现在图解政策之上，而是表现在他对于现实的密切关注之上，尤其是对于农民命运的关注之上。他也写政策，写中心问题，以现实生活为基础，表现农民在时代变迁中的命运波折与思想变化，"他把他的全部爱和希望呈献给养育他的农民，锐敏地感受、把握并及时地反映着跃动的农村现实。"[①] 因此他的作品显得真实而富有时代气息。

一　农民命运的思考

对农民生活的关注与叙写，是张一弓新时期最重要的一个创作主题，《犯人李铜钟的故事》、《张铁匠的罗曼史》、《春妞和她的小嘎斯》、《黑娃照相》、《赵锨头的遗嘱》等小说均以农民命运为思考主题。张一弓坦言："《犯人李铜钟的故事》记录了我对我国农民一段严酷的历史命运的痛苦思考。"[②]《犯人李铜钟的故事》主要讲述了"大跃进"时期李家寨年轻的村支书李铜钟为救濒于死亡边缘的村民，冒入狱之险借出粮食，最终在忧虑疲惫之中倒地身亡的故事。十里铺公社书记杨文秀用全副精力揣摸上级意图，搞一些华而不实的东西，搞瞒和骗，给村民带来严重灾难。李铜钟反对虚报产量，反对搞浮夸，实事求是，一心为百姓着想。在李家寨断粮七天、群众生命处于危险之际，他冒着被捕入狱的危险，去找战友靠山店粮站站长、在朝鲜战场上失去一只胳膊的朱老庆借粮五万斤，来救助那些濒于死亡边缘的乡亲们，却因"哄抢国家粮食罪"受到审讯。在审讯室里，他在饥饿与疲惫劳累的袭击下倒地身亡。县委书记田振山得知十里铺发生的情况后，在卧龙坡火车站拦着了准备到外地讨饭的饥民，并下令打开全县的粮仓救助饥民，结果被撤职并受到批判。三中全会以后，田振山在李铜钟的平反大会上动情地说："记住这历史的一课吧！战胜敌

---

① 陈继会：《张一弓小说的风格追求》，《郑州大学学报》（哲学社会科学版）1985 年第 1 期。
② 张一弓：《听从时代的召唤》，《文学评论》1983 年第 3 期。

人需要付出血的代价,战胜自己的谬误也往往需要付出血的代价。活着的人们啊,争取用较少的代价,换取较多的智慧吧!"① 田振山的话代表了新时期对于发生在我国五六十年代的政治悲剧的反思。李铜钟这样一个一心为民,善良、正直、一身正气的干部却受到了那样的不公待遇,正常的救济饥饿村民的行为反而成为"哄抢国家粮食罪",国家粮仓中存放着粮食却饿死那么多饥民,什么原因导致了这些悲剧?这些悲剧给人们带来了怎样的伤害?这些都会引起人们的反思。这篇作品的意义正在于,能够触及重大社会问题,大胆揭露历史悲剧的真相,敲响警钟。控诉极"左"政治给农民造成的物质与精神上的极大伤害,其中也包含着对于社会政治变革的呼唤。田振山最后喊出的一句话"记住历史的一课吧",就是刚刚从噩梦中走出来的中国人民的呐喊。《张铁匠的罗曼史》同样是对极"左"政治的反思之作,主要揭示了极"左"政治压力给农民带来的精神伤害与人性的扭曲。张铁匠与腊月自由恋爱结合,不久张铁匠因不会说假话受到批判,又因打了副社长而被投进监狱。出狱后重新开始铁匠生活,并找回了被迫外出讨饭并重新安家的腊月母子。但不久又被冠以"搞单干"的罪名而受到批判。妻子腊月被逼另嫁他人,二人也因一些误会而生出矛盾怨恨。十一届三中全会之后,他和腊月才释去前嫌,重归于好,但二人已是人生暮年。作品写出了一个农民因时代政治气候的风云变幻而导致的坎坷曲折的命运,是千千万万因"左"倾错误而导致生活悲剧的中国人的缩影。

《犯人李铜钟的故事》这篇小说风格悲壮,极富震撼力。首先是悲剧英雄李铜钟的形象极具悲壮色彩。他是共产党员,曾参加过抗美援朝战争,失去一条腿,复员回家后做了李家寨村的村支书。小说一开始就把一个高大而忧郁的人物推向了读者面前。李铜钟五尺四寸高的大个子,颠着七斤半重的假腿,网着血丝的黑沉沉的大眼睛。因为春荒,更因为虚报产量等,李家寨的农民们处于饥饿之中,为此他忧郁而愤懑,为农民的命运而忧郁,为上边领导的浮夸作风而愤懑。他踏实求真,看到新到任的公社书记天天都在演戏给上边看,他直言不讳地告诉李家寨的人说:"李家寨都是种地户,不是戏班子,咱不要他那花架子、木头刀。"当公社书记表示怕自己头上被扣上"右倾"的帽子而不愿意伸手去向县政府要粮食时,他说:"你把那顶帽子给我……只要你们反右能够反出粮食来,反出吃的,这顶右倾的帽子,我情愿戴一万年。"这些话掷地有声,表现出了率

---

① 张一弓:《犯人李铜钟的故事》,《张一弓获奖小说集》,长江文艺出版社1988年版,第47页。

直正义的高尚品格。向公社要粮未果，回家的路上人饥路滑，他一头栽到了路边沟里，"他很想这样躺下去，永远躺下去，不再起来了"。此时他感到绝望与无奈，但想到还有几百口人在等他，吞了几口雪，挣扎着又爬了起来。在最艰难时刻，他心中装的全是群众，为群众坚强活着。在反复要粮无望之后，只好宰杀了"花狸虎"，每家分得一点牛肉暂时充饥。断粮七天后，眼看指望上边粮食已无希望，他跑到粮店，在借粮单上按上了血手印，并准备分粮后到公安局去自首，可知他是一个敢做敢当的硬汉。借得粮食之后，让村人支起三口大锅为外出讨饭的外村人送上一碗玉米粥，可见他富有同情心，心存仁爱，而不是只为自己着想。他最终以"哄抢国家粮食罪"受审，在喊出一句"救救农民吧"后轰然倒地身亡。坚强、仁爱、求实、硬气，以悲剧而终，是一个典型的悲剧英雄形象。李铜钟是中原大地上的硬汉形象，他身上有坦荡开阔的大平原和缓慢悠久的中原文化混合形成的中原人的憨实，也有历经苦难的中原人的坚毅，还有那种儒家文化长期熏染出来的"威武不能屈"的刚烈，是中原大地上优秀分子的代表。

《犯人李铜钟的故事》批判了极"左"政治给农民带来的伤害，同时也从政治视角透视了人性的力量，那种在政治高压之下仍然存在的反抗精神。李铜钟形象的原型是一位复员军人，敬老院院长，他在抗美援朝战争中失去了一条腿。在灾难年代，看到一个村子男女老幼几百口人因饥饿而危及生命，他带着一些农民借用了国家粮仓的粮食，用三块砖支起一张铁锨，炒粮食给大家吃。后来事发，村人为保护他，爬到房顶上为他站岗放哨。① 这位敬老院院长的行为在那样的年代具有非凡的意义。正是这样的英雄行为引起了作者强烈的创作冲动，事隔 17 年后，在新形势的鼓舞下，作者终于写成了这篇震撼人心的作品。《犯人李铜钟的故事》这篇作品之所以在新时期反思文学中有重要地位，不仅在于"是第一次尖锐地触及了三年困难时期中国农民因'左'的失误而成千上万的挨饿、逃荒乃至变相抢粮的历史大悲剧"，② 更在于作者写出了在那样特殊的年代里的一种难得的抗争精神，这是同时期其他作家很少提及的。这样的精神在赵镢头（《赵镢头的遗嘱》）、春妞（《春妞和她的小嘎斯》）与孟诚、贺胜（《远去的驿站》）等人的身上有同样的体现，这是中原人民在关键时刻表现出来的一种骨气，一种承担精神，这也是中华民族自尊自重长盛不衰的精神支柱。从这点上来看，这篇小说

---

① 李振邦等：《河南籍著名文学家评传：新时期部分》，大众文艺出版社 2005 年版，第 31 页。
② 张鸿声主编：《河南文学史·当代卷》，郑州大学出版社 2011 年版，第 199 页。

实则另含一种大的气度。

其次整部作品萦绕一股悲壮气氛。李家寨已经吃了三天青水煮萝卜了，打饭时响起了全村人的震天哭声。首先是食堂总保管蹲在旮旯里哭起来，哭声从没关严的门缝里溜出来，接着是前来食堂打汤喝的村里的老婆婆们，接下来是年轻媳妇和村里的孩子们，接着，就连成年男人也痛哭失声，全村响起一片哭声。这样的场面足以使闻者落泪，听者断肠。接着是"花狸虎"被杀的场面。"花狸虎已经被绳子捆住了四条腿，卧倒在场上。它'哞哞'地叫着，一双通人性的圆鼓鼓的眼睛，滴着蚕豆大的泪珠。它绝望地瞪着人们，好像在说：'人啊，不要杀我，我还能犁地哩，七寸步犁也拉得动哩，杀了我，够你们吃几顿呢？'李铜钟不忍心再看下去，悄悄离开了屠宰场。半路上，又忍不住勾回头，从拉起来的军大衣领子上看了花狸虎最后一眼。为了不让自己听到那'哞哞'的叫声，他拉下了棉帽耳朵"。① 这个杀牛场面的描写，增添了作品的悲凉之气，增强了作品的表现力，可以想象当时农民的灾难已经到了何种程度。还有那浩浩荡荡的涌向火车站的讨饭大军，这场面都很悲壮。而李铜钟和战友毅然在借条上按上血手印拉出五万斤玉米救命粮，田振山打开全县粮仓，给老百姓分粮食，这些情节又显得非常壮烈，为了群众的性命而不计个人安危的精神十分悲壮。因此整篇小说充满了悲壮之美。

《赵镢头的遗嘱》这篇小说同样从政治视角回眸那一段特殊的历史。小说主要讲述了1979年6月一个叫枣园沟的地方，生产一队在县委书记林慧的许可下，在赵镢头的带领下，实行了分田管理责任制，第一次获得了大丰收。正当一队的社员们准备割麦之际，地委副书记龚大平来到村子里调查"包田到户"一事，他认为这是刮资本主义之风，和县委书记林慧针锋相对，关押了赵镢头。大队长李保等人好吃懒做，长期不劳而获，从中搅和，撕毁了生产队和社员们签订的生产责任制合同，赵镢头愤而服毒自尽，以自己的生命来捍卫正义。小说真切反映了新时期之初农村改革中遭遇的巨大阻力，一些干部身上仍然残存着"左"倾思想错误，不从农村实际情况出发，盲目、教条地坚持认为包产到户是刮资本主义之风，这些错误倾向再度给农民带来了伤害。

这篇小说同样写得很悲壮，赵镢头这个朴实的农民，他没有过多的言语，不会讲大道理，老实善良。在县委书记让大家想办法治穷时，他本着一个农民的朴实品质，提出了"让人与土地结亲"的办法，"要说救自己，

---

① 张一弓：《犯人李铜钟的故事》，《张一弓获奖小说集》，长江文艺出版社1988年版，第47页。

就得先救救这土地","叫人跟地对上象,连上感情,登记结婚……"① 这是一个最了解农民与土地关系的老农民的宝贵经验。在县委书记林慧的允许下赵镢头带头搞分田管理责任制,使枣园村一队的生产状况发生了天翻地覆的变化。过去是"东坡四十亩地一年没长一棵庄稼,忘种了,村北一百二十亩玉米没上一车粪,只长'哑巴棵';只有牲口院周围十亩玉米长得好,可是玉米穗才黄苞,又在一夜之间被偷了个一干二净,只收了一大垛玉米秆儿。全队三百多口人的全部收获,只有二百多个玉米穗,一人摊不上一个"。② 实行责任制之后,除了那些好吃懒做的人外,其余各家麦子都获得了大丰收。然而,这事却被有些人看作是又刮起"单干风",走资本主义道路。地委副书记龚大平忠心爱民,但思想僵化,刚愎自用,在他的授意下,枣园村的麦子还得统一收割,产粮归大队。枣园村一队的村民气愤难平,不愿意自己的劳动成果被平摊,拒绝下地割麦子,赵镢头也被关押。赵镢头无奈之下喝下了农药,以死来证明自己的清白与治穷的良苦用心。赵镢头乃一个脚踏实地的农民,只是凭着一个农民希望多收粮食的自觉,带领村人实行土地责任制,结果遭到陷害,临死前他让村民明娃写道:"俺不要这超产粮,一颗麦粒也不要,真个的,俺不要,至死不要,俺只要个数,要个实数。"要个超产的实数,只是想证明这种多打粮食的方法的正确性,证明不叫资本主义,而是社会主义。他不是为个人而死,而是为村民能过上好日子而死,无惧无己,满怀忧虑,悲伤而壮烈。

二 理想人格的呼唤

《犯人李铜钟的故事》这篇小说文字朴实,叙述克制,情调沉郁。朴实中蕴藏着严谨,克制中有着犀利,沉郁中包含激情。在反思"左倾"错误给人们带来的精神与肉体上的伤害的同时,作者发出了对于理想人格的呼唤。

李铜钟是作者所钟爱的一个人物,他性格耿直,心怀大众,不随波逐流,在错误面前敢于坚持正确的意见,更为可贵的是他在危急时刻不顾个人得失,勇敢站出来。比如在群众断粮七天危在旦夕之时,他毅然跑到战友所在的靠山粮站,说服战友朱老庆,借出了五万斤苞谷救人于水火,是真正有思想、心怀大众、敢作敢为的理想人物。李铜钟的形象是通过人物对比刻画出来的,公社书记杨文秀是一个一心向上爬,把群众利益丢在一边,全部心思用来揣摩上级意图的人。为了出风头,使十里铺公社的工作

---

① 张一弓:《张一弓集》,海峡文艺出版社 1986 年版,第 52 页。
② 同上书,第 58 页。

处于全县的前头，提出了让他所在的公社两年进入共产主义的幼稚做法。在李铜钟眼里，他天天都在"演戏"，检查团来时让群众穿着古装衣、打着穆桂英的"帅"字旗下地干活，提出"大旱之年三不变"口号，搞农村卫生运动，连"毛驴刷牙"这样荒唐的事情也信以为真并作为典型。群众没有吃的，他让大家搞代替品，用苞谷叶子、麦秸秆、红薯秧和在一起当饭吃。在他眼里只要是新奇的能够出风头算是政绩的，都是先进的典型，而实实在在的作风则是消极与落后的典型。无疑，这样脱离群众、为一己之利置众人利益于不顾的人是作者所鄙弃的。

县委书记田振山冒着被撤职的危险，打开全县粮仓救助灾民，是一个能够为民着想的领导，也是作者所赞扬的人物。靠山粮站站长朱大庆也是一个值得称赞的人物，他曾参加抗美援朝战争，并失去了一只胳膊，当他得知李家寨村民已经断粮七天、群众生命危在旦夕时，明知是要坐牢的事，仍然答应了李铜钟的要求，借出五万斤苞谷，并在借条上按上了自己的手印，表现出了正直大胆的男子汉气魄。还有老杠叔，一个生产队的保管员，为人民尽职尽责，宁愿挨饿也不愿让大家动国家粮仓的粮食，是老实善良、遵纪守法的农民代表。这些是中原大地上千千万万普通人物的写照，这些人没有什么惊天动地的大事迹，却表现出了自身的人格与道德操守。他们朴实、善良，有中国人身上最根本的优秀品质，他们身上也有着中国人最顽固的劣根性，比如落后、顽固、不文明等，但在关键时刻却能做到是非分明，坚持正义。他们在历史进程中也许微不足道，有的甚至受到严重的不公平待遇，然而他们身上美好的道德品质，是人性中光辉的东西，正是这些支撑着社会的精神道德大厦，给人以希望。

2002年张一弓发表长篇小说《远去的驿站》，由对农民的倾情关注转入对知识分子命运的探讨，塑造了一群挺身而出、救民于水火的知识分子形象，是李铜钟式人物系列的延伸。作者无论写农民还是知识分子，都是把人物放在时代大潮中来写，由时代主题切入人物的命运，突出时代政治风云对人物命运的影响。在这部家族传奇中涌现出来的人物身上，同样寄寓了作者对于理想人格的情感倾注。书中的大舅孟诚是一个血气方刚、在民族危难时刻拍案而起的英雄形象。共产党内的"肃反"运动让他不解，反"右倾"使部队遭受了严重的损失令其懊恼，这个"不肯无条件服从"的自由分子，最终被冠以"策动旧部哗变"罪名而死在了"同志"的枪下。姨父的父亲贺爷是一个豪爽、直率、勇武威猛的旧式军人形象，也是一个敢作敢为、是非分明、爱国爱民的英雄。他虽然不是共产党员，却为革命事业做出了贡献。姨父贺胜一生追随革命，把自己的全部身心都交给了革命事业，是一个意志坚定、有勇有谋的革命者形象。作者在对于发生在中原大地上的轰轰烈烈的革命的叙述中完成了各种人物命运的透视。

三 新气息的捕捉

在新时代无可阻挡地到来，新的气息扑面而来，人们的精神面貌发生了巨大变化之际，张一弓及时捕捉到了农村新变的气息，在作品中展现出来。在谈到自己的创作时，他说："我有机会到农村做实际工作，亲身经历了我国农村以实行联产承包责任制为主要标志的历史变革，目睹了中国农村和农民在物质生活和思想观念上所发生的巨大变化。这段难得的可贵经历使我的思想产生了一个大的飞跃，也为我提供了丰富的创作素材。我要把这些独特而深切的感受和体验表现出来，奉献给我的读者，好让他们知道中国的农村正在经历着一场怎样的伟大变革，中国的农民在迈向文明、富裕的道路上所遇到的种种不幸和挫折。我作为一个作家要站出来为时代说话，替农民呐喊。"[①]《春妞和她的小嘎斯》以农村女青年春妞儿跑运输为主要线索，主要讲述了春妞儿和二小子青梅竹马，长大后二小子因为春妞儿没有商品粮户口而移情别恋，"吃商品粮的"和"不吃商品粮的"区分，给春妞儿带来了屈辱与无奈。春妞儿苦练车技，在车驾考试中取得第一名。然后开始跑运输，为了还清贷款，也为了自己的独立人格，她拒绝了师傅那种扭曲的爱恋表达，也拒绝了权钱的诱惑，在一次往葫芦崖拉煤途中，经过了重重险关，终于平安到达目的地，并且遇到了让自己信赖的人。作家写出了新一代农民自我意识的觉醒，她们不再固守于那块土地上，也不再听从命运的安排，而是运用自己的智慧与努力获得了独立的人生价值。《黑娃照相》写得生动有趣，小说截取了生活中的两个横断面，一个是中岳庙会，一个是黑娃照相，由此入手写出了农村新的经济政策给农民带来的极大变化，是"对近几年来发生和发展着一场深刻变革的农村生活的追踪"。[②] 黑娃是贫穷家庭的孩子，家里的零用钱来源于几只下蛋母鸡。改革开放后，家里有了多余的粮食，经济上也开始有些宽裕。黑娃买回几只兔子，第一次卖兔毛得到八元四角钱，怀揣这笔钱去逛中岳庙会，琳琅满目的商品对他产生了极大的诱惑，也唤醒了他对于美好生活的向往，想给自己买件衣服，想喝一碗羊肉汤，想吃五毛钱水煎包，想吃一碗羊肉拉面，但最终都忍住了。不断抑制物质生活的需求之后，又出现了强烈的精神需求，想看一场杂技表演，可由于囊中羞涩，终

---

① 白万献、张书恒编：《南阳当代作家评论》，河南大学出版社1996年版，第133页。
② 张一弓：《历史在现实条件下显影》，《张一弓集》，海峡文艺出版社1986年版，第288页。

于没舍得花出去一分钱,最后用三元八角钱照了一张彩照。照片中那个身穿西装,脚穿皮鞋,戴着墨镜的青年是那样的英俊漂亮、容光焕发,和以前的黑娃判若两人,这些激发了他彻底改变自己形象的极大热情,于是黑娃想着回到家里如何去扩建兔棚,如何使责任田获得更高的收益,于是他喊出"再过两年,咱来真格的",满怀憧憬地走下山去了。

这篇小说及时地写出了农村历史变革给农民带来的心理变化,他们以前处于极度贫穷的状态,农村实行新的政策之后,粮食有了剩余,温饱解决了之后,农民有了更多的物质与精神上的需求,这些需求也激发了他们改变生活状况的自信心与美好憧憬。黑娃这个形象有一定的典型性,初中毕业,有了一定的文化知识,"懂点经济学",能够寻思一些致富的门路,他有理想、有憧憬、有自信,还有行动,有着强烈的物质追求,又有着不断增长的精神需求,不同于安分守己的老一辈农民形象,是新时代农民的代表。这篇小说贴近时代,贴近生活,真实地写出了新时期初期农民的精神面貌之变化。随着时代的发展变化,作者敏锐地发现了农村出现的新现象——农民的物质、精神需求与现代化的历史要求之间的矛盾。农村变了,当农民从过去贫困的物质生活中解脱出来后,开始有更高的精神追求,这是农村向现代化发展的必然要求。黑娃这一形象既不同于陈奂生(《陈奂生进城》)、李顺大(《李顺大造屋》),也不同于高加林(《人生》)、金狗(《浮躁》),在新时期农村题材小说中有着独特性。

张一弓的小说引用豫西方言,结合普通话,这使他的语言独具特点。汪曾祺在《中国作家的语言意识》中指出:"写小说就是写语言","语言是小说的本体"。[1] 可见,语言对一部作品具有着至关重要的意义。张一弓在谈及自己的语言运用时说:"农村现实生活中新旧杂陈的斑驳色彩和繁杂音响,也使我感到需要对叙述农村现实生活的语言作一些调整,我在人物的语言中,采用了自己比较熟悉的豫西乡土语言,而在叙述语言中吸收了一些欧化的成分。"[2] 欧化的语言使其表述更精密,大量的歇后语的运用,又使小说富有浓郁的地方色彩。如对地委书记田振山的外貌描写:"田振山打开车窗,让清凉的山风把无声细雨吹洒在他刻满皱纹的脸庞上。"[3] 这个长句子用了较多的修饰语,突出了饱经风霜的田振山难以平

---

[1] 载《文艺报》1988年1月16日。
[2] 张一弓:《听从时代的召唤》,《文学评论》1983年第3期。
[3] 张一弓:《犯人李铜钟的故事》,《死吻·张一弓获奖小说集》,长江文艺出版社1988年版,第1页。

静的心情，要去给一个正直无私、敢作敢为却含冤而死的人去平反，往事一幕幕涌上心头，他感慨万端，心绪难平。又如："田振山始终没有忘记这个人——李铜钟，这个出生在逃荒路上、十岁那年就去给财主放羊的小长工，这个土改时的民兵队长、抗美援朝的志愿兵，这个复员残废军人、李家寨大队的'瘸腿支书'李铜钟。"①通过田振山的回忆交代李铜钟的出身、经历、身份，同样是一长串结构相似的修饰语排列一起，使得语言紧凑有力，突出了田振山难以平静的心情，和对于李铜钟非同一般的情感。张一弓说："希望这样的句式能够增加语言的表现力和'讯息量'，造成动荡的感觉和奔腾的气势。"②确实达到了这样的效果。而在写到人物对话时，作者善于运用豫西方言，增强作品的表现力，如饲养员李套老汉得知要杀牛时说："谁的主意？吃牲口，干脆把我吃了算拉倒！""牛，牛，你牵走，这几槽牲口你都牵走，咱散伙，咱不过了！"③这两句话是非常典型的农民语言，表现了李套老汉这个朴实的老农民，舍不得让大队里把牛杀掉，又无可奈何的情感，也突出了李家大队的严峻形势，已到了山穷水尽，需要杀牛让大伙充饥的地步。公社书记杨文秀为了博得上级的欢心，检查团来时要社员们搞形式主义表演，李铜钟说："李家寨都是种地户，不是戏班子，咱不要他那花架子、木头刀。"这里的"花架子"、"木头刀"是传统戏剧中常用的虚饰性的摆设，引用这些词语形象地表现出李铜钟直率、诚实、不爱虚华的个性特点。作者有时整段话都采用地方方言，如：

> 要是李家寨都是懒虫，把地种荒了，那我就领着这四百九十多口，坐到北山脊上，张大嘴喝西北风去，那活该。可俺李家寨，都是那号最能受苦受累的"受家"，谁个手上没有铜钱厚的老茧，谁个没有起早贪黑的跃进？他们侍候庄稼，就跟当娘的打扮自己的小闺女一样。我不是夸他们，自从土改到现在，穷乡亲们一个心眼扑在社会主义上，一滴汗水摔八瓣儿，一步一个深坑儿走过来，把山旮旯变成粮食囤儿，年年赶着大车，往你这仓库里送了几百万斤粮食。去年年景不好，大家还想着把细粮卖给国家，都是一等一的碧玛一号。可有人

---

① 张一弓：《犯人李铜钟的故事》，《死吻·张一弓获奖小说集》，长江文艺出版社1988年版，第1页。
② 张一弓：《听从时代的召唤》，《文学评论》1983年第3期。
③ 张一弓：《犯人李铜钟的故事》，《死吻·张一弓获奖小说集》，长江文艺出版社1988年版，第6页。

"反瞒产"反红了眼,把李家寨的口粮也挖走了。①

这一段话全用当地方言写成,如"喝西北风"、"受家"、"一滴汗水摔八瓣"、"一步一个深坑"、"年景"、"一等一"等为当地农村方言,作者采用这些词语,又运用一连串的排比句子,真实有力地表现了李铜钟面对村民遭受灾难而无可奈何的悲愤之情。

小说中叙述性的语言往往采用欧化句式,长句子,多修饰语,又多用整齐的句子排列在一起,既富于思辨色彩,又有气势,充满激情。而人物的对话,多采用方言口语,符合说话者的身份与个性,哲理思辨语言与方言口语奇妙组合,使语言富于变化,富含张力。老舍的小说里面就是把欧化语言与北京话相结合,在语言方面取得了巨大成就。著名学者刘思谦曾对张一弓的小说语言特色作出精当的概括:"他的语言是有气势和色彩的。叙述人常用欧化的书面语,笔锋常带夸张……他的人物对话,用的是地道的河南农村土语,不失乡土气息。这种半土半洋的语言,不仅是反映不断变化着的复杂的农村生活的需要,也是变化了的新一代青年欣赏趣味的需要。"② 张一弓独特的语言表达方式,增添了其小说的个性魅力。

第三节 李佩甫:平原人的心灵史

鲁枢元曾对中原人的性格做过一个比较准确的分析:中原因为其位中,因此,常常是东西南北争夺攻掠的对象,在历史上也曾是兵家必争之地。中原大地一马平川,没有地势之险,因此,敌对各方战争之时你来我往,时退时进,你攻我守,常常成为拉锯战。中原百姓处在各方的挤压之下生存艰难,于是他们形成了在劣势中求生的本能,也形成了一种特殊的文化心态,即封闭坚忍、消极抗争、随机应变。在这种变化反复、命运无常的严酷生存环境中,也锻炼出了一批又一批的顺时机变、纵横捭阖、运筹帷幄的政治精英型人物。因此,在这块土地上,一种"权力文化"显得特别兴盛。③ 这些特点在李佩甫的小说中得到了最生动的呈现。

---

① 张一弓:《犯人李铜钟的故事》,《死吻·张一弓获奖小说集》,长江文艺出版社 1988 年版,第 23 页。
② 刘增杰、王文金主编:《精神中原:20 世纪河南文学》,河南大学出版社 2002 年版,第 252 页。
③ 鲁枢元:《文学艺术的地域色彩及群落生态——〈生态文艺学〉论稿之一》,《黄河科技大学学报》2000 年 12 月。

李佩甫的小说多数都涉及权力的书写，如《无边无际的早晨》、《败节草》、《金屋》、《羊的门》、《城的灯》等，权力是其透视中原人心灵的一个重要窗口，透过这个窗口，他把中原人的喜怒哀乐及其背后的心理机制与文化动因都生动地展现出来了。李佩甫既是一个勾画中原灵魂的高手，又是一个忧愤深广的赤子，他在小说里对于中原文化进行鞭辟入里的批判，也处处抛洒了那难以平复的爱恨交织的情愫。因为，中原是生他养他的地方，爱之深，恨之切。"平原是生我养我的地方，是我的精神家园，是我的写作领地"。[①] 这是李佩甫在中原作家群访谈中说得最动情的一句话，这句话表达了作家创作的情感所系。李佩甫的作品扎根于中原人的生活深处，是中原人生存、苦难、奋斗的心灵史。作者在书中一次次提到的平原，即以许昌为中心的河南中东部地带。那里放眼望去一马平川，一直延伸到郑州北部黄河沿岸，是古代文明发展的中心地带之一，六大古都中的洛阳、开封位于这里，河南的许多文化古迹也分布在这一带，包括黄帝故里、老子故乡、庄子故居、伏羲氏陵墓、许慎文化园等，是中原文化精髓所在。正是这块大气包容而又底蕴深厚的文化之乡给了李佩甫一生中最丰厚的生命滋养，成就了他小说创作上取之不尽的源泉。平原是其小说创作的全部背景，即使作者创作的城市题材的作品，也总是萦绕着平原的影子。长篇小说《李氏家族的第十七代玄孙》及平原三部曲《羊的门》、《城的灯》、《生命册》，串联起来就是平原人的成长史。他的中篇小说《黑蜻蜓》、《无边无际的早晨》、《红蚂蚱、绿蚂蚱》、《豌豆偷树》、《败节草》等也是从多侧面多角度构筑了中原人的生命历程，集中展现了在历史的长河中所积淀起来的中原人的精神气质。

一　平原人的生命历程

长篇小说《李氏家族的第十七代玄孙》，整部小说近 18 万字，作者以寓言的形式讲述了李氏家族的变迁。全书分为两条线索，采用历史与现实交汇的方式讲述故事，一条线索是李氏家族从远古洪荒时代走来，一代又一代人与天斗、与人斗，不断繁衍生息、几度兴衰荣枯的家族历史。在历史与现实的映照之下把一个家族的兴衰史展现得颇有层次感。李氏家族历史变迁的曲折经历，也是中原一代代人生活轨迹的折射。从洪荒时代，李氏家族祖先经过长途跋涉，千难万险，终于找到了一块生存之地。而后经过了几度兴衰，有过与自然的对抗，有过种族之间的残杀，有过村人把

[①] 舒晋瑜：《李佩甫：〈生命册〉是我的"内省书"》，《中华读书报》2012 年 12 月 26 日第 17 版。

礼义廉耻踩在脚下的乱世,也一度出现过尊礼重义的文明时期,有过把读书看得高于一切的家长,也有过"永不读书"的家训,柔韧的生命力与顽强的精神伴随着人们经过曲折坎坷最终走到了现代。另一条线索描绘现实中的李家子孙形形色色的人生状况,从痴呆哑巴到能人李大有,从普通战士李志全到县长李金魁,从敢作敢为的李满凤到满肚子"瞎话"的七奶奶,从有情有义的春生到上当受骗的李晚玉等,是现实社会纷乱人生的浮世绘。即使在这样的家族传奇中,作者也没忘记思考政治力量对于人的性格与命运的左右。小说开篇从刚到任的县长李金魁接到一封举报信,举报县里官员贪污受贿之事开始写起,李金魁本来要以此为突破口对县里工作的不正之风进行一番整治,然而经过冷静思考之后,他犹豫了。他初任县长,已经发现了县里存在的各种错综复杂的关系网络,然而一时又无力改变这种现状。他最终以抛掷硬币的方式决定自己是否采取行动,这种行为本身已经说明了他的妥协,是官场的经历让他"成熟了",他不再感情用事,懂得更多地权衡得失。农村也同样存在着关系网络,李宝成所在村子的村长五叔二十年来一直管理着村子,"关系"遍布全县,在村子里谁也无法撼动他。李宝成想改变村庄的现状,常常发表一些看法,被免去了村团支书的职务。他不服输,要竞选村长,但村子里人根本不选他,原因在于原来的村长已被喂饱了,再换个"饿肚皮的",又得多少年才能喂起来。侧面写出了农民的乡村政治生态问题,村官贪污腐败,村民听之任之。

《李氏家族的第十七代玄孙》是中原人们从古到今一路走来的生活传奇,而《羊的门》则是中原政治精英在与天灾、与人祸斗争过程中积累起来的生活哲学与精神内质的讲述。小说题目《羊的门》,在《圣经·新约》中意为得救之门。很有意味,开篇引用《圣经·新约·约翰福音》中一段话:"耶稣对他们说,我实实在在地告诉你们,我就是羊的门……凡从我进来的,必然得救,并且出入得草吃……我来了,是要叫羊得生命,并且得的更丰盛。"小说的题目与开篇语是一个极为重要的暗示,一方是高高在上的救世主,一方是等待拯救的羔羊;一方是不容辩驳的权威,一方是俯首听命的奴仆。这样的隐喻贯穿了整部作品,构成了一种整体象征。呼天成把自己看成了呼家堡的"主",他治理村子、制止封建迷信、惩治村民、带领村民建立新村,建立了一套呼家堡秩序,建立了一个"国中国"。他一直把自己摆在"主"的位置上,对于接班人的考察也是苦心经营,先把呼国庆放出去,经受一定的考验,然后把大任托付给他。临终前他告诉呼国庆:"这是一块净地。是我花了四十年的心血种下的。现在到处都在腐烂。外边的腐烂我们管不了。我只要你保住这一块净地。"[①] 他告诉呼国庆必要时要用身家性命保住这块净土。呼家堡的村民，对于老支书呼天成从最初的漠然，到后来的敬畏，再到后来的顶礼膜拜，甘愿做了"主"的光辉笼罩下的"羔羊"。

在呼天成做了三年副村支书的一个下午，血气方刚的他第一次有了"主"的感觉，因为他成功地制止了村人屡禁不止的偷盗行为，最重要的是他第一次镇住了全村人的心，"他体会到了那无比的高贵和高高在上的威严！"在以后的日子里他处处以"主"的姿态行事，刹住了村子里的不正之风，同时也树立起了自己的权威，成了众人心中的"神"。"神"有两重含义，一方面是权威意识，高高在上的权威不容触犯，另一方面是拯救意识，要带领人们走向"得草吃"的圣地。书中的主人公呼天成正是这样一位颇为复杂的人物，他是呼家堡的村支书，也是呼家堡的精神领袖，他精于计谋，却又抱朴守拙；他运筹帷幄，却又奉公廉洁；他一心为村，却又不容别人对他的权威有半点挑战。他有效地整治了村人"做贼"的现象，却牺牲了一些人的人格与尊严。他带领村子从贫穷落后走向了富裕与闻名，建立了一个"国中国"，却仍保持着最简朴的生活作风，住茅屋，睡草床，吃粗粮，不让村人给他过生日，到省城去也选择最简单的饭店，办事不张扬。他身上有儒家文化的进取精神，又有道家文化的守拙精神，这种精神的奇妙融合正是中原文化的奇妙体现，可进可退，亦退亦进。颍平县县长呼国庆遭到了暗算，在呼天成看来未必不是好事，他就得遭受一番磨炼，否则他过于"精明"，这精明不是大智若愚，是小聪明，小聪明必定会遭遇挫折，难成大事。呼天成去监狱看望呼国庆时二人又下了一盘独子棋，棋子只有一园一方两个泥蛋，这叫"扎方"，"是中原乡村的一种民间常玩的棋类游戏，大人孩子都会玩。农民休息的时候，在田间地边上随随便便地画出一些歪斜不均的格子，然后双方再找出一些树棍棍和小土蛋蛋，往地头上一蹲，就开始对擂了。"呼国庆重复着以前老人赢他时使用的那步棋："一退一进，一进一退，走来走去，他没有选择，他的棋子还在原来的位置，这等于没有走。也就说，他没有选择，又有无限的选择。"[②] 呼天成告诉他："下独子棋是孤独的，没有援助，没有配合，没有相应的任何条件，也几乎没有胜的可能。你唯一的希望是等待对方出错，这时候你走的是一种心理，走的是耐性，走的是谨慎。这是一种消磨意志的

---

① 李佩甫：《羊的门》，华夏出版社1999年版，第430页。
② 同上书，第403页。

玩法。走的是精、气、神，走的是钝、忍、韧……"① 最终呼国庆明白了，做人要内方外圆，有退有进，进退有据，这也是呼天成的处世之道。呼天成在内治理呼家堡，在外经营关系网，同样用的是这外圆内方之道。在他以非凡的勇气镇住了村民的心，那些偷盗的村民在与他强硬的目光对峙之下终于低下了头时，他悟到了：只要镇住了心，就镇住了人。心很小，人很大，可心是人的主。于是他利用人们的"脸"做文章，利用展览盗窃品、开会、斗私、做光荣展台等一系列手段，终于刹住了不正之风，改变了人们的习惯，同时树立起了自己无上的权威，并带领村民建立了新村，应该说他是一位强者，也是一位智者。呼天成形象的意义正在于他的复杂面貌所凝聚的复合文化气质，政治文化、农民文化、传统文化、现代文化在他身上有着奇妙的组合，给人提供了众多思考角度。

呼天成是集政治家、农民、英雄、管理者、独裁者于一身的乡村能人。在带领村民走向现代生活上他是一位英雄，他身上具备英雄人物应有的美好品质，坚毅果敢、冷静沉着，不搞特殊化，不搞腐败，一心扑在事业上，一心要建立一个具有凝聚力的新村。他也是一个有血有肉的人，也有私欲，但最终都以理性克制了。在他生日时，秀丫为了报答他，送给他一份特殊的礼物，即打发自己的女儿小雪去了，他很动心，多年的修炼几乎轰然倒塌，但他最终说了一句非同寻常的话："去吧，孩子。你呼伯老了，你还年轻，你呼伯不能毁你。你这份情意，我，收下了……"② 尔后坚决地挥手让小雪走了。他在呼家堡是高高在上的"神"，但他又不是为一己私利、阴谋算计的小人，他处处着眼于整个村子的利益，他敢于违背母亲的意愿，把母亲埋进了和大家一样只有编号不同而其他方面一模一样的墓地。他又是一位深通权术的政治家，深懂养人与用人之道，培植了一批有用之人，从报社记者，到银行行长，到中央重要人物，打通了从地方到中央的人脉，这些在关键时刻皆能为其所用。在县长呼国庆遭遇对手王华欣的暗算，面临失败之际，他毅然出招推倒了王华欣。他又是一位成功的管理者，他用"治心"的方法把呼家堡治理得井井有条，呼家堡的人对于他所建立的权威深深折服，心甘情愿、俯首帖耳，甚至感恩戴德。村里有最严的村规，村里的年轻人王炳灿在跑销售时收了人家的烟和酒等礼品，受到了严厉的惩罚。他有强硬的治村手腕与行事作风，当村人成群结队观看为二妞招魂的仪式之时，他在众人面前亲手捏碎了那被村民看作二妞魂灵化身的金鱼，他捏碎了村人几千年流传下来的封建习俗。他几十年

---

① 李佩甫：《羊的门》，华夏出版社 1999 年版，第 403 页。
② 同上书，第 61 页。

经营的这个集体王国,他树立起来的权威,不容许别人触犯,但最终也不是铁板一块,有人公然要离村出走,这是对他的权威的极大挑战,也是对他苦心经营的集体王国的背叛。在村人议论纷纷,各自出招要求惩治刘庭玉时,最终他还是放行了,他告诉大家:"留住人,留不住心,让他走吧!"表现出了一种难得的气度。呼天成就是这样一位立体多面的人物,在他身上集结了复杂多面的人性,是各种文化的集合体。

与呼天成相对应的是呼家堡的村民,过去多有论者认为:他们身上更多的是盲目从众、奴性等,书中也写到了这一点:"在平原,劳作是单一的、重复的,人们的思维方式也一日日单一化、线性化了。在这里,人们的思维被磨成了一条绳子。所以,'因'是很少有人说的,人们一再叙述的,都是'果'"。① 呼家堡的村民们总能被呼天成轻易地引到他自己所设定的目标上来,实现他一次又一次治理村子的谋划,人们在他面前变得是那样的心悦诚服,死心塌地。在他临终之前,他想听一声狗叫,村民徐三妮带头学起了狗叫,于是全村男女老少也跟着徐三妮学起了狗叫,"黑暗之中,呼家堡传出了一片震耳欲聋的狗叫声"。至此全文戛然而止,呼家堡这个特殊文化的产物,将会走向哪里,实在耐人寻味。

李佩甫《羊的门》对于乡村政治的书写有独特意义。河南其他作家如阎连科、周大新、刘震云等人对于乡村中的土皇帝的劣迹揭露得比较突出,而《羊的门》则对乡村"能人政治"问题有独到的思考。从传统乡村政治的特点看,中国的乡村政治一直是"乡村权威政治",这"权威"多由族长、地主、乡绅或其他乡村精英集团组成。到了今天,虽然实行了民主选举,但是"贤人政治"、"能人政治"的传统依然有存在的土壤。如果说在旧时代士绅能人是乡村自然的治理者,而到了新时代,贤人、能人很可能是村民在行政方面的自觉选择。呼家堡的农民身上确实存在一些落后、盲目、不觉醒等特点,但到了改革开放时代,人们依然甘心情愿地拥护呼天成,因此,今天再简单地把呼家堡的农民仅仅归结为盲目、奴性未免失之偏颇。由此看来这篇作品包含了作者十分复杂的情感,而不仅仅是对乡村政治的批判。

《城的灯》是李佩甫继《羊的门》之后写出的另一部厚重之作,李佩甫说他是把人作为植物来写的,他写的是人的精神成长史,"这一部更加主观,写走出状态,即精神和物质的双重走出"。②《城的灯》主要写了农村孩子冯家昌,在屈辱与歧视中长大,当兵后在部队想尽一切办法追逐权

---

① 李佩甫:《羊的门》,华夏出版社1999年版,第403页。
② 孔会侠:《以文字敲钟的人——李佩甫访谈录》,《理论与创作》2012年8月。

力。因为有了权力才可以升职,才可以留城。为了留在城市,也为了把他的四个兄弟都拉出农村,他学会了"吃苦"、"忍耐",更学会了钻营,并抛弃了为他付出了爱与青春的农村姑娘刘汉香,最终达到了目的。他站稳脚跟以后,又使用种种手段,把几个兄弟也成功植入城市,经过殚精竭虑的谋划,经过长期的不懈努力,冯氏一门终于完成了从乡村向城市的大迁徙,与此同时,他抛弃了妻子——小说因此写出了毫无根基的平民对于权力的追逐,以及在追逐的过程中付出的精神代价。

《羊的门》写出了呼天成对于农村的坚守,他处心积虑让呼国庆得到锻炼,然后把他召回呼家堡,要他做呼家堡的接班人,并且嘱咐他要守住呼家堡那片净土。而《城的灯》则写农民的出走,农民进城。但这又不是一个简单的农民进城的问题,冯氏几兄弟走入城市故事背后是复杂的社会问题,比如乡村权力的压制、贫穷、城乡差异、宗族等问题,正如评论家雷达所言:"《城的灯》绝不是一部当代陈世美的新传奇,附着在这个爱恨情仇的故事骨架上的,是比较深广的历史文化反思:比如,关于贫穷,专制,迷信,传统美德,忠孝节义,城乡关系,兵营官场,政治权谋,都市文明等等多个方面。"① 冯家昌的农村生活经历给他上了人生最重要的一课,因为刘国豆是村长,她的女儿才有好衣服穿,才有糖吃。邻居刘一刀之所以敢明目张胆地欺负他家,强行霸占了他家的一棵树,就在于他经常顺手丢给村长"一刀肉",可以得到村长的偏袒。当冯家昌和村长的女儿刘汉香约会之时,村长可以带人把他吊在树上,甚至有权裁掉他的一只腿。权力是如此霸道,可以为所欲为,还有什么能比这对冯家昌的教育更为触目惊心呢?李佩甫认为"贫穷是万恶之源",② 但是,在这篇小说中,他在强调贫穷对于人的压迫的同时,也强调了带有封建专制色彩的乡村政治权力所导致的农民生存困境的进一步加剧。另一方面,农村宗族派系势力也是一个重要因素。冯家昌家在村里地位低下,村里没有人肯站出来替他家主持公道,还在于他家是外姓,他父亲是上门入赘的女婿,这在当地是被人看不起的,"在平原乡野,'老姑父'是对入赘女婿的专用称呼。这称呼里有很多调笑、戏谑的成分,那表面的客气里承载着的是彻骨的疏远与轻慢。从血缘上说,从亲情上说,这就是外姓旁人的意思的"。③ 这样的生活经历是冯家昌决定背弃村子里的刘汉香,而选择了有家庭背景的李豆豆的重

---

① 雷达:《〈城的灯〉中的圣洁与醒觉》,《当前文学症候分析》,作家出版社 2009 年版,第 234 页。
② 李佩甫:《贫穷是万恶之源》,贾玉民主编《对话:与当代文艺名家面对面》,远方出版社 2005 年版,第 264 页。
③ 李佩甫:《城的灯》,长江文艺出版社 2003 年版,第 7 页。

要因素之一。他在部队上能够忍受一切,能够吃别人无法想象的苦,只是要达到一个目的:获得权力留在城市。"我发现,在人的成长过程中,极端的生存环境,会给人打下极其深刻的精神烙印(尤其是童年。对于人来说,童年是至关重要的)"。① 冯家昌在一个恶劣的环境中长大,他的性格遭到了扭曲,他极端自卑,又极端敏感而自尊。刘汉香给他买了双鞋子强行让他穿上,他感到的不是幸福,而是屈辱。他的眼中常有"狼性",即不顾一切的狠劲,他用带刺的"蒺藜"扎在脚上,在雪地里光着双脚走路,到部队后忍受一切痛苦,硬着心肠抛弃了刘汉香。他心里始终藏着一股狠劲,他要进入"城市",要把剩下的四个弟弟带出农村。在冯家昌身上李佩甫写出了农村青年进入城市的重要原因与艰难历程,入城也是经历一场炼狱的过程,是一个不断被异化的过程,最终达到目的进入城市的冯家昌已不再是原来的冯家昌了,他已经面目全非了。

  李佩甫小说的语言特色一向明显,多用白描,朴素却富有文化意味。还善于运用一些极富地方色彩的特殊词汇,融进了当地的风土人情,使作品读起来极富文化内涵。

  《城的灯》中作者单独用一节的篇幅来叙述中原地区常用的一些词汇,这些词汇看似平常,却凝聚了中原的民风、民情、思想、价值观念等,透过这些词汇,还可以发现中原人的生存本相与中原文化的关联。如对于"天"的解释:上梁人念"天"字是带儿化韵的,这就有了轻慢的意思,因为"天"太遥远了,"人们对于这个自然界最大的字反而不尊重了",因此上梁人说到天时常带戏谑意味,人们常说"你看这鳖孙天儿";但上梁人又是惧"天"的,"从精神含义上说,引申为对权势、对不可知的威力的恐惧"。在上梁,大权是"天",小权是"地",天很遥远,所以人们敢于骂天,如同骂娘一般简单,而却不敢骂"地","地"就在眼前,一个人正在骂天,看见一个当官的,马上回头跑了。这个词汇里凝聚着一些心理暗疾,缺乏真正的信仰,自大盲目,无视一切,却又"唯官至上"、"唯权至上"。在农村,政治权力对于人们的生存状况有着直接的影响,官本位的心理渗透在中原人的生命体验里,反过来又存活于语言系统之中,成为中原人的精神印记。又如对于"人"字的解释,"人"的读音也是儿化了的,读"人儿",在上梁也有轻慢的意思,人们常说"草木人儿",在这块土地上,自古人口极其繁多,于是,人和草木一样低贱;这个"人儿"又是"仁儿"的意思,有被包裹之意,"它的活就是一种挣

---

① 李佩甫:《贫穷是万恶之源》,贾玉民主编《对话:与当代文艺名家面对面》,远方出版社 2005 年版,第 264 页。

扎",当地也叫"钻挤",是当地常用语,含有"逃"的意思;"仁儿"还有面具之意,就是人的脸,中原人常说"人活一张脸",就是面子问题,为了面子可以不惜一切;面具又难让人看透,人们常说"能人儿"、"这人儿看不透"。这个词汇极富象征意义,中原地区被包裹于中国之中,人口众多,封闭落后,历史上又多灾难,人活得如同草木一样卑贱;还要活得"钻挤",才能挤出一条出路;还得要面子,什么都能丢,唯独不能丢面子。这些词汇看似简单,其实都承载着厚厚的历史与文化积淀,作者解得奇妙,读来令人深思。又比如"受"这个字,本意有"接受"、"忍受"之意,李佩甫解释:在上梁,是主动语,是一种担当,读音略微,在地里干活的人见了面不说干活,而是说"受哩",指一种无始无终的劳作。在乡间,此字甚苦,甚至包含了生命的所有内容。[①]"受"字是中原特有的用语,人们常说"这日子够受",指日子很艰难,也指日月很长,或者平常日子里方方面面事情很复杂。这样的日子,只能是"受",而非"过",所以中原人又爱说"活受",即:要在这样的日子里活着,就得忍受,这是非同一般的"活受"。《城的灯》中冯家昌的人生就很好地诠释了这个"受"字。他从小没了娘,父亲在村子里又毫无地位,因此,要想活下去,那日子只能是"活受",因此,他用十二颗带刺的蒺藜把脚扎伤,给兄弟们演示不穿鞋子同样可以和别人一样走路,因为娘去世了,再也没有人给他们做鞋子了。到部队后,他忍受一切痛苦,竭力往上爬,想爬上去,毫无背景的他唯一能做的就是"忍受",那样的生活自然又是"活受"。"活受"是一种承受,是一种隐忍,也是一种等待,甚至绝望之中的希望。这个词汇深深地打上了中原地域、文化背景、生存背景等的烙印。其中,有中原人能够吃苦的狠劲,也有能够催人泪下的对于底层情感教育的生动描绘。

《生命册》是李佩甫新近出版的一部长篇小说,以主人公吴志鹏的生活经历为主线,以中国城乡五十年变迁为背景,通过描写从乡村到城市一大群人形形色色的人生,折射出中原大地独特的生存环境,以及这个环境孕育出的民性、民情、民心。"生命册"为圣经典故,出自《圣经·启示录》第3章,是耶稣记载永生之人的花名册。作为这篇小说的名字,含有悲悯之意,暗喻作者此书如同一部生命册,记录了各类人生。老姑父放弃军官生涯,轰轰烈烈地追求爱情,结果却打打闹闹一生;梁五方聪明能干,无辜遭到批判,命运坎坷;虫嫂勤劳善良,却被逼做贼,她受尽屈辱

---

① 李佩甫:《城的灯》,长江文艺出版社2003年版,第340页。

养活了儿女，却受到儿女的鄙视；而城市中的人如骆驼，有勇有谋，最终却从十八层楼上跳了下去；梅姑娘漂亮善良，却屡次遇人不淑，一生波折。真是一部形形色色的人生的"生命册"，见证着中国几十年的风云变幻，还有世道人心的变迁。

作者在写这群人形形色色的人生命运时，遵从的依然是"政治与人性"、"社会与人性"的叙述话语，始终把人物放在时代潮汐之中，突出时代旋涡里人的命运沉浮。书中一个重要人物梁五方由一个聪明能干、富有志气的乡村青年，变成了一个居无定所、懒赖泼皮、以上访为生的上访专业户，发生这样一个重要人生转折的原因在于一场突如其来的运动，在运动中他莫明其妙地成为批判对象，受到了身体与精神的双重伤害。作者写出了外来的政治力量给无辜者带来的精神创伤与人性的扭曲。另一个重要人物是虫嫂，饥饿使她不顾一切地偷东西，村子里进行"斗私批修"，让她站桌子，有时让她翻跟斗。治保主任让她脖子上挂着偷来的东西游行示众。这些给她的孩子们幼小的心灵上蒙上了浓重的阴影，也扭曲了虫嫂的人性，她渐渐变得不顾廉耻，完全丧失了做人最基本的尊严。作者从政治视角透视了人的命运与人性的异化问题，书里明晰可见从"大跃进"到"文革"这段历史时期，中国极"左"政治给底层人们带来的灾难。

当然作者也写到了在政治力量的压迫之下所表现出来的一些反抗精神，这是从政治视角透视人性的力量。比如老姑父，得知梁五方将被批斗之时，提前对梁五方进行提醒，让他逃走，可惜梁五方未能理解其意，结果遭到了无情的批判。当"反瞒产"之风刮得最厉害时，他顶着风头，受到严重警告处分，保住了村里的几十亩胡萝卜，挽救了全村人的生命。这是一种朴素的道义精神，是人性中美好的一面，即使强势的政治力量也不能完全将其压制。作者对于骆驼、蔡思凡、吴志鹏等人的描写则主要从社会与人性的层面进行的，主要描写了在经济大变革的社会里，人们的心理之变及人性之变。骆驼敢闯敢干，头脑精明，经过拼搏，终于赚得了大把金钱，在打拼事业的过程中他学会运用一些商场与官场潜规则，为了新成立的公司，他利用金钱拉拢腐蚀一些干部，最终事发，他从楼上跳了下去。作者写出了经济转型中的一些重要问题，即人们对于财富的追求一旦越过了一定的价值底线，人便会迷失本性，沦为金钱的奴隶。

李佩甫的《李氏家族的第十七代玄孙》及平原三部曲构筑了中原人的心灵史。从远古到今天，从洪荒到现代，从乡村到城市，一路走来，在风云变幻的历史长河中他们挣扎、奋斗、谋划、算计，就像平原上最多最为普通的草——败节草，普通而卑贱，顽强而柔韧，在一定的环境与土壤中迎风生长着，极力争得生存的空间。《李氏家族的第十七代玄孙》是中原人历史起源的秘史。《羊的门》则突出了中原人顽强的生命力和深不可测的心机。另一方面又通过乡村政治生活图景透视了中原文化及国民性问题，还表现出了中原人对于土地的坚守；《城的灯》是青年农民走向城市、夺得城市生存权的抒写。乡村的贫穷落后、乡村浓重的封建思想、乡村政治权力的不公等因素对青年农民形成了重重束缚，他们难以忍受，急于逃离那个地方，但这个逃离的过程是如此的艰难，甚至需要付出做人的尊严。《生命册》写出了无梁村村民及城里人的生活挣扎，在社会大潮中的生死沉浮，在时代巨变面前的思想蜕变，也写出了从乡村进入城市的知识分子的精神负累。

二 城与乡的双重批判

千方百计逃离农村，逃离土地，是河南当代作家写得比较多的一个主题，如阎连科、刘震云、周大新、刘庆邦等人的作品中多有描写。阎连科在谈到为什么写作时曾坦言："说白了，就是想逃离土地，不想当农民。"[①] 阎连科的《情感狱》中，主人公连科费尽心机，想走出土塬，走向城市，是青年阎连科自传性的人生写照。连科读高中因家境贫困中途辍学，他争取当兵被有关系的人挤掉，他爹不惜以当批斗对象为他换得的一个招工进城指标却又报废；刘震云《塔埔》、《新兵连》也写出了农村的孩子对于脱离农村的极端渴望；周大新《走出盆地》写出了盆地人冲出南阳盆地的渴望。他们千方百计要当兵、考学，在那个时代，这是走出农村脱离土地的重要途径。乡村本是农民的根，可是过去一些极"左"路线曾给农村造成严重的影响，对农民造成了严重的伤害，致使农村一度那样的破败、困顿，使得农村成为青年农民唯恐避之不及的噩梦。这些情况在作家的作品中都有书写。张一弓的《犯人李铜钟的故事》中，农村被"大跃进"、反瞒产等各种运动弄得面目皆非。刘震云《故乡天下黄花》中农村经历了发生在中国的每一次运动，每次运动中都有很多无辜的人成为牺牲品。阎连科的《情感狱》中，上边把批判对象的指标分到各个村子，致使无辜的人被批斗。《受活》中发生"铁灾"、"红灾"，偏远的"受活村"也难以幸免。李佩甫《生命册》中的梁五方，本来是一个能工巧匠，他在村中盖出的"龙麒麟"空前绝后，他能在水塘上盖起漂亮的房子，把村民认为不可能的事变为可能，成为闻名四邻八乡的一个神话性

---

① 熊育群：《一直在奔跑：艺术大师对话》，中国文联出版社2003年版，第88页。

人物。然而在运动之中,被莫明其妙地定为坏分子,遭到众人的批斗。从此他的人生发生了逆转,家庭离散,财产没收,他也走上了没有尽头的上访路,成了一个"专业上访人"。志气消散了,手艺荒废了,他变懒散了,"脸"也不要了。

除了政治运动给农民带来的灾难之外,乡村政治的混乱与带有封建专制色彩的乡村权力对农民的压制也是导致乡村苦难的重要原因。《金屋》中的村长杨书印,三十八年来始终是扁担杨村的第一人,他一辈子都在琢磨整人的法子,他善于运用中国政治运动中的治人法则,让村民都变得服服帖帖。他利用手中的权力强奸了十七岁的花姑,他抢占了村民宅基地并逼出人命,他侵吞村里的公款。杨如意一家深受其害,杨如意的父亲被批判,杨如意被逼迫离开村子。当杨如意在城里做生意发了财,回到村里盖起了一座高大的楼房时,他不把村长杨书印放在眼里的傲慢态度惹恼了杨书印,于是杨书印再一次施展整人的伎俩对其陷害。《败节草》中的队长李大牙,在大李庄是最厉害的人物,没有他不敢收拾的人,没有他不敢骂的人。《豌豆偷树》里的村长公然霸占村民们的房舍押金,村子里大事小事一律是他说了算,谁家能够用水浇地全由他决定。《羊的门》中更是对乡村权力进行了极致的书写,呼天成是呼家堡的"主",他拥有决定一切的权力,全村的村民对他至高无上的权威顶礼膜拜。乡村权力的魔影笼罩在农民的头上,既使他们心惊,又使他们敬畏,也严重扭曲了农民的个性,许多青年农民正是生活在这样压抑的环境中,极其希望逃离农村。

李佩甫对于乡村是批判的,批判的重点对准了乡村政治权力及国民性问题。但批判的背后是他对于乡村大地的热爱。而面对城市时,李佩甫就只有批判了。农村的困境让他笔下的人物要逃离农村,向城市迁移,但到城市之后,面对与乡村伦理完全不同的城市,目睹欲望重重、欺骗与算计的城市,这些迁向城市的人们遭受的是思想的异化与灵魂的难以安宁。《无边无际的早晨》中的李志国从乡村来到了城市,他极力地向上爬,却又讨厌城市的一切,他不喜欢自己妻子的做作,讨厌她的浓妆艳抹,与她结婚只是因为她是一位副市级干部的女儿,利于自己的升迁。《城的灯》中的冯家昌离开家乡来到部队,千方百计追求权力,获得留城的资本,因为他的家庭在农村生活得太卑贱太屈辱,这卑贱与屈辱的原因不仅仅在于贫困,更在于村子里浓重的封建思想、宗族意识、权力专制造成的人性的压抑。但冯家昌获取城市生活权利的过程,也是其一步一步走向非我的过程。从最初的汇报思想、种南瓜地等极力表现,到背叛初恋情人刘汉香,娶有背景的姑娘李冬冬,再到极力讨好上级,挤掉竞争对手侯秘书等,他的城府变得越来越深,他的心也变得越来越硬,他的行为离他的良知越来越远。作者在写到他每一次背叛自己的良心之时他灵魂的痛,当周主任问及他是否有对象时,他回答说没有,这时他的心告诉他,他已经把自己给卖了;当刘汉香被抛弃后,跑到部队找到他并表示原谅他时,他的心"跪了",他的心已无法站立起来了;当最终他们兄弟功成名就之时,在他们的聚会上,他忽然学起了狗叫,"就见他转过脸去,忽地又转过脸来,那脸已是一张很生动的狗脸了。"这一笔是极为生动的暗喻,在灵魂深处,他已丧失了做人的尊严。他的进驻城市是以沦为"非人"作为代价的。无疑,李佩甫对冯家昌是批判的,在对于他的批判中,暗含了作者对于城市的态度,是城市使冯家昌失去了做人的尊严,是城市上层权力阶层的生存法则使冯家昌的人性被异化。另一方面,作者又在他身上寄寓了悲悯之情。冯家昌奋斗的动力主要来自童年遭受的屈辱,父亲老姑父是倒插门女婿,这在平原是遭人耻笑的,因此,老姑父在上梁村没有地位可言,自家的树硬是被霸道的邻居给抢走了,更可气的是村民们都唯唯诺诺,顾左右而言他,不肯出来为他家主持正义;冯家昌的母亲很早就去世了,兄弟五个一年到头光着脚。家庭的极度贫穷与家庭地位的低下所带来的屈辱,使冯家昌幼小的心灵蒙上了阴影,他变得坚强硬性,敏感自尊,眼里有"狼性",那是一种屈辱与仇恨织就的狠劲。李佩甫说:"人也是植物,其实每个地方都有它特殊的植物与草木,那是由气候和环境造成的。"① 冯家昌的出走与变异与他生长的环境是分不开的。这部作品也写出了农民离开土地,进入城市的艰辛与代价,冯家昌的进城史就是在一定的环境里的活命史,这里似乎有两难选择:要么走出土地,走入城市,付出高昂的代价;要么回到原来的生活中,继续过不堪回首的窝囊日子。冯家昌让我们想起《人生》中的高加林,也想起《红与黑》中的于连,高加林的最终结果是回到了那片土地,于连的结果是死去。冯家昌成功了,成功的代价是人性的沉沦。书中几次出现那个意象"城市的灯光",城市的夜不就是灯光装饰起来的吗?那灯光照亮了整个城市,甚至隐没了星星,灯光堂皇迷离,吸引着冯家昌不顾一切向前走。城市的灯是华丽虚幻的城市的象征。

　　书中的另一个重要人物刘汉香是作者倾力赞美的一个人物,她身上凝聚着作者对于乡村大地的深情。她的执着,她的善良,她的献身精神,都令人感动。未婚夫冯家昌当兵走了,未过门的她毅然走进了那个倍受歧视

---

① 李佩甫:《城的灯》,长江文艺出版社 2003 年版,第 279 页。

的家庭里,撑起了一片天,用她有限的力量来保护那个破败贫苦的家。后来遭到冯家昌抛弃,在遭受了巨大的精神打击之后,她放过了那个令她爱恨交织的人,回到家乡种出了一片希望的田园,还接过了村支书的职务,想办法改变村子贫穷落后的现状,带领上梁村的乡亲们走致富之路,种果园、培育稀有花木品种。她种"礼仪"树,改变村子的不良风气,努力使村子变得文明。最终她为那些父老乡亲献出了生命,而她培育的花开遍了整个上梁村。上梁村变成了花街,花镇,成了富有朝气的新兴城镇。

作者对于乡村大地的认同还表现在对于村子的神秘力量的描写上。村子对于那些走向城市的人来说总有一股神秘的力量,这股力量就潜藏在内心最深处的一个角落。在他不知所措、惶惑或者内心挣扎时,村子的力量就会显现,就像一股神力,马上就有了启示,然后就会做出正确的选择。《无边无际的早晨》中的李志国在人生的最重要关头不知不觉自己走回了村子,"可他始终不明白,他是怎么走回村去的,他为什么要到那里去,那股神秘的力量究竟来自何处呢?"① 李志国正是从村子里往回走的路上豁然开朗,知道了该坚守什么。《败节草》中的李金魁也是在面临人生中的重要选择之时,那种神秘的力量起了至关重要的作用。他的同学李红叶的父亲要把他留在市委做秘书,对于处于卑微之中的他来说无疑是极大的诱惑,但在最后一刻他放弃了,他得到了一张上大学的推荐表去读书了,结果不久以后李红叶的父亲又被投进了监狱。李红叶称这种行为是"贼","这'贼'是与生俱来的,在那样的时候,在要你做出选择的关键时刻,你骨头里的'贼'起作用了。那时候你就知道,你是一株草,自生自灭的草啊。你一生下来就处于败势,你只是一点一点地生长着,你的身量很小,你的基点也很小,再小的脚印也是你自己的,你是一步步走出来的。你是在小处求生,是在败处求存的。"② 可见,"贼"是从土里生长出来的、长在骨头眼儿里的警觉,是先天的防范,是一种生存本能的敏锐。是特殊的土壤养成了他这种"贼"性。乡下人身份在走入城市的过程中是永远挥之不去的情结,无论是客观还是主观上,乡村都在时时提醒你,你是乡村人,你的根永远在乡村,这显然也是作者内心深处永远纠缠不清的故乡情结了。

城市在作者的笔下,往往是作为乡村对立面出现的。在作者的乡土小说中随处可见作者对于城市的评价:《黑蜻蜓》中的"我"是城里人,却在饥饿的年代里频频跑到乡下姥姥家找吃的,勤劳厚道的二姐给了"我"

---

① 李佩甫:《无边无际的早晨》,《钢婚》,江苏文艺出版社 2005 年版,第 202 页。
② 李佩甫:《败节草》,《钢婚》,江苏文艺出版社 2005 年版,第 46 页。

最无私的帮助，在"我"的婚礼上，新婚妻子嫌弃二姐的态度，让"我"感受到了城里女人最深的浅薄。《败节草》中的李金魁被爷爷带到城里亲戚家，遭到冷遇。《羊的门》中的呼天成临终前说外边到处都在腐烂，只有呼家堡一处是净土，"外边"是指灯红酒绿的城市。《城的灯》中，走入城市的冯家昌，在走向成功的路上，靠的是心计，靠的是背后的关系，还有在领导面前低三下四的表现。《生命册》中的城市对于主人公吴志鹏来说是冷漠、隔阂、没有温暖的地方。作者以城市为题材的作品《城市白皮书》中，曾以一个小女孩的视角写了城市人们的焦虑不安、麻木和冷漠，如"公共汽车上有很多很多的人脸，公共汽车上很多很多的人脸都是一模一样的，一样的黄，一样的焦躁。你看，它一段一段地把人吞进去，又一段一段地把人吐出来，吞进去的是人，吐出来的是人的渣。"[①]作品中到处是对于城市过于物化的环境的变异性呈现，如：

> 新妈妈的声音是红色的。她一说话我就看见颜色了，红红的颜色。那颜色就装在她的脖子里，她的脖子像透明的细颈玻璃瓶儿，一说话就冒颜色。颜色分三种。没有外人的时候，那是一种赤红，那红像烙铁一样，落在人身上嗤嗤冒白烟，很烫很烫，这时候我就无处可藏了……有客人时，那红就浅了，粉粉的，妖妖的，一珠一珠：一瓣一瓣，小樱桃一样："明明，看叔叔啊……"爸爸在家的时候，那是一种猩红。那红就像细瓷蓝边小花碗煨出来的药，带着一点葱，一点盐，一点芥末，还有五香粉："这孩子啊……"

小女孩的眼里看到的是人与人之间相互利用、勾心斗角的龌龊。通过变异化的城市生活的呈现，作者表达的是城市在转型时期出现的价值的混乱与人性的迷失。新妈妈与旧妈妈在开始时都把"我"往外推，知道"我"有特异功能之后又争相把"我"往回拉，推出去是因为把"我"看成了负担，拉回来是因为特异功能可以用来挣钱，作者批判了城市里金钱对于人们精神的腐蚀。对于这个问题，作者在《等等灵魂》等作品中同样进行了有力批判。《等等灵魂》写转业归来的任秋风接任一个商场的经理，经过努力走向了成功，然而他的灵魂也在一步一步走向异化，他成了权力的奴仆，变得自负、好大喜功、享受权力带来的乐趣："每次出门前，他就事先站出一个'大'字来，由秘书们前后张罗着，给他穿好外衣、

---

① 李佩甫：《城市白皮书》，长江文艺出版社2001年版，第18页。

打好领带、收拾好提包及各种文件，甚至蹲下来帮他系鞋带；回来也一样，一进门，几个人冲上来，给他脱下大衣，解去领带，送上拖鞋……"笔下的城市是欲望的象征，作者表达了鲜明的批判立场。

在《城的灯》中作者写了农村人到城里的两条道路，一条是冯家昌直接楔入城市的奋斗，另一条是刘汉香在农村开辟新的天地，把农村的生活引向城市化。作者对于前一条路是批判的，对于后一条路也有隐忧，刘汉香引领大家种果园，但邻里之间互相偷摘果子，互相使坏。孩子缺乏教育，辍学、斗殴、懒散。刘汉香正是死在了六个前来抢钱的孩子手里。这表明了作者对农村城市化问题的矛盾与惶惑。农村走向城市化，农民的精神之变才是至关重要的问题。作者说他在写精神与生活的双重出走，物质的出走是要寻找富裕，精神的出走则有可能是走向贫瘠。

三　土壤与植物

李佩甫在他的作品中曾不止一次地提到植物与土壤的问题，土壤与植物都是一种隐喻，隐喻中原人独特的生存环境。"气"在李佩甫的小说中多次出现，"气"就是中原特殊环境的产物，是作者阐释中原文化的一个重要途径。中原有句话叫"人活一口气"。在《羊的门》中，呼国庆说："人活一口气，男人就是一股气，这里的男人就是长长的生命链条，每一个扣就是一个大的'活'字。"《城的灯》中的冯家昌也为了活出一口气，这口气是一种精神之气，促使其不断奋斗。《黑蜻蜓》中的农村姑娘二姐，再苦再累也不愿受城里亲戚的接济，那是一口活出自尊的气，是争气。这口气有时又表现为志气的对立面，即浊气，是心中的恶气，在残酷的生存环境中，人们可以一同吃苦，一同受累，互相帮扶。一旦哪一天这种平衡被打破了，嫉妒、自私、算计就会激发出来，成为一股怨恶之浊气。在不良的环境中积聚膨胀，成为伤害人的可怕武器，《生命册》中的梁五方，就是这口"恶气"的牺牲品。他聪明手巧，在房梁上做出的"麒麟"超过了师傅，也盖过了对手。他心高气傲招致了村人的妒恨。平时他不经意的一句话，便成为人们报复他的缘由。运动来了，他理所当然地被拉上了批斗台，受到了最残酷的惩罚。那是无梁村人的嫉妒与自私所聚集起来的恶气，足以毁掉一个人的一生。梁五方难以咽下这口气，一生都耗在了上访里。梁五方上访38年，耗费了他人生大半时光。然而可怕的是人们并没有意识到这"恶气"的危险与歹毒，甚至还视之为理所当然。梁五方被定为坏分子，在批斗他的会上，无梁村的每一个村民都出了手，明里暗里发泄着自己的兴奋，甚至梁五方的二哥梁五升也把一团驴粪蛋塞进了梁五方的嘴里，因为二人一向不和。作者有意于揭示人性中的一些阴暗的东西，这些东西在一定的环境下激发出来，会淹没美好的东西，甚至亲情。嫉妒的能量，借政治运动的机会释放出来，结出了可怕的毒果。

生命的韧性，也是李佩甫作品的一个重要主题，这坚忍是与极度贫困与落后中的"活命"哲学相统一的。贫穷是河南当代作家常常涉及的一个重要话题，刘震云《塔铺》中的"磨桌"因吃不饱饭，夜里出去烧蚂蚱、老鼠充饥；《新兵连》的新兵"老肥"几乎没吃过肉，为了图表现把自己舍不得吃的肥肉放在了连长的碗里；阎连科的瑶沟系列中，连科去城里上学，需要全村人给他凑学费与干粮。李佩甫的大部分作品中也写到了河南的极度贫困问题——《败节草》中的李金魁，家里吃饭都成问题，他要学一门手艺，家里拿不出五元封包费；他上学只能吃硬馒头；《城的灯》中的冯家昌正是因为家里极度贫穷，兄弟五个长年累月都没有鞋穿，在学校就被大家戏称"赤脚大仙"。与贫穷相连的往往还有地位的低下，以及做人尊严的被剥夺，正是这样的环境使冯家昌不顾一切往上爬，表现出不顾一切的"狠"劲，包括对于爱情、信义的割舍。

严酷的生活环境也磨炼了人的意志，锻炼了人的生存竞争能力，使他们的生命表现出了少有的韧性。《黑蜻蜓》中的二姐在人人吃不饱饭的年代里带领小弟一趟一趟往地里跑，只要是能果腹的东西都拿来吃，这样才没有在饥饿年代倒下去。《羊的门》中写了呼家堡人人都偷村里的庄稼粮，是吃不饱时代养成的习惯。在灾难年代，秀丫流落到呼家堡，饿昏倒地，一碗饭就可以让她留下来。《生命册》中的虫嫂，为使全家人活命，一方面使出了超常的力气不停劳作，另一方面在衣服上缝满了各种各样的袋子，每次从地里回家，袋子里总是装着各种各样的食品：苞谷、黄豆、黑豆、芝麻、红薯等，为此她被民兵抓住后一次次地被示众，但她不在乎，她只有一句话："孩子饿啊。"在那样残酷的环境中，吃是一切行动的动力，为了吃上东西，尊严、面子都可以弃之一边，最基本的生存成了人们生活的全部追求。李佩甫曾在不同场合多次提到人就是植物，把人当植物来写，他表示植物生长都是需要一定的土壤、空气、水，什么样的环境养成什么的植物。他强调了环境对于人的重要影响，他对于这些像飞蛾扑火般的人物有深深的理解与同情。

作者一方面对于严酷环境中成长起来的平原人性格中的负面因素进行审视，同时，作者又十分执着于揭示人性中朴素美好的一面。《无边无际的早晨》中的李志国，是一个吃百家饭长大的孩子，他从小成了孤儿，是大李庄的人养育了他，他们把家中最好的东西给他吃，甚至让自己的孩子受委屈；李志国去县城上中学，是村人给他凑齐了所有的生活用品。村人爱恨也是分明的，在他不停地偷窃各家东西时，是村人用皮鞭惩治了他，让他分清是非；在他不明不白地参加"文革"中的战斗队时，是队长三叔当众打了他，并把他强行带回了村子；即使他带着计划生育工作组回到村子，对着养育他的村民采用了极端的做法，但村民还是原谅了他，在他到邻县去上任县长时，给他送去了"老娘土"，人们相信，有了家乡的这块"老娘土"，无论走到哪里都会平安。《生命册》中的吴志鹏，是孤儿，是全村女人的奶水养育了他，全村人用最淳朴的方式对待他，把他视为自己的孩子。而对于下放到村里的老杜，村民看到他不是坏人无条件地接纳了他，并给他以特殊照顾。《画匠王》中的乡村教师李明玉在全村人共同努力下走了出去；在二奶奶的骂声中全村人对于落难的老马给予了最真挚的帮助。乡村在作者的笔下是贫穷落后的，但在贫穷与落后之中却也存在最真挚最淳朴的情义，乡村里有着质朴的温暖与厚道的温馨，人情的善良常常可以抵消政治运动的无情。

李佩甫写出了中原大地上各种各样的人物性格，也揭示了正是中原这块特殊的"土壤"孕育了这些性格。与张一弓相比，后起的李佩甫对于河南乡村、农民的描写显然更富有文化底蕴，表达的情感也明显丰富、复杂了许多。

第四节　李洱：乡村政治的面孔

李洱（1966—　），河南济源人，主要作品有长篇小说《花腔》、《石榴树上结樱桃》，小说集《饶舌的哑巴》、《遗忘》、《午后的诗学》等。乡土小说作品主要是长篇《石榴树上结樱桃》，中篇《鬼子进村》、《故乡》等。《石榴树上结樱桃》以一个名为官庄的村子里的一次选举为主要线索，生动再现了城市化进程中的乡村文化的驳杂面貌及乡村政治晦暗不明的面孔。

"石榴树上结樱桃"是河南某地的乡村俗语，意为人们特意想做成某一件事，但有时会出现阴差阳错、意想不到的结果，在这篇作品中暗示这场选举出人意料的结局，也暗示了乡村政治的微妙变化。这篇小说表面看来似乎是一出乡村闹剧，闹剧下面显露的是最严肃的事实，即当今乡村的政治、文化生态环境问题。

一 特殊时代的乡村政治面貌

乡村政治的书写,是河南当代小说创作的一个重要内容,其他地域的作家也写到乡村政治问题,如陈忠实的《白鹿原》,贾平凹的《高老庄》、《秦腔》,毕飞宇的《玉米》、《平原》,张炜的《古船》、《九月寓言》等作品,但比较起来河南作家的乡村政治书写比别的地方更加突出。主要表现在两个方面,一个是河南作家普遍写到了乡村政治的问题,如刘震云、李佩甫、阎连科、周大新、张宇、刘庆邦、李洱等都曾对乡村政治作出过深刻的阐释。另一个方面是河南作家笔下的乡村政治比其他地方作家笔下的乡村政治更加尖锐。因为中原地处中国的中心地带,以前是多个朝代的统治中心所在地,因此积累了较之其他地方更加深厚的政治文化传统。因此,河南作家很多人从政治层面对中原文化及河南发展中的一些问题进行了思考。

《石榴树上结樱桃》也写到乡村政治问题,但李洱笔下的乡村政治又与河南其他作家笔下的乡村政治有所不同,其他作家如刘震云、阎连科等人强调了乡村权力的争夺、乡村政治权力对于人性的奴役、乡村政治特权导致的更多的不公从而加重了乡村百姓的苦难等问题。李洱这篇作品中也写到了对于乡村政治权力的争夺,但作为更年轻的一代作家,身处农村改革试验的年代,乡村政治在传统文化与现代文化的交锋中,呈现出更为复杂的面貌,这种状况为李洱的小说创作提供了更为丰富复杂的思考资源。李洱在小说中更多涉及乡村政治文化生态问题、乡村民主建设问题及在社会转型期乡村文化的巨变等问题。《石榴树上结樱桃》主要讲述了两个中心事件:官庄村的村委会选举和计划生育问题。这两件事互相关联,计划生育是目前我国考核乡村干部、评定其政绩的一项重要内容,出现计划生育问题可以对村干部一票否决。作者通过这两件事,作出了对于上述乡村问题的观察与思考。

小说写到官庄村即将进行新一轮村支书选举,现任村委会主任孔繁花自认为当选是十拿九稳的事情,她调动一切力量为选举做准备。此时,村里一个女人姚雪娥的肚子大了。这可是一个十分火急的问题,因为姚雪娥已有两个女儿,这次是超生。如果出现问题,孔繁花就不战自败。麻县长在刚刚结束的县里工作大会上,十分强调计划生育是头等大事,一个村子里的班子的去留都与计划生育挂钩。孔繁花一边想尽办法要阻止姚雪娥的超生;一边采用许愿、拉拢、有奖知识竞赛等亲民手段进行着紧锣密鼓的选举准备工作。村子里抓计划生育工作的孟庆书与村里团支书孟小红表面上支持孔繁花,暗中都在为自己参与竞选做准备。最终村里进行了一场热热闹闹的选举,孟小红对着喇叭激情满怀地发表演说,表示"要和乡领导密切合作,一手抓生产,一手抓治污,两手都要硬"。选举结果出人意料,自以为非己莫属的孔繁花落选,孟小红一举成功,当选为村支书,真正应合了那句"石榴树上结樱桃"的俗语。

  乡村政治是乡村变革的重要内容之一。村民自治、民主选举是实行基层民主政治的重要途径。把任免村干部的权力交给农民,由农民自己选出带头人,有利于乡村的良性发展,提高农民的独立主体意识。但在实行过程中,也出现了许多问题,比如不正当竞争问题。改革开放以后,我国乡村面貌变化很大,物质与精神生活都有所提高。但同时,农民的思想上还存在很多根深蒂固的封建思想,对于乡村干部职位的争夺更多源于利益的追逐,而不是源于服务意识。多年的乡村生活经历使李洱熟知乡村的一切,村委会是乡村社会的政治舞台中心,竞选、拉选票、知识竞赛、请吃饭、向选民承诺等这些颇具现代意味的政治竞选已在乡村充分展开,貌似乡村已跟上了城市化的步伐,与外面世界接轨,实际上却是旧瓶装新酒,换了包装的乡村政治权力的继续角逐。争夺权力的目的仍然源自无处不在的利益:当上村支书会受到村民普遍的敬畏、有当家做主的权利、有随意支配的经济大权等。"大队干部拥有绝对权威,社员的需求主要由大队干部塑造和决定,大队干部对社员履行多少责任,怎样履行责任,皆主要由干部自己和上级领导决定和衡量,而不是由社员来决定和衡量。从而呈现出在社区成员的需求与公共权力的责任这一互动中,公共权力始终处于主导地位……干部可以对社员进行全方位的控制,而社员则形成了对干部的依赖"。[①] 我国改革开放以后,人民公社制不复存在,广大农村实行了以家庭为单位的村级联产承包责任制,以家庭为单位的生产经营方式在农村得到恢复。农村的生产经营方式和农村经济的进一步发展削弱了村官手中的部分政治权威,但是村官在经济资源控制、乡村就业、乡村财产支配等方面仍比一般的村民有更多的机会。因此,村民与村官之间依然存在着十分复杂的矛盾。另外,官本位心理是一种根深蒂固的民族心理,中原人因长期处于强势政治文化之下,这种心理比别的地方更加顽固,表现在日常生活中就是人们对于权力的渴望。官庄村里,无论是在任村委主任孔繁花、村计生委员孟庆书、村团支书孟小红,还是在外做生意的祥生,他们身上都潜藏着对于权力的渴望。权力对于他们而言,仍然是谋取好处的一

[①] 吴毅、吴淼:《村民自治在乡土社会的遭遇——以白村为个案》,华中师范大学出版社2003年版,第18页。

个重要工具,而不是带领村民走向富裕与发展的服务意识。乡村农民也一改过去那种老实巴交的面孔,各自怀有自己的想法与目的,选谁,谁得给自己一定的好处。民主选举本来是现代化的改革尝试,却变成了达到个人目的的手段。玩心眼、用计谋、使绊子,对选民进行误导,民主的东西居然变成了"伪民主",通过这场令人啼笑皆非的乡村选举,李洱写出了乡村走向现代化过程中出现的一些值得注意的问题。

这篇作品值得注意的是文中的两个关键人物孔繁花与孟小红,一个是前任村支书,一个是此次竞选获胜的新任村支书。过去,乡村政治舞台一直是男性占据主导地位,女性参与其中的极少,即使有,也不过是一个配角而已。这部作品中,竞争村长的是两位女性,乡村女性毅然跳上了乡村政治的舞台,与男性平分秋色,打破了传统的男权政治,成为乡村权力争夺的主力军。女性意识的觉醒是改革开放时代的一个新风尚,女性从家庭中走了出来,从两性关系的从属地位中脱离出来,恢复了自主自立的独立意识。书中的两位女性头脑清醒,办事果断,富有心机,在村长的角逐中,孟小红终于大获全胜,可谓新一代乡村政治权力精英,这也是乡村政治的一个新变化。

二 驳杂的乡村文化

乡村文化一直是中国现当代作家关注的对象,鲁迅对传统文化的批判,沈从文对农业文明的留恋,周立波、丁玲等人对于乡村革命的肯定,赵树理、李準等对于合作化、土地改革的认同等,都令人难忘。到新时期,乡土小说写作发生巨大变化,但乡村依然是中国作家关注的重心,关于乡村的思考也因此更加深入全面。

近些年来,随着城乡交流的加速,城市化进程的加快,我国乡村的面貌出现了较大的变化,依托于农业文明之上的乡村文化也受到了前所未有的冲击。很多作家对此表达了不同的思考。贾平凹《秦腔》里面写出了乡村传统文化的颓败,唱出了一曲农业文明的挽歌;张炜《融入野地》表达了对于都市文化的焦灼,对自然原始文化的眷恋;韩少功《马桥词典》对乡村文化表现出审视与重新思考;有些作家表达了对于时代巨变中农民价值观念扭曲的不安,对现代化进程中物质与精神发展出现落差的焦虑,如谭文峰的《走过乡村》、刘醒龙的《黄昏放牛》、关仁山的《太极地》等。李洱《石榴树上结樱桃》以民主选举为出发点,对于当下乡村文化在城市化进程中表现出来的驳杂面貌作出了独到的思考。

传统的中国乡村文化是诗性的文化,它是在自给自足的自然经济基础上建立起来的文化，因此发展的节奏相对比较缓慢，小溪在村边潺潺流过，鸡犬相闻，牛羊嬉戏，山水清秀，水美鱼肥，白发老人端坐在村头大树下，讲着古老的民间故事。逢年过节村子里有各种民间文艺表演，这些一度构成了人们想象中的乡村文化的自然生态景观，这也曾经是沈从文、废名等人建构的乡村世界。今天，这样世外桃源般的景观一去不复返了。官庄村的小河水被造纸厂变成了污水，村子周围是横七竖八的高速公路，村子里竖起了一栋栋的水泥建筑。电视机嗡嗡地响着，永远也播放不完的是韩剧、古装剧、穿越剧。农民工不断涌向城市、不断返乡，城市文化正以各种方式与途径向乡村蔓延，尤其是城市庸俗文化使传统的乡村文化受到了前所未有的冲击，乡村文化的面貌变得驳杂，混乱。孟庆茂是官庄村原任村支书，在落选之际口称"圣人之后嘛，凡事讲究个礼数。不能给老祖宗丢脸"。但同时他又遵从孔子家训"男不得为奴，女不得为婢"，认为不当一把手即"为奴为婢"；村民一边说着时髦的语言，一边也脏话满口；一边是大修柏油马路，办工厂搞市场经济，一面是村里厕所污水横流；一边是对下来检查人员的昂贵招待，一边是学校里缺胳膊少腿的桌凳。乡村变得面目全非，不伦不类，令人触目惊心。乡村的环境、价值观念、人际关系、传统格局都在发生改变。

作者正是捕捉到了弥漫于乡间的这些变化，以戏谑的语言形式反映出来。"石榴树上结樱桃"可谓是乡村文化的精神隐喻，在各种文化冲突中，在传统文化与现代文化、外来文化与本土文化、乡村文化与城市文化等的夹击下，乡村文化以出人意料的速度发展变化着，常常呈现出历史发展的"二律悖反"特征，造成了出人意料的结果。

在传统乡村文化中，血缘关系与地缘关系比较浓厚，一个村庄往往就是一个家族的扩大，人们之间也多以血缘关系论亲疏远近，比如阎连科的瑶沟系列作品中，多次提到村子里的村干部都有这样那样的亲戚关系，这样的关系极大地影响了利益的分配，关系近的可以得到好处，关系疏远的会受到排斥。《瑶沟人的梦》中，村子里不惜一切，想让读了高中的连科去村委里担任秘书一职，因为村子在村委里没有干部，在分配统销粮、派劳力等问题上常常吃亏。如今，这种关系已经松散，经济利益是主宰各种关系的重要因素，孔繁花的妹妹孔繁荣，在其姐姐竞选失败后，也立即加入到了孟小红组织的股份公司中去。

官庄村似乎在与时俱进，村里吹进了改革之风、民主之风、时代之风，民主选举、公平竞争、学英语、办企业建工厂等一派现代生活气息。村民们口里时时冒出潮流词汇如市场经济，保护生态，精神文明，物质文明等；村民称养狼也是先进的生产力，治安委员孟庆书张口闭口美国、世界；想当村干部，说成是给自己压担子；竞选村干部也采用拉选票、给村民承诺、搞有奖知识竞赛等方法，貌似乡村文化与现代化同步，实际状况是农民的文化心理中仍然存在着严重的封建思想。姚雪娥与李铁锁，甚至教师尚义，满脑子都是传宗接代思想，一心想要一个男孩，不惜背着家庭的重担超生；村民解决问题的最直接的方式是暴力，官庄村与邻村村民为了争夺一个外商亲属坟墓几乎进行一场大规模械斗；孟小红解决问题的方法不是正当的途径，而是钻政策的空子，她让超生的姚雪娥把自己的第二个孩子送给别人寄养，以达到再生的目的；村子里的大小事项是村支书说了算，村子里真正的文化活动贫乏，村干部工作方法简单粗暴。古老而强大的传统文化积淀的影响、城市现代文化的影响、外来庸俗文化的影响，使转型期的乡村文化呈现出驳杂的面貌，这样的结果引人深思。

第二章　文化视角下的乡土之思

　　文化视角是新时期很多作家创作乡土小说时不约而同采用的一个重要视角。人类创造了文化，文化同时又渗透到人类精神的各个层面，深深影响着人类的思想、观念、价值立场与人格特性，可以说每个人都是深深渗透着文化因子的文化人。因此，要想很好地反映我们周围的客观现实，更深地理解现实，就得把人与周围的生活世界当成文化现象来考察，从而写出深刻而丰富的作品。

　　新时期小说经历过从"伤痕"、"反思"、"改革"等政治性思潮向"寻根"的文化思潮的转变，就体现了当代作家创作趋势的重要转变。新时期河南很多作家较早采用文化视角来观察思考生活在中原这块古老的土地上的人与这块土地构成的整个文化生态环境，这块有着几千年历史文化沉积的土地上的人们的思维、价值观念、行为规范、伦理道德观念、心理特点等（如李準的《黄河东流去》上卷就出版于1979年）。

　　这些乡土小说创作超越了五六十年代河南乡土小说单纯从社会学层面揭示问题的美学特质，是新时期河南乡土小说的一个新突破，也是对师陀现代文化乡土小说传统的承续。李準对于中原农民顽强的生命力进行挖掘，谱写了一曲中原人民乃至中华民族在苦难的岁月里顽强生存的壮歌。乔典运对于中原大地上农民的一系列特点如保守、中庸、爱面子、讲交情等特点进行了深刻的揭示。乔典运对中原农民有着很深的了解，他善于用不动声色的笔调，直抵中原农民的心灵深处，展现他们的一系列性格特点，并揭示这些特点背后的文化动因。

　　周大新在南阳故乡度过了童年、少年与青年时代，对于南阳盆地及盆地上生生不息的南阳人非常熟悉。走出故土以后，站在远离故土的城市回望故乡，更清楚地看到故乡大地上人们的酸甜苦辣，以及与之深深相连的文化血脉，从而写出了南阳的民魂。

第一节 李凖:中原人的群雕,民族精神的重塑

李凖新时期代表作是长篇小说《黄河东流去》(上卷完成于 1979 年,下卷完成于 1984 年),获第二届"茅盾文学奖"。作品主要讲述 1938 年国民党为阻挡日军南下,炸开了河南郑州花园口处的黄河大堤,河南境内黄河两岸人民家园被毁、四处逃难、艰难生存的故事。黄河大堤被炸开后,水淹豫、皖、苏 3 省 44 个县,而首当其冲的是河南境内黄河两岸的人民,他们流离失所,无家可归,背井离乡,四处漂泊,"据当时对扶沟、西华两县 94 户家庭的调查,在 404 人中,就有 358 人曾经逃亡别处,占总人口的 89%,未逃亡者仅 14 人,占 11%",① 可见当时灾情之严重。作者集中写了赤杨岗这个小村子中的七户农民在黄河决口以后失去家园所经历的颠沛流离的生活。他们从赤杨岗出发,沿陇海线西行,有的被困在洛阳一带,有的奔波在咸阳街头,有的栖身于西安城墙脚下。在沿途中,饥饿随时追逐着他们,他们还要遭受一些汉奸与地痞流氓的欺压。有的卖掉了自己的儿女如海长松,有的摆地摊糊口如徐秋斋,有的学说书卖艺如海老清的女儿爱爱,有的靠干针线及其他零工赚些饭钱如梁晴,有的拉起黄包车如四圈,他们各自为生活奔波着。路上到处是饥饿的难民,他们如同黄河浪涛里挟裹的泥沙,被抛在灾难的生活激流里翻卷飘荡,载着沉重的历史负荷,又奋力地搏击着,力图找到活下去的方向,呈现出顽强的生命力。《黄河东流去》是一部表现民族魂的史诗,又是一部中原人民艰难求生的壮剧,还是一部黄河岸边风情录。李凖说:"这本书本来想叫《黄河风情》,就是写黄河岸边的风土人情。在写这部书时,我经历了返璞归真的过程。从小说中可以看出我对乡村生活的依恋,有意识地回到质朴中去,回到自然中去,流露出我对故乡,对大自然的依恋和歌颂。"② 这幅黄河岸边的风情画卷以高度浓缩的形式,组成了一幕幕悲喜交织、波澜壮阔的戏剧。

一 中原人群雕

作品开篇是对那雄浑宽厚、蕴含丰富、负载着千百年历史沧桑的母亲

---

① 韩启桐、南钟万:《黄泛区的损害与善后救济》,行政院善后救济总署编委会 1948 年版,第 22 页。
② 见《百泉三日谈——李凖思想创作探视录》,孙荪、余非《李凖新论》,北京十月文艺出版社 1988 年版,第 249 页。

河——黄河的细致描绘：黄河是勇敢的，穿山越岭而来，并形成劈山倒海之势；黄河是勤劳的，在它的哺育之下，中华儿女在这里创造出了最光辉灿烂的文明；黄河又是一条受难的河流，千百年来，不断地决口、泛滥、改道、淤积，仅在新中国成立前一百多年间就决口改道达一百四十九次之多。冲毁村庄，埋没农田，黄河水里洒满了人们的汗水、鲜血与泪水。[①]这一段可以说是全文的灵魂，有着深刻的象征意义。黄河是中华民族的摇篮，在漫长的岁月里，她用乳汁哺育着中华儿女，创造了世界上古老而灿烂的文化。她是我们祖国五千年悠久历史和人民勤劳勇敢性格的象征，是坚毅顽强、历经狂风暴雨依然奔腾不息的中华民族的象征，也是多灾多难仍然顽强生存的中原人民的象征，全书正是围绕这个中心去构筑故事情节的。

作者所专注的民族精神是通过塑造中原人民的群像来完成的。作者在书中写到了赤杨岗及周围十几个家庭，共涉及有98个人物，重点人物也有30多个。李凖说："凡是我作品中出现的人物，原型大体都是我见过的，多数以俺家和老董（按：指李凖的夫人董冰家）最熟悉的人物为模特。不见一面，我就觉得难以下笔。"[②]可见李凖对人物的塑造完全来源于生活，正因为此，这些艺术形象真实而富有生命力，富有生命力的人物才更有艺术魅力。

首先是主要人物李麦，她身世凄苦，母亲早年饿死于饥荒岁月，她从小跟着父亲四处流浪讨饭。苦难的生活养成了她泼辣大胆、吃苦能干、富有同情心的性格。在接触到了红军战士宋敏以后，开始接受革命思想，在以后的生活中一步一步不断成长。残酷的生活使她认清了现实，她不信鬼神不服命运；她性格刚强，敢于抗争。她和父亲是海骡子家的长工，二人长年在海骡子的磨房里推磨，每天相当于跑路一百多里，海骡子为了节省工钱，以答应给她爹买棺材为条件，又把碾米的活推给他们。由于长年繁重的体力劳动，加上重病，李麦的父亲去世了，海骡子答应买口棺材的事却又反悔，李麦以弱对强，拼命抗争，最终为其父亲争得一口棺材；逃荒途中在众人绝望之时，她号召大家坚强活下去，闯出了一条生路；在无路可走、无粮可吃之际，她带领大家大闹盐行，截日本的运粮船只，表现出一个有胆有识的女性形象。她帮助四圈母子，照顾申奶奶，接济长松，主持春义与凤英的婚事，表现出她的善良、仁爱、热心与豪爽的性格。李麦身上体现了许多我们民族传统女性的美德。

---

① 李凖：《黄河东流去》，人民文学出版社2005年版，第1页。
② 见《百泉三日谈》，孙荪、余非《李凖新论》，北京十月文艺出版社1988年版，第254页。

徐秋斋是一个体现了旧传统的农村文士形象，他喜欢讲岳飞抗金的故事，敬慕伯夷叔齐的气节。同时也思想开通、机智善良、眼光敏锐，有侠义精神，热心助人。他看不惯海骡子对弱女子李麦的欺负，帮她出主意，逼迫海骡子实现为李麦父亲买棺材的诺言；他带领背盐的妇女们闹盐行，帮助这群生活凄苦的妇女讨回盐钱。丰富的经历使他对世事洞若观火，他知道硬拼是不明智的，于是常采取一些特殊的方式与蛮横霸道的坏蛋周旋。当海骡子要砍掉赤杨岗村头的两棵大杨树时，徐秋斋利用海骡子的迷信心理，把鸡血抹在树上，使海骡子放弃了砍树；他用计帮助王跑要回了被汉奸团长赖去的驴钱。但由于旧文化的因袭，他身上也有一些迂腐的气息，摆斯文，重面子。这是一位有着鲜明特点的乡村文化人形象。

梁晴是一位天真质朴的可爱少女，她是船工梁恩老汉的独生女，自小与海天亮一起跟随父亲在黄河上过着漂流不定的生活。父亲去世后，只身一人寻找海天亮一家，后流落在长安街头，与徐秋斋、小嫦娥相依为命，她一个人扛起了三个人的生活重担。对于工厂厂长的纠缠她断然拒绝，她告诉徐秋斋："大爷，你放心，我不会变心！姓崔的就是用钱把我埋起来，我也不会嫁给他。我等天亮，一年等不来等两年，两年等不来等十年。"① 这些语言体现出梁晴是一个纯洁、高尚、善良的少女，她不为金钱所动，不怕吃苦，身上同样具有中华儿女的美好品质。李準说："在这部小说中，我写了六七个青年妇女的命运。特别是她们坚贞不屈，舍生忘死的爱情生活……她们挣扎在死亡线上，她们把生命和爱情同时高高擎在手中，作为她们做一个真正的人的旗帜。"②

王跑是一个穷苦的农民，勤劳能吃苦，却又精明算计。他本质善良，有自私心理，却无害人之心。有"钱串儿脑袋"，又不失质朴本性。他不关注时事，一心做着发财的美梦，也有着顽强的生活能力，却又有着爱占小便宜的心理，别人从他家门前经过，他总想办法占点便宜。失去家园后，王跑一家流落到洛阳一家寺院，为寺院做点木工活，种些菜地，暂时有了一个活命之处。因为发现了一块不平常的石头即"熹平石经"，便梦想着发财，遭到当地官员的陷害，差点为此丢了性命。这是一个善良而又不太本分，朴实却又有些狡黠的农民形象。

凤英在书中也是一个性格鲜明的人物，她热情善良，精明能干。水灾后，随大伙一起扒火车逃到了咸阳，在陈柱子开的面馆里做帮工。凤英颇

---

① 李準：《黄河东流去》，百花洲文艺出版社1999年版，第307页。
② 李準：《黄河东流去·后记》，百花洲文艺出版社1999年版，第781页。

有心计,头脑灵活,在店中服务周到,很有人缘。她一边卖力干活,一边暗中观察柱子的生意,熟悉了整个路子之后,不久便自己另开一处小饭馆。这使丈夫春义很不高兴,春义认为她这样做不够仗义,抢了恩人的生意。凤英说:"我给他出的力够大了。这一年我当牛当马,累得衣裳能拧下来汗水。一个月才赚他十块钱。可他呢,一天就赚七八十元钱。'人往高处走,水往低处流。'我不想再给他背这包袱了。钱兴他赚,也兴咱赚。八仙过海,各显各的本领。"① 这些话显示出凤英要强又富有心机的个性。凤英即使自己开了小饭馆,却不和柱子争生意,柱子卖面,她便卖饺子之类,这又显示出了她有良心有情义的一面,而不是一个只向钱看的女子。她说话甜,服务热情,生意十分兴隆,但也招来了春义的愤怒,春义认为这是卖笑丢人的事。凤英这一形象的意义不但在于表现了流落外地的灾民想尽办法讨生活的艰辛,她身上也体现出了灾难面前女性的柔韧与坚强,更透露出来的一种现代精神。她性格大方,适应生活能力强,有经济头脑,能够抓住时机搞单干。与之相反,凤英的丈夫春义有些狭隘保守,守旧爱面子。他卖菜叫不出口,在饭馆冷着脸不爱说话,不会招待客人。春义笨拙但也质朴,他看不惯妻子另立门户,认为是不道德的行为。最终两人分道扬镳也是两种性格两种观念矛盾的结果。

海老清是中原农民的一个典型形象。海老清五十多岁,精于耕种,是村子里的"老庄稼筋"。村子里播麦种谷,开犁动锄,全都看他。他懂时令,人正派,村子里人很敬重他。海老清卖了家里一季的收入即四石粮食,还有平常的一些积攒,才买回家来一头侉牛,为此,他家人吃了整整一冬红芋干。他爱牛如子,每天给牛割青草,自己舍不得吃的盐和豆子,却每天都要喂牛一些,每天听到牛的哞叫声,他就特别开心,牛在反刍时脖子里的铃铛发出的叮当声是他最爱听的音乐。最终牛却被国民党军官强行派去拉公差累死了,海老清为此痛哭流涕。中原地区地平土肥,适于大面积耕种,农民皆以耕种土地收获粮食为生,在当时没有现代化机器的条件下,对于耕种庄稼的人们来说,牛是必不可少的劳动力,因此,中原农民对于牛是极其重视的。小说中用了一章的篇幅来写海老清和他的牛,突出中原农民的农耕生活与牛的密切关系。在中原,正月十六是牲口节,这一天给常年辛苦的牲口放假,"老驴老马歇十六",不少人家在这一天要为驴、马做一碗面条,以示酬谢,所谓"打一千,骂一万,正月十六吃顿面",表明了中原人热爱牲口的朴素情感。海老清老实本分,身上也存

---

① 李準:《黄河东流去》,百花洲文艺出版社1999年版,第448页。

在着老一代农民的封建思想,看到女儿爱爱以说书为生,他感到很丢人。在古代,艺人是不被人们看得起的,称为下九流,中原有"打死不卖艺"之说,因此,当他看到海报上女儿的名字时,感到无地自容。他也无法适应妻子女儿已经变化了的生活方式,他难以割舍对于家乡和土地的依恋,带着小女儿回到家乡种地。回到家乡后再次遭遇灾荒,又遭受东家的残酷压榨,最终在凄凉中死去。海老清的悲苦命运也是多灾多难的中原人民苦难生活的写照。

书里另外还写了很多人物,都有自己的个性。蓝五、海长松、宋雪梅、四圈、刘翠翠等,这些人物都给人留下了鲜明的印象。这群人所表现出的性格正是李凖所说的河南人的"侉子性"。李凖曾对河南人的民间个性即"侉子性"进行了概括:"一般人管河南农民叫'侉子','侉'是什么东西呢?我理解既是浑厚善良,又机智狡黠,看去外表笨拙,内里却精明幽默,小事吝啬,大事却非常豪爽。我想这就是黄河给予他们的性格。"① 浑厚善良是他们的本质,如李麦、徐秋斋、蓝五、雪梅、梁晴、海老清等,都表现出了他们质朴善良、重情重义的一面,在困难的日子里大家互相帮助,互相接济,共同对付厄运。洪水之中,大家共同出力,帮苦命的春义与凤英组成家庭;梁晴与徐秋斋虽无血缘关系,却相依为命,互相体恤,一心为对方着想;蓝五与雪梅重情重义,为情而身亡;四圈想尽办法救海长松,无奈之下把孩子卖进妓院。他们外表笨拙,却不乏精明,一边讨生活,一边与汉奸、地痞周旋。他们性格中也有自私、保守、爱面子等心理,但在大是大非面前却不含糊,面对日子鬼子侵略者,他们同仇敌忾;面对海骡子的欺压,他们表现出了斗争的勇气;面对苦难重重的生存环境,他们表现出了顽强的意志。自尊、正义、本分等都是他们与生俱来的品质。这些又与中原文化有着密不可分的关联,中原苦难重重,磨炼了人们顽强的生存意志;中原文明悠久,也养成了人们讲礼数、爱面子的心理。如徐秋斋处处讲礼,春义认为他和凤英在困难时柱子帮了他们,离开柱子自家另开饭馆是不仁义;中原儒道文化交织,使人们既有满腔的爱乡热情,又有着积极应对命运的心态。另一方面,老一代农民身上又有封建迷信等旧思想烙印,比如梁恩老汉,过黄河靠几十年的撑船经验,同时还要上香以求上天保平安。又如1942年河南大旱,洛阳伊川县闻鹤村人们到龙王庙进行隆重的求雨活动,他们认为旱灾是上天对于民间人们的惩罚。如张光年所言:"《黄河东流去》写出了我国农民像黄河那

---

① 李凖:《黄河东流去·后记》,百花洲文艺出版社1999年版,第783页。

样奔腾不息的生命力,也写出了像黄河泥沙那样来源悠久的,我国农民身上沉重的精神负担。"①

李準用他那饱蘸热情与挚爱的笔墨,为我们描绘出了中原"侉子"群体的性格,成为当代河南文学的经典之作。通过对中原农民群像的塑造,作者进一步探讨了中原农民的家庭观念、伦理道德观念、亲情、爱情、乡情观念等,他们身上既有坚韧的生命力,又带有一些因袭的封建意识,是中原农民的缩影,也是中华民族的缩影。

二 黄河边的风情

除了塑造了象征中华民族性格的中原人民群雕之外,作品中最引人注目的便是作者展现给我们的黄河风情画卷了。首先作者对于黄河及其两岸的自然风景进行了生动描绘。"黄河,从源头的涓涓细水,沿途汇集三十五条主要支流和一千多条溪川,形成了每年约五百亿立方米水量的滚滚洪流,向东方咆哮着奔腾着"。②"她像一把利剑,在崇山峻岭中劈开一条通道。她以雷霆万钧的力量,浊浪排空的气势,劈开大山和深峡,切断腾格里沙漠,在黄土高原连绵不断的峡谷中穿流而过,经壶口,出龙门,过潼关,遥逢于河南、山东两省的大平原上"。③ 这是一幅波澜壮阔的大河奔腾的图景。作者描绘出了黄河独特的个性——铜头铁尾豆腐腰:从青海、甘肃到郑州,两岸多是高山深谷。约束着河水,很少泛滥,所以人们把它称为"铜头";郑州以东,黄河奔入大平原,"哗"地一下像扇面似地散开,河滩足有十多里宽,两岸全凭大堤护栏,这一段决口最多,因此被叫作"豆腐腰";济南以下,东流入海,河道又窄起来,叫"铁尾"。④ 这样就写出了黄河不同于其他河流的独特的自然地理风貌。

接着作者展现了黄河岸边的风情。下面这段文字极富神韵,生动地描写出了一幅黄河岸边春末夏初的自然风景与农事活动相交织的画面:

> 柳絮飞舞了,榆钱飘落了,蝴蝶和落在地上的油菜花瓣依依惜别,豌豆花变成了肥绿的嫩荚,这是春天向夏天告别的最后一幕。这一幕需要的道具是如此之多:男人们整理着套绳、碌框、桑杈、扫帚;女人们收拾着簸箕、篮子,缝补着破了的口袋。特别是早晨,月

---

① 张光年:《重读〈黄河东流去〉》,《人民日报》1986年2月24日。
② 李準:《黄河东流去》,百花洲文艺出版社1999年版,第3页。
③ 同上。
④ 同上书,第6页。

落星稀,一声声清脆的夏鸡啼叫声:"夏季了——嚓,夏季了——嚓!"把人们从睡梦中叫醒的时候,各家茅屋的磨刀石声音,汇成了一股强大的音流。①

柳绵飞舞、榆钱飘落、油菜花黄、豌豆肥嫩,人们忙着整理各种农具,为收获做着准备。欣欣向荣的田野,繁忙的劳动,热闹的村庄组成了一副生机勃勃的农耕图景。

黄河水上船工的生活也别具特色。长年漂泊在水上的老船工梁恩老汉,和黄河打了几十年交道,这黄河中下游三十六处暗礁、七十二道险滩,他是用了一辈子的功夫,才算摸透了脾性,熟悉了她的航线。奔腾咆哮的大石坡,浊浪旋转的油馍锅;幽深狭窄的葫芦谷,险峻急湍的狼跳峡……这一切他了如指掌。三门峡是黄河上第一道险滩,有"神门"、"鬼门"、"人门"三个峡口。黄河水从这三道峡口奔腾而出,飞流直泻,像从几丈高的房坡上往下跌。这"鬼门峡"水量大,水流急,峡口下边像个滚了锅的大黑旋涡,迎面就是那座千古有名的大礁石"中流砥柱"。老船工常年在黄河天险撑船,面对桀骜不驯的黄河水,已经掌握了一套对付它的手段,"历来在'鬼门峡'行船,必须照着'中流砥柱'大礁石直放。只有这样,船才能随着飞流,在峡口大旋涡里转一圈,然后顺着水势,刚好绕过砥柱石,进入缓流。如果胆小手软,不敢迎着砥柱石放船,只要稍稍偏离方向,船随急流掉入旋涡,就要转几个圈,不是旋入深渊,就是撞碎在砥柱石上。"② 这是他对徒弟海天亮传授走船的经验,黄河上的艄公,能不能吃这碗水上饭,全看能不能过这三门峡。作者写出了旧时代整年生活在黄河水上的艄公们艰难险峻的生存环境,每天对着险象环生的黄河,稍有不慎,便会船翻人亡。他们之所以要在这样险峻的环境里讨生活,只为能够混口饭吃,也突出了旧时代黄河边农民的苦难日子。

作者又写到了黄河边的风物习俗。黄河两岸的主要农作物是小麦,每逢"小满"节,小麦快要成熟时节,黄河边的人都要举行"小满会",一是庆祝即将到来的丰收,二是为收获作物做准备,大家把各种农具拿出来到小满会上交易,挑选自己收割需要的农具。小满会上人来人往,熙熙攘攘,"街上摆满桑杈、扫帚、绳索、镰刀。有些卖颜色的、卖布匹杂货的也来赶会。熟食摊子搭着白布棚,敲着锅吆喝着,招徕赶会的人"。③ 小

---

① 李準:《黄河东流去》,人民文学出版社2005年版,第55页。
② 同上书,第3页。
③ 同上书,第24页。

满会上还有戏曲演唱,也极富地方色彩,梆子、曲子、越调、二夹弦等民间戏曲名目,是河南民间经常上演的剧种,为老百姓所喜闻乐见。还有很多民间戏班子,由各种民间艺人组成,通常有唢呐手,二胡手,笛子手,梆子手,另有一名主唱,走村串巷,为举办红白喜事的人家奏乐,是为老百姓所喜爱的民间文艺。书中的蓝五便是这样一个戏班中的唢呐高手。还有黄河边的殡葬风俗,饮食、语言、劳作等,都具有鲜明的中原文化特色。

善于运用地方性语言,是李準小说的一个鲜明特征。李準十分注意对于地方语言的学习,他为了从群众口头上学习语言,每到一个地方,都要交一些善于说话的朋友。另外,李準也深受赵树理语言影响。李準表示:"河南群众的语言朴素、家常、形象、生动,自己在农村长大的,深受这种语言的影响,也非常喜欢这种语言。解放初,读到赵树理作品时,看到他把群众的语言写进作品里,逼真、亲切和生动,深受启示,于是产生了学习和使用本地群众语言的想法。"① 李準正是把河南群众语言准确运用到小说中,增添了小说的生活韵味。

地方语言往往就是一个地方文化的载体,里面凝聚着当地的风俗习惯、生活习性、生活经验、价值观念、喜怒哀乐,甚至生存图景等。比如"前不栽桑,后不栽柳,门前不栽鬼拍手",这句中原俗语含有风水学、民俗学及中原人的生活哲学内容,"桑"与"丧"音同,门前不栽桑,表示不能丧事在前;"柳"与"溜"音同,屋后不能让财气溜走了,故屋后不能栽柳;杨树俗称"鬼拍手",沾鬼气不吉利。这句俗语代表了中原人对于富足安全生活的向往。当然也有一定的封建迷信色彩,因为过去人们生活贫苦,又无力改变现状,就把一部分希望寄托于运气与风水上。赤杨岗村东头有两棵参天杨树,地主海南亭要砍掉杨树,就是因为他认为压了他家的运气。

又如"一口吃个胖子","紧张的庄稼,消停的买卖","地没坏地,戏没坏戏",这些谚语,符合中原地带的耕作特点,是中原农民长期耕种经验的总结。"火车不是推的,牛皮不是吹的","到一个生地方,头三脚难踢",这些是做人行事的俗语,意为做人应该实实在在,不能虚浮吹牛,否则只能适得其反。到了一个陌生的环境,做好最初的工作是关键,如果开头做得好,打开局面以后,一切就比较容易捋顺了。张炯说:"我喜欢《黄河东流去》的风格和语言,因为这是具有独创性的民族化的风

---

① 卜仲康:《阳光,土壤,硕果——李準同志访问记》,《李準专集》,江苏人民出版社1982年版,第157页。

格和语言。它是朴实的、简练的,又是优美的。"① 李準使用了很多具有地方特色的俗语、谚语、土语等,使小说通俗易懂,又不乏地方特色,同时具有很高的文学性。此外,有的地方写得气势奔腾,有的地方写得优美灵动,明显超越了他"十七年"时期小说的语言。如:

> 黄河是勇敢的,她像一把利剑,在崇山峻岭中劈开一条通道。"黄河西来决昆仑,咆哮万里触龙门",她以雷霆万钧的力量,浊浪排空的气势,劈开大山和深峡,切断腾格里沙漠,在黄土高原连绵不断的峡谷中穿流而下,经壶口,出龙门,过潼关,遥逢于河南、山东两省的大平原上。

这一段对于黄河的描写运用整齐的句子形成排比,雄壮有力,写出了黄河奔腾而富于变化的气势。李準说:"比如像《黄河东流去》的开头,我是学习了中国韵文的规律,就是赋,受它们的影响写出来的。"② 李準既注意吸收民间语言,也善于向古典文学语言学习,因此才写出了既通俗生动、又富有文学性的语言。

又如——

> 委婉凄凉的唢呐,像大漠落雨,空山夜月,把人的情感带进一个个动人心弦的境界:生离死别的泪水,英雄气短的悲声,都淋漓尽致地表达出来。

这一段写得幽婉抒情,描写出了蓝五高超的唢呐吹奏艺术,语言优雅而富于感染力。

"十七年"时期李準小说的语言也很生动,富有地方特色,但那时因受政治形势影响,语言也带上了那个时代的政治痕迹,那些政治概念,在一定程度上减弱了作品的感染力。《黄河东流去》则摆脱了政治的影响,作者是站在文化的高度,对民族精神进行思考,因此,语言上也更富于文化的底蕴。

对于中原农民与土地的关系描写,是李準许多小说中的一个重要主题,比如《不能走那条路》中的宋老定对于土地的深厚情感。作者在

---

① 张炯:《中华民族的壮歌——评李準的长篇小说〈黄河东流去〉》,《张炯文集》,上海辞书出版社 2005 年版,第 92 页。
② 见《百泉三日谈》,孙荪、余非《李準新论》,北京十月文艺出版社 1988 年版,第 283 页。

《黄河东流去》中同样写出了中原农民和土地的关系。海长松倾家荡产买了一块地，然后激动得夜不能寐，跑到地里想哭又想笑，并对天祈祷，"这天夜里，长松没有睡着觉，半夜里一个人悄悄跑到那块砂礓地头，对着满天星星，想笑又想哭。他蹲在地上，抓了一把土放在鼻子前闻了闻，土里边好像有一股鲜甜的香味；这是他小时候最爱闻的味道。最后他索性躺在地上，让身体紧贴着湿润的泥土，他觉得舒服极了。月亮慢慢地升起来了，这个三十多岁的穷汉子，有生以来第一次感到月亮是这么美，他终于像小燕子似地对着月亮说：'月奶奶，保佑我吧！今年八月十五，我家给你蒸个大枣糕！我海长松如今是十来亩地的户'了！"①"夜里睡不着觉"、"抓住土放在鼻子前闻"、"躺在地上"、"想哭想笑"一连串的动作与心理，突出了一个地地道道的农民对于土地的那种最深厚的情感。海长松攒了多年积蓄，终于用全部家当买到了一小块土地，那种兴奋、难过、喜悦、辛酸等种种复杂情绪写得相当生动。土地在旧时代是中国农民赖以生存的重要条件，上面也寄托着他们的希望与梦想。但在旧时代，农民获得的土地是有限的，有很多人家劳作一辈子甚至买不上一小块土地，只能靠租种地主家的土地为生，还要经受层层的盘剥，因此他们的日子才过得无比辛苦。因此，拥有土地是过去农民最大的梦想，有了土地才有基本的生活保障，没有土地会使他们有一种无根的感觉。书中的海长松倾家荡产又借了很多债，才买了一块砂礓坡地（意为贫瘠之地），即便是贫瘠之地，但终于有了自己的地，他是如此兴奋，这种深厚的土地情结读后令人难忘。

在失去家园、颠沛流离、时时遭受饥饿威胁的日子里，那种邻里之间、亲人之间的体贴与情义，作品中也写得非常动人，如：

> 长松有时候提回来一罐稀粥，小建和小强有时提回来一桶油花花的泔水，她们就放些树叶子和野菜煮了煮。先给爹盛一碗，他是一家之主；然后再给两个弟弟盛，因为他们是男孩子；然后给妹妹盛，因为她最小，还不懂事，最后轮到她们时，锅里只剩下了点点。姐姐看了妹妹，把碗推给妹妹说："妹妹，你喝吧……"妹妹看了看姐姐，把碗推给姐姐："姐姐，我……不饿，你喝吧！"两个人推让着，铁锅刮了又刮，铲了又铲，每人分半碗野菜汤喝。

---

① 李準：《黄河东流去》，百花洲文艺出版社1999年版，第72页。

这一段文字真实地写出了长松一家流浪在外的凄苦生活，即使如此，家里还是尊长爱幼，互相关怀，读来令人动情。

总之，《黄河东流去》无论在民族性格塑造、地方风情描写，还是语言探索等方面，都不失为一部优秀的现实主义作品。正如论者所言："循着这幅历史画卷作深一层的审视，就会发现：《黄河东流去》可以毫无愧色地称作一部史诗。"①

第二节　乔典运：中原农民的文化心理透视

河南当代著名作家乔典运以写短篇小说著称，他的短篇小说《笑语满场》获1981年《北京文学》优秀短篇小说奖，《村魂》获1984年河南省优秀短篇小说奖，《满票》获全国1985—1986年优秀短篇小说奖。另有长篇小说《贫农代表》、《小院恩仇》、《美人泪》、《问天》等。乔典运小说创作分为两个时期，第一个时期为五六十年代，有短篇小说《和好》、《送地》等，小说集《贫农代表》，此时期创作因受政治气候影响，存在图解政策、思想单一之不足。第二个时期为新时期。新时代使搁笔十年的他又焕发出了新的创作激情，对于农民、人性、社会有了新的思考，创作出一系列反映农民思想性格的作品。

乔典运有长期在农村生活的经历，对于农民有深入的了解，农民是他作品的主人公，他是一位真正意义上的农民作家，有点土，有点古（板）。一个作家的作品总是深深打上了自己人生经历的烙印及人生观、价值观等人生哲学的，乔典运也不例外。长期的农村生活经历使他能够充分地观察身边的农民的生活、行为、思想、精神等，透过农民的言行，更深入地揭示农民的性格特征与文化心理。"他以自己痛苦的亲身经验而对中国社会和这种社会条件下的人生有独到深刻的感受和认识，对长期的历史积弊和历史转折时期现实生活的阴暗面有着深沉的忧愤。但他不去直接展开描写大社会，宣泄政治积郁，抒发政治见解，而是依凭其敏锐的观察力，相当熟稔的丰厚的素材积累经过巧妙的筛选过滤和组合，把山乡里修渠筑路打井卖粮种庄稼选队长卖东西之类的小故事，运用寓言式的写作方法，把不惜以百姓口粮换取奖状的队干部、趋炎附势随风摇身的变色龙、被大锅饭养坏的油嘴猫、无事生非的长舌妇等小人物写得绘声绘色。"②

---

① 孙荪、余非：《〈黄河东流去〉与中国当代文学》，《中州学刊》1986年第6期。
② 王桂芳：《不逝的风景》，作家出版社2003年版，第2页。

农村生活是他创作的源泉,是他灵感的来源,他曾经在《我的小井》里写道:"三十多年来,我一直在一个小村子里生活,与群众同欢乐共患难。多数时间里,我处于生活的最底层,比当时的四类分子的处境还要差得多。因为他们是死老虎,打不打他们无关紧要,我却是一只半死不活、时死时活的老虎,理所当然我成为打的重点。我常说,全大队的四类分子应该感谢我,因为我承包了全大队的一切打击,才使他们得以幸免。这种生活对我来说,除了痛苦的一面,也有幸运的一面,这就是赐给我一个真正深入生活的良好机会。"[1] 从这段话可以看出乔典运的特殊经历给了他极大影响,十年"文革",他被打入了社会最底层,成了被打击的主要对象,不断遭受批判,经受反复的精神折磨。这十年对他来说就是一场精神炼狱。同时,也给了他深入观察生活、深刻体察人性的机会,他看到了形形色色的人物,他说:"当人们全不把我当成一个人时,当人们认为我不能对他们有丝毫的不利影响时,他们竟然当着我的面商量如何盗窃集体,商量如何炮治某个人,甚至当着我的面研究如何往死处整我。当然,还有更多的好人,他们也常常当着我的面商量如何玩弄上级,对付错误的命令和瞎指挥,商量如何破坏一个斗争会。好人和坏人都不背我,把我当成了没有知觉的一块石头或一棵小草:善良和野蛮,愚昧和聪明,愤怒和欢乐,失望和希望,这一切都赤裸裸地展示在我面前。"[2] 正是在这样的环境中,作者近距离地接触到了人在特定的场合与特定的环境中散发出来的种种恶性,欺骗、玩弄手腕、打击报复、暴力、理性与非理性等等,"不幸的遭遇给了我幸,这幸就是使我有机会认识了活生生的社会,认识了活生生的人。虽然,有很多年我被剥夺了一切权利,没有读过一本纸印的书,但却天天在读无字的书。当然,我认识到的只是一个小小的山村,比起轰轰烈烈的大社会是微不足道的,但这对我的创作来说,却是一口汲之不完的小井"[3] 乔典运作品的生活气息浓厚,人物心理细致微妙,人物性格入木三分,显然正源于此。

乔典运的小说思想内容大致可以分为两个方面,一方面是对于农民心理痼疾的揭示,另一方面是对于健全人格的呼唤。无论是揭示痼疾,还是呼唤美好人格,都源于作者深刻的忧患意识,他强烈地感受到农民文化心理中的那些负面因素对于健全人格的形成、对于社会的发展形成强大的阻

---

[1] 乔典运:《我的小井》,《小说月报》编辑部编《〈小说月报〉第六届百花奖获奖作品集》,百花文艺出版社2001年版,第922页。

[2] 同上。

[3] 同上。

碍，因此，他毫不留情地予以批判，其中也寄寓着对于社会深层变革即文化变革的期盼。这样的思考很容易使人想起现代文学史上"改造国民性"的主题。河南与中国存在着文化同构性，孙宝灵曾分析道："河南在中国属于农业大省、中西部欠发达地区，中国在世界上也属于最大的发展中国家，属于同一种经济文化状态；中国是文明古国，河南是炎黄故里，都有精神胜利的资本；河南在中国被丑化，中国在世界上被妖魔化，处境同样尴尬。如果说北京、上海是中国的面子，河南则是中国的里子。在世界上，中国是一个扩大化了的河南……"① 因此，乔典运揭示的河南农民的劣根性问题，其实也是国民性的揭示，是乡土中国的缩影。

一　农民文化心理沉疴的揭示

乔典运被认为是"最了解河南人的"②，又被称为是"现代中原的化石"。③ 长期在农村生活的经历，十年"文革"倍受打击的坎坷命运，使他有机会冷静审视中原农民的一系列特性。中原封闭的地理环境，落后的经济状况，保守的文化传统，很容易形成中原农民褊狭、落后、愚昧等个性。乔典运的小说正是通过一个个富有寓言色彩的故事，揭示了中原农民身上存在的这些缺点，尤其是对于农民身上的愚昧性格揭示得最为典型深刻，形成了一个别具特点的愚昧型人物系列：愚训型、愚忠型、愚德型、愚忌型、愚恩型、愚惧型。④ 评论家孙荪说："对乡土文化负面价值进行集中思索和表现的巨眼大手，应当首推乔典运。"⑤ 在当代乡土文学中，乔典运小说对于乡土文化的批判有独特的意义。

短篇小说《冷惊》与契诃夫《小公务员之死》有着异曲同工之妙，写出了身上背负沉重的传统因素的老一代农民的"惧官"心理。村民王老五自家的韭菜被村支书的妻子不声不响割掉吃了，在没有弄清是谁的情况下，一向胆小怕事的他在村民的鼓励下大骂一场。后来得知是村支书的妻子春花把韭菜吃了，村支书送来了五元钱作为赔偿，这使王老五惊慌失措，他一再向村支书表示歉意，并怀着惊恐的心理等待着村支书的整治。看到村支书和谁说话，便向谁打听是不是在说怎么对付他的事，结果导致了精神的错乱。村支书在王老五妻子的下跪、哭泣、请求下，跑去把王老

---

① 孙宝灵、孙云华：《官文化与精神边缘化——文学豫军笔下的村支书与河南人的官本位文化（三）》，《学理论》2010 年第 24 期。
② 张宇：《守望中原》，《莽原》1997 年第 5 期。
③ 李丹梦：《现代中原的化石——乔典运论》，《小说评论》2012 年第 4 期。
④ 王鸿生：《乔典运和他的文化寓言》，《上海文学》1988 年第 3 期。
⑤ 刘增杰、王文金主编：《精神中原》，河南大学出版社 2002 年版，第 59 页。

五训了一顿，才使他一下子清醒了。这样滑稽可笑的事件，初看让人发笑，再看让人深思，王老五何以如此神经兮兮？从作品叙述中可以推知以前的村支书都是横行霸道，欺压村民，谁不服，就会受到整治。久而久之，当官的随便整治人很正常，不整人倒成了不正常的事了。因此，王老五两口子得知自己骂的是村支书的妻子时，睡不好觉，吃不下饭，整天担惊受怕，等待着挨整的那一天快点到来，以至于精神崩溃。作者选取一件小事，以揭示农民的精神受到严重扭曲与异化的现象。时代变了，新任的村支书已有治理好村庄的思想，有了初步的公正民主意识，但像王老五这样的老一代农民因长期遭受奴役，心理上已形成了根深蒂固的奴性意识，一时难以改变。当王老五得知是村支书的妻子吃了他的韭菜时说："唉呀，你咋越说越远了？这算啥错，你们吃了不比我们吃了还强些"？他认为村支书是官，官就比普通老百姓高人一等，应该拥有普通百姓所不能拥有的特权，村里别的人家不打招呼偷吃了他家的韭菜是不应该的，因为他们之间不存在上下级的关系，而村支书家的人就不一样了，村支书是"官"，身份高于自己，吃了自家的韭菜比自己吃了更好，自己面子上还有光。这种长期积淀的奴性心理已使他们失去了一个正常人应该有的独立人格与做人的尊严，这正是"精神奴役的创伤"。作者采用夸张的手法，把农民思想深处的这种烙印揭示得触目惊心，有相当的思想深度。作品中一个小小细节，就颇能揭示农民的大众文化性格，在王老五不知是谁偷吃了自己的韭菜之时，众人便怂恿他大骂，这样一来，他的骂人行为变成了为村民做的表演，村民是怀着看"好戏"的心理，而无意于辨明是非。这一情节清楚地揭示了村民精神上的无聊，唯恐天下不乱，爱看别人出丑，是一种可笑可悲的愚昧心理。同时也侧面写出了中原农村浓重的权力文化特点，村官就是土皇帝，在村子里有决断一切的权力，他们是村民的顶头上司，在村子里可以为所欲为。村民大多缺乏反抗精神，逆来顺受，久而久之就形成了一定的心理定势，惧上，顺从，胆小怕事，缺乏独立人格。

《笑语满场》同样揭示了老一代农民思想深处那种长期处于被奴役与压制的地位而形成的保守、胆怯、逆来顺受的文化心理。何老五认定这次选举还会像以前一样，是上级内定了，选举只不过是走过场，"别看有时候叫投投票，也是上级选人，百姓举手，这不过是上级走个礼路，赏个脸面罢了。"何老五还认为这次列出两个候选人，很有可能是"钓鱼"的，谁上钩了，挨整是避免不了的。于是他不但打定主意要选原来的村长何占山，还盯紧了自己的儿子小栓，唯恐儿子说错一句话得罪人遭到报复。通过何老五这一形象,揭示了老一代农民因思想上长期遭受压制,最终一旦拥有了民主权利,也不能积极行使,反而担心、害怕、满腹狐疑。乔典运善于通过村干部与普通群众的关系,透视中原农民的文化性格,这与中原农村政治权力的特殊性有关,这点在其他河南作家作品中多有体现;也与作者的经历有密切关联,乔典运在"文革"时期,曾受到村支书的无情整治,他的自传体小说《命运》中写到的那个村支书老天就是他的多篇作品中恶劣村支书的原型,如《香与香》中的李老三,《笑语满场》中的何占山等。

《满票》思考了时代之变给人们带来的微妙变化,同时也批判了人性的虚伪。作品主要讲述了这样一个故事:村子选举村长,原大队长何老十以为自己肯定得选,结果出人意料,有上千的选民,他只得了两票,其中一票是自己投的。于是他吃惊、委屈、难过,他不明白村民为何将他抛弃了,大冷天只有他跳进刺骨的河水一趟一趟地搬石块去垫过河的路,村民们在说了一堆感激的好话之后,却转眼之间把他给抛弃了,他不明白为什么,他失落,他有了被抛弃之感,一时晕头转向,转不过弯来。有意思的是很多村民们见了他都表示那一票是自己投的,还把他以前对他们做的有恩之事讲出来作为投票理由的证据,王支书、张五婆、何双喜甚至他的老婆与儿子、儿媳也说那一票是他们投的,何老十精神受到极大刺激,回到家里一头倒在床上,泪流满面,他不是舍不得村长之位,而是没想到大家都在糊弄他,而他心理上没有丝毫的准备,这样的结果一棍子把他打蒙了,"何老十的心又乱又酸。他不是舍不得村长这顶纱帽,他是觉着太伤情了。要是自己提出不干还有情可原,偏偏是人们把他抛弃了"。[①] 这篇小说的故事情节简单,却有着丰富的意蕴,令人深思。何老十不是一个坏干部,在乔典运的作品里,有不少坏的村干部,比如《香与香》中的李老三,《笑语满场》中的何占山,《冷惊》中也曾暗示以前的村干部都是整人的"好手",这些村干部要么以权谋私、鱼肉百姓,要么心存嫉妒、暗使绊子,坑害村民,不是为村民谋福利,而是把干部身份作为自己谋取好处的手段。而何老十却是一个淳朴善良、一心为公的好干部,从没有捞过公家一根柴草半斤粮食,而且是吃苦在前,享受在后,时时记得过去的苦,感恩于新生活。在分财产时他放弃了自己抓到手的瓦房与健牛,自己要了小牛与草房,才平息了一场争执,因此而得到了劳模等一系列的荣誉。然而在何老十的身上确实存在着思想僵化、才能平庸的问题,比如他

---

① 乔典运:《满票》、《美人泪》,黄河文艺出版社1989年版,第28页。

让大家在春节时吃忆苦饭、穿忆苦服装;每次开会他只能一遍一遍地讲述旧社会里遭受的苦难;几十年一直穿着那件破棉袄,认为只有地主老财才穿得花里胡哨;他告诉小成"穷才是硬道理",把小成自己做木工活挣钱看作是资本主义行为并在村子里示众批斗;不让儿子媳妇穿红戴绿,认为一个庄稼人会让人耻笑。他的这些思想连自己的儿子也不能接受,村民更是把他对于过去苦难的叙述当作笑料。何老十的最终落选,说明了人们思想的变化,连张五婆都说现在是"什么年代了",人们需要的不仅是一个善良的干部,而且也是一个能干的有魄力的干部。乔典运创作《满票》的成因起于实际生活中的两次选举事件,一件是 1979 年河南省文联选举参加文代会的代表,另一件是选举县长,两次选举,不同的文化团体,但结果出人意料的相似,"正是这些熟悉的生活,熟悉的人物,熟悉的意识,促使他回到家中,将两种相同的事和人化成了《满票》"。[①] 这些生活中的真实事件促使乔典运对于选举与民主问题有所思考:时代在改变,人们需要告别往昔,过去那种靠忆苦思甜的手段来教育大家的方法也应该变了。那些过去被奉为人的高尚品德的因素,在新的时代只能成为新生活的阻碍,还可能给自己及他人带来无法预料的痛苦,这些"品德"是否还值得歌颂?这是作者创作的初衷。在这篇作品中,作者的态度是矛盾的,他一方面写出了何老十身上的美好品质,如正直、无私、清廉等,这样的品质是值得称道的,也是许多干部缺乏的。同时又写出了何老十思想的僵化,固守一个"穷"字,并当作制胜的法宝,盲目服从上级,这种性格在时代的冲击面前必然会被抛弃。作者在此对于传统的"高尚品质"进行了反思,一些美好品质有时也会成为阻碍人们前进的障碍。同时,这篇小说把人性中的另一面也暴露无遗,那就是虚伪,选举前何老十发誓要把模范大队变成模范村,"上千选民听到这个消息,无不拍手称好",大家互相约定还选何老十这样的人,结果只有两人选了何老十,确切地说只有一个人,一票是何老十自己投的。而在选举之后碰到何老十的人都暗示是自己投了他一票,有的痛哭流涕,有的发誓赌咒,有的历数他过去的功劳或曾经受过他的恩惠,以表示自己真的投了何老十一票,作者在这里有力批判了那些人耍小聪明、两面讨好、口是心非的虚伪性格。

《刘王村》则对一些作出过功绩的人,本来是令人尊敬的,但在众人的敬仰与恭维中慢慢形成了自我膨胀、自我神圣化,还有脆弱、自私、听不得真话、不敢面对现实的心理疾病问题进行了思考。作品中的刘老大为

[①] 王桂芳:《不逝的风景》,作家出版社 2003 年版,第 175 页。

缺水的村民发现了饮马坑，找到活命水，刘王村的村民对他感恩戴德，久而久之，他心安理得地坐在村民担水的地方接受众人日复一日的赞美与感恩，并把这些看成了生活中理所当然的一部分。村民王三赖头脑灵活，改革开放后赚了一些钱，在村里打了一口井，让村民都去吃新打出的水，干净、卫生。村民去新打的井水中挑水吃使老大失落，愤恨甚至因此而生病，结果人们感到了不安与愧疚，又去吃那肮脏的水，他继续接受着人们的朝拜。这篇作品的意蕴非常复杂，一方面是刘王村的村民那种淳朴善良、知恩图报性格令人难忘，另一方面他们不敢正视现实，惯于随波逐流、维持现状的性格也令人沉思。书中的刘老大为缺水的村民找到了活命水，本来是受人尊敬的，他理所当然地受到村人的感恩戴德，他在心理上把自己当成了村民的救星，接受着村民语言上的赞美与物质上的供奉，谁家有了好吃的，都会送给他一份，开始他拒绝，时间长了，如果谁家不送他反倒不习惯，也不高兴。村民去吃王三赖的井水时，他感到气愤、委屈、绝望甚至到了病危的程度。这说明他的心理疾病已深入骨髓，作品的深刻之处在于它蕴含的象征意义。

　　集中描写中原农民形象，揭示农民思想性格深处的痼疾，正是作者"哀其不幸，怒其不争"的沉痛。作者满怀忧虑，希望通过"揭丑"行为，呼唤健康积极人格，彻底改造国民的灵魂，无疑，这是鲁迅乡土小说精神的传承。中原闭塞的地理环境，保守的文化传统，极易形成人们的顽固、保守等性格，乔典运正是基于此揭示了中原农民性格中的负面因素。乔典运善于从文化、人性角度切入，挖掘长年累月积淀于人的心灵深处的那些病态心理，把批判的矛头直接指向人物内心，对人物心灵进行无情的拷问，如《满票》中的何老十，《问天》中的三爷，《冷惊》中的王老五，他们的精神创作主要源于人物自身心灵深处的传统阴影。但乔典运笔下的农民与鲁迅笔下的闰土、阿Q毕竟因为时代不同而有了质的区别，他们身上还存着封闭、自私、落后等性格，但少了闰土的麻木，没有了阿Q的自我麻醉，更多的农民在新时代的感召之下开始有了自我意识的萌芽，这些表现在乔典运对于另一类农民的刻画上，即对于变化着的新一代农民的性格的塑造上。

二　健全人格的期待

　　乔典运一方面揭示农民人性中固有的顽疾，或来自时代因袭，或特殊年代极"左"政治影响等造成的一些性格上的扭曲，如《冷惊》中的王老五的奴性，《香与香》中的李老三的嫉妒与报复，《笑语满场》中何老五的胆小怕事,《满票》中的何老十的思想僵化等,批判的目的,正在于对健全人格的呼唤。因此,作者在揭示农民负面文化性格的同时,也发掘了人性中的一些美好,如《村魂》中的张老七,他虽然古板,却异常的诚实、认真,村子里修路,每家需要砸出一定数量的石块,只有何老七按照乡里干部老王要求的尺寸白天黑夜地砸石块,其他人则把石块砸得很大,结果上缴石块那一天,别人的石块都验了合格,独有张老七的反而不合要求,于是村民都站了出来,发出了愤怒的抗议,维护了这种诚实与认真,并视他为全村的"村魂"。这说明诚信、正义、公理在村民的思想深处依然存在,那是做人的根本,在当今时代,虽然人们的思想正经历着前所未有的改变,但一些内在的东西如公平正义诚实守信等,仍然在生活中闪光。作者借用张小亮之口直接发出了对于正直、诚实、认真又有些愚钝的张老七的赞叹:"他是我们的村魂,没有他,否定了他,我们就像掉了魂,六神无主。说话办事就没了个准。"①《笑语满场》中的小栓与其父亲何老五形成了鲜明的对比,他不再听从父亲那顽固守旧的教育,而是凭自己的判断与主见,投了大家公认的合格的候选人武二林一票,并在当场放起了鞭炮。小栓已不再固守旧的思想观念,不再谨小慎微、唯唯诺诺,而是大胆表达自己的意见,是有了时代新思想的新一代农民形象。《乡醉》中的乡党委书记木易,关心人民疾苦,在大风雪天气,让乡里干部去山里检查群众生活,但乡里干部都是乡副书记的派系,把他排除在外,对于他的安排置若罔闻,打牌、喝酒如故,就是没人下去。无奈之下他自己去到了最为贫困闭塞的山顶小村"牛顶天",他发现救灾物资根本没有发放到贫困户手里,农民生活极端困苦,他想:"上任之前听县委讲的,上任之后亲眼见的,都证明了这个乡的问题不小。再不解决,再和稀泥,老百姓啥时候才能富起来?得捅捅这个马蜂窝,至多蛰自己几口,至多是滚蛋。"② 这些思想充分表现出了一个关心群众疾苦的好干部形象,不和稀泥,不怕得罪人,把群众利益放在第一位,这是作者倾情呼唤的好干部。他从雪山回到乡里,以酒装疯,把乡里干部大骂一通,历数他们脱离群众,贪图享受,对群众疾苦漠不关心的恶劣行为,最终扭转了乡里干部懒散冷漠的作风。

乔典运在作品中不留情面地批判了农民的一系列劣根性,尤其是那些阻碍社会向前发展的顽固、狭隘的因子,同时对于理想人物的刻画中又寄寓着对于美好人性的渴望,渴望农民身上那些顽疾能够尽快地被驱

---

① 乔典运:《村魂》,肖德生《一九八四年短篇小说选》,人民文学出版社 1985 年版,第 517 页。
② 乔典运:《乡醉》,《美人泪》,黄河文艺出版社 1989 年版,第 129 页。

除。农村要走向现代化，不仅仅是经济上走向现代化，更应该是从精神上走向现代化，能有更多的独立自主的主体意识，而不再固守于那些狭隘、守旧、盲从或庸俗性格，只有这样，才能彻底摆脱传统文化因循的沉疴，才能真正从最深的层面即文化层面上进行变革，这也是作家发自内心的倾情呼唤。

三　笑里含泪的冷幽默

幽默是乔典运小说的一个主要特征，也是他表现人物性格、展示现实世界的一种方式。他善于于不动声色的冷静叙述之中，展示荒谬可笑之处，你刚要展颜一笑之时，随即会产生一种沉重，本色语言与略带荒诞的情节相结合，堪称是一种冷幽默。

以轻寓重的题材处理是乔典运制造冷幽默的常用手段。《冷惊》中的村民王老五自己家的韭菜被人吃掉，大骂一通，后来得知是村支书妻子吃掉了，就多次向村支书请罪，并一直惴惴不安地等待村支书的"整治"，结果精神走向疯癫，最终在其老伴的请求下，被村支书"整治"一通，他的病却好了。表面看来王老五实在可笑，但作者冷静的叙述语调又难以让人发笑，反而让人思考：王老五之所以如此可笑，可见其精神奴役之深。是长久的奴役状态使其丧失了一个正常人的人格，可见一些压抑人性的东西天长日久，就像一种精神鸦片，慢慢侵入人的血脉，并逐渐渗入到人的无意识里，精神因此发生扭曲变形，便会失去正常的人格。这样一个深刻的内容以喜剧的形式表达出来，是作者含泪的讲述，令人发笑的背后是沉重的社会内容。《满票》中的何老十在选举中只得了两票，而他碰见的人包括当选的村支书、受恩于他的王五婆、李双喜，甚至他的儿子、儿媳、妻子都在诉说着他的好，暗示自己也投了他的票，这实在是令人啼笑皆非。文章的标题更是富有意味，明明是两票，却标明是"满票"，初读令人发笑，掩卷令人沉痛。《问天》中的三爷选谁当村长不是看谁有能力，为民办事，而是要问支书，因为他从来不用脑子，诸事都是领导说了算。结果这次领导没有明确的表态，他便感到了无所适从，不知道选谁，于是就想谁对自己有恩就选谁，而两个候选人又都有恩于自己，于是他只好放弃了选举。看来是一个老农民参加选举的小事，其中蕴含的其实是重大问题：民主对于愚昧无知的人来说毫无意义，如何使那些丧失了主体精神的人站起来，成为有独立精神的个体，这才是问题的关键。

作者为了更为直接地揭示出人物的性格，尽量保持了冷静客观的叙述,于不动声色中包含有力的反讽,于真实的画面与情节的推进中寓含幽默。比如《借笑》中通过人物近乎闹剧般的表演,隐含着作者的讽刺,还有讽刺背后的悲悯。但作者又隐去了主观的评判,保持着客观的叙述,让人物自己表演给人看,把可笑的言行展示给人看。四叔的儿媳英英讲真话反而招四叔忌恨,大儿媳钱花讲假话哄人反而赢得宠爱,真真假假,假假真真,颇具荒诞意味。正因为此,小说呈现出寓言的特质,在闹剧中寓含着嘲弄,小故事寓大道理。平和的语气与内容的乖张形成反差,实为冷幽默。

幽默,作为一种具有特殊的审美艺术效果的表现方法源远流长,在小说中常常形成独特的意蕴。现代文学史上鲁迅的幽默讽刺小说有开创意义,其后的老舍、张天翼,到后来的钱锺书等人都写出了优秀的幽默讽刺性作品。新时期以来的王蒙、王朔、王小波等人也写出了颇具幽默特色的小说,这些小说以其独特的文学内涵为文学增添了美丽的风景。乔典运的幽默有鲁迅遗风,鲁迅的幽默常与讽刺相伴,以寓言形式表达出来,平静的叙述下面是辛辣的讽刺。乔典运也是多以寓言形式,用冷静的语调表达一个富含讽刺的意义。不同的是鲁迅的讽刺更加彻底而深刻,乔典运的讽刺比之鲁迅较为温和。二人都以揭示病痛为旨归,鲁迅是站在西方文化的角度,反观中国传统文化积弊,思考国民的落后、愚昧与麻木等劣根性,"哀其不幸,怒其不争",旨在揭出病痛,引起疗救的注意。鲁迅作为一个民主主义启蒙者有更为开阔的眼光,有更为深广的忧愤,因此作品的思想内涵也就更加丰富深刻,达到一定的哲学高度。而乔典运长期生活在农民中间,把自己作为农民中的一员,以自己熟知的生活经验,用朴拙的文字表达出自己对于生活的直接感受,他没有系统的知识结构,仅凭着自己的敏锐眼光与领悟能力,写出的作品主题相对单纯质朴,也更加富有生活气息,却缺少一定的哲学沉思。另外,鲁迅是站在知识分子的立场批判农民身上存在的愚昧、不觉悟等性格特点,因此更加深刻。乔典运出身农村,作为农民中的一员,他对农民的批判就更加富有复杂的意味。

河南作家李凖、张宇、刘震云等人的小说都具有幽默特色,河南人善幽默,关于这点很多河南作家曾谈到,李凖论及河南人性格时说:"看去外表笨拙,内里却精明幽默。"[①] 评论家樊星谈到河南作家的幽默时说:"他们那幽默而悲凉的气质,因此而别具一格,李凖所谓'天真汉,幽默

---

① 李凖:《黄河东流去·后记》,百花洲文艺出版社1999年版,第783页。

感，爽朗，智慧，带有某种笨拙'的'侉子性'，用到河南作家的气质定位上，也相当准确。"① 李準的《李双双小传》、《黄河东流去》都具有幽默风格。张宇《活鬼》颇具幽默特色。刘震云的诸多小说如《新兵连》、《故乡相处流传》、《一句顶一万句》等都富有幽默感。刘震云认为河南人的幽默是一种骨子里的幽默，是一种最根本的幽默，他说："别的地方的幽默或是语言幽默，或是事儿幽默，或是理儿幽默，但河南人的幽默是根儿上的幽默。无论多大的苦难，河南人总是以幽默的态度来看待。他们用幽默，把严酷的现实变成一块冰，丢到幽默的海水里。这是他们的生活态度。"② 幽默与历史文化有关，历史上河南人遭受了无数次的天灾人祸，河南人善于用幽默来化解苦难，正是这种生活态度使河南人活得坚忍而顽强。乔典运的幽默与上述几位作家又有所不同，李準善用诙谐有趣的语言，以及一些生动的细节形成幽默感，如《黄河东流去》对于王跑的形象塑造，用王跑从村东头跑到村西借水桶这个行动，以及有趣的语言"棒槌打他手里过一下，也要刮掉四两末，挑担水打他门前过一下，他也要匀一碗"，生动表现了王跑"钱串儿脑袋"、爱占小便宜的性格。刘震云善于运用反讽、戏谑的语言形成幽默特色，如《故乡相处流传》、《一腔废话》、《温故一九四二》等作品中以极具个性的反讽式叙事刻画出了河南人群体性特点。而乔典运的幽默是常常运用有悖常理或出人意料的情节形成幽默，其作品形成一种寓言化特征，于幽默中揭示农民性格上存在的劣根性，如《满票》中开头何老十自以为必能当选新任村长，而村民也相约还要选何老十这样的好人，结果何老十却只得两票。这样的情节出人意料，作者正是利用这样的情节揭示事件背后的问题，引人深思。《冷惊》中王老五不被村长整治而精神崩溃，一旦得到整治反而清醒了，这样荒诞可笑的情节入木三分地揭示了长期遭受压制的农民身上那种多疑而畏怯的心理特征。

第三节　周大新：文化怀乡者的深情回望

　　周大新的小说主要分为两个系列，一个是军旅系列，主要以军队生活为素材，如《汉家女》、《走廊》、《钢戟》、《"黄埔"五期》、《军界谋士》等，称为军旅系列；另一个是乡土系列，主要取材于南阳盆地的乡

---

① 樊星：《当代文学与地域文化》，华中师范大学出版社1997年版，第109页。
② 赵明河：《用幽默化解严酷的现实——访作家刘震云》，《人民教育》2011年第4期。

村与小镇生活，称为"南阳盆地系列"，如短篇小说《怪火》、《病例》等，中篇小说《香魂塘畔香魂女》、《瓦解》、《家族》、《银饰》、《伏牛》等，长篇小说《走出盆地》、《湖光山色》、《第二十幕》等。其小说创作的主要特色在于描绘南阳盆地风土人情，故乡的一草一木、一石一土都镌刻在他的记忆深处，成为他走出盆地、回望乡土、审视乡土的触发点。周大新曾感慨地说："我的笔一直在写生我养我，给我欢乐也给过我痛苦的南阳盆地，在这块古老而又新奇，贫穷而又丰饶的土地上，我找到了属于自己的文学道路。"① 周大新作品颇丰，取材范围也较为宽广，从军旅到故乡、从乡村到城镇，但其作品风格较为平稳，近乎白描的叙述手段，善恶分明的伦理故事，反倒使其作品有一种返璞归真之美。其开创的"南阳盆地"系列作品，以其鲜明的地域特色、宽厚的悲悯情怀给读者留下了深刻的印象。这是一个走出盆地的怀乡者的温情回望，带着几分审视、几分理性思辨，生动地再现了盆地人的生命与生存状态，揭示了他们的文化性格，完成了一个文学怀乡者的文化反思。

一　对故乡的温情回望

（一）盆地文化的审视

周大新对于南阳故土有着深厚的情感，这也是构筑他的文学世界的基础，因此，他的作品中有着更多的对于南阳盆地文化的热爱与认同。《左朱雀右白虎》主要讲述了一个寻找发现汉墓、自觉保护文化遗产汉画的故事。南阳汉代画像石刻，是古代人为中华民族留下的宝贵遗产，是古代劳动人民生活与艺术水平的记录，也为后代艺术家留下了珍贵的精神财富。作者在这篇作品中对于那座历尽磨难才重见天日的汉墓，以及汉墓中的汉画石刻上的生活画卷有生动细致的描绘，真实再现了那个时代人们的生活与艺术之风。在作者的娓娓讲述中贯穿的是作者那种无处不在的热爱、自豪情感，是对南阳盆地丰厚文化遗产的肯定与弘扬。书中以王莹质、王涵、古楠为主的几个知识分子为保护汉画而作出的牺牲里，又融注了作者对于勇敢智慧的南阳人民的崇敬之情，他们献身于艺术而义无反顾，当这些艺术品遭到外敌的侵略时，他们决绝地选择了献身。老作家冯牧读到这部作品时曾动情地说："在我的心目中，他们都是我所经历过的地区中看到过的最为纯朴、最为勤奋、最热爱自己的土地和勇于运用古老的农民机智来同沉重的命运相抗争的人民。你要认识什么是'大地之子'

---

① 白万献、张书恒：《南阳当代作家评论》，河南大学出版社1996年版，第134页。

么？那么，我可以毫不迟疑地说，生活在豫西南这片古老盆地中的人们就是。我高兴地发现，我在周大新的有些作品中，看到这些可爱的人们的真实身影。"① 书中人物是南阳知识分子的代表，这些生活在这片土地上的知识分子，把一生的精力都献给了先辈留下的文化遗产的发现与保护，他们对之珍爱并视同生命，为了捍卫人类的精神财富，为了理想，为了尊严，为了美好的爱情，他们可以牺牲一切包括生命，这正是盆地人民生生不息的巨大精神动力，也是中华民族生生不息的精神动力。《风水塔》中的老人杨豫泽，因为软弱曾在日寇面前做了违背自己良心的事，为此他陷入了一种深深自责与灵魂的自我拷问之中，他给自己的孙子起名为"雪耻"，意为洗雪身上的耻辱，并义无反顾地让孙子走向了战场。当孙子战死疆场的噩耗传来，老人溘然长逝，老人身上那种鲜明的耻辱感，那种精忠报国的朴素道义感，是周大新对于南阳盆地人民知荣辱、讲道义精神的赞美。

　　周大新出生于豫西南的一个小乡村，少年时代家庭生活的艰辛、南阳盆地的人民生存的艰难都给他留下了永难磨灭的记忆，而家乡人的善良与淳朴、自在活泼的民间文化也给了他很好的熏陶，他的散文《夏夜听书》中有对于童年时代夏夜里坐在长满葛麻的大空场上听大鼓书的美好回忆，"秀成用他那张巧嘴和那柄鼓槌，把我带进了一个又一个神奇的故事中。我常常忘了月亮、忘了星星、忘了夜风，完全沉浸在他所渲染的砍杀搏斗里，沉浸在他所讲述的悲欢离合中。当然，有时实在是困极了，我会在不知不觉中睡熟到席子上，让娘在散场时摇摇晃晃地抱回家里。如果是这样，第二天，我就一定要找大人问明我没听上的那一段书，以让故事完整起来。这样的夏夜已经过去许久了。今天，我不知道那位叫秀成的鼓书艺人是不是还活着，我多想让他知道，是他说的那些鼓书，对我做了最初的文学启蒙。那些响着秀成的鼓声的夏夜和乡下人渴求精神享受的情景，将永远留在我的记忆中……"② 周大新曾不止一次回忆起自己听大鼓书和听老人讲故事的童年往事，南阳丰富的民间文化对于他有着潜移默化的影响，故乡的一切都深深地融入到了他的记忆深处，成为他日后文学创作的丰富源泉，也成为他终生挥之不去的恋乡情结，正如论者梅惠兰所言：周大新对于20世纪的社会历史的描摹和解读，实则是他对自己深深热恋着的南阳故土的解读与描摹，对世世代代生活在这里的南阳人与南阳文化的

---

① 冯牧：《关于周大新的〈左朱雀右白虎〉及其他》，《但求无愧无悔》，人民文学出版社1995年版，第108页。
② 周大新：《夏夜听书》，庞进主编《我的童心童趣》，未来出版社1999年版，第228页。

生命感悟。①

　　走出盆地，抗争命运，是作者表现的南阳人性格中最重要的一面。南阳位于河南西南部，南邻湖北，西接陕西，南有桐柏山、武当山，西有伏牛山，中间为平原，形成了一个相对封闭的盆地环境，从而也形成了独特的文化空间，闭塞、落后是其主要特点，因此，这里的许多人梦想走出盆地，走向外面世界。《走出盆地》中的三仙女历尽磨难也要冲出盆地，走向外部世界寻求自由幸福的生活，与现实中主人公邹艾奋力拼搏要摆脱不幸命运的故事相互交织，她们那种不顾一切奋力向外冲，即使遭受最严厉的打击也在所不惜的韧的精神，是盆地人抗争命运的生动写照。邹艾从小生活在一个畸形的家庭里，与母亲过着压抑不幸的生活，她立志要走出盆地，到外面去追求新的生活，经过她的种种努力，她参军了，终于走出了盆地。到部队以后她利用自己的聪明与算计，嫁给了副司令员的儿子，从此她的生活发生了极大的转变，过上了令人羡慕的生活。然而副司令员的死与丈夫的自杀，使其又跌入了人生的低谷，她带着女儿回到家乡。尽管遭受了人生的重大打击，但她决不服输，经过种种努力在家乡成立了一家乡村医院，事业略有起色之时，却因医院的一次误用假药事件她差点走进了监狱。遭受如此挫折，她仍不肯低头，她说："这回又败了，败就败，总有一天会胜！"②显示出了一个女性的刚强个性。这种敢于抗争不平命运的精神是周大新所肯定的。邹艾一心要走出盆地，但她最终还是回到了盆地，并在家乡开创了事业，实现了自己的人生价值。由此可以发现，作者把故土看作了人们永远的根系所在，那里尽管存在种种弊端，但它总是以最博大的胸怀容纳着你的一切，是你永远的心灵的港湾。《泉涸》中也写了主人公田埂逃离盆地的故事。周家祖祖辈辈生活在那块土地肥沃、桑树繁盛的土地上，他们珍视这块土地，为了保护这块土地，前辈们与仇家进行过殊死斗争，族人之间也曾为争夺桑田而互相争斗。桑田几经易主，改革开放以后又回归了周家，田埂的父亲面对重新回到手里的祖产欣喜无比，而田埂却不堪忍受贫穷封闭的生活，他故意锄掉禾苗，破坏桑树，他终于跑向外面去贩卖纽扣，不再劳作于田间。最后他要卖掉桑田而扩大自己的纽扣生产，因此与父亲产生了难以调和的矛盾。盆地养育了南阳人，盆地的封闭与落后又使新一代青年农民不堪忍受，走出盆地就成了他们的选择。作者写出了两种观念的冲突，走出盆地不一定是对旧观念旧价值的

---

①　梅惠兰：《历史的生命感和生命的历史感》，武新军、袁盛勇主编《聚焦20世纪——周大新〈第二十幕〉评论选》，人民文学出版社2003年版，第178页。
②　周大新：《走出盆地》，《小说家》1990年第2期。

全盘否定，但却是对于新生活新的价值观念的追求。

　　作者一方面表达对于盆地的真挚热爱，另一方面对于盆地长期以来形成的各种积习如盆地人的顽固、保守、封闭、愚昧等精神状况给予不加掩饰的批判。如《老辙》中的费丙成心胸狭窄，思想扭曲，在有了一定的经济实力之后，竭力报复以前曾经拒绝过他的姚盛芳；《紫雾》中周家与龚家两个家族冤冤相报，不断仇杀，并把这种仇恨转嫁到下一代人的身上，造成了那么多的悲剧；《武家祠堂》中人们因循守旧，恪守旧法，容不得别人有所改变，尚智因为改变了传统的生产与经营方式，影响了别人的收入，竟然被按"老章法"处置；《伏牛》中的照进与西兰为了报复村长，竟然伤害无辜、善良的刘荞荞，以致荞荞付出了生命的代价。正是基于对于盆地的深爱，他才反思盆地的封闭与落后，揭示盆地人身上存在的那些顽疾，"引起疗救者的注意"。《向上的台阶》中的廖怀宝，为了一步步向上爬，不择手段。为了当上副镇长他抛弃了女友；"大跃进"时期，他怕丢掉官位，违背良心说假话，损害百姓的利益，把粮食亩产570斤说成是5700斤，造成严重的后果，饿死许多人，他又把责任推给了老实的双耿。"文革"中他为了保全自己，以便将来重整旗鼓，又把妻子推向了造反派头目。为了权力不惜把爱情、亲情、良知放置一边，这种对于权力的追求是以沦落人性中的美好作为代价的。作者不但批判了廖怀宝被权力扭曲的人性，而且进一步揭示了导致廖怀宝狂热追逐权力的原因：家庭没有做官的人，被人欺负，打官司失败。这样，作者的反思就进了一步，揭示了中原农村权力文化对于农民的伤害，这种伤害反过来又致使农民去追求权力，伤害其他人，形成了一个恶性循环。可见这种带有封建专制性质的权力之危害。《瓦解》中老万的女儿万芹未婚生下了女孩乐乐，这使老万感到无地自容，他视乐乐为眼中钉，甚至设计置乐乐于死地，终使乐乐身体致残。为了自己的面子而置一个生命于不顾，表现出了他的愚昧与狭隘。《湖光山色》对农民思想深处固有的一些封建思想进行了审视。旷开田是一个典型，他胆小怕事、没有主见，在暖暖的支持下当上了村主任之后，渐渐发生了变化，从与暖暖真心相爱到对暖暖的背叛，从最初对村里事情公平处理、积极筹建到专横无理、腐化堕落，这种一旦掌权便发生变质的行为，揭示了农民身上暗藏的劣根性，处于弱势地位时奴性十足，一旦得势，又自负自大，是对农民身上文化劣根性的有力批判。这部小说中多次穿插楚文王的故事，与现实中楚王庄里的"王"——村长相互呼应，在改革开放时代，楚王庄里仍然存在着浓厚的封建思想，揭示了农民在现代化过程中精神蜕变的艰难。村长詹石磴当村长时为非作歹，为所欲为。贫苦农民旷开田当上村长，初上任还能表现出民主作风，时间一长也开始以自己为"王"，处处表现出霸道、自私。可见农民身上这种封建思想之顽固。另一方面《湖光山色》对于乡村在城市化进程中面临的问题作了深刻思考。周大新曾经表示：我国的现代化进程正在进行，无数城市如同孕妇肚子一天天膨胀得大了。乡村也在迅速变化着，不知道这样变化的结果如何？是不是需要以农田的荒芜和田园乡村的消失为代价？如果是那样，真不知是祸是福？目前乡村的日子仍然艰辛，农民渴望走出乡村，农民自身的生存之地现在竟然成了他们的抛弃之所。这些现象的原因到底在哪里？和农民进城正好相反的现象，是大批的城里人在节假日里不断向着乡间涌去，一些城市资本也流向了乡村，这两股人流和资金流，出现的原因在哪里？结果又会如何？这些问题，长期在自己的脑袋里翻腾，因为自己是农民的儿子，对此特别关注，《湖光山色》就是关注农村、关注这些问题、不断思索的结果。[①] 周大新一直称自己为农民的儿子，对于农民的关注是他最重要的课题，在这篇作品中，作者敏锐地捕捉到了激变的时代农村发生的巨大变化，作者在思考农村在这紧要关头究竟何去何从的问题，表现出深深的忧患意识。

（二）对盆地女性命运的关注

对女性命运的抒写，是作者透视南阳盆地文化品格的一条重要途径。周大新作品中有一系列的女性形象，《走出盆地》中的邹艾，《香魂塘畔香魂女》中的环环、郜二嫂，《银饰》中的碧兰，《第二十幕》中的盛云纬，《湖光山色》中的暖暖等，这些女性生活时代不一，命运也各异，她们身上有南阳盆地文化的痕迹。《第二十幕》中的盛云纬是一个自己的命运完全无法自己掌握的女性，与南阳丝绸世家的尚达志真心相爱，却难以如愿，被迫作妾，命运坎坷。如果说她的悲剧是旧时代造成的，那么《香魂塘畔香魂女》中环环的悲剧则就另有值得思考的因素了。环环温柔善良，家庭贫困，最终屈服于命运的安排，选择了她不想要的生活，因为家里的一笔欠债做了香二嫂的傻儿子墩子的媳妇，从此生活在痛苦之中。环环所处的时代与盛云纬所处的时代已截然不同了，当时已进入改革开放时期，环环的生活悲剧表面看来是经济原因所致，家里贫穷，为还债而卖身，听起来有点不可思议，但这样的事情在一些农村地区确实存在着。环环悲剧最关键的因素还是一些旧的封建思想意识所造成的，环环身上那种认命性格，盲目的自我奉献精神，都令人感到惋惜。环环嫁了一个傻子，

[①] 周大新：《作家手记——我写〈湖光山色〉》，《江南》2009 年第 2 期。

其父母还认为她嫁到了有钱人家,是去享福,这种精神上的愚昧也是导致环环悲剧的重要原因。郜二嫂的形象较为复杂,她很小就被卖作童养媳,十三岁被迫圆房,常遭瘸子丈夫打骂。改革开放后开油坊,赚了不少钱,成了发财致富的模范。即便如此,她在家庭中仍然不断遭受丈夫的打骂。郜二嫂虽然在经济上取得了一定的地位,但在精神上却没有取得独立人格,她思想深处仍然存在着深深的封建思想,为了自己的傻儿子,不惜牺牲环环的幸福,说明了她的自私与狭隘。郜二嫂自己是一个深受封建思想伤害的女性,却又用同样的办法伤害别人。这部作品深刻揭示了南阳盆地封闭的环境中,女性身上仍然存在着的深深的封建文化烙印,这些烙印由外在的强制性慢慢变成了女性的自觉认同,这才是真正可怕的。在中国古代,甚至直到今天,很多受害女性自己是封建思想导致的婚姻家庭的受害者,却又鬼使神差地运用同样的办法去对待其他女性,那是一种潜意识深处的嫉妒、报复心理,把自己所受的苦再转嫁到别人身上,最终转变为一种女性的集体无意识,代代相传。可见女性如何实现真正的自我解放,在今天仍然是一个重要问题。郜二嫂最终在环环的善良与理解面前,良心发现,她主动劝环环同自己的傻儿子离婚,也表现了其思想面貌的变化。

　　在揭示女性身上残存的封建意识的同时,作者也塑造了新时代女性的形象。《湖光山色》中的暖暖,是一个自立自强、积极进取的女性,她一直奔走在追求幸福的大路上,暖暖是新时代农村妇女的代表,她在恋爱、结婚与创业上都有自己的主见。她走出乡村,去北京打工,由于母亲的病,她又回到乡村,并花光了积蓄,她也因此留在了家乡。她从谭教授探访楚长城并雇用她带路这件小事中获得启示,开始发展乡村旅游经济。她蔑视封建传统,在村人吃惊的目光中,以大胆的方式与旷开田结合。她善良、正直、能干,成功创办旅游景点赏心苑。当旷开田要报复詹石磴并污辱其女儿润润时,她毅然出面阻止,并借钱给润润令其为父亲治病,表现出了一个女性的宽阔胸襟。她身上已经剔除了那种冤冤相报的陈旧思想,表现出令人肃然起敬的高贵品格。《香魂塘畔香魂女》中的环环生长在新时代,但环环身上更多的是逆来顺受,缺乏反抗精神;《走出盆地》中的邹艾是一个努力奋斗走出盆地的女性,身上有着不屈的反抗精神,但邹艾身上也有封建思想的存在,她的走出更多的是借助于男性权势。而暖暖则是走出了一条自立自强的道路,暖暖身上更多地表现出了南阳盆地女性自立自强、宽厚仁爱的性格,这也是周大新寄予希望的理想女性形象。

　　同样是对于中原文化进行反思,李準的反思更多的带有理想主义色彩，以颂扬中原人的"侉子性"为主，而乔典运的反思则以审视中原农民性格中的负面因素为主，二人表现出了相反的写作态度。究其原因在于，李凖是从"十七"年走过来的作家，"十七"年思维模式曾经影响了他的创作道路，当时写出了《不能走那条路》、《李双双小传》、《耕耘记》、《春笋》、《清明雨》等反映时代重大问题并与主流政治保持一致的作品，多以颂歌为主调，这也是那个时代的基本创作特点。李凖在创作谈中曾表示："我力图使自己创造的农民形象，能够代表农民阶级的本质。农民是劳动阶级，他们有勤劳、朴素、浑厚等很多优点……在作品里，要写小农经济的自发势力，可是决不能把农民写成顽固不化，写得令人憎恶。"① 因此，作者笔下的农民大多质朴可爱，有些虽然有一些缺点，但经过正面教育，会发生转变，如《不能走那条路》中的宋老定，思想落后，但善良老实；《李双双小传》中的喜旺虽然有大男子主义，封建男权思想，但又勤劳诚实。到了新时期，李凖在不断反思自己创作轨迹的基础上，调整了写作路子，写出了《黄河东流去》这样不再以表现主流政治问题为主，转而思考民族精神的具有丰富文化意蕴的作品，但对于中原农民的热爱情结没有变，而作者又执意要表现中华民族生生不息的精神力量，因此，作者在反思中原文化精神时，以发掘其中的优秀成分为主。乔典运虽然也是"十七年"中走过来的作家，但乔典运的人生经历对其创作有着不可忽视的影响。他一直生活在农民中间，对于农民的性格最为了解。在"文革"时期，他受到的是非同一般的打击迫害，经历了一场精神上的炼狱，他所看到的多是人性中的阴暗面，因此，他的作品多以揭示中原农民心理深处的痼疾为出发点，表达了作者的忧虑。周大新也是从农村走出来的作家，对于农村生活相对熟悉。家乡人的贫穷，南阳盆地的闭塞与落后给他的印象比较深刻。但他的人生道路相对比较顺畅，上学、参军、写作、成名。远离家乡以后，回望乡土，时时回忆儿时家乡的美好时光，南阳盆地多彩多姿的文化遗迹，家乡夏夜里民间艺人的说唱艺术，大树下老人永远也讲不完的民间故事，这些都给他留下了难忘的记忆。因此，周大新的文化反思既有对于盆地文化优秀部分的肯定，也有对于盆地人存在的一些落后心理的展示，他的作品中既有丰富多彩的南阳盆地的风土人情，也有南阳盆地人丰富复杂的性格描写，其中蕴含了作者丰富复杂的情感。

---

① 李凖：《我怎样写〈不能走那条路〉》，卜仲康编《中国当代文学研究资料：李凖专集》，江苏人民出版社 1982 年版，第 77 页。

二　南阳盆地风俗画

　　周大新乡土小说最大的特色还在于南阳盆地风俗画的呈现。南阳处于三省交会之处，荆楚文化、秦晋文化、中原文化互相交融，使南阳文化呈现出既浪漫瑰丽，又厚重质朴的特点；既有楚文化的灵秀，又有中原文化的丰富，兼容秦晋文化的厚实，是一种混合了多种气质的文化。这种文化氛围给了周大新丰富的文学滋养，使其小说创作呈现出独特的地域文化色彩。周大新小说中常见的神秘情节，随处可见的盆地、河流传说，关于牛、玉、火、雾等自然现象的神秘故事，那些神秘的图腾、民俗、掌故、宗教信仰等，正是浪漫神奇的楚文化影响的结果。《走出盆地》中的三仙女的故事与现实中邹艾的故事互相呼应。神话中的天府、地府、阴府中的仙女为了追求自由与美好的生活，不惜一切冲出盆地，为此付出生命代价也在所不惜。现实中邹艾为了摆脱落后封闭的生活，不停地努力奋斗，一心要走出盆地，神话传说与现实故事相互交织，使全文笼罩在一片光怪陆离、神秘的气氛之中，增添了作品的神秘色彩。整部小说构成了一个象征体，象征南阳盆地女性对于走出盆地的渴望与走出盆地的艰辛。《伏牛》中，作者把传说中的周氏家族的故事与现实中牛和人的故事交叉叙述，充满天人感应色彩。周照进本来与西兰相恋，但他为了报复村长，也为了取得一些特权，娶了村长的女儿荞荞，他虐待无辜的荞荞。荞荞善良温顺，尤其对于家里的那条小牛云黄十分爱惜。牛通人性，解人意，在善良的荞荞遭到周照进的毒打之时，牛把自己的角伸向了那个折磨荞荞的人。这个神秘情节是作者诠释人间道义的重要方式，寄予了作者明晰的道德评判，即万物有灵，善恶终会得到报应。人间的一切灾难与幸福在另一个诡秘的世界都有照应，人间的一切都在神灵的视线中，正如中原民间颇流行的一句话："三尺头上有神灵"，因此每个人都不可骄纵自己，无论在众人面前还是独自一人之时。另有一些神秘情节则是对人物命运的重要提示，如《银饰》中银匠父子梦中看到大朵黑云和一只硕大的黑鸟，慢慢地朝着他的头顶上空袭来，那个可怕的怪物渐渐呈现出人的身形，呼叫着朝他袭来，结果小银匠死于非命；在《走出盆地》中出现同样的梦境，邹艾忽然醒来，发现床前耸立着一大团的黑影一步步向她逼近，黑影的魔爪向她抓去，瞬间又消失了。后来，那个黑影再一次出现在小花坛旁，结果，她的丈夫与公公就离开了人世；《紫雾》中，两个家族每一次向对方复仇之时，紫雾都会神秘出现，然后就会把灾难降临到人们头上。这些情节增加了作品的神秘色彩，也起到了帮助揭示人们命运的作用。另外，神秘意象在作者的小说中随处可见，如神奇的蝴蝶（《蝴蝶镇纪事》）、柳镇风水塔（《风水塔》）、武家祠堂奇闻（《武家祠堂》）、泉的传说（《泉涸》）、怪火传说（《怪火》）、香魂塘故事（《香魂塘畔香魂女》）、预知祸福、辨别善恶的神牛故事（《伏牛》）等，这些传说使周大新的小说异彩纷呈，把读者带进南阳盆地那个独特神奇的文化环境中，既增加了小说的可读性，也增添了作品的文化内涵。周大新表示：他的故乡是一个盛产故事的地方，那里的人们几乎人人都可以讲出一个个的生动故事。小时候他常常伏在母亲的腿上，有时候是在耕种庄稼的田埂上，或者在队里的牛棚里，或者在夏夜乘凉的席子上，自己从父老乡亲们口中听到过数不清的神话传说和四邻八村发生的现实故事。离开家乡很多年后才明白，当初自己从故乡人口中听到的无数个生动故事，原来就是他在故乡上的文学启蒙课程。[①] 可见其作品的神秘色彩与作者自小受到的民间文化熏陶是分不开的。

而那里的人们不服命运的抗争精神、为民族文化的献身精神、勤俭克己的创业精神又体现了中原文化的凝重、坚忍。《第二十幕》中的尚家立志织出霸王绸，勤俭持家，刻苦努力，经历了屡次的战火与不幸，锲而不舍，永不言败。尚达志"修身齐家"、忧虑世事，为了织出霸王绸，他矢志不移，甚至牺牲了自己的幸福。他的忧患意识、济世思想都是典型的儒家文化性格。《乡村教师》写出了乡村民办教师天贺被生活压力压得直不起腰来，家里来客人时连一顿像样的饭都做不出来，只好向邻居家借几个鸡蛋，然而物质的贫穷没有夺去他对于教育事业的热爱与执着，他兢兢业业、鞠躬尽瘁，培养出了许多人才。这种执着的献身精神显示了中原人的优秀品质。

作品中随处可见的历史痕迹如汉墓、石刻、祠堂、汉砖、古玉、伏牛、银饰、丝绸、香油、风水塔、卧龙岗、安留岗、梅溪河等，如一颗颗珍珠散落在文字之中，那么随意，那么自然，又那么光芒闪烁，把我们带进南阳丰富多彩的历史文化之中，感受到南阳盆地文化的生动气息。南阳盆地人们的生活习俗如婚礼、寿庆、丧葬、耍猴、玉雕、榨油、童养媳、宗法制度等，在周大新的小说中也得到了生动的描述与展现，如《第二十幕》中，生动叙述了当地人的婚礼习俗，闹房、铺床歌、交杯酒、红枣核桃、"摸金豆"、"送油灯"等，这些风俗异彩纷呈，引人入胜，增添了作品的文化内涵。还有中原的饮食习俗写得也富有特色，如《牺牲》

[①] 周大新：《漫说"故事"》，《文学评论》1992年第1期。

中，娘为秀妮等人做了一桌特殊的饭菜：炒了一盆茄子，煮了半盆鲜南瓜，熬了一大锅黄灿灿的玉米糁稀饭，还贴了一筛子香香的红薯粉饼。①这是在生活较为艰辛的年代里中原人的典型饭谱。又如《第二十幕》中对于"面条宴"的生动描写：

> 面条是用小铁锅蒸、炒、炸和用社旗镇出的袖珍小火锅下的，一锅为一种，一种只有几口，宴席上每个人都要吃二十四锅二十四种面条。这二十四种面条分四种一套，第一套是四种不同做法的素面条：擀面、甩面、扯面、削面；第二套是卤子不同的肉面条：羊肉面、牛肉面、猪肉面、鸡肉面；第三套是加热法不同的荤面条：蒸面、炒面、炸面、煎面；第四套是浇汁不同凉面：蒜面、麻汁面、辣椒面、黄瓜面；第五套是用汤不同的汤面：鸡汤面、狗肉汤面、鱼肉汤面、鸭子汤面；第六套是用面不同的热面：麦面条、绿豆面条、黄豆面条、杂面条。②

中原地区包括南阳主要生产小麦，面食是人们的主食，为了改变单一的吃法，人们想出了各种办法，把面食做出了种种花样，面条的吃法就数不胜数，周大新描写的"面条宴"生动地展现了中原人的饮食特点。

---

① 周大新：《牺牲》，《周大新文集一·花园》，吉林人民出版社 1996 年版，第 237 页。
② 周大新：《第二十幕》（上），人民文学出版社 2004 年版，第 275 页。

第三章　新历史视角下的乡土之思

20世纪80年代中期以来，当代小说领域出现了一股新的创作潮流，即新历史小说，如陈忠实《白鹿原》、莫言《红高粱》、李锐《旧址》、苏童《我的帝王生涯》等，这些作品力图在复杂多变的历史中打捞历史碎片，使历史呈现多面化与立体化。正如评论家所言：新历史小说有意识地消解革命历史题材小说的叙事规范，不仅在叙事特征上与革命历史题材小说判然有别，而且其历史意识也逸出了"正史"与"党史"所规范的思想与主题范畴，具有了新的意识倾向。[①] 新历史小说对于历史的解构目的在于重新审视历史，多角度地还原历史的本真与复杂，其中还寄托了一种现实关怀。

河南作家在新时期也写出了一些很有名的新历史小说，如张宇《活鬼》、刘震云《温故一九四二》《故乡天下黄花》、张一弓《远去的驿站》等，这些小说多以个人叙述来演绎历史，将历史与个人命运、家族变迁、现实、传统相联系，重新打量历史，从而展现出作家眼中的另一种历史面貌。河南作家的新历史小说在展示新的历史观的同时，常常通过新的角度的历史叙事，在历史的潮汐中重新打量中原人的性格特征、命运际遇及与他们密切相连的中原文化精神，因此这一部分体现了他们反思中原文化的新思考。

第一节　刘震云：中原乡村的历史演义

刘震云前期创作以新写实小说为主，如《塔铺》、《新兵连》、《单位》、《一地鸡毛》等，后来转入新历史系列小说写作，主要作品有《温故一九四二》、《故乡天下黄花》、《故乡相处流传》、《故乡面和花

---

① 孙先科：《"新历史小说"的叙事特征及其意识倾向》，《文艺争鸣》1999年第1期。

朵》等作品，在这些作品中，作者表达了对于历史的独特思考，并借助匪夷所思的历史表达了对乡村文化的新认识，对于中原农民性格的新观察。

一 灾难的历史表达

《温故一九四二》这篇小说以纪实的方式披露了一段鲜为人知的历史，作者把人物访谈、回忆录及当时一些相关报道等事实性的材料穿插于文字之中，这样使作者对世道人心的剖析建立在牢固的史实的基础上，增加了事件的可信度，历史不再是一个背景，而是作者介入现实的中心事件。作品通过对1942年发生在河南的一场自然灾害及各界的不同态度的描写，有力讽刺了重庆政府腐败无能、漠视老百姓生命的行径，认真记录了被遮蔽的一页痛史。

这篇小说叙述语调庄重，情感激愤，一改对历史的戏谑态度，显示出历史考证者的认真。作者采访亲朋好友对于1942年河南灾难的记忆，翻阅引用报纸杂志关于1942年河南灾难的报道，然后一点一点地铺开1942年的卷轴，把当时河南发生灾情的状况及灾情引发的各种反应指给大家看。他引用当时《大公报》上的《豫灾实录》文章，写出了河南当时的惨状：成千上万的人把树皮野草都吃光了，很多人甚至吃有毒的野草而浑身浮肿，卖子女都没人要，有的甚至杀死了自己的孩子。老弱妇孺等死，年轻力壮者铤而走险。"寥寥中原，赤地千里，河南饿死人达三百万人之多"。[1] 作者急于要把心中的悲愤讲给大家，他要控诉，他要声讨，因此不免情绪激动，词锋凌厉。作者写道："我注意到：一九四二年，中国还是有'可口咖啡'，虽然我故乡的人民在吃树皮、柴火、稻草和使人身体中毒发肿的'毒花'，最后饿死三百万人。"[2] "于是书生们上了当，以为委员长是官僚主义。其实梦中的是书生，清醒的是委员长"。[3] 作者直接发表议论，指出当时重庆政府面对河南的严重灾情表现出的冷漠，冷漠的背后是政客们玩弄的政治手腕。当时重庆政府担心的大事是国际问题，党争问题，而不是小老百姓的生死问题。而国民政府的大小官员也在忙于升官、发财并借救灾之名行贪污、腐败之事，倒是外国记者面对河南当时的惨状，发出了人道主义的呼唤。正因此，老百姓才发生了暴动，缴了自己军队的很多枪支，客观上

---

[1] 刘震云：《温故一九四二》，人民文学出版社2009年版，第430页。
[2] 同上书，第440页。
[3] 同上书，第441页。

帮了日军的忙。于是作者感叹："是宁肯饿死当中国鬼呢？还是不饿死当亡国奴呢？"① 显然作者是站在民间立场发出了愤怒的质询，"作者的情感天平在《温故一九四二》中是倾向于下层民众的，因为作者深知，在历史的某个阶段，人类的求生意志总是战胜抽象的爱国情感，当宁肯饿死当中国鬼还是誓死不做亡国奴作为一个两难选择摆到普通百姓之前时，那并不是一个轻而易举的选择，特别是当他们的统治者关心自己的统治地位胜过关心他的国民、对他的国民的生死不闻不问时，更是如此。"② 在描写惨状的同时，作者对于河南人的性格也有所批判，作者引用《大公报》张高峰记载：河南人是好汉子！眼看自己要饿死，还放出豪语来："早死晚不死，早死早超生！"③ 对于中原人民那种安于苦难，缺少反抗精神的特点进行了辛辣的讽刺。

　　作者表达了这样一种历史观：即历史从来就漫步在华丽的大厅里，与老百姓无缘，老百姓只是历史的付出者和最终的灾难的承受者。历史就是当权者的事情，是少数人决定大多数人的命运的游戏。1942年河南发生旱灾与蝗灾，死三百多万人，同时，当时世界上还发生着"宋美龄访美，甘地绝食，斯大林格勒大血战，丘吉尔感冒"这样的事，五十年后，人们会记得前者，"有谁还会记得我的故乡曾经死了三百多万人呢"，可见历史所记载的东西未必就是全面而真实的历史，作者用了一个形象的比喻进行了说明：历史只是经过大眼的筛漏筛过的历史，关键还要看这只掌握筛漏的大手来自何处，在此揭示了历史背后的话语权力问题。在蒋委员长看来，死三百万人还不如"丘吉尔感冒"之类的事情重要，因为"死掉一些本就无用，是社会负担的老百姓，不会改变历史的发展方向"。如此说来，作家的历史观没有回避"宏大叙事"，只是这"宏大叙事"充满了政客的肮脏、百姓的无奈！

二　故乡民间史

　　《故乡天下黄花》、《故乡相处流传》这两篇小说风格不同于《温故一九四二》，在这两篇小说中作者以戏谑化、嘲讽化的叙述态度对历史进行了无情解构，但作者在这几篇小说中所表达的历史观是一致的，历史与权力紧密相连，老百姓只是历史造成的苦难的被动承受者。

　　《故乡天下黄花》以马村的历史演义为主线，分别选取了四个片段来

---

① 刘震云：《温故一九四二》，人民文学出版社2009年版，第480页。
② 许志英、丁帆主编：《中国新时期小说主潮》（下卷），人民文学出版社2002年版，第1098页。
③ 刘震云：《温故一九四二》，人民文学出版社2009年版，第475页。

展现马村的上百年历史，民国初年、抗战时期、新中国成立初期、"文革"时期。作者选取的这四个时期很有代表性，是中国近现代历史发生天崩地裂般变化的几个关键时期。在这几个时期里，中原的一个小乡村即马村的权力频繁更迭，各种势力纷纷上台下台，乱纷纷你方唱罢我登场，演绎了一出又一出乡村历史闹剧。在频繁的历史更迭中，作者展现了特定历史时期中原农民的群体生存状态及他们的性格特征。这里历史事件的重大意义消失了，凸显出来的是历史事件中演绎的复杂人性。抗日战争、土地革命、"文化大革命"等重大历史事件在马村变成了家族之间、人与人之间的打打闹闹。在这种近似荒谬的打闹纷争中，作家揭示了种种人物的私欲与野心，也批判了中原乡村权力文化的阴暗、诡谲，这正是这篇小说的旨意所在。历史上权力斗争常常十分复杂，不少政客总是打着正义的旗号结党营私、欺世盗名，因此，《故乡天下黄花》选取一系列的历史事件与政治运动作为人物活动的场景，就揭穿了那些冠冕堂皇后面的蝇营狗苟，也表达了作家对中原农民性格深处的顽疾的忧思。

第一部分从民国初年写起，李家与孙家进行村长争夺战。李家派枪手杀了村长孙殿元，因为马村本来的村长是李老喜，孙殿元当上村长让李老喜怀恨在心。李老喜不但爱当村长，而且还非常喜欢开会，因为，在开会时他看到与自己家里财力相当的孙老元与一帮衣不蔽体的佃户站在一起，心里特别舒服。孙老元家本来也是穷人，因为李家是马村的老户，孙老元家是后来的，而且还给他家当过佃户，后来刮盐土卖盐兼贩卖牲口才一点一点把家业发展起来。由此可知，李老喜喜欢开会，其实真正喜欢的是一种高高在上的身份，一种地位，一种不容别人超过自己的封建权威意识。多年来他一直凌驾于众人之上，绝不允许有人超过他甚至与他平起平坐。民国初年马村形势发生变化，孙老元的儿子孙殿元当上了村长，因为李老喜的儿子李文闹逼死了人命，孙殿元借机打击了李家的威风，于是李老喜家雇土匪杀死了孙殿元。村长一职又回到了李老喜的手上；孙家又借许布袋之手除掉了李老喜，李老喜死后其儿子李文闹当上村长；李文闹被土匪杀死，孙毛旦又当上了村长。马村的村长像走马灯般轮番更换，无论谁是村长，只有一个目的，即通过拥有权力获得物质利益与精神满足，而且还常常带有复仇的阴险。作者有力地批判了中原乡村政治弊端的错综复杂、一团乱麻。第二部分写抗战时期，孙殿元的儿子孙实根参加了八路军，李文武的儿子李小武加入了国民党部队，路黑小的儿子路小秃成了土匪，三股势力进行了你死我活的斗争，里面夹杂了更多的私人报复情感。第三部分"翻身"写到农村斗地主、均分田地运动，路小秃、赵刺猬、赖和尚等流氓、无赖投机革命，假公济私，把革命变成了捞私利、满足私欲的工具。第四部写到"文革"时期，几股地痞无赖分别组成了革命战斗队，分分合合，上台下台，争权夺势，互相残杀。这就是刘震云笔下的乡村斗争史，一部令人哭笑不得，也耐人寻思的独特的乡村"阶级斗争"史。

在《故乡天下黄花》中，历史成为一幕幕闹剧，作者重点突出的是在这个背景中各色人物对于乡村权力的追逐，文中一段话形象概括了马村权力频繁更迭、几方势力互相残杀的情况：

  一年之后，卫东下台。卫彪上台，任支书兼革委会主任，李葫芦任副主任。

  "文化大革命"结束，卫彪、李葫芦下台，作为"造反派"被抓起来，被公安局老贾抓进监狱……一个叫秦文正的人上台。

  五年之后，群众闹事，死二人，伤五十五人，秦文正下台，赵互助（赵刺猬的儿子）上台。

在作家笔下，历史的是非混沌一片，人物的性格不是刻画的重点，显然作者对于历史的见解才是匠心所在：历史是一部权力追逐者循环往复的权力争夺史，而老百姓则是被动参与者和牺牲者，正如论者所言："刘震云对于自己想要在小说中表达的东西，是十分清楚的。在他看来，东方式的历史就是一部围绕权力而进行的充满着愚昧和血腥气的斗争史，一代又一代人在历史的舞台上进进出出，但上演的却始终是那么一出戏。"①

这部小说的中心事件归结起来只有一个：权力争夺。在马村这个小小的政治舞台上粉墨登场的各色人物，都表现出了对于权力的狂热追逐，其背后的原因就在于权力带来的私欲的满足。对于李老喜来说，当村长开会时就可以让对手孙老元受到羞辱，对于孙殿元来说，当上村长就可以报仇雪恨。"文革"中村里成立两个战斗队，对一些村民来说，加入战斗队就可以吃"夜草"（中原农村常用语，一种夜餐，如捞面、烙饼、炖鸡肉等），卖香油的李葫芦的想法是典型的注脚："半个月过去，李葫芦再听不得老父亲李文成唠叨，觉得以前卖了十几年香油真是傻蛋，人家赵刺猬、赖和尚才知道怎样做人。做人就得做人头，可以天天吃夜草……"②对于李葫芦来说，"吃夜草"就是革命的直接动力。作者多次用"吃夜草"来诠释权力对于追逐者持久的诱惑性，它是如此有力地诱发了人们

---

① 王晓明等：《无声的黄昏：当前的文学与时代精神》，人民文学出版社 1996 年版，第 14 页。
② 刘震云：《故乡天下黄花》，作家出版社 2009 年版，第 242 页。

对于权力的觊觎与争夺。作者揭示了官本位文化中的一种普泛的社会心理,这里没有革命历史作品中最典型的阶级斗争、民族压迫、宏伟理想,而只是一群农民儿戏般地斗来斗去,整部作品就是一部庸俗人众的欲望史。由此足以让人想起鲁迅在《狂人日记》中以"吃人"二字概括中国的封建历史,《故乡天下黄花》显然是用一连串的闹剧进一步诠释了"吃人"的内涵。

作者对于历史进行了毫不留情的调侃,对于人性也进行了鞭辟入里的批判。

作者要借助这些历史的碎片,审视中原农民的性格特征。《故乡天下黄花》中几乎没有正面人物,孙殿元、李老喜、赵刺猬、赖和尚、李葫芦、卫东、卫彪等这些参与到权力争夺中的人们,一个个都是自私贪婪、卑鄙凶狠的无耻之徒,他们身上根本没有基本的伦理道德、做人信义,甚至没有做人的基本底线,只是在本能欲望的驱使下进行着权力的争夺与互相残杀,表现出人性的丑陋。作品中的老百姓是一群面目模糊的庸众形象,他们不明真相,只有对于权威的崇拜与惧怕。当在孙家做过长工的老贾成了工作组的人员,回到马村主持工作时,村民一听是老贾都忍不住笑闹起来。当看到老贾身上的匣子,又看到一名穿军服的战士对老贾恭敬行礼,人们又一下子尊敬起老贾来,认为他做了大官了。人们的情绪转变完全是出于对权力的敬畏。孙老元说:"你还别小看这个村长,可真是了不得,咱们能惹李老喜,但不敢惹村长!"① 可见无所不能的权力对于人们的思维习惯与价值观念的深远影响,这影响反过来又积淀成特定的文化心理,左右着人们的一切。

中原本来是权力文化异常繁盛的地方,权力文化渗透在了社会的各个角落,构成了一种独特的文化现象。这些生活在社会底层的农民,一旦有机会参与到权力之中,便不顾一切地玩弄手段,勾心斗角,追逐权力,为此不惜诉诸血腥与暴力,"人性中的权欲本能在中国并没有被现代文明弱化,或者说中国政治文化的文明形态一直停滞在原有的地步"。② 当权谋成为支配人们阴暗心理的动力时,便成了一种令人担忧的文化病灶,无数痼疾都因此而生。

因为过分关注历史过程本身,相对漠视了对于人的关注,因此,这篇小说在人物塑造上存在着一些缺陷,小说缺少细致的心理描写,多以概述性的语言讲述故事的脉络。如论者所言:"也许我是偏爱,在中国作家描

---

① 刘震云:《故乡天下黄花》,作家出版社 2009 年版,第 19 页。
② 颜敏、梅琼林:《晦暗的人性与不定的命运》,《山东社会科学》1999 年第 1 期。

写这一百年历史的小说中,《故乡天下黄花》称得上是最出色的几部之一。但是,正像大家指出的,这个作品也有相当大的缺陷,作家太关注历史,太轻视人物了。"①

《故乡相处流传》一边是对于历史的彻底解构,一边是对于"故乡人"性格的漫画般揭示。小说写到了发生在故乡延津的几个重大历史事件:曹操与袁绍之战、慈禧太后南巡、太平天国运动失败、50年代末的"大跃进"运动与大饥荒。与《故乡天下黄花》一样,作者只是借助对历史事件的重新叙述而表达个人的历史思考。曹操、袁绍动用几十万人的巨鹿之战竟然是为了争夺沈姓小寡妇;明初的大移民、大迁徙乃是朱元璋的一个阴谋;慈禧带着小安子来到洛阳巡视,原来是为了寻找旧日的梦中情人。作者在调侃与戏谑之中,达到了对于历史的质疑,与对人物的嘲讽。历史到底是什么?历史原来就是少数人对于权术的玩弄、对于民众的任意摆布,无数人的命运乃至生命有时竟然就是几个弄权者的棋子而已。

老百姓在历史的潮流中被裹挟前行,更多的时候他们甚至不明真相,就被卷入到了一场战争之中。曹丞相的手下对老百姓宣传:刘表是一个无恶不作的魔头,他带领的手下都是妖怪,我们一定不要让他们到咱们这里来,因为他们来了会杀咱们的孩子,奸淫这里的妇女。袁绍才是我们的朋友,袁绍手下的人都和咱们一样是庄稼人,咱们可以团结他们。但最好的人是曹丞相,他带人来这里,是为了救咱们。这样宣传的结果是,一段时间之后,这里的人们真的就认为刘表是个大坏蛋,恨上了他。② 那些农民因为缺乏独立自主的主体意识,常常会被那些有权制造话语的人们所愚弄,并成为他们手中的工具。文字里既包含作者的批判与嘲弄,也有一种无奈与苍凉。历史也是一部战争史,受苦受难的永远是大多数平民百姓,这种"沉重的轻佻"和"泣血的玩耍"道尽了历史的无情与荒唐。③

人物的漫画化处理是作者解构历史叙事、剖析人物性格的一个重要策略,他有意使人物显出粗俗、滑稽可笑的一面。如曹操,在历史上是鼎鼎有名的人物,到《三国演义》中变为杀伐决断的奸雄,再到《故乡相处流传》中变为一个脚趾流脓、身上长痔、喜怒无常、为一个小寡妇而争风吃醋的无聊小人。历史上的明太祖朱元璋,也成了一个满口脏话、刺探隐私、混淆是非的混蛋。慈禧太后原来是一个柿饼脸的庸俗妇人。书中的

---

① 王晓明等:《无声的黄昏:当前的文学与时代精神》,人民文学出版社1996年版,第13页。
② 刘震云:《故乡相处流传》,现代出版社2005年版,第361页。
③ 葛胜华:《沉重的轻佻泣血的玩耍——评刘震云长篇新作〈故乡相处流传〉》,《当代作家评论》1994年第3期。

其他人物也没有一个正经的名字,瞎鹿、孬舅、猪蛋、六指、白蚂蚁等都是一些没有什么意思的符号而已。

当权者无聊荒唐,延津的民众在作者的笔下是一群盲目从众、不分是非、毫无个性的人。曹操来了信曹操,袁绍来了信袁绍。这种墙头草随风倒的性格深刻揭示了蒙昧民众的势利与懵懂。作品开头颇有意味,当人们问"我"是否真的在曹丞相身边时,"我"举起为丞相捏过脚的右手让人们看,形象地表现了"我"的那种"自豪"。人们相信了,便开始给"我"爹送猪杂碎吃,当"我"爹说曹丞相有可能收"我"为干儿子时,"又开始有人给'我'爹送猪头肉、猪尾巴"。这一情节文字不多,却极为生动地勾画出了当地民众盲目的权威崇拜。一听说"我"在曹丞相身边,接近最高权力中心,便极力巴结讨好,以期获得好处。如论者所言:"在想做奴隶而不得的时代,人们的关注点投向权力,以期早一天重整奴隶秩序重获奴隶的安宁。"① 孬舅本来是一个以英雄自居的人,动不动就说"看我不挖个坑埋了你",结果见了曹操出巡场面之后,吓得不敢正视,从此也老实了许多,当他得知曹操原来也是个拾粪的时,胆气又增加了不少。这个看似平常的细节,生动地揭示了农民身上那种盲目自大,一旦遇到权威却又极其胆怯的可怜心理。"我"是一个小小文人,在曹丞相身边,对于曹丞相极力拍马逢迎,只是在众人面前可以炫耀。而曹丞相是一个性格变态、喜怒无常的人,"我"因说错了一句话就被施予酷刑,即使如此,"我"被曹丞相辞退之时,也痛哭流涕不愿意离开。而一旦得知白石头代替了"我"去为曹丞相捏脚时,却又自认为是文化人,"一个吃癞蛤蟆的人,当然只配捏臭脚,我一个写字的有身份的文人,如何能干这个?白石头,你还别得意,这是我扔了的差事,你捡起来干,我对这差事和你都不屑一顾,弃之如敝屣"。② 可谓是阿Q的翻版。当从为曹操剃头的六指口中得知曹丞相并没有忘记"我",而是让"我"每天看看动画片《猫和老鼠》时,"我"感激涕零,天天晚上守在电视机前等待看《猫和老鼠》。这就把一个小小文人的虚荣、奴性、善于自我麻醉等心理刻画得入木三分。瞎鹿是一个走街串巷的艺人,得知曹丞相要来检阅,自己有机会为曹丞相奏乐时,激动得一夜未眠。猪蛋本来是一个不被众人看得起的杀猪匠,只是做了曹丞相的新军操练头目,于是赢得了众人的敬慕。当曹操退兵之后,袁绍来到延津,众人又开始跟随袁绍,大骂曹操白脸奸臣。白石头为曹操捏脚时家人倍受尊敬,袁绍来了,白石头的家人成了"匪

---

① 摩罗、杨帆:《刘震云:奴隶的痛苦与耻辱》,《当代作家评论》1998年第4期。
② 刘震云:《故乡相处流传》,现代出版社2005年版,第361页。

属",众人又主张对白石头的爹"乱棒打死",原因是当初他爹太过威风,让众人嫉妒,现在有机会发泄这种嫉妒,众人便露出了凶狠的一面,找不到白石头,于是乱棒将其老婆与女儿打死……这就把农民性格深处那种暴力、残忍、嫉妒等阴暗心理表现得淋漓尽致。作者一边对于历史采取戏谑化的叙述态度,另一方面对众人又采取了嘲讽的叙述态度,达到了对于历史与人性的双重解构。

《故乡面和花朵》这部小说长达200万字,耗费作者八年时间才得以完成,有人称它为"中国的第一部真正意义上的'精神长篇小说'"。[①]刘震云曾谈到这篇小说的创作动机:自1991年开始,自己觉得以前在创作的时候,那时接触到的生活其实是生活中的一个极微小的部分,自己却错误地认为那些就是生活的全部,和瞎子摸象一个道理,把自己接触到的生活的百分之二十或者百分之三十当成了一个全体,那是十分荒谬的。于是自己现在试图接触现实生活中的另一面,也即每个人在一天中情绪的翻腾和精神的游走,这些其实占了我们生活的百分之七十或者到百分之八十的比重。正是在这样的情况下自己开始了《故乡面和花朵》的写作。[②] 通过日常生活叙事写人的心理流动与精神游走,这就是刘震云的出发点。整部作品构成一个象征体,作者东拉西扯般的文字正是一个人思想不停游走的象征。

刘震云自认为《故乡面和花朵》也是写历史。但与《故乡天下黄花》、《故乡相处流传》有很大不同,书里没有一件重大历史事件,而是把历史散在了日常生活缝隙中,是一种日常生活化的历史。作者书中表达了自己对历史的新看法:历史不一定非要迈步在那些光明堂皇的大堂之上,也不一定就必须掌管在那些衣着干净的人们的手里。在现实生活中,在地上的那些面包屑里,在剩下的米饭粒里,在一些扔掉的白菜萝卜中,在一些杂草丛里,在不被注目的地缝里,同样可以发现历史的源头。我们随意翻检出几封身边的书信,就可以发现历史的档案。[③] 可见,作者所指的历史就是由琐碎的日常生活构成的,人们往往囿于对于宏观历史的发现与研究,而漠视日常生活对于人的个性的影响。《故乡面和花朵》正借助日常生活中人们精神的游走,对20世纪末中国文化现状进行了剖析,也对人类灵魂进行了剖析。孬舅、"我"、瞎鹿、六指、小麻子、冯大美眼

---

① 何镇邦:《九十年代文坛扫描》,云南人民出版社2000年版,第262页。
② 陈戎:《"为什么我的眼中常含泪水"——关于〈故乡面和花朵〉·刘震云访谈》,《北京日报》1998年10月13日。
③ 刘震云:《故乡面和花朵》,华艺出版社1998年版,第1970页。

等，书里每个人都在言不由衷地说着一些可有可无的话，经历着自己也无法预料的事。孬舅是世界恢复礼仪与廉耻委员会秘书长，其实是一个善于弄虚作假、自我吹捧的人；"我"是一个写了两本闲书糊里糊涂当上了文学大腕的庸俗小文人、同性恋者；瞎鹿是一个做作、矫情的当代影帝。作者写出了20世纪末人们思想的混乱与精神的迷茫。因为作者执意要写出人们的思想在日常生活中的游走，就如人们在平常生活中的胡思乱想，因此文字免不了拖沓杂芜，这也是这篇小说使许多读者不能读下去的原因。

从《故乡天下黄花》到《故乡相处流传》，再到《故乡面和花朵》，刘震云从对宏大历史的拆解到日常生活历史的发现，由人们在权力争夺中的表演到人在日常生活中的个性形成，一步步完成了作者对于历史与人性问题的思考。

三 多重文化的思考

对民间文化的思考是刘震云写《故乡天下黄花》的另一重旨意。刘震云曾表达出这样的意思：我觉得《故乡天下黄花》直到现在评论家能够看懂的似乎也不多。他们大多认为我写的是一种历史真实，其实我写作的主要目的是对民间文化销蚀力量的强调。哪种文化在民间在乡村更加具有强大的生命力呢？是正统文化呢？还是一代代的革命思想？或者民间文化？哪种文化更强大？要我说，民间文化具有更强大的力量。民间文化里含有几千年沿袭下来的风俗、道德、习惯，具有一种线性的强势力量，而一个时代提倡的主导思想可以说只是断面的。[1] 可见作者写作这篇作品的直接目的是对于民间文化的思考。作者通过中原的一个小村子——马村的革命史，写出了民间文化巨大的消融力量，再革命的东西到了这里都奇怪地变味走形了。比如三民主义，到了马村的农民面前就变成了"三民主义就是守规矩"，革命到了马村就是有机会报仇雪恨，有机会吃烙饼，就是利用手中的权力去奴役别人。

中原以农耕文化为主，民间文化十分繁盛，并且有着顽强的生命力。同时民间文化中的负面因素又有着强大的销蚀性力量。任何外来的思想与变革都可能变成扭曲的可笑的东西，有时甚至会变成社会前进的阻碍，如马村的革命就成了双方的武装械斗，只能造成流血与死亡。这和鲁迅的思考吻合了，鲁迅的乡土小说中写出了乡村民众与革命的隔膜与麻木，尤其是《药》中表现得最为深刻。而马村人眼中的革命，不

---

[1] 周罡：《刘震云访谈：在虚拟与真实间沉思》，於可训主编《小说家档案》，郑州大学出版社2005年版，第355页。

过是争做村长、排除异己、争夺对村子的控制权、白天发号施令、夜里可以吃烙饼炖鸡。老百姓只是这些争斗的牺牲品，是苦难的承受者，是任人宰割的羔羊，如摩罗所说："乡丁来了他们就等待着挨鞭子，县令来了他们就等待着挨板子，司令来了他们就等待着挨刀子。"① 他们被动地承受着一次次的苦难，少有主体精神，作者因此触及了国民性的问题。

民间文化在今天仍是一个值得关注的问题，孟繁华曾说："在整体欠发达的中国，其乡村潜隐的文化问题可能仍然是中国最本质、最具有文化意义的问题。"② 中国是一个乡土国家，今天中国农村人口仍占据重大比例，而农村又是民间文化最为集中的地方，因此，对于民间文化的重视与思考，对于乡村现代化问题具有重要意义。

在《故乡面和花朵》这篇小说里，作者对乡村传统文化与现代都市文化进行了思考。在城市化过程中，现代都市产生的文化通过各种途径向农村的各个角落辐射，破坏了农村历史上不少美好的精神文化遗产。乡村传统文化对于都市的影响也无处不在，"大量失去了土地的农民流入城市以后，给城市带来的是农耕文明的意识形态和社会生活方式的信息，他们影响着城市，尽管这种影响是微不足道的"。③ 乡村文化主要是以顽固扭曲的方式影响或改写着都市文化，都市里的人原来都是乡村人如孬舅、瞎鹿，都市里的故事都是关于乡村的故事，丽丽·玛莲大酒店的大堂上每天都有新的标语，这些标语是由俚语、俗语、口号或者知心话组成。丽晶广场是乡村与后现代化的都市交锋的一个场所，广场是具有现代气息的都市场所，却是由四方形元宝样的驴粪蛋搭建起来的，"我"和孬舅骑着小毛驴在广场上漫步。人们在开过宝马之后，小毛驴又成了时髦，大款儿们娶新娘不再用宝马奥迪，都改用小毛驴了。这种戏谑化的场景，看似作者在进行无聊的饶舌，其中却包含了作者对于时代文化的观察与思考，都市文化的工业化导致了技术主义的盛行与都市文明综合病症的产生，许许多多传统文化中美好的东西失去了。在现代化的驱使下一直奔跑着的人们，身处摩天大楼、山珍海味、声色喧嚣之中，忽然感到了惶恐与厌倦，作者写道：

这是文雅之后的粗俗，这是拘谨之后的随便，这是珍馐佳肴之后的贴饼子煎小鱼，这是纵欲之后的一点羞涩和大恶之后的一点回

---

① 摩罗：《刘震云：中国生活的批评家》，《当代作家评论》1997 年第 4 期。
② 孟繁华：《重新发现的乡村历史》，《文艺研究》2004 年第 4 期。
③ 丁帆：《中国乡土小说生存的特殊背景与价值的失范》，《文艺研究》2005 年第 8 期。

头是岸。

　　人们回过头来又怀念起传统文化中的一些东西，但他们的思想观念却是如此混乱，只是盲目陷入怀旧的情调中，将传统文化盲目地拼贴在现代都市文化上面，造成不伦不类、非驴非马的结果。更为令人担忧的是一些人为了商业目的，对传统文化进行包装出售，严重扭曲了它的本来面目，只能出现滑稽可笑的结果，如同富丽堂皇的丽晶广场上走着的小毛驴与金灿灿的驴粪蛋。作者从文化角度对现代化进行了思考，现代化也是以放弃一些传统中的美好为代价的。从刘震云的故乡系列小说中，可以发现他对于历史的"痴迷"，借历史表达对于中国现实环境与民族文化的反思，这是他真正关心的。显然，他对传统文化的批判之尖锐，是超过了乔典运甚至周大新的。

第二节　张一弓：革命历史的深情回眸

　　老作家张一弓于 2002 年发表了他的第一部长篇小说《远去的驿站》，这篇作品标志着他的小说创作又进入了一个新的阶段，作者由对农民命运的倾情关注转入对知识分子命运的探索。这篇小说可以看作是作者的自传体小说，小说中"父亲"的生活原型就是作者自己的父亲，书中的张斑就是张一弓。而且名字也和现实中人物相吻合，其父亲叫张聪致，书中的父亲叫张聪，书中的"我"叫斑斑，而张一弓小名也叫斑斑。《远去的驿站》是一部具有壮阔与崇高之美的历史小说，又是一幅充满诗意与柔情的文化画卷，同时还是一部满怀激情的家族传奇。全书主要写了几个家族在中国半个世纪的历史潮汐中的命运，曲折地反映了中原大地上与中国同步进行的轰轰烈烈的革命历史，以及在这个历史进程中各色人物的理想追求、矛盾纠葛，也是一部中原知识分子奋斗与追求的心灵史。

　　张一弓在新时期初期创作的作品以其对于"左"倾错误给农民带来的伤害的深刻反思与变革时期农村问题的敏锐感知而产生很大影响，他自称为"同时代人的秘书"[①]。多年的记者生涯与在农村工作的经验，使他对于农民有着深深的了解，他能够准确地把握农民思想脉搏，及时捕捉社

[①] 张一弓：《听从时代的召唤——我在思考中写作》，《文学评论》1993 年 6 月。

会的焦点问题，真实地反映出农民的生活、思想、愿望追求。把他在新时期的作品排列起来，就是一面清晰反映我国农村发展变化过程的镜子。长篇小说《远去的驿站》充满激情与理想主义色彩，这点与其前期作品的风格一脉相承。不同的是，作品不再以农民作为主角，而是以反映中原知识分子的命运追求为主，塑造了中原知识分子的群像。作者的叙事策略也有明显变化，作者通过个人化的历史反思，在其所描绘的发生在中原大地上的波澜壮阔的历史画卷中，寄寓了对于历史与人类命运问题、中原人民生存问题的思考。《远去的驿站》是一部革命历史题材小说，但与"十七年"时期的革命历史题材小说又有明显的区别。"十七年"时期的革命历史题材小说以其高度政治化的特征形成了特定的叙事成规。张一弓显然打破了这种成规，选取一个孩子的视角，在孩子的回忆中各色人物慢慢浮现，串起了几个家族的兴衰史。这些人物中，无论是壮烈的人生还是卑微的命运都曾在历史的驿站中停留过并留下了一片风景。但随着历史车轮的滚滚前进，这些人物随历史的脚步渐行渐远，当年轰轰烈烈的革命运动也慢慢沉入历史深处。因此，作品又有一种沧桑感。从此点上来说，它是一部新历史小说，但又与其他新历史小说不同。他没有对于重大历史题材进行改写与解构，其他新历史小说如《故乡天下黄花》、《故乡相处流传》、《红高粱》、《旧址》、《我的帝王生涯》等，直接颠覆了以往的历史叙事成规，对历史进行了再次编码、重新叙述，《远去的驿站》仍然以正面描写历史事件为主，在历史变幻中展示人物的命运际遇。但它又打破了一般历史小说以线性时间与因果关系结构全书的方法，而是以一个孩子的回忆串起几个家族的变迁，并附加宗法血缘关系这一新的观察视角，中原作为历史变幻的舞台，把家族人的奋斗与追求与其各自的人生命运放在舞台中心，将作者的生命体验与主人公回忆到的历史整合在一起，表达对于民族的生存、中原人的命运及中原文化的观察与思考，既有对于一代人努力奋斗追求理想的民族精神的自豪、对于中原文化精神的热爱，也有"大江东去，浪淘尽，千古风流人物"式的忧伤缅怀，因此，这篇小说拥有了复杂的历史内涵。

作者以一个孩子张斑的回忆性自述为主线，串起了三个家族的故事，即父亲家的故事、姥爷家的故事、姨父家的故事，涉及的主要人物达四十多个，每个人物都个性突出，如执着于民间艺术的爸爸、血气方刚的大舅、果断开明的姥爷、力大无穷的爷爷、聪明机智的姨父、浪漫坚定的三姨、温婉多情的宛姨等。次要人物所用笔墨不多，却也形象鲜明，如善良朴实的保姆老干娘、卑微却深明大义的车夫老蔡和刘响、悲苦却很坚忍的流浪儿刘锁等。对于这些人物，作者说："我都倾注了同样的心血，希望在'我'所经历的人生驿站上，给读者展示一个流动不息的人物画廊，他和她在这个画廊里一律平等，都应该成为可以独立存在的艺术品。"[①]故事编织在浓郁的中原文化氛围之中，美丽的桑园、古朴的杞国、一马平川的豫东平原、高耸的开封城楼、美丽神秘的民间俚曲《劈破玉》等，这些厚重朴实的中原文化与一个个身处其中的鲜活的生命共同构成了中原大地纷繁多姿、波澜壮阔、可歌可叹的历史篇章。

一 革命年代的中原知识分子群体

作者选取与三个家族皆有密切关联的孩子张斑的视角，通过张斑对于各个家庭人物的追忆叙述往事，这种写作视角与结构方法的选取，便于把风云变幻的历史与各个家庭的命运沉浮紧密结合，展示出纷繁复杂的历史与人物命运纠葛。又由于采用回忆的写法，拉开了叙述人与往事的距离，二十世纪上半叶的中国革命历史在孩子的眼中就成了家族人物的传奇故事。这种安排结构情节的方法是作者经过思考找到的一种最为合适的方式，他表示："我从'冰糖葫芦'和'烤羊肉串'的'结构'方法上受到了启发，用第一人称'我'的经历和视角，把三个家庭内外的各种人物串联起来。"[②]采用这种有效的结构方法，作者塑造了中原知识分子的群体形象。他把这群人物放在风云激荡的年代里，并放在中原文化的氛围中来展现他们的个性，既有历史的沧桑，又有文化的烙印，使人物形象显得厚重丰满。在这群人身上，寄寓着作者源于内心深处的对于中原大地上优秀知识分子的自豪。

"老姥爷"与"大舅"是书中的重要人物，他们既有坐落在豫东大平原上的杞国人传统的忧世情怀，又有杞地人的坦荡胸怀，作者曾在书里写道："我发现杞国的天空没有山岳的支撑，杞国的陆地没有丛林的庇护，杞国地处封闭的内陆平原，没有宽阔的河流与海港可以让杞人扯起风帆远去。杞人一览无余地把自己祖露给天空，他忧得有理。"[③]姥爷家是杞地望族，"老姥爷"孟广洛虽然是清末文人，曾考中解元，但他思想开放，忧国忧民，深受儒家济世救民思想影响，他对三个儿子说："我无病，国有沉疴，速找药方去吧。要中药，也要西药。"[④]表现出一个关心国家命

---

① 张一弓：《远去的驿站·后记》，人民文学出版社 2007 年版，第 325 页。
② 同上。
③ 张一弓：《远去的驿站》，人民文学出版社 2007 年版，第 23 页。
④ 同上书，第 36 页。

运、有责任感、思想开明的知识分子形象。他兴办新式私塾，广收学徒，不单讲《五经》、《四书》、《诸子百家》，还要讲三民主义、五权宪法、马克思主义等，为弟子们订阅《新青年》，传播《共产党宣言》，培养出了许多优秀人才，成为中原大地革命浪涛中的中坚力量。他出任杞地教谕，极力引进西学，创办师范和农业、化工学校，提倡教育与实业救国，实为精英式人物。孟家三代均为思想进步人士，以实际行动加入救国救民之列。在饥荒年月三姥爷设粥棚，救助灾民；慷慨解囊，卖掉家产，资助参加抗日的队伍。表现出一腔爱国之志。

"大舅"孟诚身上最明显的气质是"刚烈"。他胸怀坦荡，真诚直率，有杞地人忧国忧民的传统情怀，也有献身民族的报国之志。看到日本军队占领中原，并不断向南推进，他悲愤地感叹："每一天都是一个耻辱！"他告诉"我"长大了应该做一条好汉，中国非常需要好汉。在国难当头的时刻拍案而起，加入了救国救民之列。他与中共地下党员豫东特委书记齐楚一起设计"鸿门宴"，夺取了溃散的国民党士兵的四十多条步枪，壮大了抗日游击队的武装力量。在袭击鬼子抢粮队的战役中，他在战场上纵横驰骋，夺得枪支与马匹。他是非分明，但又桀骜不驯，是一个"连国民党也不能给他套上笼头的国民党员"，以"士为知己者死"的决心毅然扯下了国民党第二战区"民运指导员"的徽章，在袖子上缝上了"游击支队"的布戳，担任了豫东抗日游击队第三支队副司令，与游击队一道抗击日军、打击土匪与伪军。他性情刚烈，眼里揉不进一粒沙子，是"一匹烈性马"，这也为其悲剧性的命运埋下了伏笔。共产党内一些投机分子麻雀等人以革命名义行一己之私的卑鄙行为令他十分愤怒。麻雀在别人拼死与敌人搏斗之时却躲在小树林里向一位女性示爱，尤其麻雀轻率提供的假情报使豫东支队遭受了严重损失，牺牲了很多同志。对此，孟诚这个男子汉哭了，他拔出枪把麻雀追得团团转，因此也招致了麻雀的怨恨。他的才能与英勇也使极端分子黄一升嫉妒与仇视，最终在"肃反"运动中死在了"肃反英雄"黄一升的枪下。大舅是战争年代英勇报国的知识分子的代表，他学识丰富、热情刚直、英勇爱国，也存在几分知识分子的迂腐，是一个令人肃然起敬的英雄形象。

"姨父"家族贺家是伏牛山区的大户人家，贺家人有伏牛山人的粗犷与豪爽，也有伏牛山人的反抗精神。"姨父"的父亲贺雨顺最突出的特点是"豪气"，是书中一个铮铮铁骨的人物。他身高五尺四寸，膀宽腰圆，声若洪钟。他是第一个走出山洼的坡底镇人，毕业于西安镇嵩军陆军讲武堂，曾任国民革命军第二军营长，因看不到国民革命的希望，毅然回乡做了保安大队长。他有勇有谋，打击恶霸，平均田赋，兴办义学，积极支持抗日救灾活动。他敢于对抗县长，支持群众抗粮；指挥群众进行"红罂粟保卫战"；在民族存亡的关键时刻，他收缴了大批国民党溃散士兵的武器，组织了抗日自卫队军第五支队，皈依了"儿子的革命"。他曾被朱德司令亲自发电报任命为豫西专员，被陈赓将军请到太岳根据地当过谘议。在新中国成立之后，贺爷正沉浸在革命成功的喜悦里，在土改运动中却因地主身份受到批判。最让他始料不及的是，与自己同台受到批判的竟然是自己曾经打击过的反动分子赵双贵，贺爷的心理防线轰然倒塌，他一病不起，他想不明白：自己虽然不是党内人士，却也曾为革命流汗出力，为什么却遭如此下场。后来他做了省政府参事，在整风会议上他对当时党内一些错误做法提出了批判，指出"不能过河拆桥"，"吃水莫忘打井人"，结果被戴上了"资产阶级右派分子"的帽子，从此钻研起《资本论》，再也不说话了。临终留下了一句颇有寓意的话："猴子还没有完全变成人，还叫咱接着变哩！"带着对历史的沉重疑问而去世。贺雨顺这个有旧式军人气质的革命同路人，一直走在寻求救国救民真理的道路上，当他看到儿子的"革命"有挽救中国于危亡的希望，毅然加入了儿子的"革命"，他卖掉家产、组织抗日武装、与周围各种反动势力周旋、掩护共产党人，全力支持革命。结果革命成功之后，自己屡遭打击，一心追随革命的儿子也受到迫害，这些使他对人生与命运产生了困惑。他最终的"猴子"之论表明了他对于历史悲剧的慨叹。

"姨父"贺胜是一个坚定的革命者形象，是作者泼洒文字较多的一个人物。他身上集中体现了伏牛山人的聪明勇武、忠诚信义。青年学生时代开始接受革命思想，毅然走上了革命的道路，作为学生游行示威的领袖受到国民党政府逮捕，险些丢掉性命。后又因参加地下革命活动受到国民党特务的追捕，死里逃生。在"豫西事变"中又一次与死神失之交臂。他有共产党人无畏的革命斗志，也有对革命的坚定信念，为革命出生入死，毫无怨言；青年时期也曾犯过"左"倾幼稚病，称自己的父亲是为旧时代修补窟窿的"泥水匠"，实行教育救国，却收效甚微。后来认识到父亲也一样具有开放的思想与救国胸怀，对革命极力支持，于是父子二人携手共同革命。他设计夺取保安队队长的兵权，和父亲一道组织了抗日自卫队，积极从事抗日救灾活动。他是一位坚定的革命者，也是一位有血有肉、兼顾亲情道德的性情中人。然而让他始料不及的是，在土地革命运动中，为革命作出过卓越贡献的父亲也受到农会的批斗。因为父亲曾经是当地的大地主，尽管家产全部被国民党没收，并因为支持共产党受到了国民党疯狂的打击，家园成了一片废墟。然而为了配合革命，他还是让父亲接受了批斗并为此而伤怀。更让他没有想到的是他自己为革命出生入死，竟然也成了"反革命走资派"。这让贺胜本能地感到命运的无常、历史的荒谬。

"父亲"张聪是一个自由知识分子的形象，是作者深情眷顾的一个对象。父亲家族位于南阳的一个乡村，南阳地域有中原文化的深厚，也有楚文化的浪漫，父亲家族便具有这样的特点。父亲家世代以经营桑园为业，桑园里有祖爷爷辛勤劳作开创基业的故事，也有祖爷爷与大脚美女祖奶奶的浪漫爱情传奇。父亲张聪继承了其母亲的浪漫多情，也继承了他父亲的勤勉与执着。他家境贫困，但自小聪明好学，在舅舅的鼓励与资助下读到了大学。后来在开封认识了孟家大小姐，因孟父不同意二人婚事，二人举行了一场拒绝花轿和响器班的现代婚礼，身穿深色西装、胸前佩戴火红玫瑰的父亲，与披戴着雪白婚纱的母亲并肩坐在西洋马车上，穿越开封古都的大街小巷，这样的婚礼在二三十年代的开封颇有"先锋派"派头。后到燕京大学国学研究所师从郭绍虞先生从事中国文学研究，毕业后到学校任教。他满腹才华，热爱中国民间文化，痴迷南阳鼓子曲，醉心于南阳鼓子曲的收集与整理工作。因为搜集《劈破玉》而与女教师宛儿相识，共同的志趣使二人暗生情愫，两心相系却止乎礼仪，有了家庭的他没有做出违背礼仪的事情，只能心存对于宛儿的无限爱恋与珍惜。父亲这样的知识分子在中原大地数不胜数，在国家命运巨变之际，既表现出了一个正直的知识分子的爱国情怀，也表现出了一个知识分子的自由精神，并为之奋不顾身。在炮火纷飞的开封街头，父亲还在镇定地哼唱记录《劈破玉》的弹奏曲。最后父亲死在了国民党飞机的轰炸之下，为自己充满追求，也满含遗憾的一生画上了句号。父亲最终躺在了野草丛生的"乱坟岗"中，这个浪漫多情、执着倔强的知识分子被尘封进了历史的深处。由此可以发现，作者既肯定了父亲浪漫执着的人生追求，也表达了对于历史一如长江水终归滚滚而去，生命也会在历史的长河中悄然远逝的慨叹，是一种掺和了对于历史、命运、人生等的多重感悟的沧桑与无奈。

小说中描写的几个女性如母亲、薛姨、宛姨都是具有理想主义色彩的人物。她们知书达理、爱国爱家，有坚持正义、忧国忧民的大家风范，也有小女子的柔情与浪漫。"母亲"出身于杞地一个知识家庭，曾就读于 H 大学文学院，热衷于平民教育，怀着"结束平民的蒙昧以解脱平民的疾苦以最终实现世界的大同"的崇高理想，兼任平民夜校的教师，与父亲相识相恋，二人在开封举行了惊世骇俗的婚礼。后来"父亲"因与宛儿同样痴迷于南阳鼓子曲而产生恋情，"母亲"在极度痛苦之中保持了一个知识女性的风度与尊严，没有做出为难"父亲"的事。"父亲"最终死在了飞机的轰炸之下，宛儿在细雨霏霏中站在"父亲"坟前独自饮泣，"她不知道，我的母亲正在农人看管庄稼的小草庵里注视着她，没有妒嫉，只有含泪的悲悯。"① 表现出了一个女性的理解与宽容。大炼钢铁之时"母亲"表示不会带学生炼钢铁，就"没有多少懊悔地当上了右派"，又可见"母亲"的富有主见与是非分明。"宛姨"是省城 K 女师音乐科的才女，是父亲"夹在书中的女人"，与父亲因志趣相同而相恋，因为父亲已成家并有了孩子，二人的恋情只能是"发乎情，止乎礼"，她只能存在于父亲的书页中，"她没有力气从书中走出来，那是一本很厚的书"。宛姨是楚文化熏染出来的女子，是一个满身才情、性情温婉、执着可爱的浪漫女性的形象。"薛姨"高大而窈窕，是一个敢爱敢恨的北方女子，她"会唱谁也听不懂的英国歌"，"会吹十分动听的口哨"，最终为跑出防空洞去救宛儿而死在了敌人的轰炸之下。几位女性都聪明有学识、有理想、有气质，可见作者在她们身上寄寓的美好理想。

通过以上这些人物形象的塑造，小说集中表现了河南人性格中的理想气质与憨厚品格，和李凖所说的河南人"爽朗、智慧、带有某种笨拙"②是一致的。几个家族的人物身上都闪耀着理想主义的光芒，他们一身正气，满腔热血，追求真理，责任感强，富于牺牲精神，为了真理与革命而不惜献出一切，这正是那种内里憨厚品格所致。也是这种憨厚，另一方面使他们在政治风浪中饱经磨难，比如"大舅"孟诚，勇武刚烈，有本真性情，能为牺牲的抗日游击队员而痛哭流涕，却不能容忍投机分子麻雀的虚假欺骗，正因为此而在"肃反"运动中死于自己同志的枪下；"姨父"贺胜即使自己被打成右派，仍然对革命忠心耿耿；"姨父"的父亲贺雨顺在革命胜利后因地主身份而受到批判，后来做了政府参事本性不改，直率提出对于党所犯错误的批评，结果再一次遭到打击。张一弓笔下的李铜钟、赵镢头身上都有这样的性格。李凖说："中原的山水、阳光、蓝天、亮星，影响人的视野、胸襟。战乱灾害，跑反逃荒，锻炼了人的适应性。地方戏曲，豫剧、坠子等的旋律、曲调，培养了人的热情。"③ 正是中原这块特殊的土地养育出了这样的性格，那憨厚、忠诚，也是中华民族传统美德的集中体现。

---

① 张一弓：《远去的驿站》，人民文学出版社 2007 年版，第 324 页。
② 见《百泉三日谈》，余非、孙荪《李凖新论》，北京十月文艺出版社 1988 年版，第 305 页。
③ 同上。

二 理想与诗情熔铸的乐章

强烈的抒情色彩是这部小说的主要特色之一,小说里高扬革命理想主义激情,随处抛洒的爱国热情,追求人生真理的执着情感,纯洁深厚的男女爱情、对于人类苍生的深切的悲悯之情等,这一切笼罩在全书中的人物命运之上,使作品形成了强烈的抒情气氛。这种强烈的情绪贯穿了小说始终,给读者带来了一场精神的盛宴。一代人的奋斗与追求、那些来自生命深处的沸腾热血、那种人格的光辉与魅力,无不给人以感情激荡之势。这种融历史、人物命运、个体抒情于一体的文体风格,使作品凝聚着历史的厚重与诗意的深情。"他无疑是一个现实主义者,但是他在现实主义面前,应该加上'有理想有热情'这样的附加语才更符合他的创作实际。读他的小说,常常会感到有一股充沛的热情和昂扬激越的理想力量流贯于字里行间。"①作者有意把张斑的个人生命体验与观察融注在往事的叙述之中,使小说的精神空间与意义空间得到有效的拓展。

强烈的情感在小说中首先表现为追求理想的执着之情。张斑的父亲张聪痴迷于南阳民间艺术鼓子曲,一边工作,一边进行鼓子曲的搜集与整理工作。兵荒马乱、历经困难也没让他改变初衷,他翻山越岭,求访曲谱。"在潭头,在此后我们被迫逃亡的每一个驿站上,我都听见父亲向隐士和学士、向盲琴师和女艺人、向天上的流云和地下的流萤、向窗外的月光和窗内的油灯发出同样的低语:劈破玉,劈破玉……好像是在呼叫一个神秘的女巫或是在破译一个美丽的谜语、追寻一个神奇的梦境或是叹惜一块破碎的璞玉。"②当开封处于国共两党的争夺战中,开封上空炮火纷飞的时候,"父亲"还在和"我"躲在书桌下面,借助手电筒的光亮弹奏曲谱《劈破玉》,并认真记下节拍数。张聪对于南阳鼓子曲的执着,不仅在于自己的爱好,更在于保护文化遗产的那份责任,《劈破玉》曲谱具有四百五十年以上历史,是古典珍品,为了不使《劈破玉》步《广陵散》之后尘,于是"父亲"张聪从燕京大学归来后,就开始了寻找《劈破玉》的工作了。张聪寻找鼓子曲的执着,表现出知识分子独立自由的精神追求,对于民间艺术的热爱,对于文化遗产的责任。张聪最终手里提着《劈破玉》倒在了飞机轰炸之下的开封街头,为自己理想鞠躬尽瘁。张聪、薛姨为南阳人,深受楚文化与中原文化浸润,因此他们骨子里都存在着不入流俗的高贵情操与浪漫主义情怀,他们都在坚持"寻找属于我们的青草

---

① 刘思谦:《张一弓创作论》,《文学评论》1983年3月。
② 张一弓:《远去的驿站》,人民文学出版社2002年版,第274页。

地和小星星"。宛儿同样执着于民间艺术，和张聪共同进行鼓子曲的搜集与整理工作。她也痴迷于美好的爱情追求，并为此而独身。在张斑的眼里，"父亲"与"宛姨"之间的相知相恋是志趣相投、惺惺相惜，双方怀着深情厚谊却又止乎礼，二人都是作者理想化了的人物。书中的其他人物都表现为对于理想的执着追求，"老姥爷"办新私塾，培养救国人才；长发披肩，泣问苍天何以实现补天之志；在他死后，那一腔救国之志化作紧锣密鼓之声时时萦绕在他住过的花园里，那满腔的灼热的爱国情怀经久不散。"姨父"贺胜为革命九死一生，从未发生过半点动摇，他坚定地走在革命的道路上，经历枪林弹雨，甚至革命成功之后，受到打击迫害，仍然一心为国为民而努力奋斗着。这些人物对于正义、理想的执着之情，弥漫在全书之中，构成了一曲强烈的情感乐章，读来令人动容。

小说浓烈的情感还表现在里面弥漫的爱国爱家之情。小说中的大多数男性是铮铮铁骨的男子汉，在民族危难时刻，挺身而出，投身于保卫国家的革命大业之中，即使献出生命也在所不惜，如三姥爷满腹经纶，满腔爱国之情，兴办学堂，开启民智，设粥棚，救助灾民，坚决支持下一代的革命。大舅孟诚是一个血性男儿，在山河破碎、外敌入侵之时，他毅然投入到了革命的洪流之中，历经坎坷，义无反顾，并为之付出了生命。姨父贺胜学生时代带头闹学潮，之后参加革命，回到家乡组织抗日武装，为革命鞠躬尽瘁，是一位"虽九死而犹未悔"的"老布尔什维克"。贺胜的父亲贺雨顺兴办义学、惩治恶霸，追随儿子的正义事业，虽然不是共产党员，却是一个为革命无私奉献的热血英雄。此外，三姥爷、共产党齐楚、韩钧司令等人也都是个性鲜明、令人敬仰的不凡人物，这些极富理想主义色彩的人物，正是他们的前赴后继、不懈奋斗，才使中华民族站立于世界之林，他们是中华民族的优秀儿女。这是作者回眸历史发出的来自心底的自豪与热爱，是对于老一代知识分子在历史巨变之中的壮举的敬仰之情。他说："时代造就了他们这一代人的忠诚、牺牲精神甚至包括忍受委屈的精神……他们高尚的人格和率真、粗犷的性格，令人尊敬。"[①] 也正是这种高昂的理想主义激情，使人物性格丰富性的一面有所遮蔽，使这篇小说在人物塑造上显示出一些不足之处。如：不管是驰骋战场的贺氏父子，还是勇猛大气的大舅，或者富于知性的母亲及宛姨，他们身上无一例外地存着正义、美善等优秀品质，而对于他们丰富的内心缺少细致的刻画，因此有些人物性格上略微显得单一。

---

① 张戈：《打捞历史夹缝中的回忆——访作家张一弓》，《中华读书报》2005年2月16日。

张一弓在一篇访谈里表示:"我还试图写出三个家族在地域文化上的差异,也表现了纯属个人化的爱、恨、情、仇。"① 地域文化在这本书里既表现于外在的地理环境、人情、风物,如书里写到了中原大地上很多历史故事、民间传说以及民风民俗等,也表现为融入到了书中人物的生命深处的内在的精神气质,如人物身上体现出来的性格特点,使作品带有浓郁的地方风情。小说的一些章节直接涉及河南的地名风物,如"胡同里的开封"、"姥爷家的杞国"、"关帝庙上的星星",还有令"父亲"迷恋的南阳鼓子曲,具有几百年历史的民间音乐珍品《劈破玉》等,桑园里关于王莽刘秀的故事、开封胡同里的胡辣汤等,这些富有中原特色的文化印记,在书里随处可见,使作品颇具中原风情。另外,姥爷家族的那种"杞人忧天"的忧国忧民情怀,姨父家族勇武仗义的伏牛山精神,都是中原文化精神的写照,这也是一种生生不息的民族血脉,"从开封到中原,再到民族内部,乡村与知识,情感与信念,主义与个人结合的庄严与华美加之同样华美而苍凉的语言而不会在时间里锈蚀。"② 尽管驿站中的一个个生命将渐行渐远,但是许许多多相关事物及与之相应的记忆会留下来,并存贮在后人的思想里,在寂静之时,以一种久远的却又是生生不息的缠绕来模糊我们的视线。

第三节 张宇:历史潮汐中的生存哲学

张宇(1952—),河南洛宁县人。主要作品有小说选集《张宇小说选》、《活鬼》、《苦吻》、《乡村情感》、《城市逍遥》;长篇小说《晒太阳》、《疼痛与抚摸》、《软弱》;散文随笔选集《南街村话语》;电视剧《黑槐树》等。

《活鬼》发表于《莽原》1985 年第 4 期,是张宇的成名作,是一部颇具特色的中篇小说,小说成功塑造了侯七这样一个特殊的人物形象。侯七身上有中原农民的"侉子性""浑厚善良,又机智狡黠,看去外表笨拙,内里却精明幽默,小事吝啬,大事却非常豪爽"。③ 但侯七的"侉子"性格又颇有不同一般之处。他时而刁钻泼皮、处处为己,时而却又豪爽仗

---

① 张一弓:《远去的驿站·后记》,长江文艺出版社 2002 年版,第 364 页。
② 何向阳:《历史的"张看"——评张一弓〈远去的驿站〉》,《立虹为记》,作家出版社 2009 年版,第 13 页。
③ 李凖:《黄河东流去·后记》,百花洲文艺出版社 1999 年版,第 783 页。

义，关键时刻能够帮助别人；他精于算计，却又视财富为身外之物。这是当代文学人物形象中的一个另类。这篇小说通过侯七这一形象展示了民间生命形态的丰富性，为我们提供了一个观察民间文化的新角度。"中国近现代历史、文学史已经证明民间不仅以其丰富的精神滋养着知识分子的灵魂，而且在知识分子精神与民间精神的联系中不断赋予民间以新的内涵。"① 作者正是以对民间生命形态的独特体察与理解而赋予了民间以新的内涵。民间相对于政治权力而言，常常处于弱势状态，因此常常受到各种外界因素的入侵与压迫，但民间生命总能以自己的方式去抵抗与消解这些力量，这是民间的生命力所在，小说从这个层面上也探讨了民间生存智慧的意义。

一 另类生命姿态

《活鬼》以侯七的命运轨迹为主线叙述了他曲折多变的人生经历。通过侯七的一生，作者从另一种意义上思考了个体生存与历史的关系问题。在一些特定的历史时期，个人的命运常常无法自己主宰，只有通过种种途径变被动为主动，才能获得生存的可能性。

从抗日战争到解放战争，再到新中国成立后的"肃反"运动、"文化大革命"，直到改革开放，侯七一生中经历了多次历史巨变，在一些特殊的人生关口，在多次的政治运动中，他都能以自己特有的方式应对过去，从而渡过难关。这篇小说的题目"活鬼"中的"活"字，即指灵活，也可以指生活；"鬼"用来指人，有聪明伶俐、心眼很多之意。书中的侯七正是这样一个亦正亦邪、头脑灵活，很"鬼"的人。他从小就不是一个安分守己的孩子，特别调皮，在学校里不好好念书，回家也是"惹祸妖精"，今天尿人家小娃的鞋里，明天又屙人家倭瓜里，邻居街坊三天两头上门告状。但是这个人又非常讲义气，村里举行戏剧演唱，他因不满县太爷等特权人物的行为而聚众闹事，结果朋友被抓，他想："娘的，把兄弟们扔了算什么好汉！"带领学生去营救，也因此被学校开除。爹娘为此垂头丧气，他却满不在乎，还气昂昂地说："你们知道个啥？自古贵人多遭难。开除算什么！书上恁些英雄豪杰哪个不是充军的充军，发配的发配？实话给你们讲，不光开除，我还想坐牢呢。受的磨难越大，将来当的官才能越高。"② 这些话显示出其泼皮胆大、天不怕地不怕的一面。抗日战争

---

① 王光东：《"民间"的现代价值——中国现代文学与民间文化形态》，《中国社会科学》2003年第6期。
② 张宇：《活鬼》，时代文艺出版社2001年版，第5页。

时期，汉奸王鹏举看到日本鬼子不能长久，就把永宁县日军的活动情况做成情报，让侯七送给抗日人民自卫队队长程守文，关键时刻，他灵机一动，把此情报说成是自己奉送的礼物，受到程守文的重用。这显示了他头脑灵活、颇有心机的一面。程守文任命他为洛北抗日工作队队长，过了一段神气的日子，不久因自立山头，被程守文赶走。他不甘心回老家安分守己种地，于是奔赴洛阳闯荡，一个偶然机会加入了国民党部队，本想混个一官半职，训练结束却当上了少尉演员。后因与国民党一八五旅旅长第四房太太胡月萍日久生情，事发后二人逃往南京，在南京用"以横对横"的手段降伏了地痞，做起小买卖。帮助房东收拾了无赖，房东为报其救助之恩，指点他做起了房地产生意。在国民党大批军官逃窜之时他买下大片房产。他心里打着如算盘：如果到时候国民党回来了，把房产交回，可以讨好国民党，弄个官做；如果国民党回不来，就把房产交给共产党，还可以立功。表明他善于投机的心理。南京解放，他把所得房产悉数上缴共产党，受到新政府的另眼相看，并补给他一大笔款子，他表白道："我早看着国民党要败，害怕他们临走砸窝儿，就东挖西借，买下了这些房地产。""我把这些财产交出来，权表对共产党一片赤胆忠心。"① 表现出其狡黠的一面。后来怕被查出问题，就跑回洛宁老家，看到共产党重用文化人，于是报名做了一名干部，并认认真真研究起渔业来，还写出了厚厚的研究材料。在"鸣放"运动中，劝老朋友不要参加"鸣放"，结果因此被打成右派。在因各种原因被打成右派的人中，有的上吊，有的精神错乱，大多数人吃不下饭，压力很大，而他却吃得白白胖胖，自由自在地活着。他劝大家"人到啥时候说啥时候的话，吃点好"。② 空闲时他给大伙讲故事段子，使许多人度过了那段难熬的岁月。别人的帽子摘了，他的没摘，他却说"只要给王建这些好人卸下来，我情愿戴"，又好像颇有几分豪气。在刚被划成"右派"时，他也曾感到窝火，觉得丢人、面子没处搁，后来他想：都混到这地步了，还要什么面子啊，面子值多少钱啊。在"文化大革命"中，他想："光棍不吃眼前亏，一千条，一万条，保住性命是第一条。"后来几派人争来斗去，他都能左右周旋，从容应对，度过了危机。这就是一种民间的生活逻辑，侯七生逢乱世，最初他曾想"如今是乱世，正好闯人物"，他不关心革命，也不关心抗日，但也不愿当汉奸，只想在历史动荡中混出点名堂，出人头地，光宗耀祖，这是一个生活在乱世的农民的谋划。无奈历史大潮总是一次一次地把他冲击到风口浪尖之上，他只

---

① 张宇：《活鬼》，时代文艺出版社 2001 年版，第 276 页。
② 同上书，第 41 页。

能随历史沉浮着、适应着。对于处于生存危机中的侯七来说，保住性命是最重要的，我们不能简单地将之斥为奴性，其中另有一种随机应变的农民的务实求生心理。

像侯七这样的人，这样的活命哲学，可谓一言难尽，在那样的年代，多少人都因宁折不弯而失去了自由，有的甚至付出了生命的代价，他却活了下来。因此可以说侯七是一个性格复杂、内涵丰富的人物。王蒙曾发出感叹："呜呼侯七，鬼欤人欤神欤圣欤？其卑也如猪，微也如蚁，灵也如猴，狡也如虎，义也如狗，稳也如山，真不知道是怎么做出来的呀！"[1] 汪曾祺在《随意而安》中曾写道：曾有人问我这些年是怎么过来的，他们可能觉得我的精神还可以，感到奇怪，想知道我如何坚持过来的。我回答："随遇而安。"丁玲同志曾说她从被划为"右派"到北大荒劳动，是"逆来顺受"。[2] 汪曾祺的话从另一方面揭示了一个人在无法把握的命运面前该如何面对的问题。

侯七是一个最普通最卑微的农民，他有农民的善良本性，有农民式的狡黠，也有农民式的小小算计并为此付出了代价，但他身上更多的体现出了民间生命力的顽强与韧性，在这点上他与余华《活着》里的富贵有相通的精神气质，富贵在经历了众多亲人的死去之后，只剩下他和一头老牛相依为命，但富贵依然坦然地活着，而且多了一份从容，是一种经历了种种人生起伏之后的淡然。侯七也是经历了多次人生的坎坷，仍然乐呵呵地活着，他与富贵一样乐天顺命，忍耐命运中的一切痛苦与不幸。但侯七又比富贵多了主动的因素，富贵更多的是被动地活着，以生命的韧性承受着一次又一次的打击。而侯七却想办法去化解苦难，以自己的灵活头脑去应对苦难。他身上也有阿Q的影子，处于劣势状态时不断地以阿Q方式自慰，但他身上少了阿Q的卑怯与窝囊，少了阿Q的盲目与愚昧，多了几分智慧与通达。阿Q是麻木地适应环境而活着，没有自我，没有对命运的感知，到死也没有明白活着的要义，还在遗憾那个"圆圈"画得不够圆。侯七继承了阿Q的善于自我安慰的特点，但在现实生活中却是活得明明白白，只是个人在历史大潮中身不由己，无法掌握自己的命运，只能以另类的办法去顺应，这种行为可以看作是人的生存本能对于来自外界的压力的回应，也是对于苦难的另一种形式的抗争，如评论家樊星所言："河南作家的小说常常能十分朴素、十分真切地表现出苦难的无比深重和

---

[1] 王蒙：《从侯七说起——序张宇文集〈活鬼〉》，郭友亮、孙波主编《王蒙文集第七卷》，华艺出版社1993年版，第535页。
[2] 汪曾祺：《随遇而安》，杨耀文选编《文化名家论修身》，中央编译出版社2011年版，第192页。

抗争的无比顽强来。"① 王蒙也曾说："从张宇的作品中，我们可以看到中原农民所蕴藏的无穷的力量。"② 由此看来，《活鬼》对农民性格的探讨，上承鲁迅《阿Q正传》，但继承中又有明显的超越；下启余华《活着》，但又比《活着》有更多的积极主动色彩，这正是它的独特性所在。

张宇在侯七可笑可叹的命运中也寄寓了对于社会问题的反思。"当小说最后写到侯七那句'我过得很幸福'的人生总结时，作家便勾起了当代人对这个浮躁而荒唐的世纪的万千感慨——多少人因刚直而牺牲？多少人因苟且而生存？因'演戏'而生存。这究竟是人性的悲剧？还是时代与社会的悲剧？"③ "从《活鬼》的喜剧和《蓝袍先生》的悲剧中，人们无不痛切地感到社会生活的正常化、人道化，对于不得不置身于其中的社会成员的重要和可贵。"④ 刘震云曾在《温故一九四二》结尾处写道："是宁肯饿死当中国鬼呢？还是不饿死当亡国奴呢？我们选择了后者。"⑤ 刘震云与张宇在这点的思考上做到了殊途同归，在一个特定的历史时期，人的求生本能与民族节义、生存与人性、个人与社会之间的复杂矛盾的确常常"剪不断、理还乱"。

张宇对这一类有些狡黠、有些智慧，又能顺时应变的人物似乎有一种偏爱，他的其他小说如《李子园》中的罗云山也是一个头脑灵活、充满智慧的人物，他不死守一个观念，不顽固地吊在一棵树上。让他承包果子园他乐意，靠着勤劳与聪明取得了丰收；不让他承包果子园时他也想得开，就寻找其他赚钱门路，一样生活得开心快乐，这种生活态度和《活鬼》中的侯七一脉相承；《糊涂》中的老憨，看到城里人比乡村人生活得好，与自己的乡村生活形成鲜明的对照，就感觉不平衡，心里特失落生气，但他马上会想到自己进城当学徒，也会像城里人一样生活，就开心起来；来到厂子看到厂子如此破烂偏僻，就万分失望，但一想到能吃上乡村吃不到的饭菜，就变得十分愉快。这种生活态度总能成功地化解烦恼，使他生活于开心之中。《糊涂》中另一个人物张二虎最能"侉"（戏谑、嘴贫），常常以出人意料的方式处理一些家庭麻烦、邻里纠葛，被同事们戏称为"张主任"。他常常把自己爱吵嘴的爹娘逗得化怒为笑，把同事之间的矛盾化解于无形。活着为自己开追悼会，并亲自致悼词。日子虽然过得

---

① 樊星：《当代文学新视野讲演录》，广西师范大学出版社 2007 年版，第 136 页。
② 王蒙：《从侯七说起——序张宇文集〈活鬼〉》，郭友亮、孙波主编《王蒙文集第七卷》，华艺出版社 1993 年版，第 535 页。
③ 樊星：《奇异的中原》，《中国文学与地域文化》，华中师大出版社 1997 年版，第 110 页。
④ 杨匡汉主编：《20 世纪中国文学经验》（上册），东方出版中心 2006 年版，第 291 页。
⑤ 刘震云：《温故一九四二》，人民文学出版社 2009 年版，第 480 页。

穷苦，但他嘻嘻哈哈的性格也给苦日子带来了不少快乐，他是一个大家都喜欢的"鬼货"。张宇通过对这类人物的描写，写出了一种来自民间的人生态度。中原老百姓有句俗话叫"天塌下来有头顶着"，和书面语中的"车到山前必有路，水到桥头自然直"有相同之意，以特有的方式应对不断出现的苦难，这是一种求生的本性，也是一种生命的顽强，一种民间生存观念的生动体现。季红真曾说："中国民族民间的文化传统也太丰富太博大了，使人永远可以找到安顿灵魂，逃避现实苦痛与平衡精神心理的避难所。"[1] 也许，这正是张宇所要寻找的民间生命力之所以顽强不息的原因所在。张宇小说中的这些人物形象也是中原人以幽默的态度对待生活的一种方式，苦日子里需要一些特殊的方式来化解心头的沉重。如刘震云所说：无论多大的苦难，河南人总是以幽默的态度来看待。他们用幽默，把严酷的现实变成一块冰，丢到幽默的海水里。这是他们的生活态度。[2]

对于民间生命形态的思考在张宇的其他作品中也有同样的探索，只是选取的角度不一样，如《老房子》中的妈妈雷青苗的形象，是卑微顽强的农村妇女形象。她的两个儿子与大儿媳妇都参加了革命，并先后为革命献出了生命，留下两个年幼的孩子，老人极度悲伤，但精神没有被压垮，她与另一个儿媳兰兰抚养孙子，在最艰难的日子里老人家咬牙坚持，度过了艰难困苦的生活。她和《黄河东流去》中有顽强正义品格的李麦有共同之处。这种民间生命的顽强韧性是作者所肯定的。为什么民间生命会有如此的生命力，作者在另一篇小说《乡村情感》中作了另一番阐释。书中的"我爹"张树生和麦生是战友，他们不愿在城里做官，感觉不如回农村自在。回到农村后，虽然过着十分贫困的生活，但说说庄稼，排排闲话，有时也想想老百姓的事，倒也开心。两家结成了儿女亲家，麦生不幸得了重病将不久于人世。他有一个心愿，在临死之前希望看到自己的儿子成家，但他又怕连累"我"家，因为结婚是红事，而结婚之后马上就得接着办理麦生的丧事，这在当地来说是极为不吉利的，会给人家带来灾难。"我爹"打破迷信，信守承诺，决定把儿女婚事办了，满足麦生的愿望。街坊邻居得知了这件事，纷纷帮忙，出钱出力，终于把事情办得顺顺当当。这篇小说没有曲折的情节，但却让很多读者感动，原因就在于乡间那种朴素的道义精神，那种真挚的乡村情谊。正是这种朴素的情感使乡间仍然保持着古朴的仁爱情怀、

---

[1] 季红真：《中国当代文学与西方现代主义》，《文艺报》1988年1月2日。
[2] 赵明河、刘震云：《用幽默化解严酷的现实——刘震云访谈》，《人民教育》2011年4月。

讲信义的精神，这也是给人以希望的精神，这种精神也是民间生命得以生生不息的重要的力量源泉。从这点来说，这篇小说的主题也是《活鬼》所探讨的主题的延续。只是比较而言，《老房子》、《乡村情感》写得比较"正"，而《活鬼》则写得五味俱全、别具一格。

在历史中观察中原人的生活与中原人的思想性格，在李凖、张一弓、刘震云的作品中都有所体现。李凖在《黄河东流去》中塑造了中原农民的群像，以正面歌颂为主。刘震云善于通过历史过程中农民对于权力的崇拜与追逐而表现河南农民恶劣的生存环境，以及这种环境中农民的阴暗心理，比如《故乡天下黄花》、《故乡相处流传》中对于中原农民盲目崇拜权威、缺乏独立自主的精神进行了无情的嘲讽。张一弓《远去的驿站》则与之不同，塑造了富有理想、献身民族国家的中原知识分子的群像，是对中原人民性格中美好部分的张扬。张宇的《活鬼》与上面几位作家刻画的人物明显又有所不同，刻画了另类的中原农民形象，作者"相当深刻地写出了某种'国民性'，似乎有一点批判的意思，但更多的还是理解和叹息。"[1] 这"理解与叹息"中其实包含着作者深厚的乡土情结。张宇的作品有城市与乡村两个系列，城市系列的作品中，多以讽刺的语调写城市的混乱、物欲等问题；当写到乡村时，文字就会变得柔和多情，比如《乡村情感》中作者写道：我是一只从乡下放进城里的风筝，飘来飘去二十年，心却还系在老家的房梁上。每次回到家乡走进住过的黄土泥屋，如同又回到了婴儿时光。住在家里，如同躺在母亲怀抱里一般。在这里见人不用说你好和谢谢，谁要感谢谁，见面不用说好听话。这就使我在城里活得很累，我害怕城里人。[2] 从这段文字我们不难看出作者对于乡村的深厚情感，在城市的生活是无根的，根在乡村，回到乡村，像在母亲怀里般安全。河南作家大多有浓厚的乡土情结，"中原乡土之于河南作家，并不仅仅是他们的出生地，更是他们创作的题材来源。事实上，一些中原作家对于中原乡土感情非常深厚，在某种程度上，他们已经将之视作了某种理想的文化生活形态，并且以此来形成对现代城市文明的反思。"[3] 正是这种深厚的情感，使张宇对侯七既有一定的批判，又有一定的理解，对于他身上明显的性格弱点进行批判，但又同情他命运的曲折悲苦，理解他朴素低微的生存欲望。

---

[1] 樊星：《当代文学新视野讲演录》，广西师范大学出版社2007年版，第137页。
[2] 张宇：《乡村情感》，中国作家协会创作研究部选编《白纸船》，时代文艺出版社1994年版，第236页。
[3] 张鸿声主编：《河南文学史·当代卷》，郑州大学出版社2011年版，第16页。

二 洛阳风情

《活鬼》中融入了洛阳地区风土人情的描写，更利于表现人物的性格。首先是文化地理景观的描写，比如洛阳白马寺、龙门石窟、洛阳东关孔子入周问礼处等都是中原重要文化遗迹，豫剧名角崔兰甜、伏牛山地区的农家生活、洛阳熙熙攘攘的街头等，这些都打上了河南文化的烙印。作者对于洛阳民俗的描写也颇具特点，洛阳龙门有座大石佛，当地人看佛像时，都要抱抱佛爷腿，抱佛爷腿是人的一种愿望表达，希望自己及家人能够平安幸福，能抱着的人表示将来必有大富贵。白马寺问卦也是当地的风俗，逢年过节，洛阳人前去白马寺上香，络绎不绝，求签问卦，祈求保佑等。

对于中原地区方言俗语的运用，是这篇小说语言上的一大特点。如"枣核解板儿不是大料"，这句俗语在中原用得非常广泛，指一个人没有多大出息。"人对脾气狗对毛"，这是一句最通俗的民间习语，和"物以类聚，人以群分"有着相同意思。这样富有表现力的俗语很多，如"山里猴，怕引头"、"种瓜容易看瓜难"、"小洗脸盆里翻腾不开"、"老鼠钻风箱，两头受气"等。有时作者整段话运用方言口语：

> 书读不进去，却爱唱戏看戏。没有道具，就弄些荆条缠上花布当马鞭子。弄个牛笼嘴糊上纸，染上黑，绑两块铲钢刀样儿的纸片，就做成了官帽。校内校外，胡唱八吼，一干人就说，"早晚也是下九流的坯。发不粗，长不大。"①

这一段话颇具河南地方特色，生动地刻画出了侯七的性格。作者很注意使用个性化语言揭示人物性格，如"女人家，别说给侯家生下根苗，就是在侯家炕边立过，也是人家侯家的人。打听不到侯七的下落，说什么也不能再更二夫"。② 这段话生动刻画出了一个读过几天私塾，知些礼仪、又有些陈旧思想的农民形象。茅盾曾告诉李凖：河南方言得天独厚，可直接写进作品，不像浙江方言，地方性太强，不能直接用入作品。③ 方言与书面语相结合运用在小说中，也是大多河南作家的特点，方言与书面很好地结合，将地方化的人物对话与书面化的文本叙述语言融合在一起，既保证了小说的通俗易懂，又使作品具有浓郁的地域色彩。五四时期师陀的故乡

---

① 张宇：《活鬼》，《张宇小说自选集》，河南文艺出版社1999年版，第304页。
② 同上书，第331页。
③ 李凖：《百泉三日谈》，《李凖新论》，北京十月文艺出版社1988年版，第305页。

系列小说，三四十年代姚雪垠《长夜》、《差半车麦秸》，"十七年"时期的李準《不能走那条路》、《李双双小传》等作品，到新时期以来的张一弓、乔典运、刘庆邦、周大新等人的小说中，都大量使用河南方言俗语，并结合书面语，使作品自然真实，并充满乡土气息。

　　河南作家大多文风幽默（在前边章节已有论述），《活鬼》这篇小说也具备这一特点。侯七的一生就是一个最大的幽默，是与苦难相连的含泪的幽默。他一心想出人头地，当上洛北抗日自卫队队长，却被程守文赶走；跑到国民党部队想混一官半职，却当了文艺兵；逃到了南京以撒泼打横才立着脚，却因中国解放怕被揪出来而跑回家乡；当了干部到山东烟台银行工作，想露一手，一心钻研渔业知识，忽然来了"肃反"运动，这又成了他的"罪恶"的证据；在"接受思想改造"时又利用胡涂乱抹的绘画赚得了生活费；被批斗了还要求记工分。这种幽默更多的是一种生活的无奈。另外作品的语言也颇幽默，如侯七告诉组织上说他最了解王建同志，自己划右派没关系，不该划王建为右派，组织上说："只要你最了解他，他就是最反动！"此话非常可笑，揭示了对于右派划分的荒谬可笑。又如侯七告诉大家："我夜黑做梦，中央下了一个文件，谁吃得多，就先卸谁的帽子。为了摘帽子，让我们吃饭吧。"这又是一种无奈之下的乐观。又如："不久，就政策下来，对右派进行甄别，像辨别真假猴王那样，留下一些，去掉一些。"这貌似轻松的语言后面，是引人深思的沉重，轻松的语言与沉重的苦难二者之间形成了一定的张力，张开了一个讽刺中有同情、批判中有喟叹的情感空间。

第四章 民间视角下的乡土之思

民间视角是河南作家乡土小说的一个重要视角,河南作家更多的是把自己放置在民间,从民间"内部"去观察民间、理解民间,因而河南作家笔下出现更多的是民间的辛酸与苦难,其中以刘庆邦的矿工系列与农民系列为代表。孙方友则是从对民间的自在文化形态的理解与认同的角度进入民间,以下层人的眼光去看民间社会、人生、民情,从而建立了一个无法代替的、别具一格的民间世界。

第一节 刘庆邦:简单而丰富的民间世界

刘庆邦(1952—),河南沈丘人。中学毕业后在家务农,19岁到煤矿当矿工,在煤矿工作长达九年之久。曾任《中国煤炭报》记者、编辑。这段长期的农村生活及煤矿工作的经历,为其以后的农村系列与煤矿系列小说创作积累了丰富的素材。1987年发表作品《棉纱白生生》,从此走上小说创作道路,一发不可收拾,创作了大量作品。至今有中、短篇小说近200篇,长篇小说6部,是一个丰产的作家。作品大致分为两个系列,矿工生活系列、乡村生活系列。《神木》、《黑庄稼》、《红煤》、《走窑汉》、《哑炮》等属于矿工系列作品;《梅妞放羊》、《鞋》、《玉字》、《平原上的歌谣》、《响器》等属于乡村生活系列。短篇小说《鞋》获1997—2000年度第二届鲁迅文学奖;中篇小说《神木》获第二届老舍文学奖;根据小说《神木》改编的电影《盲井》获第53届柏林电影艺术节银熊奖。

一 简单而丰富——乡间生活世相

乡村生活描写是刘庆邦小说的重头戏,作者用朴素的文笔给我们描绘了一幅深广的中原乡村农民生活图景,其中蕴含了作者对于农民恶劣生存环境的关注，对于人性的思考，以及对于造成农民生活苦难的历史原因的反思。

《遍地月光》写出了特殊年代乡村人粗粝、困苦的生活。故事从新中国成立初期写起，一直写到改革开放之后。黄金钟的父亲是地主，在那个讲究出身的年代，地主后代的身份无疑为一个本来就一贫如洗的农村青年的生活设置了更多的障碍，他注定会遭受物质与精神上的双重困顿。黄金钟家的物质条件极其恶劣，他与叔叔、弟弟一家三口人挤在一间房里，屋里只有一张床由叔叔和弟弟睡，黄金钟只能睡在地上。夏天可以天天睡在打谷场上或者自家的院子里，遇上下雨天就只能躺在自家屋里门口的地上。面前摆放着撒尿马桶，弟弟撒尿的星星点点都能淋到他的脸上。经常吃不饱饭，为了节约粮食，有时候晚上家里不做饭吃，躺在床上饿肚子。如果说物质上的贫困还可以让他忍受的话，那么，在劫难逃的精神上的压制则让他喘不过气来。因为地主身份，在村子里处处受到歧视，到了谈婚论嫁的年龄却找不到对象。物质的贫穷助长了小村人精神的贫困，粗蛮、暴力的行为随处发生，村民王长轩经常打老婆，和老婆好像不是亲人而是敌人。他言语粗鲁，行为野蛮，常常当着孩子的面和妻子发生关系，如同畜生；因为孩子间的小小纠纷王长轩被杜姓的四兄弟打倒在地，头破血流；连小孩子也学得乖戾、粗暴，黄金钟与其弟弟随时会被村子里其他孩子围堵起来欺负。一次黄金钟的裤子被一群孩子扒下来套在头上，肛门里被塞进红薯，这使他遭受致命的打击。

有自然条件的恶劣、物质资源的匮乏而导致的人性的粗陋与狠毒，也有特殊年代政治历史原因导致的灾难。金钟、银钟兄弟俩之所以常常成为被欺负的对象，原因就在于他们有一个无法摆脱的身份耻印——地主家庭。黄金钟本来是一个眉目清秀的青年，人很聪明，学习成绩好，又会写诗，在今天的时代应该是一个广受欢迎的人，而在那个年代里却成了一文不值的臭狗屎，别人躲得远远的，唯恐为自己招来是非。他到了谈婚论嫁的年龄却找不到对象，姐姐给他介绍一个智力有问题的姑娘，结果对方嫌弃他的家庭出身而归于失败。村里姑娘全灵因为自己的亲生爹爹是地主，即使母亲改嫁把她带到了贫农家里，也仍然是地主的女儿，最终只能嫁给一个自己丝毫不喜欢的矮个青年。村干部滥用自己的职权，为所欲为，想捆谁就捆谁，想处罚谁就惩罚谁，村民没有反抗。

粗粝的生活消磨了人的善良、稀释了人的亲情。黄金钟的叔叔对他的两个侄儿全无一点亲情，他常常大骂两个侄子是累赘，把重活推给金钟。银钟的耳朵里被其他孩子塞进了豆子，他不管不问，致使侄儿黄银钟下落不明。村里姑娘赵自华家有两个哥哥，因为找不来媳妇，只能让赵自华以一种换亲的方式为老大换一个媳妇。老二耍诡计骗娶了本应属于大哥的媳妇，结果致使老大精神错乱，被家人锁在了磨坊里，一个鲜活的生命被阴暗的生活所笼罩，失去了原有的光彩并走向了终结。赵大婶对于自己的儿子赵自良情感冷漠，把他拴在柴房里，任其自生自灭。更有甚者，黄金钟的叔叔，一个跑了老婆的老光棍竟然奸淫自己的侄儿以满足自己那无法排解的身体欲望。而且恬不知耻，常常自我贬损，并贬损自己的侄儿，从而获得一种苟且的生活。至此，我们不但读出了作者对于极左年代的政治批判，也读出了作者对于人性的反思。

有意思的是小说的标题"遍地月光"，这是一个很富于诗意的名字，乍一看以为是一篇诗化的乡村牧歌，阅读过后的感觉是"遍地月光冷无声"，这才是小说的真意，留给读者的是一声长长的叹息。相信压抑的情感会笼罩在每一位读者的头上，阴郁缭绕不散。至此，作者不动声色的、近乎直白的叙事方式也达到了应有的效果，这正是刘庆邦小说的魅力所在。《遍地月光》中的杜老庄是五六十年代中国乡村的缩影，再现了乡村的贫穷、落后、愚昧、粗粝。

《我们的村庄》则写出了目前农村的现实状况。为了生个男孩而到处躲藏的农民；半个村庄的村民四处打工，村子里变得空荡荡的；游手好闲的地痞讹诈无辜百姓；自然环境恶化，村子里到处是垃圾、破衣服。"坑里的水又黑又稠，咕嘟咕嘟冒黄泡儿。黄泡儿一破，从里面散发出来的都是臭气。我看咱们村的水坑都变成大粪池了，这可怎么是好！我小的时候，坑里的水一年四季都是清的，水里有鱼，有虾，有苇子，有菱角。中午在坑边的树下吃饭，往水里扔一根面条，能引来一大群鱼。从地里干活回来，可以到水坑边洗脸，也可以到水边洗衣服。现在别说洗脸洗衣服了，连看都不敢看，连闻都不敢闻。"[①] 乡村道德失范，价值观混乱，村里的女子黄正梅在城里做妓女赚钱盖楼房为平常之事，人们没有鄙视，却有羡慕；叶海洋横行霸道，撒泼耍横，村民唯恐天下不乱，怂恿叶海洋舞动双节棍讹诈外地人。过去的乡村贫困，仍有一些淳朴的东西在里面，而今的乡村却变得面目全非，找不到一个准确的词去为它定位。这是作者基于时代对乡村的发展进行的思考。我们的古老的乡村远了，我们现代性的乡村又似乎不是今天的模样，我们真正的乡村到底在哪里？朴素的文字、简单的故事蕴含的是严肃的思考。

[①] 刘庆邦：《我们的村庄》，文欢编辑《2009 小说金牌榜/中国小说学会评选》，二十一世纪出版社 2010 年版，第 531 页。

在对乡村生活的描写中,揭示国民劣根性问题,是刘庆邦小说的另一个重要方面。《平地风雷》所描写的故事发生在"文化大革命"时期。但"文化大革命"不是作者思考的重点,作者思考的重点在于国民性问题。货郎由于家庭一贫如洗,便偷偷地到一些村子卖一些日用小商品以换得一些零用钱,结果被抓。村长决定对货郎进行惩治,村民们都怀着看好戏的心理等待着事情的发生:"队员们都停止扒粪,瞪大眼睛看着队长和货郎的一举一动!粪堆那边的人赶紧转过来了,他们担心粪堆挡住视线,会漏看一些动作性很强的细节!没有一个人说话和咳嗽,场面有些静!""看来今天有戏!大家心里有些惊喜的暗叫"![1] 这和鲁迅笔下的看客是一样心理,贫困的生活,无聊的日子,麻木的精神,拿别人的痛苦来装点苍白的生活。作者深刻揭示了农民物质生活与精神的双重贫困。

在揭示乡村人们物质贫困、精神贫瘠的同时,作者也在展示人性深处的善良与友爱。《平原上的歌谣》就像平原上的一株小草一样朴素无华,却坚韧而充满生命力。作者扎根于民族记忆的深处,描写了三年困难时期中原人民生活的苦难图景。雷达说:"我们正处在一个失忆的时代,健忘是这个时代的流行病。一方面,在脚步匆匆的今天,我们需要全力去'打拼',于是很少缠绵于过去,而'过去'也并不如想象般美好;另一方面,这又是一个解构与重估并行的时代,人们满足于'现世'享乐和'过程'感受,于是,回忆苦难、直面苦难、咀嚼苦难,就不再是重要的事,甚至有点儿煞风景。"[2]《平原上的歌谣》通过对特殊年代饥饿人群的描写,表现了生命的韧性、伟大深厚的母爱、人性中的简单淳朴美。同时,通过饥饿追问背后的历史原因,让人在咀嚼痛苦的同时对历史与现实进行思考。"放卫星"、"坐喷气式飞机"、"拔白旗"等这些特殊的时代用语就把时代气候给呈现出来了。饥饿年代人人面临停止生命的危险,能够找到吃的,能够活下去成了最大目标,有人把衣服里的棉花套子吃了,树上的树皮都吃光了,野草也找不到了,重温这一段记忆令人战栗,我们的民族经历了怎样的灾难,我们的人民经历了怎样的血泪!波澜不惊的文字竟然也如此的让人震撼。然而即使在那样的极端时期,人们并未失去人性中美好的一面,魏月明——一个坚忍、善良的伟大母亲,她养活了六个孩子,送走了公公、婆婆、丈夫和一个儿子。在极其艰难的情况下,还能够对于更加悲惨的人给予帮助。正是这种坚忍美好的品性使得我们的民族在无数灾难面前挺身走了过来,也正是这种美好的品性温暖了人

---

[1] 刘庆邦:《平地风雷》,《刘庆邦中短篇小说精选》,花山文艺出版社 2002 年版,第 88 页。
[2] 雷达:《方南江〈中国近卫军〉、刘庆邦〈平原上的歌谣〉》,《小说评论》2005 年第 2 期。

心，给人以力量。

与上面反映的粗重生活的作品相比，《梅妞放羊》与《鞋》是两篇富有诗意之作。《梅妞放羊》中的主人公梅妞是一个美丽纯真的乡村少女，单纯得像一张白纸。她像其他农家孩子一样，在乡村自然地生长着，每天在河坡放羊是她生活中的一项重要任务。当青春无可阻挡地来临，她的母性意识在某一天突然就觉醒了，当小羊吮吸到她的手指时，一种奇异的感觉夹杂着羞涩、恐慌袭击了她，她有了一个连母亲也无法告诉的秘密。"这时梅妞产生了一个重大念头，驸马吮一下她的指头尚且如此，倘是借驸马的热嘴把她身上的奶头吮一下又该如何。这个念头一出现，她的脸忽地红透，心口也怦怦乱跳。她像是怕被人看破她的念头似的，悄悄转过头前后左右看；河坡里没有人，有太阳，还有风。风一阵大一阵小。风大的那一阵，草吹得翻白着，像满坡白花。风一过去，草又是青的。草丛里蹿出一条花蛇，曲曲连连向水边爬去。花蛇所经之处，各色蚂蚱赶快蹦走或者飞走了，引起一阵小小的动乱。蛇一入水，蚂蚱们很快恢复安静"。人与自然浑然一体，梅妞是一个自然之子，一个自然的精灵。一切都是那样的自然和谐，丝毫没有经过打磨的痕迹。《梅妞放羊》如一则美丽的童话，把乡村女子梅妞的爱与美、纯与善表现得淋漓尽致。"梅妞相信她家的羊会跟二婶一样，叫一会儿就能把孩子生下来。她在心里默默地替羊念话，孩子孩子疼你娘，羊羔儿羊羔儿快出来……念着念着，不知为何，她鼻子酸了一下，眼圈儿也红了。"她善感而多情，是美丽淳朴的一个乡村小女孩。

《鞋》以简洁而又细腻的文笔描述了乡村女子的内心世界。主人公守明十八岁定了亲，少女情怀一下子完全被激发出来。她羞涩地称未婚夫为"那个人"，得知订婚的竟然是自己喜欢的人时，她的心里一下子溢满了幸福，她在心里幻想着做"那个人"新娘子的情景，然后又想到自己马上会成为"人家"的人，又夹杂了一丝丝甜蜜的惆怅。在当地，订婚对于一个乡村女孩是件隆重的事情，因为订婚与一个女子的终身命运是紧密相连的。因此，守明看得很重，甚至妹妹提了那人的名字，都让她恼怒，因为那个名字是自己深深珍藏于心中的。根据当地的风俗，女子要为订了婚的未婚夫做一双鞋子，这同样是一件重大的事情，"平生第一次为那个将要与她过一辈子的男人做鞋，这似乎是一个仪式，也是一个关口，人家男方不光通过你献上的鞋来检验你女红的优劣，还要从鞋上揣测你的态度，看看你对人家有多深的情义"。于是少女守明精挑细选做鞋子的布料，不允许有一丝旧的，表示新生活之意；然后是剪鞋样子、纳底；再然后是做帮儿、缝合等。守明一针一线细细地缝，缝进了无限的柔情蜜意，也缝进了无数的幻想，她幻想着把鞋做小一点，那人穿上夹脚，就不能走四方而免于把自己一个人丢在家里；又幻想那人穿了鞋回来脚疼，她很心疼地为之捏脚等等，这些情节生动揭示了乡村少女微妙而复杂的情感世界。至此，鞋已不仅仅是鞋了，而是一种信物，一种仪式，一种情感载体，还是一种习俗凝聚。《鞋》这篇小说简单的情节与丰厚的内涵统一起来，简单而丰富这正是刘庆邦小说的最大特色。

如果说《鞋》和《梅妞放羊》描写了乡村少女的美丽而微妙的个人情怀，而《嫂子与处子》则写出了乡村妇女的泼辣与蛮悍、粗朴与狡黠。二嫂与会嫂同时看上了清秀文静的民儿，这里的风俗是大哥不能和弟媳开玩笑，嫂子可以和弟弟随便闹着玩，闹到什么地步都不过分。于是，二嫂与会嫂二人对民儿言语直白地表达情意，百般挑逗，甚至在庄稼地里扒掉了民儿的裤子。二嫂喜欢民儿是因为民儿与她有过会意的目光交流，那是别人不懂的，于是二嫂处心积虑逮到了民儿，并且与之发生了关系。会嫂如法炮制，也制服了民儿。最有意思的是这篇小说中二嫂与会嫂称她们与民儿之间的关系为"与地主阶级的斗争"。二嫂与会嫂两个人的娘家是贫农，婆家也是贫农，是双料贫农，根正苗红。而民儿却是地主出身，因此在村子里处处小心谨慎，不敢张扬。二嫂与会嫂抓住了民儿的"命脉"，民儿稍有不服便称其为"地主羔子"，瞬间就会置民儿于自卑境地。二嫂与会嫂都在利用手中的权力控制民儿，即那种来自出身的"权利"，成功控制民儿。作者通过这一个小小事件，却生动地反映了二十世纪五六十年代中国主流意识形态的鲜明特征。本来是一个粗率的情爱故事，却被冠上了阶级斗争的名称。整篇小说情节非常简单，而人物也只有三个，作者于戏谑的笔调中寄寓了对于特殊历史时期中国社会现实的深刻反思。与此同时，作者也写出了乡村文化的复杂性，乡村文化的巨大消融性。当政治话语也无孔不入地渗入到农村时，表面上看乡村也在热热闹闹地迎合主流，但却是以一种扭曲变形的形式接受与迎合的。"阶级斗争"本来是那个年代最为严肃的政治话题，却被二嫂与会嫂两个农村妇女用在了日常的偷情行为之中，于是"阶级斗争"的神秘性一下子得到了消解。关于农村文化的强大消融性，河南作家刘震云在《故乡天下黄花》中也进行了生动的描写，神圣的革命到了乡村就成了家族复仇，"文化大革命"到了乡村就成了各自满足自己私欲的帮派争权。

《响器》与《听戏》则充满了地域色彩与地方风俗。《听戏》主要讲述了一个戏迷的故事。河南有许多戏迷,尤其是上了岁数的老年人最喜欢听曲剧与豫剧,大多数老人手里有一台小小收音机,走在路上或坐在家里随手打开来,就是一段豫剧,老人们会听得如痴如醉。在收音机没有普及的年代,唱大戏是中原地区的一个重要节目,深秋以后,地里庄稼收拾完毕,小麦种上以后,乡村人闲下来了,唱大戏便开始了。没有华丽的舞台,趁着地势在沟边或谷场旁边,用一些简易的木头橛子和木板子,以及一些粗粗的麻绳,很快会搭起一座戏台,成为乡村人喷洒热情之地,唱戏的日子也成了一个隆重的节日。有些人很馋戏,跑十几里路到别的村子去看戏是很常见的事。《听戏》中的"姑姑"便是这样的一个戏迷,戏一开场就坐不住了,但姑父不爱听戏,也不让姑姑去听戏,如果姑姑悄悄地去了,回家后便会遭到一顿毒打。这篇小说仍然是情节简单,内涵丰厚。文字不多,却揭示了很多的东西,男尊女卑的封建思想、痴迷的个人爱好、浓郁的地域风俗等。《响器》里描写了当地人办理丧事请响器班的风俗。一场吹奏一下子击中了高妮的灵魂,她决心学吹笛,但当地的习俗认为女孩子吹响器在人前抛头露面是丢人的事,姑娘因此会嫁不出去的。高妮被她爹捆起来打了一顿,但高妮痴迷不改,最终他爹只得屈服。作品里找不到作者分明的态度,冷静客观的叙述,纯然的白描,近乎自然主义特征,却别有一番韵味。刘庆邦的小说表面看来很稚拙,但丝毫不显简陋,相反,更有耐人咀嚼的韵味。

二 粗粝而深刻——矿工生活写真

矿工系列是刘庆邦小说的一个重镇,与一般的矿工系列小说相同的是,刘庆邦也写了矿难的残酷,矿工生存环境的艰苦悲惨,上下勾结惯用"私了"的方式让矿难中的矿工雪上加霜。与一般矿工体裁不同的是刘庆邦在写矿工生存环境的同时,重在剖析人性的丰富与复杂,煤矿是他展示丰富人性的一个特殊场所。刘庆邦有过九年的矿工生活,对于矿工们的生存环境有着最深切的体验,他惊讶于矿工生活环境的极度酷烈,感叹在极端的生活环境中人性的复杂微妙,这些都是其创作灵感的来源,倾泻于他的笔端,不需要过多的修饰,不需要新奇的手法,是活生生的生活本身成就了他的创作。

呈现矿工生活的极度困苦,是其矿工题材小说的重要主题之一。刘庆邦说:矿工们是"把命系在麻绳上的人们",这话浸透了他的矿工生活体验。作者以一副悲天悯人的心肠,苦矿工之所苦,悲矿工之所悲。《幸福票》中的矿工们从煤窑里出来,一个人只有一盆水,只能简略地擦一下身子,跟孟银孩在一起的几个矿工连脖子都不洗,只洗洗脸。而孟银孩也有很长时间没洗头了,"两个月没有理发,他的头发已经很长了,这样长的头发是存煤渣子的好场所,洗是洗不起了"。他得了三张幸福票,但他不像别人一样去小姐那里花掉,而是小心翼翼地放在了贴身的衣服里,他想把幸福票换成钱,面对小姐的挑逗,他也很动心,但最终逃了出去。他想到的是家里妻子长年的辛劳与母亲的悲苦。在食与色的选择上,孟银孩果断地选择了"食",因为食是生存的基本。作者写出了矿工生活之苦,也写出了人性中的坚守。孟银孩虽然物质贫困,但他的精神并不贫困,他坚守的是一份责任,虽然面对小姐也"心跳得厉害",但想到一张幸福票值妻子一季收获与母亲一千多个鸡蛋,想到女儿的学费与儿子的新房钱等,他理性地拒绝了那种"幸福"的诱惑。每个人都有面临诱惑的时候,生活里的诱惑无处不在,但在关键时刻能保持清醒的头脑,想到自己对家庭对亲人所负的责任,这是做人的准则。孟银孩看起来有些固执,甚至有些傻气,但这却是一种坚守。正是这些责任与义务的坚守,使人性才能呈现出善良美好的一面。与孟银孩相对立的是周围的人们的寡廉鲜耻,他们不理解孟银孩的行为,同事李顺堂自己的幸福票花完之后,还想打孟银孩的主意,小五红称其为"傻驴",窑主以幸福票激励员工多挖煤而获利,让孟银孩的幸福票作废而不给他兑换现金,煤窑周围歌舞厅一家连一家,做的是暗娼的生意。金钱与性成了人们的生活主宰。作者不动声色地呈现出了人性的堕落。

通过发生在矿工中的事件探讨人性问题,是其矿工题材作品的另一个主题。由于特殊的生活环境,整日劳作于暗无天日的地下,远离家乡、亲人、朋友、女性,高强度的地下生活,麻木、扭曲了很多人的人性。《走窑汉》是一个内涵十分丰富的故事。支部书记张清捅开矿工马海洲家的房门,以迁户口为名诱奸了他的妻子小娥,马海洲捅了张清一刀并为此而坐牢。出狱后他在精神上对张清进行了无休止的惩罚,张清无论走到哪里都有一双阴鸷的眼睛盯着他,如影随形。而且马海洲一有空闲便和小娥去敲张清的门,让张清寝食不安,最终张清无法承受这种压力而自杀。马海洲对张清恨之入骨,但一次在矿井下干活时,在生死关头,马海洲救了张清,当张清表示感谢时,马海洲又厌恶地走开了。马海洲平时是一个干活肯下力气上过光荣榜的青年,在监狱里还救过一个落水儿童。当帮工小四家里发生困难时,他爽快地拿出钱帮助。说明马海洲这个人本性善良,有上进心,有正义感。而他疯狂的复仇行为则表现出了他人性中冷酷偏执的一面。他出狱后对张清紧追不舍,由身体复仇变成了精神上的复仇,最终致使张清精神崩溃跳井自杀。马海洲很爱妻子，结婚后二人度过了一段甜蜜的日子，"他们幸福得差不多每天都要落泪"，"全队的工人谁不夸马海洲的小女人长得漂亮，粗腿、胖手、细腰、白脸儿，特别是那一双眼睛，纯洁清澈，露出孩子般的稚气和娇憨，令马海洲爱不释手"。田小娥出事后，马海洲却让她一遍一遍讲述张清诱奸她的经过，直到每一个细节，在讲述中小娥痛苦不堪，马海洲呢？这也是一次次灵魂的自我伤害，这里写出了马海洲人性的扭曲。地下黑暗而重复性的劳动，使矿工们乐于谈论女人，这是他们最感兴趣、长久不衰的一个话题，尽管以谈论别的女人为乐事，"矿工们常年在沉闷、阴暗的坑道里劳作，对于他们来说，最值得珍爱的莫过于女人，而最可恨的是，当他们在地底下挥洒汗水时，人家在地面勾引他们的老婆"。矿工们在地下干活，对地上的生活充满了更多完美的期待，妻子更代表了所有期待中心灵的集中安放之所。对于妻子的性纯洁的要求既是对自我完美生命价值的维护，也是潜意识中对于传统男性权威的过度维持。小娥被张清所骗，马海洲的心理极度失衡，马海洲失控捅了张清，出狱后对张清不依不饶，死死盯着他不放。如果张清受到处罚还算罪有应得的话，而小娥是一个被污辱的对象，这污辱不但来自张清，也来自丈夫马海洲。马海洲一次一次让她复述发生在自己身上的故事，每一次都是对她的精神折磨。一次失身，把小娥打入了地狱，她怀着强烈的负罪感，自己对自己进行惩罚，每天都是一身黑衣，她可以对周围的冷眼默默承受，对张清满怀怨恨，而最无法忍受的恐怕是丈夫对她的心理折磨，小娥最终跳楼自杀了。作品突出了小娥的无奈与心酸，也写出了小娥的懦弱与屈从，更突出了马海洲心理极度变态之后的疯狂。作者在写人性的可悲与可怜的同时，也写出了生命的恐惧与惊悚。张清是一个作恶的人，在矿井上玩弄过无数女性，然而作者没有突出其大奸大恶的一面，而是写出了他外强中干，惊悚而又可怜的生命状态，他以小铁片拨开了马海洲家的门，欺污了小娥，自从马海洲从监狱回来之后，他就一直生活于惊悚之中，"他开始做噩梦，时常半夜惊醒"，马海洲每天盯着他那地方看，"他简直烦透了"，"他心里十分焦躁"，马海洲盯着他身上的伤疤看，像在欣赏自己的杰作，"他咬着牙，把拳头握起来晃着，做出一种类似疯狂的举动"。"他像发了疯一样，抢开椅子，把屋里所有的东西都打得稀烂。尔后一头扑在床上'哞哞'地哭起来"。作者写出了一个人性的悲剧，也是生命的悲剧，作者怀的是一副悲天悯人的胸怀。无论是复仇者马海洲，还是受污辱的可怜人田小娥，还是先作恶而后处于极度惊恐之中的张清，他们的生命之上似乎都蒙上一层难以摆脱的生命之苦，马海洲的生命之苦源于他永无休止的复仇精神，田小娥的生命之苦源于女性固有的负罪感，而张清的生命之苦则源于一种人性的贪婪与无力承担后果的虚弱内质之苦。他们像一只只青蛙，在沸水里扑腾着，最终耗尽生命而逝，显示出了作品思想之深刻。

中篇小说《神木》获第二届老舍文学奖，根据《神木》改编的电影《盲井》获得第53届柏林电影艺术节银熊奖。《神木》写了一件很残酷的事情，即唐朝阳与宋金明两个人合伙制造矿井井底事故骗取钱财的故事。二人没事便到车站转悠，以便发现目标。一天，二人又找到了一个"点子"（即二人作案的对象），这个"点子"叫王风，家庭贫困，自己辍学出来打工，供应妹妹及母亲。在交谈的过程中二人得知王风的父亲先前也死于自己手下，但王风却被蒙在鼓里，认为二人对他是一种很友好的照顾。二人把王风骗到煤矿，按照预先设计的计划要在矿井下制造一场事故，然后向老板诈取高额赔偿款。唐朝阳狠毒果断，一腔恶念。而宋金明还存有一丝人性中的善良，在唐朝阳两次举起铁镐朝王风打去之时，宋金明及时制止了。最终唐朝阳与宋金明两人死在了井下。王风走了，没有得到赔偿，只得到了极低的工资，他走了，走向何方是未知数。故事读后令人压抑，为人性中的冷酷，为矿工的悲苦，为生命的灾难。《哑炮》则是对于人性的又一次考验。江水君与宋春来是老乡，江水君很喜欢宋春来的妻子，一次在井下挖煤时江水君发现了一枚哑炮，他没有告诉宋春来。宋春来被炸死了，江水君承担起了照顾宋春来妻子的责任，最终和宋春来的妻子结合到了一起。但从此江水君背上了沉重的十字架再也无法放下。欲望可以促人奋进，但如果不择手段地去实现自己的欲望，那么欲望越大，离人的善良本性就会越远。江水君违背道德良心表现出的罪恶行径，正是源自他占有宋春来妻子的欲望，欲望的实现是以宋春来的生命为代价的，作者写出了人性中的黑暗。但作者并没有让人彻底绝望，江水君得到宋春来的妻子后并非心安理得，而是不断做噩梦，说明他的人性还没有完全泯灭，还有负罪感，临终时刻他还是向妻子吐出了真言，而后安然去世，背负了一辈子良心债。《卧底》里面则写出矿工暗无天日的生活。他们被囚禁在一个黑煤窑里，过着与世隔绝的日子，整天被困在井下挖煤。黑心矿主为了一己之利置众人的生命于不顾，看守人员作为帮凶毫无人性，对待矿工如同对待一群动物。令人感叹的是恶劣环境中矿工之间的倾轧、告密、欺软怕硬、争斗等。记者周水明为了体验生活写出出色的稿子，闯入黑煤窑被关在矿井下两个多月，当他出来说要把自己的见闻写出来时，社长却告诉他这样的稿子不好发。这是一篇比较犀利的批判现实之作。《别让我再哭了》中的老矿工为了解决儿女的就业问题,在井下冒顶处毅然变相自杀,拿自己的生命为孩子换来了一张就业指标,可谓极端残酷的人生世相。《不是插曲》中窑工们互相仇视、互相妒恨、暗中为敌。《黑庄稼》中田玉华的丈夫在矿难中去世了,她的公公怕她改嫁带走孙子,处心积虑地要对儿媳做出格之事,婆婆则与之争夺抚恤金,矿难带给人类灾难,而在金钱面前人性的显露更是触目,在金钱面前亲情爱情等美好的人间情感似乎不堪一击。

《红煤》是刘庆邦的一部长篇小说,也是一部比较有特色的作品。主要写农民宋长玉因为家庭贫困,地位低下,生产环境恶劣,一心想出人头地。首先他要转成正式工,便想尽办法追求矿长的女儿,结果被矿长发现反而把他开除了。他不甘心回乡村去,在走投无路之际他被老杨介绍到红煤矿的砖厂打工。村支书的女儿喜欢上了他,他利用机会开始实现自己的野心。由于他的心机与聪明,他不断取得成功,随着处境的改变,身份也由卑下而变得荣耀。有了一定实力,他开始一次次举报开除过他的唐矿长,唐矿长最终进了监狱。他在复仇情绪的驱使下,占有了他曾经追求过的唐丽华。随着欲望的不断膨胀,他疯狂地采煤,而不顾及地下设施的危险性,最终发生了透水事故,他走上了逃亡之路。刘庆邦的《红煤》标志着他的写作走向了深化,也是随着时代的发展,他的思考在不断走向深入。最初写于80年代的《断层》也是写煤矿故事,但《断层》写作的重点是改革派与保守派之间的斗争,是80年代初期中国改革开放的现实情况的反映。主人公郑心发克服了各种阻力,战胜了保守分子组成的小集团的各种阻挠,终于打通了皮带巷。《红煤》表面看来似乎是一个"于连故事"的翻版,其实里面含有丰富的内涵。煤矿工人的生活异常辛苦,而且常常面临生命危险,即使如此,宋长玉却对于成为正式煤矿工人有着最深切的向往,作者从侧面写出了乡村比煤矿还要艰难的生存环境。贫困、落后,连最基本的生活都不能保证。正是这样的环境使宋长玉怀着坚强的决心去摆脱那种生活。向权力阶层靠拢是他留在矿上成为正式工的一根重要的救命稻草,他想奋力去抓住,可惜被矿长发现,斩断了他的希望之路。宋长玉的成长是生存环境使然,还有复杂的人性因素在里面,最初的奋斗是为了改变命运,后来的疯狂采矿就是欲望扭曲了的人性的表现,占有唐丽华更是其心理变态的表现。今天这个经济席卷一切的时代,正是检验人性的一个大舞台,各种各样的人性都会在这个舞台上展现得淋漓尽致。这是刘庆邦对于时代与人性的思考。

三 朴素的追梦人

刘庆邦是老老实实写小说的,他的作品里找不到新奇的手法,也找不到曲折离奇的情节,更谈不上先锋之类的东西。但他老老实实写小说的态度并没有使其小说对于人性的开掘流于表层,也没有阻碍其表现生活的深广度。刘庆邦朴素得像平原上的一株小草,在广袤的大平原上,在众花芬芳的大花园里,他显得那样朴素,那样平凡,没有艳丽迷人的外表,却也柔软坚韧,自成一道风景。"您问我个人的创作风格是什么,我自己也不太清楚,也许还没有形成自己的风格。如果非要我说一个风格,我愿意说,我的创作是诚实的风格。"①

刘庆邦的创作风格确实是诚实的,他遵循生活经验而写作,丰富的生活经验为他提供了丰富的写作资源,"我是凭人生经验写作,写作资源对我来说当然很重要。我的人生经历比较丰富,如'大跃进'、大饥荒、'文化大革命'、大串联等,很多大事我都亲身经历过。我还种过地,挖过煤,参加过宣传队,并当了多年记者,跟多个阶层的人都打过交道"②。凭借真实而丰富的生活经验,没有过多的刻意渲染,没有先锋的写作手法。他的文字是朴素的,他的人性是朴素的,他的情感是不张扬的。他的作品里没有曲折连环的故事情节,大多是日常生活琐事,是生活的原生态呈现。

首先看刘庆邦的文字,是对原生态生活的描摹:

> 冬天。离旧历新年还有一个多月。天上落着零星小雪。在一个小型火车站,唐朝阳和宋金明正物色他们的下一个点子。点子是他们的行话,指的是合适的活人。他们一旦把点子物色好了,就把点子带到地处偏远的小煤窑办掉,然后以点子亲人的名义,拿人命和窑主换钱。这项生意他们已经做得轻车熟路,得心应手,可以说做一项成功一项。他们两个是一对好搭档,互相配合默契,从未出过什么纰漏。(《神木》)

这一段描写平实简练,明白如话,大有赵树理语言之风。赵树理的语言是在群众口语的基础上略作加工,他的小说连当地百姓都可以不费力地听懂,刘庆邦的小说也是对群众性语言加以提炼,成为一种近乎自然色彩

---

① 杨建兵、刘庆邦:《我的创作是诚实的风格——刘庆邦访谈录》,《小说评论》2007年第3期。
② 同上。

的叙述语言。我们再看下一段：

"唐朝阳赖着脸笑了，说：你恼什么，我又没说你什么。我是骂窑主个狗日的说话不算数，拉个屎橛子又坐回去半截儿。"

"你还以为窑主是好东西呢，哪个窑主的心不跟煤窑一样，一黑到底！"（《神木》）

这些语言非常贴近矿工的生活语言，煤矿工人大多是没有文化或者早早辍学去矿上做工的，又加上长期单一的劳动，他们的语言是粗鲁直接的，而且是一针见血的。上面这段话就揭示出了矿工对于窑主的最清醒的认识，还有他们特有的语言。

豫东地方语的运用。运用一些富有表现力的方言来描写景物与人物性格，是刘庆邦小说的一大特点。我们先看下面这一段：

半夜里，下雨了。没有打闪，没有打雷，也没有刮风，皮钱大的雨点子说落就落了下来。这是夏天的雨，比春雨和秋雨显得精力充沛些，有激情些。这体现在它果断，垂直度好，打击力强，不管落到哪里，都能激起应有的反响，谁想不吭不哈都不行。雨点落在地上，是玻璃珠子砸地的声音。雨点落在水塘里，是用带倒刺的锥子往水里扎蛤蟆的声音。雨点落在阔大的桐树叶子上，发出的是不断敲击羊皮鼓并把鼓面子击破的声音。雨点落在一向沉默持重的石磙上，石磙如被无数指头抓了痒痒，触痒不禁似的，也切切磋磋起来。（《遍地月光》）

这一段使用了大量的豫东方言，如"打闪"、"皮钱大的雨点子"、"不吭不哈"、"石磙"等，读来异常亲切真实，既生动描写了急雨落下的情景，又富于生活气息。

立了秋，秋风一吹，黄瓜就该拉秧了。有的人家，菜园里的黄瓜秧子还没有拉去，那是他们忙着收秋，一时没腾出手来。没拔掉的黄瓜秧子，像是不甘心一辈子就这样完了，花儿还在开，黄瓜还在结。但由于季节的关系，黄瓜的花儿开得有些苍白，也有些薄气。黄瓜呢，不可能往长里长，也不可能往粗里长，刚坐纽儿就弯下来，就现出疲态。在秋天，依然坚挺的黄瓜也有，那是黄永金家的蔬菜大棚里

生长出来的。大棚里用芦苇搭了黄瓜架,黄瓜一伸秧就往架子上爬,呈现的就是上升的态势。(《我们的村庄》)

这一段把初秋农家院子里的景象进行了生动的呈现,"拉秧"、"薄气"、"坐纽儿"等词完全是地方口语,极富地方特色。汪曾祺:"小说本来就是语言的艺术,就是线条和色彩的艺术。音乐,是旋律和节奏的艺术。有人说这篇小说不错,就是语言差点,我认为这话是不能成立的。就好像说这幅画画得不错,就是色彩和线条差一点;这个曲子还可以,就是旋律和节奏差一点这种话不能成立一样。我认为语言不好,这个小说肯定不好。"刘庆邦的语言特色正在于朴素无华的本色语言。

运用平实的语言进行一些细节性描写,把人物的生存处境突出出来,这是刘庆邦语言的另一个重要特色,如:

孟银孩拥有三张幸福票了。他把幸福票和自己的身份证相叠加,放进一个柔韧性很好的塑料袋里。可着身份证的大小,他把塑料袋折了一层又一层,折得四角四正,外面再勒上两道皮筋,才装进贴身的口袋里。(《幸福票》)

孟银孩来到煤矿打工,因为家境极为贫穷,他极为节俭,矿上每个月奖励矿工出勤的方法很特别,一个月干满月不缺勤就可以得到一张幸福票(即嫖娼券),别人的都不够用,唯有孟银孩的用不完,是他舍不得用,他拿着价值300元的幸福票想到的是老婆在家里辛辛苦苦劳作一个季节换得的麦子,母亲生活之用的几千个鸡蛋。

刘庆邦语言的另一特色是在通俗朴素之中寓含鲜明的立场,不是一味谦和中正的姿态,也有辛辣的嘲讽。作者非常喜爱鲁迅的文章,他说:"在中国的作家中,我比较喜欢曹雪芹的小说,再就是爱读鲁迅和沈从文的小说。"[①] 对一些黑暗现象进行讽刺,采用正话反说,反讽,或者对比等手法,进行辛辣的讽刺,是刘庆邦于温和之中的锋芒所在,这一点上刘庆邦对于鲁迅有所继承,如:

队长把一吨理解成一蹲。人蹲下干什么呢,无非是拉屎呗。那么一蹲就是拉一泡屎,一蹲的重量大约相当于一泡屎的重量。这个理解

---

① 杨建兵、刘庆邦:《我的创作是诚实的风格——刘庆邦访谈录》,《小说评论》2007年第3期。

几乎得到了大家的认同。那些铁疙瘩可不是像屎一样没用嘛!不,屎还可以壮壮地,那些铁疙瘩有什么用呢!(《平原上的歌谣》)

这一段形象写出了在大炼钢铁期间,上边违背社会发展规律,要求村民大炼钢铁,而村民对于上边的政策却心存隔阂,不满于当时的政策,却又无法抗拒巨大的社会政治主流,只能心怀不满,闹出一些可笑之举。队长不理解上边所说的"吨"这个数量单位,把它理解成了"蹲",由此形成了绝妙的讽刺,活画出了那个特殊的年代那些令人啼笑皆非的事情。

《刷牙》写出了1959年河南一个小乡村高岗村放卫星的情况,作者借助一个特殊的事件,村子里相关人员为了表示卫生搞得好,而想出了给牲口刷牙的怪招,结果牲口的牙是白的,而村民的牙却是黄的,"刷牙刷到这里才有点看头儿,观众的眼仁儿兴奋起来,露出欣赏的表情,并露出各色牙齿。"由此形成了强烈的对比,一下子讽刺的效果就出来了,作者于不动声色之中把事情的荒唐可笑之处呈现出来,颇有鲁迅的冷幽默之风。

清秀的文字、散淡的结构是其小说又一明显特征,柔中寓刚,笔力深厚,深受沈从文影响。作者说:"沈从文的小说让我享受到超凡脱俗的情感之美和诗意之美,他的不少小说情感都很饱满,都闪射着诗意的光辉。大概我和沈从文的审美趣味更投合一些,沈从文的小说给我的启迪更大一些。"[1] 从结构到语言及情节,刘庆邦深受沈从文的影响。"至于说超越了沈从文、汪曾祺等人,这个话是万万说不得的。特别是沈从文,我一直在向他学习。沈从文也写过酷烈小说,他的酷烈小说绵里藏针,柔中寓刚,声色不动,举重若轻,功力非常深厚。"[2] 沈从文的田园小说是对中国现代文学的独特贡献,散文的结构,清丽的文字,简单的情节,美好的人性组成了一个美好空灵的文学空间。刘庆邦的一些乡村小说也用纯朴的语言,散文的结构,纯美的少女为我们描写了一个美好的空间。《梅妞放羊》中乡村少女梅妞的自然生长与美丽的乡村风光融为一体,如诗如画,突出了乡村生命的自然自在之美。《种在坟上的倭瓜》简直就是一篇美丽的散文,小姑娘猜小在春天时节要种下一颗种子,第一次种在院子里让猪给破坏了,于是她挖空心思想找一个不会受到破坏的地方,让出土的小苗能够顺利成长,最终选在了父亲的坟上。种下了一颗种子便有了小小的期待,"趁着下地割草拾柴,猜小每天都去爹的坟前看她的倭瓜,太阳出来时看一次,太阳落

---

[1] 杨建兵、刘庆邦:《我的创作是诚实的风格——刘庆邦访谈录》,《小说评论》2007年第3期。
[2] 刘庆邦:《蓝色书坊·民间》,新疆人民出版社2002年版,第358页。

山前还要再看一次"。盼望倭瓜出土发芽、盼望开花、然后盼望结果,倭瓜的整个生长过程都牵动着小姑娘猜小的希望。看到倭瓜开出的金黄的花朵,她想到了爹爹生前曾经给她小辫子上戴花的事,小小的心胸便填满了对于爹爹的怀念,晶莹的泪珠便一串一串滴落在南瓜花上。秋天倭瓜成熟了,一个大大的通体金黄的南瓜卧在瓜藤之中,于是她也收获了一份用自己的希望与汗水浇灌的喜悦。清秀的文字、美丽的小女孩、散淡的结构,和沈从文的《边城》、《萧萧》、《三三》有着很多契合之处。刘庆邦表示:"好的小说和自然是相通的,它得天地之灵气,吸日月之精华,受雨雪之润泽,山是自然的山,水是自然的水,人是自然的人,情是自然的情,一切都平平常常,一切都恰到好处,都是那么美妙和谐,闪射着诗意的光辉。"①

《夜色》写得很动情,一个愣头小伙子周文兴自从有了对象之后,忽然变得柔情似水,心里有了想念,学会了替别人着想,他趁着夜色悄悄去帮助高玉华家做事,高玉华在白天把土坯做好,夜里周文兴去把土坯翻一遍,并把白天晾干的垒成垛。一天夜里二人相遇了,一前一后没有说话,但心中却储存了满满的爱意。刘庆邦说:"小说所传达的是日常生活中的诗意,关注的是人类心灵的历史,它是一个再造、慰藉人们心灵的情感世界和心灵世界。小说创作从来都不是人类坚强的表现,而是脆弱的表现。"② 这篇小说写出了青年男女之间那种微妙而纯真的情感。作者没有像其他爱情小说那样大肆渲染热烈的爱情,而是像一幅淡淡的水墨画,只在纸上涂了一片模糊的云团,却处处窥见浓浓的情谊,美好的心灵。又没有脱离生活的汁味而滑向冥然的幻想,或者脱离红尘的梦幻,而是沾满了生活的汁液,这正是刘庆邦这类唯美小说的吸引人处所在。

刘庆邦这类小说的主人公一般是少男少女形象,在描写这些人物时,作者有意虚化历史与现实背景,而是把镜头对准美丽的心灵世界和美丽的大自然,写出了一系列自然之子。形式短小,语言简约,情节简单,在中国 90 年代的文坛上形成了一股清新自然之风。是对于废名、沈从文、汪曾祺开创的小说流派的继承与发展。刘庆邦在继承的同时也作出了自己的探索,语言更加接近口语,情节更加生活化,人物也更加贴近现实,使田园小说从过去那种浪漫唯美变得更加通俗,更加符合广大群众的审美需要。小说里也加入了更多的对于乡村人生存状态与现实境遇的思考,作者以一颗善感之心、细微地观察着发生的一切,而后呈现于笔端,进行哲学上的升华,在思想上有一定的拓展。

---

① 《刘庆邦中短篇小说精选》,花山文艺出版社 2002 年版,第 3 页。
② 刘庆邦:《蓝色书坊·民间》,新疆人民出版社 2002 年版,第 1—2 页。

四 持守与超越

（一）刘庆邦生于中原，长于中原，深受中原文化的濡染，他的作品处处打上了中原文化烙印

首先，刘庆邦小说的语言极富中原特色。刘庆邦对于中原乡村的方言极为熟悉，他的作品里可以随处见的中原地方口语，为作品增添了浓厚的生活气息，也使作品富于中原文化色彩。如："要胖的还是瘦的？要嘴大的还是嘴小的？要喜兴的还是要文静的？"（《眼光》）"改绝不敢把弟弟抱到娘身边去吃奶，耽误娘干活，娘会生气吵人的。"（《谁家的小姑娘》）"本村跟她年龄差不多的男孩她都知道，站没站相，坐没坐相，一个个踢死蛤蟆弄死猴，哪一个像是能相亲的样子！"（《红围巾》）"喜兴的"就是活泼的，"吵人"是生气发火批评人，"踢死蛤蟆弄死猴"指不安分，过于活泼调皮。这些均是中原百姓的生活语言，读来自然亲切。再如："这些草有灰灰菜、扫帚苗子、茅草等等，把一个不大的校园长得满满当当的。"（《红鹅》）"大肚子的母蛐子跳出来了，长身子的老扁担飞出来了，还有各种各样的花蚂蚱。"（《乡村女教师》）"灰灰菜"、"扫帚苗子"、"蛐子"、"老扁担"、"蚂蚱"等，这是中原人对于动植物的称谓用语；"这地方把杀人说成做活儿。你把他杀了，就是把他的活做了。我要杀你就是我准备做你的活。"（《平地风雷》）"飘，是他们这地方特有的说法，一只水羊，并没有用刀子把肠子割除，却不会怀羔子，这样的水羊就是飘了。"（《一块白云》）

刘庆邦的方言运用十分广泛，从日常生活用语，到动物植物名字，再到一些特殊用语，这些方言的运用，增添了作品的生活气息，也增加了作品的文化内涵。有时刘庆邦直接在作品中对当地习俗进行介绍，如："家里有客人来了，男主人让老婆快，快去烧茶……这是什么茶，不就是一碗白开水嘛！对，是白开水，凉水烧开了，在这里就叫茶。茶和水的区别，就在于水是凉的，生的；茶是热的，熟的。当然了，家里若来了比较重要的客人，女主人会在锅里打两只荷包蛋，或往碗里抓进一把红糖。打了荷包蛋的茶叫鸡蛋茶，放了红糖的茶叫红糖茶。……同是一个'茶'字，在不同的地方，人们有不同的理解。"（《谁都知道》）这是对于中原人待客之道的叙述。

其次是中原人生活的直接呈现。童年记忆与生活经验，是刘庆邦小说的直接资源，"我把我写的一些故事与我的梦境一对照，未免吃惊，原来我的小说故事也多是以儿时的记忆为蓝本的。有些故事虽说是在外地听来的，但从我心里一过，一变成我的小说，人物，人物所处的环境，以及人物说

话的口气,必定打上家乡人的烙印。看来儿时和地域的影响对一个作者来说是决定性的,如同我们不能自由地支配梦境,改变梦境,我们用小说做成的梦,也离不开生长期时所处的环境。在生长期,人的记忆仿佛处在吸收阶段,一过了生长期,记忆吸收起来就淡薄了。这大概是我们的宿命"。①刘庆邦的乡村系列小说大多取材于豫东农村他的老家,矿工系列则多取材于家乡附近新密煤矿矿工的生活,那里是他生活过的地方,作者对于那里的人物、事物有深入的了解,对于那里的人们的生存状态进行了真实的呈现。

"十里不同风,百里不同俗",民俗是地域文化的最直接体现。乡土风俗是长久以来形成的一种传统文化积淀,同时也是一个民族的文化心理的一种积淀。是一个特定区域内人们世世代代共同遵守的行为模式或道德伦理规范,它源发于民间,又世世代代流传于民间。包括岁时节日、劳动生产、社会组织形式、日常生活等风俗。在漫长的发展过程中,乡土风俗经过代代相传,文化因子逐渐沉淀于每个成员的心底,融化在每一个人的性格之中,并时时展现出来。民风民俗不仅仅指一个地区的外部特征,更是指融入到一个民族的人们心灵深处的内部精神及其表现出来的行为模式。

中原人在长期的生活过程中,形成了自己特有的习俗,无论是生活、婚姻,还是丧葬、节日、礼仪、语言、心理等都打上了地域文化的烙印。刘庆邦在《相家》、《红围巾》、《鞋》、《闺女》等作品中,对中原地区的婚姻习俗进行了生动描写。《相家》中农村姑娘染19岁了,表叔给她介绍了一门亲事,细心的母亲为了女儿的幸福亲自到男方家里去相看,作者写道:"相家是第一步,相亲是第二步。第一步不迈出去,就不会有第二步。相家所考察的是男方家的基本条件,比如宅子上有几间房,囤里有多少粮,床上放没放被子,院子里有没有猪羊,等等。当然了,对男孩子也要考察一下。相亲时,女儿家对男孩子的考察是细察。相家者对男孩子是粗察,只看个大概。虽说是粗察,有几个项目是不可少的,男孩子是否有残疾,五官是否端正,气色好不好,身材高低胖瘦,等等。有那责任心强的,还要找机会掏男孩子几句话,看看男孩子应对如何,说话照不照路儿。"②染的母亲要去相家,对方也不敢马虎,把院子打扫干净,洒上水;再把牛羊毛梳理整齐,给羊头上贴上红点表示喜庆;家人都穿上干净整齐

---

① 刘庆邦:《在雨地里穿行》,百花文艺出版社2010年版,第161页。
② 陈思和主编:《21世纪中国文学大系·2001年中国最佳短篇小说》,春风文艺出版社2002年版,第86页。

的衣服；烧荷包蛋茶水招待客人，"一般来说，男方家都会给相家的人烧鸡蛋茶。鸡蛋茶端上来了，你至少得吃一个荷包蛋，顶多吃两个。你一个不吃，人家会认为你看不起人，等于上来就把人家的希望打灭了，人家会不依不饶，千方百计也得让你吃。你要是吃多了，人家转过脸就会笑话你，说你哪是相家的，是上门收鸡蛋的"。① 这都是礼数，里面有一套一套的规矩，是浓郁的民风民俗的体现。

"相家"之后就是男女见面，称"相亲"，《红围巾》中作者对于相亲的习俗进行了充分的描写。喜如才十五岁，就被姑姑领到麦地边去相亲，结果只看到对方一双大大的球鞋。虽然事情以失败而告终，但相亲对喜如的影响很大，对方没有相中她，但相亲唤醒了她的女性意识，引起了她对自己的注意，从来不注意穿着打扮的她开始注意起自己的外表来，她希望得到一条红围巾，这条红围巾其实是对于美丽的追求。另一篇小说《鞋》则写出了另一种定亲的习俗。相亲之后，男女定亲，男方给女方一些相当于信物的彩礼，如一些布料或者两身衣服等。而女方要给男方做一双鞋，一是表示礼尚往来之意；二是展示女方自己手艺。主人公守明从选料到做鞋底，到最后缝成鞋子，每一道工序里都密织进了她的柔情蜜意。突出了正值青春妙龄的乡村女孩子那种羞涩、多情而又微妙的心理。《夜色》则写出了定亲对于青年男女发生的影响，周文兴趁着夜色去帮助未婚妻干活，美好的情感使其沉浸在幸福之中，也没忘记把幸福传递给所爱的人。《走新客》对于中原地区结婚闹洞房及结婚之后女婿到岳父家的习俗进行了详细的描写。在刘庆邦的其他小说中都还存在着大量的风俗描写，比如《招魂》、《黑庄稼》、《黄花绣》中的丧葬习俗，《响器》、《过年》、《灯》中的节日习俗等，这些习俗描写一方面丰富了作品内容，另一方面也使读者沉浸在地域文化的浸润里，领略地域之风采。

（二）持守与超越

刘庆邦小说的现实主义创作风格、民间立场与底层情怀是对河南作家小说创作传统的继承。河南乡土小说主要继承的是鲁迅开创的那一支乡土小说流脉的传统，以现实主义为主流，坚守对文化进行批判反思，坚持国民性审视。从河南现代乡土小说诞生之日起，20世纪之初的徐玉诺、师陀，到三四十年代的姚雪垠，到五六十年代的李準等人，再到新时期以来的张一弓、乔典运，一直到90年代崛起的一批中年作家如李佩甫、周大

---

① 陈思和主编：《21世纪中国文学大系·2001年中国最佳短篇小说》，春风文艺出版社2002年版，第86页。

新等人的创作,都秉承了这一传统。中原大地是儒家文化与道家文化的发源之地,儒道交织相融形成了以兼济天下,又善于以道家文化排解苦难的复合性的思想文化。儒、道文化在中原大地发展得最为充分成熟,对于中原人民的影响是深远的,河南作家关注现实,关注民生,河南作家采取的民间立场与底层情怀是这种思想的体现。

刘庆邦的写作立场、审美主张、价值取向都体现出了鲜明的民间立场。郜元宝说,知识分子"要么是意识形态和主流文化的代言人或批判者,要么是民间大地的守望者"。[1] 刘庆邦就是民间大地的守望者,但他并不是简单认同民间物态文化,而是靠近民间文化中的精神性本源之地,在技术主义盛行、商业文化无限制膨胀、享乐主义文化铺天盖地的时代,这种态度无疑是知识分子以相对冷静的态度思考现实,保持自由独立的知识分子个性的行为,更是思考现时代的人类生存并企图谋求一种拯救的可能性的努力。

刘庆邦给我们构建了一个完整的民间世界。这主要得力于他的基层工作经历,他说:"我做了三十多年新闻记者工作,应该说对我开阔眼界、积累素材是很有帮助的。记者工作使我有机会到处跑,可以保持和现实生活的紧密联系,可以获取大量的生活和心灵变化信息。更重要的是,我通过采访贫穷、灾难等,通过接触最下层的劳动人民,可以使我不断得到情感上的冲击和情感上的积累。我们的创作,所构建的是情感世界,所调动的是情感积累。"[2] 刘庆邦小说中出现的各种各样的人物大多来源于民间,主要有乡村中的农民和煤矿的矿工。农民系列中有村支书、乡村生产队队长、饲养员、会计、正值青春期的男女、老人、中年人等;矿工系列中的人物有煤矿工人、矿长、支部书记、矿工家属等。作者多角度多层次地描写了他们的生活与生存境遇,及在各种活动中表现出来的复杂多样的人性,真实地再现了生活的本来面目及生活的丰富性。

《平原上的歌谣》既是特殊年代民间生存本相的深刻揭示,也是民间人性美的赞歌。在"大跃进"年代,豫东一个小乡村文凤楼的村民处于极度饥饿之中,他们每天的饭是两顿红薯汤和一顿黑面馍,后来这样的饭食也难以维持,只能每天喝两顿稀菜汤了,村民们大面积出现水肿,在死亡的边缘上挣扎,生产队的一头老牛也因饥饿死去。队长本来打算把病牛肉煮了让大家吃一顿,结果被乡里干部找借口抢走。野菜挖完了,树皮啃

---

[1] 郜元宝:《中国当代文学中的民间和大地》,《在语言的地图上》,文汇出版社 1999 年版,第 258 页。

[2] 刘庆邦:《蓝色书坊·民间·刘庆邦小说作品精选》,新疆人民出版社 2002 年版,第 359 页。

光了，有些人甚至吃黄土来填肚子，为了填饱肚子，人们不顾一切，一个母亲给孩子们煮癞蛤蟆吃，结果孩子中毒死去；一个外村人到文凤楼偷吃时被抓到后打得半死；一位妇女无力养活孩子，自身也性命难保，只好把孩子扔在死人堆里让其自生自灭。刘庆邦真实地再现了那个年代生活在水深火热中的农民们生活的灾难、生命的苦难，表现出了作者对于生命的悲悯与感叹。即使在那样艰难的条件下，人性中善良与美好的一面也没有丧失，魏月明这个深受磨难的妇女，公公死了，丈夫死了，一个柔弱的肩膀担负起抚养六个孩子的任务。在最困难的时候，她还能拿出自己仅剩的一点红薯给小姑子吃，自己的孩子却饿得嗷嗷叫。她不顾"秃老电"的穷凶极恶，救出饱受折磨的红满。她的坚忍、善良、仁义都是人性中的美好闪光一面的见证。

矿工系列作品中对于煤矿工人的生存环境与这种环境中的人性进行了较为详尽的描写。作者不是居高临下去俯瞰笔下的芸芸众生，而是作为其中的一员，似乎在回忆往事，诉说自己的故事，这种平等的身份也体现了作者的民间情怀。《月光依旧》写出了矿工生活的无奈与心酸。由于农村生活的清贫，很多农村人幻想脱离农村户口，以吃上"商品粮"为幸福追求。矿工的妻子叶新荣就脱离了农村户口，把自己的户口迁到了煤矿。到煤矿后并不像她所想象中那样幸福，反而过上了更加窘迫的日子。煤矿暂时停产，给矿工发不出工资，很多人连吃饭都成了问题，叶新荣到煤矿后没有住房，又发不下来工资，一家人的生活一下子陷入了危机之中。无奈之下她只好到附近山上捡煤，到周围的庄稼地里去挖野菜，仍然无法满足一家的生活需求，只好到附近村庄去租农民的地来种。叶新荣以脱离农村为荣，结果转了一圈还得回到农村租种田地才能生存下来。作者采用平实的叙述手法，却把矿工的苦难生活写得令人动容。《别再让我哭了》中的矿工们甚至没钱看病，《家属房》中的老嫖在煤矿多年，而妻子只能住草棚。塌方、瓦斯爆炸、哑炮等事故随时可能夺去矿工们的生命。作者不单单是对矿工的生活进行呈现，作者也是在发出呼唤，让读者充分了解生活在矿井之下的这样一个人群，关注他们的生命存在。这是来自民间的声音。

同时，作者站在民间立场之上，对于人性也进行了无情的审视。《哑炮》中的江水君为了自己那一点可怜的欲望，而置宋春来生命于不顾，明明发现了哑炮，却借故离开现场，任由宋春来在爆炸中身亡。《红煤》中的宋长玉积极向上、追求有所成就的行为是无可厚非的，但他不择手段，失去了基本的道义之心，借助矿长之女想往上爬，遭到矿长的打击，后来自己成了另一个煤矿的矿长之后,疯狂地赚钱,并对矿长及其女儿打击报复,这就是人性中的恶魔狂舞了。《遍地月光》中的黄金钟虽然出身地主,但他聪明能干,却处处受到打压与歧视。《神木》中的两个人为了骗得窑主的钱,不惜让一个一个无辜的生命消失于井下,这些都充分暴露了人性中的贪婪自私。因此,民间不单单是一个田园诗般的美好世界,也是一个十分复杂的甚至藏污纳垢的世界。

刘庆邦站在民间立场之上,用日常叙事手法,对那些看似平庸而又琐碎的乡村农民生活及矿工日常生活进行细致的描写,把生活中的每一处细节都进行自然化的呈现,展现日常生活中潜藏的非同寻常的东西,挖掘世俗生活中诗意的存在。如《鞋》中展现了美好纯洁的女儿情怀;《梅妞放羊》中展现了生命与自然相互交融的成长;《黄花绣》中表现了淳朴敏感的女儿心等。展现底层人民身上的美好善良品性,以及他们日常生活中内含的丰富而生动的民间文化等。刘庆邦在《到城里去》中写出了农民到城里的种种境遇,突出了作者对于城市的批判与对乡村文化的认同。城里是充满喧嚣与欲望的,城里也是扭曲人性的地方,农村贫穷、生活悲苦,但乡村宁静自然,生命淳朴,仍是作者的田园梦想所在地。

对于城市文化的拒持,对于田园乡村的守望,90 年代以来很多作家都有表现,如韩少功、贾平凹、陈应松、张炜、张承志等。而河南作家刘震云、阎连科、李佩甫、张宇等人的作品无一例外地表示出了对于城市文明的批判,对于乡村大地的持守。这种对于民间文化与传统文化的认同与皈依,也是基于作家们对于 90 年代以来中国社会发生的一系列巨大变化深刻反思的结果。技术主义的盛行、理性工具的膨胀带来了一系列社会问题,作家们开始由改革开放初期的对于阻碍改革的、传统的、保守的文化的质疑,转向反思现代化的科技理性及启蒙话语。快速现代化过程中的各种负面因素昭然若揭,作家们返回民间、返回底层,他们希望能在民间文化中吸取积极的因素来应对现代化的种种问题,"以民间文化形态作掩护,开拓出另外一个话语空间来寄存知识分子的理想和良知"。[①] 另一方面,作家们并不是仅仅停留在对于民间的诗意想象之上,民间毕竟是丰富而复杂的,是美丑并行、善恶交织的。民间生命一方面是野性的,充满活力与强悍的,另一方面民间生命也经历了重重磨难与悲苦,并表现出了经历重重苦难后的韧性与顽强。这些在刘庆邦的笔下都得到了真实的呈现。

民间生命形态本身也是丰富的,充满热气腾腾的欲望,有痛苦有哀

[①] 陈思和主编:《中国当代文学史教程》,复旦大学出版社 1999 年版,第 372 页。

号,这些都是发自内心的原始生命力。从另一方面说,这种日常生活叙事也是对于主流意识形态的淡化,对于民间的情感认同,对于民间道德结构的思考。王元化认为,我们传统的道德思想有大传统和小传统之分,"大传统就是一代代知识分子传承下来的经史、诸子思想、上层文化等,小传统则是戏曲、小说、民间传说等民间文化形式流传下来的、乡俗化了的道德文化观念。大传统经由民间的筛选、改编、再创造,变成了小传统。虽然它有时会将儒释道混在一起,会将大传统中一些经典的东西曲解、歧解,但它却能广泛而深刻地直接影响国人的大多数。这么重要的一种民间传统,我们的思想界、学术界对此的研究却极其薄弱"。[①] 因此他希望"要对这个问题进行仔细研究"。刘庆邦民间立场的持守,对于民间文化的描写正是对于这个问题的生动呈现。

第二节 孙方友:传统与现代交融的传奇

孙方友(1950—2013),男,河南淮阳县人。主要作品有长篇小说《鬼谷子》、《衙门口》、《女匪》、《乐神葛天》;小说集《陈州铁笔》8卷,《小镇人物》6卷;另外有中短篇小说集《孙方友小说选》、《各色人等》等,创作文字计600多万字。曾获"飞天奖",河南省第三届、第五届文艺成果特等奖,河南"五个一"工程奖,小小说创作终生成就奖,第一届吴承恩奖,"金麻雀"奖,曹禺文学奖,杜甫文学奖等。近百篇小说被译成法、英、日、俄、土耳其等文字。代表作有"陈州铁笔"系列、"小镇人物"系列。

孙方友从80年代末开始创作新笔记体小说,其"陈州铁笔"系列小说有"新聊斋"之称。对于中原东部古陈州地区自然景观、民俗风情、历史掌故的描写构成了具有独具内涵的文化乡土小说,孙方友也因此被称为"当代笔记体小说的泰斗"。孙方友以特有的艺术魅力和艺术方法为我们描绘了一幅独具特色的陈州世情风俗画卷,构建了"陈州"这样一个浸满了中原文化汁液的艺术世界。在这个世界里,各行各业、三教九流无所不及,他们的酸甜苦辣、喜怒哀乐跃然纸上,呈现了生命的多姿多彩与人性的丰富复杂。孙方友小说历史跨度也比较长,从清末到解放初期,一直到20世纪末,从民间角度为我们绘制了一幅多彩多样的历史画卷。

---

① 王元化:《道德及其现代价值》,《清园近作集》,文汇出版社2004年版,第74页。

一 新笔记体小说

20世纪80年代以来中国文坛出现了一批风格独特的笔记体小说,如孙犁的《芸斋小说》;汪曾祺的《桥边小说三篇》、《故里三陈》、《故里人》;贾平凹《商州初录》;何立伟的《南窗笔记》;韩少功的《史遗三录》;田中禾的《落叶溪》;阿成的《年关六赋》等,包括孙方友于90年代初期发表的《陈州铁笔》、《小镇人物》等。这些小说篇幅短小,继承了中国传统笔记小说篇幅短小简约、追求整体神韵的审美特征,叙事简洁,以白描纪实手法为主,结构随意散漫,打破了小说与散文的界限,又有一定的现代精神品格,称"新笔记体小说",以区别于中国古代笔记体小说。

"笔记小说"作为文体概念最早提出一般认为是近代学者在20世纪初对古代小说分类时提出来的。中国古代笔记体小说起源可以追溯至南朝刘义庆《世说新语》,原指与骈文相对的一种散文文体,是介于随笔和小说之间的一种文体,"后逐渐演变成一种以随笔形式记录见闻、杂感的文体的统称,同时也被视为一种著述的体式,即指由一条条相对独立的札记汇编而成的著作"。① 因为是把日常生活中的见闻信手拈来、随见随记的即时式记述,因此有内容的驳杂性与丰富性,形式的灵活性等特点。一般说来,笔记体小说有志人与志怪两大文学传统,在明清以后演变成为虚构的文学故事的代指,笔记与小说特点兼而有之。笔记体小说的概念有多人界定,如吴礼权"所谓'笔记小说',就是指那些铺写故事,以人物为中心而又较有情节结构的笔记作品"。② 汪曾祺:"凡是不以情节胜,比较简短,文字淡雅而有意境的小说,不妨都称之为笔记体小说。"③

二 率性质朴的精神世界

孙方友的笔记体小说涉及各色人物,三教九流,无所不包。通过仔细阅读,我们可以从中发现其文化追求与人生价值取向,从中窥视到孙方友所构建的一个丰富的精神世界。

(一)质朴率性的人性赞歌

对于质朴率性的人性的张扬是孙方友小说中一个重要方面。率性是中

---

① 陶敏、刘再华:《"笔记小说"与笔记研究》,《文学遗产》2003年第2期。
② 吴礼权:《中国笔记小说史》,商务印书馆国际有限公司1997年版,第2页。
③ 汪曾祺:《捡石子儿(代序)》,《中国当代作家选集丛书——汪曾祺》,人民文学出版社1992年版,第6页。

国人所赞赏的一种人生态度,也是一种至纯至美的人生境界,我们至今还在赞赏魏晋名士的率性而活,是一种自由人格的追求,一种充分的自我意识与社会意识的独立。

《雅盗》里面写到陈州城西小赵庄有一名雅盗,所谓雅盗,首先因为其身份之雅,"赵仲是文人,文武全才,中过秀才";其次因其打扮之雅,"每每行窃,必化装一番。穿着整齐,一副风雅";再次是其行为之雅:"半夜拨开别家房门,先绑了男人和女人,然后彬彬有礼地道一声:'得罪!'依仗自己艺高胆不惧,竟点着蜡烛,欣赏墙上的书画,恭维主人家的艺术气氛和夫人的美丽端庄。接下来,摘下墙上的琵琶,弹上一曲《春江花月夜》,直听得被盗之人瞠目结舌了,才悠然起身,消失在茫茫夜色里。"(《雅盗》)一日行盗至陈州大户周家,看到一幅名画《灞桥风雪图》,一时痴呆,被主人家的家丁团团围住,但其用计逃脱,并得名画,从此耕种于偏僻荒村,白天劳动,夜晚读画,常常读得泪流满面。作者描写了一个与众不同的盗者,他的雅,他的痴,他的机智,更为突出的是他对于那幅名画《灞桥风雪图》的深刻领悟及引起的身世之情,这些都构成了一个怪而率性的盗者形象,与大盗的狠毒野性、小盗的畏缩卑下自有天地之别。

《女匪》讲到豫东一带活跃着一支女匪,大多是贫苦人家的女子,而匪首却是一个大家闺秀,带领众女匪专干杀富济贫的活,而且不骚扰百姓。女匪与男匪不同的是她们绑票一般是文绑,大多不动刀枪。方法是先派女子打扮成女仆模样,潜入富户人家做奴婢,在富人家里混熟以后便抱走主人家的孩子,然后换得银钱。女匪首虽然身份为匪,却知书达理,文采飞扬,自有一番引人之处。她回信给一被绑票的富户姨太太:"我不愿跪在任何人的面前,我也不愿别人跪在我的面前。我只请求你看在上帝的面上,把我所需要的东西安全地送给我,免除我的人生之苦。我以一个女性的身份,请你理解你我命运的不同!一哲人说:谁都希望不跟着命运走,到头来,命运却又主宰着那么多人!……"(《女匪》)作者把女匪首写得真挚动人,她不但才华出众,而且人生得漂亮:"大红斗篷,迎风招展,于碧绿的青纱帐中,犹如一朵硕大的红牡丹,映衬出眉目的秀丽和端庄。"更为引人的是作者把女匪写得极为率性而富有人情味,她绑得富家孩子,并不虐待,而是如同对待亲生,这是对于无辜生命的尊重。当她把孩子交还给富家姨太太时,孩子竟然不认亲娘,而紧紧抓住她的衣袖不放。于是她便邀请富家姨太太在自己住处暂住一段时间,以便母子培养感情。作者写出了人性之美,也达到了对于传统匪类小说的改写,女匪并非杀人不眨眼的魔头，而是一个十分富有人情味的女子。而且为人率性，坦诚对人，突出了女匪人性中柔软而美好的一面。女匪对待孩子的行为更体现出了母性的一面，因此这篇小说虽写了女匪，实际突出了一种率性的人性之美，小说因此也获得了现代性的神韵。

《捉鳖大王》叙述了一个技艺精湛的捉鳖能手刘二。作者首先叙述了其技艺精湛之处在于：第一是眼准，能准确地看到鳖所居之处，这是捉鳖技术中至关重要的一步，马有马路，车有车辙，鳖有鳖窝，"但无论冬夏春秋，皆逃不脱他的火眼金睛这一点却无疑"。必须清楚知道鳖的所在，才能准备下手。第二是手准，看准了鳖的所在，"一看便准，刘二就蹑手蹑脚，出手如箭，一举之劳，鳖便成了瓮中之鳖"。接下来作者细数刘二所做的鳖汤鲜美，成为地方一绝，每每有新官到任，必品尝刘二做的鲜鳖汤。如果仅写至此，一个富有传奇色彩的民间人物的形象就生成了，读此作品，给读者增添不少乐趣。然而作者并没有停留在这一层面上，而是笔锋一转，写到了抗日战争时期，日本官兵侵入中原，陈州陷落，日本大佐得知刘二的非凡手艺，便命令其每日进奉鳖汤一份，每次都是一分为二，刘二先喝，然后大佐再喝。终于有一天，日本大佐喝过鳖汤之后在半夜时分七窍流血而亡。日本宪兵去刘二家中捉拿刘二，结果发现刘二早已身亡家中。至此，一个民族英雄的形象站立起来了，刘二成了技艺高超的手艺人与富有气节的民族英雄的合体，为了国家、为了当地百姓，他舍生取义，表现出了一介平民的民族气节。刘二身上这种气节，正是作者思想深处儒家思想的体现，作者寄寓在刘二身上，完成了心目中的理想人格的实现。

像这类身为艺人或者一介平民，关键时刻能够挺身而出，体现人之为人的正义或者率性人物，在作者的小说中有很多。《水妓》中的小娟虽然身沦为妓，在船上讨生活，遇到一个正在逃亡的革命党人，小娟毅然救了他，并且不图回报，还回了银两。小娟被抓进牢中受尽严刑拷打，没有屈服，最终被判杀头，与被抓的革命党人一块被处决。临刑之前，小娟仰天大笑，表现出了一个弱女子豪放气概的一面。《乔二》写的是一个老艺人乔二，看到卖包子的乔虎酷爱评书，并冒充自己的身份一边卖包子，一边说评书。想到自己一生以说评书为主，到暮年时分却落得穷困潦倒，无以为生，因此便以自己的亲身经历规劝乔虎专心经营包子铺，勿得误入歧途。乔虎与乔二虽无关系，但乔二却为乔虎人生着想，并设法断了乔虎酷爱评书的念头。最终使乔虎幡然悔悟，看清了世事真相，专心经营包子铺并获得成功。无论老艺人乔二，还是乔虎，都是率性之人，乔二心地纯良，行为豪爽，乔虎聪明仁义，他们都表现出了人性中的真与善。

《虎痴》描写一位痴心画虎的画家甘剑秋，他在教会工作，却痴迷于书法，工作之余潜心书法绘画研究，结果被教会主管斥为不务正业，但他痴心不改，毅然辞去职务，在家开个装裱店以糊口，更加专注于绘画了。后来专攻画虎。甘剑秋画虎痴迷表现有三：一是常常跑到动物园里观察虎的种种姿态，并拿食物逗弄小虎，用相机把虎的各种形态拍摄下来，然后回到家里反复把玩，细心描摹，晚年画出精品十二幅："十二虎，有虎踞龙盘者，有虎视眈眈者，有媚态百生者，有虎啸山涧者……忌命题为《十二金钗图》。"其二是听说擅长画虎的国画大师张善子寓居上海，便携带自己画的《十二金钗图》前去求教。其三表现为：甘剑秋发现张善子也有《十二金钗图》，且也以《西厢记》中诗句题名每一幅画，二者出现惊人的相似性。虽有张善子的理解，但他毅然把自己的《十二金钗图》投进了火炉之中。这是毕生的心血，他抱着张善子动情地说："张大师，我苦苦追求一生，能得刚才您一席话已足矣！同是十二钗，上书您的大名能身价百倍，更可留传后世！而我的十二钗虽好，但毕竟是初学涂鸦，怎好与大师抗衡。"至此，一个虎痴的形象完全站立在了读者面前，而且是一个顶天立地的大写的人的形象，具"恭敬之心"、"是非之心"、"辞让之心"，正是孟子的修身之道。

《懒和尚》中的懒和尚外形似济公，常年不洗澡，满身油垢，不修边幅，因此称为懒和尚。而懒和尚却有一门绝技，擅长绘画，绘画真实而神奇，成为陈州一带有名的画家。清朝灭亡后陈州成立了县政府，县长吕怀远前去拜见懒和尚，懒和尚深知其醉翁之意不在酒，而在于字画。但他佯装不知，却让主持递话，说庙宇太破，需要修葺。后来又让其重修了庙宇中的佛像金身。然后吕怀远再次求见之时，懒和尚仍然未见，只让人代为传递一首诗，县长吕怀远看后，默然离去。而且从此为官一任，清正廉洁，做了不少好事。待他退休之时，懒和尚让人送来了一箱自己的真迹，得到自己盼望已久的真迹，吕县长潸然泪下。作者刻画了一个率性的出家人和艺术大师的形象。他不拘小节，不修边幅，却画艺精湛，性情率真，心存仁爱。

（二）主体生命意识

孙方友小说中对于率性自然的人性的描写，体现了作者对爱与美的生命本质的探索，更体现出作者对本真、纯然的生命意识的价值追求。生命是一种伟大的自然存在，也是一种重要的社会存在，主要表现为生命过程中人与人之间、人与社会群体之间的交往过程。人的生命的重要意义不仅在于自然的存在，更在于在一定的社会环境中表现出来的价值与意义，生命受自然与社会环境的影响，反之，生命同样对自然与社会环境产生影响，从而显示出生命的存在之意义。

孙方友注重挖掘日常生活中那些平凡百姓的人性美，并以此作为构建他的关于人与自然、人与人、人与社会关系的重要元素。这是作者对于生命的社会性的重要认识，在他看来这正是生命个体对于社会群体的重要价值之所在。挖掘人性中的善良之处，人性向善才能显示出人与其他动物的区别，显示出人的生命的高贵之处。因此，人性是孙方友小小说中的重要主题。他把目光投向芸芸众生的平常生命，投向平常生命中的不平常之处，人性的光辉之处，正是人性的光辉使人的生命存在与其他动物的生命存在区别开来了。对大众的同情之心，对他人的怜悯之心，对于他人真正的帮助，是非正义之感，也是作者对于人道的歌唱，是对生命、生存的价值的推崇。《捉鳖大王》中的刘二，一手精湛的捉鳖技艺，靠着这份手艺，倒也活得自在，但陈州的沦陷使他的命运发生了改变，奉命为日本大佐日进鳖汤，虽然非他自己愿意，但让大佐的身体得以滋补，得以进一步胡作非为。有羞耻之心、民族之义的他就不能心安理得了，于是他选择了舍生取义，用20多只老鳖换得了一种慢性毒药，终于将日本大佐毒死，而自己也同归于尽，为民除去一害，这就是生命存在的光彩。倘若他任由日本大佐胡作非为，而保存自己一己之私利，换得偷生人世，必遭世人唾骂，也失去了生命存在之意义。这正是孙方友所宣扬的生命正气。我们应该珍惜生命，但生命的存在助长了一些恶的产生的时候，这些"恶"对于其他生命造成了严重损害，这时候自己的生命虽然存在，也将黯淡无光。《瘦大姐》中的故事发生于抗日战争期间，卫生员瘦大姐偶然发现自己的血质内含有一种抗生素，于是她总是把自己的血偷偷地输入伤员的体内，尤其是给身受重伤的武工队政委输血很多，最后自己因输血过多而晕倒。新中国成立后瘦大姐与政委成了一家人，结果他们生的孩子却是怪胎。医生检查后得出结论他们是近亲。此时，政委恍然大悟，抱住瘦大姐久久说不出话来。这篇小说虽然也富有传奇色彩，但里面同样张扬了一种美好的人性，即自己的生命存在为其他生命的存在提供了血的滋补，因为那些生命的存在同样为了大众的生命而努力且受伤的，这些生命的存在便都有了不同寻常的意义，这是人性中的大善。《文庙》中的哑巴虽不能说话，但心中有对于知识的崇敬，有对于文庙最深的热爱。李自成与官兵周岩交战，双方对于他来说没有谁对谁错，他心中只有对于文庙的惦记，怕因战火而毁了文庙，然而最终文庙毁于大火，哑巴一头撞在了石柱上。哑巴心中自有一片圣洁的天地，在这片天地受到威胁时他奋力保护，最终因这一片天地的被毁而失去了活下去的勇气。

中华民族文化的核心是伦理与审美，因此出现在中国文笔下的生命形态也是伦理的和审美的。中原大地是儒家文化的源头，儒家文化发展得最为充分，中原人民长期身处这种文化的濡染之中，所受的影响最为深远，中原作家骨子里都浸透了儒家文化，孙方友自幼生活于中华大地，亦不例外。他崇尚儒家的修身与处世之道，以"仁"为核心思想，以"仁"推助世道人心的挽救，是有助于维护社会秩序、道德规范的，因此他小说中的人物处处传达出了"仁"与"善"思。他笔下的人物无论是深受传统文化影响的知识分子，还是生活在传统伦理道德之中的劳动群众，那些遵从传统伦理道德的人，作者在小说中给予了肯定。如《虎痴》中的甘剑秋，虽然花毕生心血画了十二幅形态各异的老虎，但当他发现自己的画与大师张善子的画雷同时，毅然将自己的画付之一炬，体现出了其高尚的人格操守。在名与利面前，他毅然选择了独立自主的人格。大师张善子也不失为率直之人，他将甘剑秋留在上海，鼎力相助，使其终于画有所成，名扬国内。集中体现了传统知识分子的道德风貌。《盲先生》叙述了一个学识渊博的教书先生封尚卿，任教弦歌书院，教书严格，慕名前来求教的学生大多能考中，因此声名远扬。后来他双目失明，但他不向命运屈服，更加努力教书，发誓要成就更多的人。结果有一天又来了一位山东盲人，山东盲先生对封先生说："先生教书，只求数量而不求质量，是功是过问问我那弟子使知晓了！但有句话我先挑明，眼下之官员，没几个经查的，可以说，先拉了去斩首再查案也绝少冤案！"（《盲先生》）盲先生一听此话，原以为自己桃李满天下，颇有成就，忽然悟出自己虽然教艺精湛，却忽略了至关重要的德育教育，自己精心教育的原来是一群贪官，于是饮恨自杀。盲先生的"是非之心"、"善恶之心"也体现了一个传统知识分子的人格修养。《铁嘴杨山》中的杨山似乎是贪图小利的一介平民，但在关键时刻他以自己的身体护住被绑票的孩子，虽然作为中间人他从中要抽取劳务费，但他却不多拿别人一分钱，表现出了他在大是大非面前清醒、舍己为人的闪光的一面。

乐天知命、安于天分、顺天朴拙的生命也是作者所赞赏的。中原大地的乡村百姓，虽然生活中经过了重重苦难，仍然能够顽强地活在天地之中，过着乐天知命的日子，日出而作，日落而息，在大的运动之中或在紧要历史关头，心中有正义，胸怀是非清。而在平常年份，在琐碎的日常生活中，却能活得自在而顺天命，这未尝不是一种美好的境界。这样的思想在废名小说《竹林的故事》、《桥》，沈从文的湘西系列小说中，汪曾祺的小说《受戒》、《大淖记事》等小说中都有很好的表达。这是中国人的一种生命观，一种达观的人生态度。他们把生命看得很透，因此也活得潇洒自在。余华的《活着》中其实也有同样的思考。孙方友的小说中很大一部分表达了这种对于生命的尊重与达观。《乞哥》就描写了陈州城东紫荆台村一个乞丐虽然以乞讨为生，但活得自由自在，乐天知命，伺候自己瘫痪在床的父亲尽心尽力，十几年如一日尽责尽孝。他没有太多的人生理想，有的是一腔朴素的善良情怀，活着，就活得安然自得，生为人子，就尽人子之义务。《画家姚昊》叙述了一个破落子弟姚昊，为养家糊口只得以卖画为生，结果练得一副辨别真伪的眼光和一手作伪本领，在临摹字画的过程中忽然顿悟，自创一派，称"陈州一怪"，从此痴迷于作画。虽然贫困，但人却有了精神，"走路目不斜视，一副清高的样子"。这是一个人有了新的追求之后的精神面貌，是尊严的张扬。以前他临摹别人，总觉得自己是一个"文贼"，现在有了自己的画法，于是人生有了滋味，精神为之大为改观，他说："只有重新做人了，才知道做人的金贵！"写出了人性中那种可贵的尊严。

庄子说："古代真人，不知道贪生，也不知道怕死。出身不知欣喜，临死不知拒绝。无拘无束地去了，自由自在地来了。不忘记自己的来源，也不追求自己的归宿。获得生命则欣然接受，失去生命也归复自然。"其实就是安时顺道，乐天知命。这样的人在历史上有很多，如陶渊明不为五斗米折腰，安贫乐道，"达亦不足贵，穷亦不足悲"。这并不是一种避世的消极态度，而是一种生命的达观。中国的老百姓向来乐天知命地活着，就如同余华《活着》中的富贵一样，虽然经历了人生的大曲折，大悲欢，但他依然悠然自得地活着，这也是对抗苦难、消解苦难的一种态度，这样的态度会使苦难的日子有盼头，不至于过于抑郁而导致一系列的精神病症。这是一种道家的生命态度，也是一种人生的最高境界。由此可以发现孙方友对于传统文化精神的最深切的眷恋。

三 浓情浓意陈州风

（一）浓郁的地域色彩

美国人赫姆林·加兰说："艺术的地方色彩是文学生命的源泉，是文学一向独具的特点。地方色彩可以比作一个无穷的不断涌现出来的魅力。

我们首先对差别发生兴趣,雷同从来不吸引我们,不能像差别那样有刺激性,那样令人鼓舞。如果文学只是或主要是雷同,那么文学就毁灭了。"①孙方友的小说离不开生他养他的河南淮阳,那里留下了他童年与青年时代的生活印记。颍河水与颍河镇,是孙方友的一块心灵的栖息地,是他思想和精神的发源地,他的许多小说中的故事与组成故事的背景都与它有密切关系。孙方友说:"我的故乡淮阳为古陈州,那是一片充满神奇的土地。那里不仅有人祖伏羲的陵墓,伏羲画八卦的八卦台,神农尝五谷的五谷台,孔圣人厄于陈蔡的弦歌台,还有曹子建的衣冠冢,包龙图下陈州怒铡四国舅的金龙桥,以及水波荡漾的万亩城湖。除此之外,她还是中国第一次农民大起义的建都之地。我从小就浸淫在这种古文化的环境中,不自觉地吸取着传统文化积淀的精华。"②

家乡的自然风物、各色人物、民风民情、社会环境等构成了孙方友小说的主要风景。乔二的包子铺、黄氏面条铺、雷家炮铺、张氏修车铺、曾老板的油坊、张家酒馆、马家茶馆、罗氏番菜馆、张记布店、吕家染坊……那里活跃着各类各行人物,搓背的张二娃,死去又神奇活来的开油坊的曾纪山,残疾修鞋人雷二少,"五类分子"雷老昆,神机妙算的马神仙,卖胡辣汤的朱麻子……这些人、这些事都与颍河镇紧密相连。"北街"、"南街口"、"西街口"、"镇东街"、"镇南街"等地名频频出现在他的小说中,表现出了一个热气腾腾、多姿多味的颍河镇、一个陈州地。读者从中不但可以领略到鲜活的地方风情,而且可以从中触摸到历史的脉搏,感觉那些特殊时代的社会与人生。"他讲述的是生命对于历史的观照,乡土文化对于人性的诠释。若干年后那些宏大的历史叙事湮灭之后,《陈州铁笔》将因为他的民间性和野史价值而显现出一个时代的文化内涵。"③

在有关陈州风物的小说中,作者一般是开篇先事铺陈陈州的各种行当,尔后再贯穿一段故事,或仗义,或奇诡,或史实。如:"脚行,顾名思义,是靠卖力气吃饭受雇于人的行当。周口出现'脚行'这个行业,可以追溯到清朝前期,由于当时没有火车、汽车,运输主要靠船只和人推马拉的木轮车。周口地处豫东平原,河道纵横,陆路四通八达,水陆交通都极为便利,因此贸易兴旺发达。由于大批出口进口的物资都需要搬运,

---

① 赫姆林·加兰:《破碎的偶像》,《美国作家论文学》,刘保端等译,生活·读书·新知三联书店1992年版,第84—85页。
② 李振邦等:《河南籍著名文学家评传新时期部分》,大众文艺出版社2005年版,第125页。
③ 田中禾:《颍河的精灵——漫说孙方友》,《时代文学》2010年第3期。

所以'脚行'就应时而生。"(《脚行》)作者在《脚行》中先行介绍脚行的本意，渊源，原因，表现等，接着讲述了一个发生在脚行里的故事，使陈州风情与故事情节水乳交融，故事是陈州的故事，环境是陈州的环境，风情是陈州的风情，具有浓郁的豫东风情。

不单单是自然风物具有鲜明的中原地域特色，更为重要的是小说中体现出的中原人文精神与文化内涵，这也是孙方友在创作过程中进行了一番理性思考的结果。孙方友说："一个民族一个地域的文明不能只是一个随意可解的符号，更重要的是展示出符号和内容所依托的内容和价值，这样才能使缄默不语的文明或城垣恢复它的体温，才能使人们真正意识到符号背后的独特意义，展示出支撑这个区域存在的人文精神或文化传统，展示出岁月演进过程中渐次形成的区域的个性和魅力。"[1] 比如《泥兴荷花壶》中，作者首先讲到泥兴荷花壶的特点，特殊用料，巧妙制作工序，色彩，泡茶的与众不同等，一一道来，如数家珍："泥兴荷花壶，陈州特产。该壶的外形如同一朵刚绽的荷花，四只盖杯造型似莲蓬，托盘则如一张刚落水面的莲叶。特别是杯和盘不但造型美观，而且自有一种浑如天成的色彩，荷花壶淡紫，莲蓬怀碧青，荷叶托浓绿，让人悦目赏心。"[2] 精彩的是陈三观为段祺瑞选择壶的过程，陈三观用一小铁棍敲击一百套精品茶壶，只听叮叮当当，先奏出了一曲《春江花月夜》，再一阵敲击，又奏出了一曲《十面埋伏》，最后桌子上留下了一片瓦砾，唯有一套壶赫然亭亭玉立于瓦砾之中，那就是从中挑出的精品中的精品。这种美妙绝伦的制壶艺术，精湛的演奏技艺使读者尽尝传统文化之精妙。最为精彩的还是陈三观一听对方身份是段祺瑞，目瞪口呆，好一会儿才平静下来，他对段祺瑞说，此壶可以救人一命，如若不信，可以当场拿枪验证，于是那精妙绝伦的艺术珍品泥兴荷花壶便成了一件废品，陈三观哈哈大笑。至此，陈三观不仅仅是一个民间艺人的形象立于读者面前，而且是一个具有爱国情怀、民族情感、是非分明的高尚者的形象。这正是中原人文精神的生动诠释。《捉鳖大王》中的刘二虽为一介平民，面对日本侵略者时，他虽无力做出惊天动地的大事，但他尽了自己的一份力量，用药毒死了日本大佐，而自己也同归于尽，同样表现出了中原人民为国舍身的英雄气概。《曹记酱菜店》中曹老二为人豁达，看利轻，重人情。凡人到他店里买东西，他总是给足分量之外另添加一些，于是生意十分红火。民国三十一年，陈州大旱，曹老大抓住时机一下子发了大

---

[1] 孙方友:《想象和浓缩——与青瑜对话》,《时代文学》2010 年第 3 期。
[2] 孙方友:《孙方友小小说》,湖南文艺出版社 1997 年版,第 36 页。

财，而曹老二却酱菜放赈，救了百十个娃娃，一下子败落了。结果1950年曹老大家划为地主，而曹老二家因祸得福，全家划为城镇户口，吃上了商品粮，在供销社的菜厂里上班。1959年又遇天灾，曹老二要求上级用酱菜救人，遭到拒绝，于是他开始偷厂里的菜给饥民，结果被判三年徒刑。出狱后不久离开人世，葬礼盛况空前，魂幡如林，哭声如潮，"镇上人大都自家出钱戴了孝，吊唁的人从四面八方涌向曹家院，远瞧如同下了酷雪，白了几道街"。（《曹记酱菜店》）作者运用夸张的手法，写出了人心向背，人们所崇尚的与人们所鄙弃的。

《邮差》里面写到一个普通的邮差，他信守邮差的职业道德，宁愿失去生命也不让土匪拆开自己递送给村民的信封。后来他利用自己的职业为掩护，冒着危险给众多的土匪家里写家信，并把土匪的家信传递到了众土匪手中，以无形的力量瓦解了众土匪。他虽然是最普通的一介卑微小民，但谨遵自己的职业操守，讲究做人的诚信，深受儒家的"信"的思想的影响。此外，他还胸怀他人，看到土匪危害乡里，他毅然冒着危险递信给每一个土匪，让他们走出了人生的沼泽地，表现出了"仁"。《狱卒》中的贺老二，是一个看管死囚的狱卒，他尽量满足犯人死前的要求，倘若只止于此，他不过是个善良之人。但作者写到有一日监狱里来了一个小土匪白娃，白娃对生命感到了绝望，于是想绝食而死。贺老二看他可怜，便以土匪首领的名字写了一封信给白娃，让他好吃好喝，说秋后问斩之时一定来救他。于是白娃便大吃大喝，每天快快乐乐，因为对生活充满了希望而快乐。于是行刑那天，"拉出白娃的时候，白娃精神昂扬，不像别的死囚，一脸阴气。他满面含笑地跪在刑场中央，双目充满希望，在人群中扫来扫去……直到封丘手起刀落，白娃才含笑入九泉。那颗落地的人头倔强地离开了身子，在刑场里滚动了一周——那溅满血花的脸上笑意未减，充满希望的双目仍在人群中扫来扫去，扫来扫去……"作者在这里构筑了一个人性的精神世界，贺老二为了驱逐白娃对于死亡的恐惧，让他快乐度过最后的一段时光，设置了一个善意的骗局，这是一种博爱的精神，一种最真实的怜悯与同情。

（二）朴素而雅致的语言

朴素与雅致的语言。有特色的语言是一个有个性的作家所必须具备的，语言的创造性是作家对于文学必不可少的贡献。孙方友的语言颇具特色，乡土韵味浓。作者善于运用地方口语与普通话相结合，既交代故事情节，又以地方口语增加地方色彩与文化内涵，寥寥数语，有于平淡处惊风雷之效果。孙方友说："对传统思想的偏爱，主要与我生长的环境有关，这在前面已经谈过。在语言和思想上我都喜欢'一石三鸟'。'一石三鸟'叙事手法是中国传统文化的精华。"① 孙方友的语言没有过多的修饰，质朴却又内涵丰富是其最鲜明的语言特色。他的小说让人一看就懂，却经得起反复咀嚼。这个特点就源自素朴与雅致的语言特色。他的小说写的大多是一些平凡的人和日常生活琐事，用的也是极普通、极平凡的词，但经他的提炼与升华，并运用素朴的语言进行铺陈后就显得十分耐读，表达出极其不普通、不平凡的意味。正可谓是"于平淡处惊风雷"。如：

> 如果甘剑秋晚出山五年，蒋宏岩很可能已经功成名就，只可惜，正当他艺术上突飞猛进之时，甘剑秋的出山却给了他个"卡脖旱"，无形中竟成了他的灾星。（《蒋宏岩》）

"卡脖旱"是豫东方言，原义为庄稼长到关键时刻，正要灌浆挂果之时，天气大旱，对于农家收成形成致命的影响，因此称其为"卡脖旱"，就像人被卡了脖子，是要害之处。此语既是一种形象的比喻用语，又是一个十分通俗的地方用语，用在小说里面，既形象生动，富有表现力，把蒋宏岩的人生命运之关键时刻受到的打击表现得十分形象，又极富地域文化内涵，正如作者所言的"一石三鸟"。

方言是地域文化的载体之一，是一个地域内的人们世世代代的生活经验、生活方式、生活习俗、思维特征甚至审美观念的集合体。孙方友小说中运用的方言俚语大多来自当地人的日常用语，体现出了豫东陈州这个地区的地方风情。又如：

> 红绣女回答："老太太别多心，小女今日来这里是专给您老逗乐！因为班子马上就要来了，我是名伶，又是老太太金口点将，我自然要来个'头里跑'了！"（《红绣女》）

"头里跑"三个字也是豫东地方用语，意思为"先行到达某个地方"。红绣女自称是"头里跑"，表明自己对于老太太的重视，因这三个字讨了老太太奖赏，而又因这三个字而遭忌，差点丢了性命。因为祝寿时间未到，最不能在老太太面前提起"头里跑"三个字，寓意为寿日未到，人已先死。可见这三个字承载了丰富的文化内涵。孙方友的语言正是这样的

---

① 孙方友：《想象和浓缩——与青瑜对话》，《时代文学》2010 年第 3 期。

特色，用最典型的地方用语，看似平淡，但却经得起咀嚼，越咀嚼味道越浓。再如：

秦宝山每听到这音儿，就停下来，极其认真而又心平气和地说："你伙计能照天喝我的汤，咱也是这样儿。"(《颍河风情录》)

这几句话，初看起来，似乎十分平常，仔细看看，朴素、生动，再细想想，闪烁着做人的智慧，性格的光彩，字里行间蕴藏着丰富的感情和宽厚的人性！

我们再看几例：

有的人专打这种"二路货"，先躲在暗处窥视，等嫖客刚在船上稳住，便把其所藏钱财扒出来，扭脸即走。此地人称这种活路为"扒鳖蛋"。(《花船》)

盛米沫儿大都用木勺子，长把儿，簸箕形，碗是海碗，神州特产，沿儿大，底儿高，看上去吓人，实际上装不进去多少货色。(《颍河风情录》)

这两段话里用了多个地方口语，形象地把当地的风情给描绘出来了。

作者有时在一段话中用一两个俚语增添灵动色彩，有时整段采用通俗白话与地方口语，如：

这地方是照天集；时间在早晨，名曰"露水集"，镇上人大都是靠手艺过活，什么铁匠李、木匠王、屠户赵、掌鞋刘……各行各业，五花八门。他们大早里起床，看来是勤快的。半中午下集后，便开始张罗明天的生意。杀猪的下乡买猪，宰牛的下乡买牛……乡间农活忙了，正是他们的闲暇。除少数生意不盈者去乡里拾庄稼补济外，大都在铺子里耍牌。也有借机睡大觉的，弥补困眠不足。还有借机与婆娘寻事生闲气的。平常顾不得，把气都攒在一起，赶到这阵子有了空闲，便闹起来，引得众人都去瞧热闹。(《颍河风情录》)

这一段话完全用的是地方用语，把颍河地区的集市特征生动地进行了描绘。其中"露水集"形象生动地写了颍河镇的风情。看似很平常的家常话，是从当地农民口中流出来的日常用语，作者巧妙地搬进小说之中，准确亲切,又能形象地描绘出所写对象的特点。

无论是叙述性语言,还是小说中人物的对话,作者广泛运用了家乡俚语。增添了无限魅力。如:

> 颍河镇西街有一片小店,三间门面房,一拉溜儿铺达子门,门楣上挂着招牌,白漆黑宇,上书:曹记酱菜店。名曰小店,实际并非小,是属那种外小内阔人称"贼不偷"的建筑。(《曹记酱菜店》)
> 泥兴茶具用料讲究,制坯很薄。经常窑变,呈现天然色彩,不着色,不上釉,全靠细磨打光。更令人奇的是,用指一弹,"当当"作响,且一壶一音,音长如绵,如琴似弦。壶坯虽薄,但极坚固。薄而固,贵在土质。陈州有种胶土,柔和含刚,做泥人制壶坯,确为稀世好料。用这种壶泡茶,不亚于宜兴的紫砂茶具,同具有独特的良好的透气性能,沏出茶来,茶叶既有茶香,又无熟气,汤色澄清,滋味儿醇正,即使将茶叶留在壶中,夏天隔夜也不发馊,实属茶具中的上品。(《泥兴荷花壶》)

这两段文字属于描述性语言,整体上语言显得干净利落,最为有特点的是作者将文雅的文言与现代白话及口语糅合在一起,既简练又丰厚,既通俗又文雅,既充满地方色彩又明白晓畅。

> 老太婆怔了一下,许久了,才叹气道:"怪我一双盲眼,错怪了客人!盖天九岁丧父,我苦心巴力拉巴他,不料他却走了邪路!我好寒心呐!"言毕,老太婆抹了抹泪水,又说:"你要好生劝劝他,让他改邪归正!"(《刺客》)

这一段是人物对话,和上一段话有同样的特点,"九岁丧父"、"言毕"、"盲眼"、"好生劝他"等词语属于文言用语,用在小说中显得简练而有内涵;"苦心巴力"、"寒心"、"抹了抹"等则又属于地方口语,二者合用于一段话甚至一句话中,既使内蕴丰富,又使语言通俗易懂,更为符合一个武艺高超、含而不露的老太婆的身份与性格。这里真正实现了作者所追求的语言的"一石三鸟"的效果。

平淡而富有内涵是孙方友小说语言的另一重要特色。一句平淡的话,运用得体,往往可以起到别样的效果,给人以别样的感觉。如:"好人里面有坏人,坏人里面也有好人!俺看你一身正气,不像歹人,便救了你。"(《水妓》)看似一句平淡的话,却既转换了叙述视角,又十分符合说话人的身份,而且表现出说话人虽为一地位低下的女子,心头却自有是非曲直在,为救一个素不相识的好人,甘愿冒被杀头的危险,这是一种最朴素的仁人情怀,也是一个平民百姓纯真善良的精神风貌的生动展现。作者善于用素朴的语言表达雅致的情思,所谓"清水出芙蓉,天然去雕饰",这正是许多文学家向往的艺术境界。孙方友对于这种境界更有自觉的追求,在孙方友的笔下,语言是质朴的、平淡的,却是平淡而有味,别有情致。这也与作者对于文言用语与地方用语的巧妙结合有关。如:

> 正值妙龄的何柳娘,柳眉杏眼,肤白如玉,微露皓齿,满面生辉。她结着古代仕女船的云发,秀带扎腰,足蹬七寸高黑靴,下穿红绸练功裤,上着扎花束袖小夹袄。(《女保镖》)
> 于公子见柳娘吃里扒外,大为光火,骂道:"你这臭婊子,本是我雇用的保镖,岂能拿着胳膊朝外撇?"柳娘冷笑道:"我当保镖要当好人的保镖,像你这歹徒,越保于民越有害!"(《女保镖》)

以上两段话是《女保镖》中的文字,第一段叙事用语整齐和谐,干净利落,第二段是人物语言,采用通俗用语,而且用语较为粗放,尤其是一句俚语"拿着胳膊朝外撇"极其简练生动,非常符合人物性格特征,同一篇小说里做到了通俗与雅致的结合,这正是作者语言淡而有味的地方。

评书体。孙方友的小说吸收了赵树理的语言优点,采用评书体语言,生动活泼,朗朗上口,干脆利索。

> 有个农村叫张家庄。张家庄有个张木匠。张木匠有个好老婆,外号叫个"小飞蛾"。小飞蛾生了个女儿叫"艾艾",算到1950年阴历正月十五元宵节,虚岁20,周岁19。庄上有个青年叫"小晚",正和艾艾搞恋爱。故事就出在他们两个人身上。(赵树理《登记》)
> 颍河镇西街有一片小店,三间门面房,一拉溜儿铺达子门,门楣上挂着招牌,白漆黑字,上书:曹记酱菜店。名曰小店,实际并非小,是属那种外小内阔人称"贼不偷"的建筑。店后有一耳房,耳房东便是后门。于是,耳房成了过道。出过道陡见一方院,四楞四称,被四邻房屋紧紧包围,严实得没法说。顺四墙的地方儿全搭了苇席棚、棚下缸瓮里皆是泡制的咸菜。(孙方友《曹记酱菜店》)

这两段文字简直如出一辙，作者诉诸读者听觉，朴素而流畅，朗朗上口，既有通俗畅达，又不乏传神的描述。不同的是赵树理小说的语言更加口语化，而孙方友小说语言又不是完全口语化，而是骈散结合，并且使用一定的文句式，通过浓缩的字词包含大量的信息，给读者留下更多的想象空间，而且读起来典雅整齐。可谓雅俗结合，不仅语言音韵和谐易听易记，而且容易形成一种视觉效果，给人一幅画面，让人有机会反复咀嚼画面背后的内涵。正如汪曾祺所言："语言不是外部的东西。它是和内容（思想）同时存在，不可剥离的。语言不能像橘子皮一样，可以剥下来，扔掉。世界上没有没有语言的思想，也没有没有思想的语言。……小说的语言是浸透了内容的，浸透了作者的思想的。"[①] 作者语言风格的形成与其生活经历有关，他曾经在文化站工作多年，广泛接触中国古典文学著作，很好吸收了古典散文语言的优点，"文约而事丰"。作者曾说："光从语言学的角度来说，汉语的张力就不是其他语言所能企及的。它字字可以卓然独立，句句可以含义无穷。如孔孟、老庄、周易，短者数千，长者两三万字，便可包罗万象，成为经典学说。这些传统经典不但是精神传承的基石，而且还留给我们一种'浓缩'的思维方式：寥寥数语，便有泰山压顶之险，雷霆万钧之势。"[②]

在句式的运用上，孙方友多用短句、散句，很多句子来源于鲜活的口语，口语句式的运用使语言紧凑有力。如：

今古斋的主人姓胡，名胡阳，字祥光，胡师傅喜书画，嗜金石，尤爱收集古币、古印。胡师傅篆刻艺术的功底很厚，在篆法、章法、刀法、腕力等方面的造诣颇深，刻秦玺，章法矫健，坚韧挺拔；刻汉凿印，自然残破古雅持重；刻汉铸印，章法稳健，清晰疏朗；刻急就印，苍劲有力，疏密自然，刻泥封印，浑厚古朴，雄壮有力，刻朱元文，风神流动，刚劲秀丽。（《陈州铁笔》）

整段文字都是用的十字以内的短句子，多用四字句短促有力，刻画出今古斋主人篆刻技艺的高超，语言如此简练、典雅，深得中国古代散文语言之精髓。

[①] 汪曾祺：《中国文学的语言问题》，见《汪曾祺全集》第4卷，北京师范大学出版社1998年版，第217—218页。
[②] 孙方友：《想象和浓缩——与青瑜对话》，《时代文学》2010年第3期。

（三）叙事特色

段崇轩曾说："孙方友的系列短篇小说《陈州铁笔》、《小镇人物》，由于题材的独特、写法的精妙，被文学界称为新笔记体小说。孙方友在回归小说传统方面，迈出了坚实的步子。但他并不是一个站在辉煌的传统面前晕头转向的作家，他总是努力学习和借鉴着现代的思想理论、包括西方的思想观念，去表现历史的、现实的、传说的生活，使他的作品具有了某种现代性。"① 孙方友的小说主要采用的是传统叙事手法，朴素的白描手法在其小说中运用最为广泛。一段轶事，一个人物，一种风情往往在其简洁流畅的讲述里显得风光无限，别具魅力。"白描"本是一种传统绘画技法，指画家采用墨线勾勒物象的轮廓，再用水墨渲染物质的情状，而不施彩色，却有一种别样的效果。是中国古典小说的一种重要艺术手法，力求语言简洁，准确地表现人物的语言、动作，传达事件的内在神韵。孙方友小说中运用简练的文字，描形摹相，不用太多渲染的文字，却有以少胜多，以简胜繁的功效。如："那里是万亩城湖的深处，茂密的芦苇和蒲草如波涛般摇荡。水鸟的叫声铺天盖地，如云般飘起，又如云般降落。土匪倒泥人的地方是一片内湖，湖水清澈，一眼见底。鱼儿悠然摇尾，水鸭闻声扎猛。片片涟漪平静之后，无数个泥人显露出来。通过水的映衬，显得更加鲜艳夺目，栩栩如生。"（《泥人王》）简练流畅，突出了泥人的夺目光彩。

笔记体与传奇性的水乳交融是孙方友小说叙事的一大艺术特色。在孙方友所有小说中，笔记体所占比例很大，从人物到风物，从事件到风俗，从凡俗人众到传奇人物，作者娓娓道来，如数家珍，如同一本丰富的笔记，随手翻开来，便可见到真切的人生与纷繁的世相。《陈州铁笔》、《小镇人物》系列中的 300 多篇作品，都属于笔记体小说之列。古老的陈州地留下了丰富的民间故事、奇闻轶事、风土人情，作者信手拈来，一一展示给读者，构成了一个多彩多姿的、古色古香的陈州系列笔记体小说。作者所写大多根据当地传说加以编织而成，既有野史的驳杂丰富，又有小说的想象，传奇的神秘，形成了他独具特色的笔记体系列小说。重于叙述事件的《蚊刑》、《花杀》、《泥兴荷花壶》等，重于写人物的《女匪》、《王洪文》、《方鉴堂》、《炮兵白社》、《刘老克》等，为其小说中的精品之作。

淮阳，这块孙方友出生的土地上散落了无数神奇的故事，如一枚枚遗

---

① 段崇轩：《传统叙事的魅力——评孙方友的小说创作》，《小说评论》2006年第5期。

落泥土之中的珍珠，经过作者认真的探寻，再加上他有意识地调动各种艺术手段，把平常百姓的故事讲述得颇具"传奇"色彩。如《陈州莲》中作者首先讲到了陈州莲，陈州莲本来为陈州之地最常见的一种莲，但又不同于其他地方之莲："陈州莲出淤泥而不染，对着阳光相看，能数出几孔来。它不但实，而且脆，无论爆炒或凉调，始终保持生、脆之特点。陈州莲粉多丝少又无渣儿，而且遇碱必面——面如脂粉，吃起来筋道又噎人。这一切，皆是一般莲菜不可比拟的。"某地有某种特色不算奇，因为是特产总有特别之处。于是作者又讲到了一个与莲相关的姑娘的故事。姑娘常在湖中划船，得陈州知县夫人青睐，结果邻人多求其代为传递状纸，莲莲姑娘开始不接受，后却不过情面并因而获利，后事情暴露，莲莲姑娘失踪于湖泊之中，身化莲花，于是便有了一段令人欷歔的传奇故事。《罗汉床》本是一篇描写官场的现实小说，但一张来历奇特的罗汉床却给一个现实的故事平添了传奇色彩。《蚊刑》中利用蚊子叮人成为一种处罚手段，实为奇妙；《瘦大姐》本来描写一个为了救治伤员而不惜牺牲自己的伟大女性瘦大姐形象，但她身上流淌的血液里面却含有某种成分的抗生素，可以使被输入她血液的人起死回生，为故事增添了传奇色彩，也体现出了作者对于美好人性的神奇想象，作者借助这种想象成就了瘦大姐的光辉形象。我们在孙方友的小说里随处都可以发现这种传奇情节，有时出现在结尾，有时出现在故事中间，对于推动故事情节的发展，让故事有出人意料的结尾而起到了推波助澜的作用。更给读者以新奇之感，有极强的吸引力，读其小说能够获得一种阅读快感。

开头和结尾独具特色。孙方友小说的开头往往比较平实，一般先叙述某一地之风物，或某一人之特点，然后逐步铺开故事情节。但这种看似平实的开头，往往蕴含了丰富的文化内涵。如《陈州莲》开头就对陈州莲进行了介绍，描写了陈州莲自有不同于其他地方莲的神奇之处，从陈州莲讲到了淮南莲，从淮南莲又讲到了陈州称王的陈胜，从陈胜又讲到了陈州的历史渊源，又讲到陈王之爱莲等，一路讲来，天文地理，历史人物，地方特产等融汇于一体，内涵丰厚。又如：

  陈州墨庄建于清朝同治年间，据说是汉口著名墨庄庄主王晋元来陈州开设的分号。老板也姓王，名险字丽泉，系徽州委源人。墨庄主要经营墨和笔，当然，也配合出售砚台、宣纸、罗盘、囚县、一得阁墨汁、颜料、关松鹿粉笔以及各种印泥等。陈州墨庄以做墨笔为主。墨分松烟和油烟两种，陈州制作的墨都是油烟。油烟原料主要是油烟和胶。油烟原从四川进桐油熏烟,由于造价高,后采用上海洋行从美国进口的油烟。胶是从广东进货,一直沿用了许多年。(《墨庄》)

作者首先介绍墨庄来历,主要经营产品,接着介绍原料来源,工艺程序,工匠出身,王老板在试笔时的与众不同,他从不乱写,而是一首首唐宋诗词。整篇小说里面含有丰富的书画知识,字画的装裱,墨笔的种类,墨笔的制作等,简直就是一篇地方特产的说明书。

出人意料的结尾,完整的透彻之感。作家莎伦·斯达科说:"小说结尾时柔和的震撼,应该像是两扇对称的翅膀在朦胧中展开时那最后的一颤。"[1]

孙方友的小说开头没有出奇之处,往往是丰富的地方风物介绍,如特殊的地理位置,不同于一般的人物及出身,某个店铺的特色及渊源,一种奇异的习俗等,作者娓娓道来,如叙常家,但里面却包含了丰富的历史掌故,风土人情,民间传说等。而孙方友小说的结尾则往往有出人意料之处,留给读者一个别有意味的思考,或者一个深刻的警示,或者一个不同一般的暗示等。好的结尾是小说留下的长久回响,正如美国作家约翰·厄普代克所言:"我希望小说应该有让读者拍案惊奇之功效,能够在我读完最初的几个句子之后立即引住我的注意力;在故事发展的中部拓宽和加深我对于人类行为的理解,而使其更加敏锐、深邃;而在结局时则是给我们以完整的透彻之感。"[2] 如《墨庄》中介绍了墨庄的老板王淦自己的故事,作者笔锋一转,讲到了墨庄老板及其制笔工匠胡典与袁世凯的故事,最后给出了一个出人意料的结尾,王淦一生留下墨迹无数,结果被胡典拿去投机发了大财,王淦扬名于天津字画行,自己却浑然不知,依然过着小店店主的清贫生活。袁世凯回乡宴请同乡名人,发请帖给王淦,王淦大吃一惊并因此获病。读此令人欷歔,感叹人生的难以预料。至此这篇小说便有了深深的命运之感慨。作者常常给出一个出人意料的结尾,给人以奇曲之感,"文人之笔,无往不曲,直则少情,曲则有味"。[3] 避免了虎头蛇尾,平淡落笔。如《捉鳖大王》叙述了陈州沦陷期间捉鳖大王被迫每天送给日本大佐一碗鳖汤,后来捉鳖大王在日本大佐喝的鳖汤中下了毒药,二人同归于尽。小说的结尾是:"据陈州人说,刘二为寻这种慢性剧毒药,曾

---

[1] 转引自《小小说的结尾艺术》,百花园杂志社选编《首届中国小小说金麻雀奖获奖作品集》(上册),漓江出版社2004年版,第85页。
[2] 同上。
[3] 冯镇峦:《〈聊斋志异〉评点》,岳麓书社2011年版。

送人二十大团鱼。"这样的结尾不但没有累赘之感，而且突出了捉鳖大王刘二身为一个小商户，却不惜倾己所有，换得慢性毒药，以同归于尽的方式除去祸害中原人民的日本大佐，对于刘二形象的丰满度有补充作用。《瘦大姐》中叙述完了瘦大姐因何而称为"瘦大姐"，瘦大姐为给八路军战友看病而献出自己血液的故事之后，写到了新中国成立后，瘦大姐与政委成家生子，个个怪胎，经医生诊断，被告知近亲结婚，至此一个出人意料的结尾内蕴含了十分厚重的内涵，瘦大姐与政委绝对非近亲，检查血液后被认为是近亲，可以想象在政委受重伤之时瘦大姐为其输入了多少自己的血液。这样的结尾既出人意料，却也合乎逻辑，更突出了瘦大姐无私奉献的形象。

叙事视角。作者采用的大多是全知视角，这样便于把陈州故事较为细致地一一讲述出来。但作者在叙述过程中，也注意了视角的转换，全知视角叙事与限制视角叙事相结合，既呈现出陈州的全貌，又可以突出人物的心理与事件的关键所在。如《水妓》开篇采用全知叙事视角对陈州城西柳湖进行描写："陈州城西的柳湖中，有一座风光绮丽的园林，号称望雨台。这是一片水上建筑，正值湖的中心。湖很大，长满了芦苇和蒲草。夏末秋初之际，天绿地绿，站在台上望不到湖水，通往岸边去的只有几条水路，且曲里拐弯，如同几条扭动的水蛇。游客若去台上观光，必得乘船。芦苇蒲草盖湖季节，此地称为花季。"作者放眼四望，柳湖景色尽收眼底，给读者铺开了一幅美丽的柳湖风景图画。然后作者描写了发生在柳湖之中的一对男女的故事，在写到二人的对话之时，作者采用了限制视角叙事，描写二人的心理，小娟："好人里面有坏人，坏人里面也有好人！俺看你一身正气不像歹人，便救了你。"这是小娟的心里所想，作者采用限制视角叙事，使人物心理描写更加真实，也符合人物的身份，然后作者交代二人的结局又转入了全知视角叙事，把故事讲述完整。《泥人王》的开头也是采用全知视角叙事："陈州城东门里偏南的内湖中，有一座单孔石桥，小巧精致，青石雕花栏杆，桥孔近水之处，又有红石雕龙一条，坐北朝南，活灵活现，故而人称金龙桥。"然后作者写到了王二与传教士的对话，叙述视角转入了限制叙事，如："洋教士疑惑地望着王二，思量了好一会儿，最后答应明天看货。"这显然是洋教士的心理思索过程。接下来作者描写了传教士与王二各自的心理，王二对于传教士先是心理抗拒，拒绝把艺术珍品卖给他，后来发现他真的热爱艺术，便分文不取地送给他几套珍品。作者采用叙述视角转换，既完整交代了故事情节，又分别刻画了人物的不同性格。

对于传统叙事模式的继承。作者大多采用"情节—性格"模式，人物出场带着自己的性格，然后按照人物性格的内在逻辑设计情节，性格随情节的发展而完成。如《泥人王》中的艺人王二捏泥人不单单是为了挣钱，他深爱自己的泥人，有了精品往往舍不得出卖，而是珍藏起来。由此引入一个洋教士，洋教士买珍品不成，便使土匪去盗。王二知道真相后用计诱使土匪把珍品倒入城湖，洋人大哭，那一幅悲痛欲绝的样子使有同样感受的王二了解到他同样痴迷于艺术，于是由以前的洋人出大价钱而不卖，到不收分文转而相送三套。故事的情节推动正是王二的性情的发展，情节完成，王二的形象也最终完成。《陈州名医》叙述陈州名医罗汝汉医术精湛，全家使用他发明的养生术，都健康长寿。日本侵略中国之时日本人请他去看病，他一口拒绝了，后来听说是给一个孩子看病，他去了。因为在他眼里，孩子是病人，是无辜的。后来田中要求与他合影，他拒绝了，因为在他眼里田中是侵略者，这正是罗汝汉爱憎分明、直爽敬业、爱国爱民的性格使然。新中国成立后清查汉奸，罗汝汉被抓，他不肯屈服，声称自己只给日本儿童看过病，不是汉奸，结果自缢于狱中，这也是他宁折不弯的性格使然。《雅盗》首先交代赵仲文武全才，后家中败落偷盗为生，此人极其风雅，每每偷盗之时与别的盗贼不同，然后从打扮到行动都描述一番。后来赵仲偷盗至大户周家，见墙上名画《灞桥风雪图》，产生身世之感，触发痴情而被抓住，也是其性格风雅所致；再叙述到其被抓之后尽述《灞桥风雪图》的来源与妙处，结果险处脱生，仍然是其风雅性格的推动；到情节最后，赵仲得了《灞桥风雪图》之后，再金盆洗手，每日白天下地劳动，晚上把玩那幅名画，更是其风雅性格的最生动体现。

  作者讲述故事的套路也大多采用传统的评书体的套路，多用简洁清晰的线性结构。开篇先铺叙故事发生的背景，作者对于陈州某一地某一风物细致地一一叙述，然后叙述故事的发生，最后来一个出人意料的结局，使故事发生大的逆转，给读者以别样的冲击。如《蚊刑》先是铺陈地域特色，陈州处处皆湖，水天相连傍晚时分便有大片蚊子结队而至，"嗡嗡"之声能传百步之远。接着又叙述了陈州内外熏艾的习俗。然后再讲到了陈州贾知县利用火艾发财一事，也牵出了蚊刑一说。前半部分叙述时间几乎是静止的，叙述节奏是平缓的，待到叙述进入故事情节，叙述节奏变得急促，最终来一个急速刹尾，给人一个突变的结果。贾知县被土匪绑了，土匪以其人之道还治其人之身，结果贾知县竟然没死。土匪惊问其故，贾知县这个贪官以其自身的贪官之道说出了一番别有意味的道理：安然不动，让最里面的一层蚊子吃饱喝足，这样它们便睡懒觉，外面的进不来，里面的不再喝，便保全了自己，如果不断地驱赶蚊子，只能招来更多新的喝血的蚊子。结果只能是死路一条。这样的结尾确实别有意味。再如《泥兴荷花壶》也同样先讲述泥兴荷花壶是陈州特产，然后讲到了它的美观造型，特殊用料，不同的工序以及它的历史，如同一篇风物志，最后进入了段祺瑞与陈三观与荷花壶的故事。故事情节的讲述紧锣密鼓，先讲来客不凡，接着讲述陈三观精彩的挑壶过程，最终以枪击荷花壶而终。前面的铺陈使小说充满了历史、人文、民间艺术等丰厚的内涵，后边的故事情节突出了人物的性格。

孙方友这样的叙述既是对于传统笔记体小说优秀因子的继承，也实现了对于传统笔记体小说的超越。小说里面具有浓郁的传统文化气息，而小说传达的思想却具有时代气息，现代性气息。这也是其对于新笔记体小说的独特贡献。

第五章　世纪之交的乡村生存之思

21世纪以来，阎连科与刘震云两位作家保持了强健的创作势头，他们的创作引人注目。但两位作家的乡土小说创作都发生了一些重要变化，在坚持批判现实立场的同时，从生命哲学与人本哲学角度思考与把握现实生活，探讨存在、生命之类的问题，达到了一个新的哲学与美学高度。阎连科的《年月日》、《日光液流年》、《耙耧天歌》、《受活》、《丁庄梦》等作品从生命本体意义上探索人的精神之苦与生命之痛。刘震云的《一腔废话》、《手机》、《一句顶一万句》、《我不是潘金莲》等作品以说话为切入点，探讨人类生存问题。两位作家的创作主题都有所转变，小说在风俗画描写方面都有所减弱，但作品中表现出的内在精神气质上与中原文化精神依然保持紧密的联系，比如对于现实的批判精神，对于社会的责任感，对于底层农民精神世界的关注等。

第一节　阎连科：从权力批判到生命叩问

阎连科（1958—　），河南嵩县人。他的小说创作大致经历了三个阶段，第一个阶段为1979—1987年，主要作品有《天麻的故事》、《热风》、《领补助金的女人》、《士兵士兵》、《小村小河》等中短篇小说，这个阶段作者刚刚涉入写作领域，处于创作的摸索阶段。第二个阶段是1988—1994年，主要作品有《两程故里》、《情感狱》、《瑶沟人的梦》、《瑶沟的日头》等"瑶沟系列"作品，以及《横活》、《斗鸡》、《艺妓芙蓉》、《名妓李师师和她的后裔》等"东京系列"作品。经这一阶段逐渐形成了自己的创作风格，"瑶沟系列"语言亲切朴实，呈现了家乡豫西乡村物质与精神上的双重苦难。"东京系列"描绘了开封的民俗风情，把一个丰富多彩别具特色的开封社会展现在读者面前。第三个阶段是1995年直到21世纪，是作者创作的转折期，主要作品为"耙耧山脉系列"，包括《年月日》、《日光流年》、《耙耧天歌》、《坚硬如水》、《受活》、《丁庄梦》等。这一阶段作者的创作出现较大变化，从对乡村苦难的呈现到对生命之痛进行深层叩问，由对乡村生活的客观描写进入到寓言式写作，作品中出现大量的梦幻、象征、荒诞等现代手法，为乡土小说增添了新质，开拓了新的乡土写作之路，成为近年乡土文学创作的重要作家。

一 困顿的乡村

《瑶沟人的梦》、《瑶沟的日头》、《往返在塬梁》、《乡间故事》等"瑶沟系列"作品和作者的"东京人物系列"作品创作时间大致相同（集中于1989—1992年这一段时期），"东京人物系列"写出了一个熙熙攘攘的东京市井生活世界及这个世界中各色人物的不同活法。《横活》中的鲁耀是"横着活"，身为丐帮帮主，一生活得有滋有味；《斗鸡》中的倪本清一生斗鸡斗得痴迷，虽然时有运动贯穿于其人生之中，但都平安度过；《艺妓芙蓉》中的艺妓苹在茶园以唱曲为生，最怕受约束，卖艺不卖身，穿着入时、吃饭讲究，日子过得自由自在。作者把笔触伸向了历史的细微之处，绘声绘色写出了开封古都的市井风情。"瑶沟系列"一反"东京系列"的潇洒自在，对家乡豫西农村的苦难进行了真切呈现，发出了对于土地的沉重叹息。阎连科是个极有责任感的作家，他说："苦难是中国这块大地上共同的东西，应该由中国作家来共同承担。"[①] 在为自己的文集作序时，他再一次表示："怀念某些时候，面对现实，我是多么想在现实面前吐上一口恶痰，在现实的胸口上踹上几脚。可是现在，现实更为肮脏和混乱，哪怕现实把它的裤裆裸露在广众面前，自己却似乎也懒得去多看一眼，多说上一句了。"[②] 因此，在现实面前，作者表达出深广的忧愤。

"瑶沟系列"作者写出了一个苦难重重的豫西农村世界，并对苦难的根源进行了思考。自然环境的恶劣是不可忽视的外部因素，中原乡村浓厚的封建传统文化积淀、中原乡村政治权力的挤压、人们在封闭的环境中形成的狭隘、目光短浅、贪图微利等心理却是人们苦难生活的内在因素。因此作者在这些作品里传达出了既同情又批判、既爱又恨、既感受着故乡的温情、又痛楚着乡土的落后等复杂的心绪。这几篇作品均以"连科"为主人公，以写实的手法叙述了连科求学、做工、婚姻、奋斗等问题，与作

---

① 阎连科、梁鸿：《巫婆的红筷子——作家与文学博士对话录》，春风文艺出版社2002年版，第125页。
② 阎连科：《灵魂淌血的声响（总序）》，《阎连科文集·乡村死亡报告》，人民日报出版社2007年版，第1页。

者求学、做工、当兵、走出农村的生活道路十分吻合，具有明显的自叙传色彩。阎连科曾经说："瑶沟系列可能是我所有小说中与日常生活经验最直接相通的小说了。"①

《瑶沟人的梦》主要写位于耙耧山脉深处的瑶沟村人想尽办法让连科争做大队秘书的故事。瑶沟村位于豫西伏牛山脉深处，土地贫瘠，交通闭塞，村里穷得供不起一个高中生，每年都要吃返销粮，队长抽的烟是芝麻叶，村人吃饭穿衣都成问题，很多人家过年也吃不上一顿白面饺子。最让村人沮丧的还是村人遭遇的不公，村里多次被扣返销粮，被讹走田地，被无故断水，只是因为村里没有人在大队部任职。于是全村人把希望寄托在连科身上，盼望他能当上大队秘书，进而入党，当上大队支书，从而改变瑶沟村的命运。为了能让村里唯一读过高中的连科当上秘书，在下大雪的夜里，瑶沟村队长与连科守在村支书家的猪窝旁，为支书家将要生产的母猪接生；六叔甚至把自己的女儿嫁给大队支书的瘸腿侄儿；全村人把分到手的几百斤返销粮送给了公社书记；最终连科把招工指标都让了出去，结果仍是一场空，最后当上大队秘书的人是红社，因为他的舅舅是县委办公室主任。偏僻的地理环境给瑶沟人造成经济上的贫困，大队干部滥用职权更使他们雪上加霜。作者突出了故乡瑶沟人无助与无奈的生活。这也是作者家乡真实生活的写照，作者在一次访谈中说："我老家河南嵩县到现在还是国家级贫困县，人均收入连续 20 年排河南省倒数第一，一年到头都吃不饱。"② 因此全村人极力让连科当大队秘书的行为不单单是对于权力的渴望，更含有改变现状的愿望。瑶沟村的一个小学生的作文中写道：

> 我长大不当工程师，不当科学家，也不当啥作家和诗人。我长大只想当一名大队支部书记。当上支部书记便能让村人们有饭吃、有衣穿、有房住。让别人干啥别人就得去干啥……

这篇作文真实地表现了一个处于困苦生活之中的孩子对于村干部权力的最直观感受和最现实的愿望。在《瑶沟的日头》里，连科考上了高中，结果被有背景的人顶替了，在其同学雯淑的父亲即公社书记的帮助下才获得了读高中的机会，然而因为家境极端贫困，读了一年只得辍学去洛阳打

---

① 阎连科、梁鸿：《巫婆的红筷子——作家与文学博士对话录》，春风文艺出版社 2002 年版，第 40 页。
② 陈洁：《农村和军队是我生命和写作的两大支柱——老实人阎连科访谈》，《中华读书报》2001 年第 28 期。

工。这篇小说仍然突出了权力与贫困两个困扰瑶沟人的主要问题。正因为生活极端困苦,拥有权力的好处就更加凸显,人们对权力就更加渴望。《往返在塬梁》写村里的一块土地有可能被一个开矿公司用来开矿,于是村子里获得一个招工进城指标。连科的父亲为了让连科能够进城工作,当了几个月挨批斗的坏分子,父母甚至甘愿屈辱地替公社改委会主任当孝子哭丧。当连科最终获得了那张招工指标走向县城的那家开矿公司时,却被告知因土壤问题该公司不准备在瑶沟村开矿了,招工指标作废。连科求学、做大队秘书、招工、婚姻等无不以失败而告终。作者把中原深处豫西农村生活写得悲苦无望,这与作者在农村的痛切生活经历有关,也与历史上河南屡次遭受灾难有关。20世纪上半叶,河南不断发生自然灾害,据史书记载,1921—1932年间,河南境内10年有6年发生过大的水灾及旱灾,1932年先后遭水灾、旱灾、蝗灾等,逃荒省外25万人,死34万人。[①] 1938年郑州花园口黄河大堤被国民党部队扒开,河南44县被淹,饿死淹死人数达89万人。[②] 1942—1943年发生严重旱灾,饿死达300万众,有记者报道当时惨状:"今春三四月间,豫西遭雹灾,遭霜灾,豫南豫中有风灾,豫东有的地方遭蝗灾。入夏以来,全省三月不雨。秋交有雨,入秋又不雨,大旱成灾。豫西一带秋收之荞麦尚有希望,将收之际竟一场大霜,麦粒未能灌浆,全体冻死。八九月临河各县黄水溢堤,汪洋泛滥,大旱之后复遭水淹,灾情更重,河南就这样变成人间地狱了。"[③] 这些自然灾害使本来生活悲苦的河南更加雪上加霜,河南遭受的严重灾难给河南人及作者留下了难以磨灭的记忆,这也是阎连科作品中的苦难尤其惨烈的重要原因。作者说:"河南人、特别是河南农村人的生存状况非常糟糕。河南农民所受的外部压榨,以及外部压榨造成的内在的、精神的伤害,给我的印象非常深刻,痛之又痛。"[④] 因此,作者笔下的河南农村的苦难才如此惨烈。极端穷困的日子、扭曲的乡村权力系统给农民造成物质上与精神上的双重伤害,正因为此,中原农村的青年才更加渴望走出去,这在刘震云的《塔铺》、李佩甫的《城的灯》中都有表现,这也是中原乡村政治权力问题更加尖锐的原因之一。在《乡间故事》中作者写了一场婚姻与权力的战争,为了当上村干部,连科先与自己毫不喜欢的支书家的三闺女订婚,后又耍手段与副乡长的丑女儿订婚。生存压力促使人们渴望

[①] 卜风贤:《民国时期农业灾情及原因》,《农业灾荒论》,中国农业出版社2005年版,第217页。
[②] 见《河南灾难实况》,河南省社会处编印1946年版。
[③] 张高峰:《豫灾实录》,《大公报》1943年2月1日。
[④] 阎连科、姚晓雷:《写作是因为对生活的厌恶与恐惧》,《当代作家评论》2004年第2期。

权力，拥有权力就可以获得一些特权，而在追求权力的过程中人性在不断地被异化。副乡长的儿子腿有毛病，也有众多人愿意和他攀亲，因为他是副乡长。《瑶沟人的梦》中，与连科订婚的玉玲得知连科当大队秘书无望之后，毅然解除了婚约。《瑶沟的日头》中的连科考上了高中，却被别人随意顶替……

作者在早年创作的《两程故里》中，就表达了对乡村权力的拷问。程天民是乡里的秘书，但村里的大小事情都由他说了算，他处处压制天青。天青想当村长，想改变村子的贫穷面貌，更想胜过压制自己十多年的天民，出一口心中的恶气。二人之间进行了一系列较量，甚至间接伤及无辜，庄贤爷一病不起，老村长正顺因为没有选上人大代表突然病发身亡，喜梅上吊而死。小说结尾写道："天民双手反剪在背后，不慌不忙的，上衣兜的钢笔卡在日光里，一闪一闪。那亮儿刺痛了天青的眼。天青'哗啦'一声很响地关上了喜梅的门，他挟着一股猛煞煞的风，快步抢到了那亮的前面……两程故里又开始选村长了。"这个结尾富有意味，预示着争夺村长的斗争还在继续。阎连科曾谈道：小时候家庭贫穷，没有权势。当时感到村长最有权力，在村子里能够一手遮天，说风是风，说雨是雨，因此，当时最大的愿望就是当一名村长。[①] 正是这样特殊的生活感受才使作者对于乡村权力的书写如此令人惊心。在后来创作的《天宫图》、《耙耧山脉》中作者继续对乡村权力进行拷问，《天宫图》中的村长利用手中的权力随意占有村中的女人，玩弄老实巴交的路六命，最后长期霸占了路六命的老婆，逼得路六命寻死。《耙耧山脉》中的村长利用手中的权力随意处理村中的财产满足自己的私欲，害死了李小狗的妈妈，霸占了李贵的儿媳，死后还逼疯了自己年轻的妻子。最有意味的一笔是夜里村长的坟地里还常常传出他和死去多年的村支书为公章争吵的声音，辛辣地讽刺了权力意识是如此顽固地渗透到了他们的灵魂深处。

尽管作者把豫西乡村世界的日子写得如此绝望，在其内心还存在希望与温情，这是一缕无论何时都难以斩断的故乡情结，也在时时刻刻温暖着作者的心，如瑶沟人为了让连科读上高中，大家把家里的积蓄拿出来，有的拿出家里盖房的钱，四爷把自己的棺材都拿出来卖掉了。《瑶沟人的梦》中，为了能让连科当上大队秘书，村人把分到的返销粮送给公社书记，这会使村人一年到头也吃不上一顿白面饺子，而村人却毫无怨言。当村人听说连科考上了高中又被别人顶替之时，都表示出了极大的愤慨，这

[①] 阎连科、晓苏：《文学·生活·想象》，《语文教学与研究》2001年第18期。

是村人最淳朴最善良的情感。但乡亲的愚昧与落后，目光短浅与小农意识又是作者内心深处挥之不去的痛，如《往返在塬梁》中，当连科抓阄抓到招工指标时，全村人表现出了强烈的嫉妒，连科不得不把招工指标交还队长；当连科父母以代人当孝子哭丧的屈辱，才换取了那个招工指标时，需要拿出家里所有的面蒸成白面馍来让全村人吃，有的人趁混乱之时还拿走了他家的物品。这就是那个瑶沟，让作者又爱又恨的瑶沟，有淳朴的乡村人情，也有自私落后的狭隘意识，更有贫困与乡村权力的重压之下的痛楚。这些作品也体现了作者强烈的入世情怀与道义精神，传达底层生活之痛，揭示痛苦根源，呼唤改变现状。

二 叩问生命之痛

90年代后期到21世纪，作者创作上出现了明显转折，过去的作品大多基于作者的生活经验，这一阶段的创作则更多基于作者的生命感悟。对于苦难的探索逐步深化，由最初对苦难的客观呈现，逐步到对生命之苦的深层叩问。阎连科曾说："说到'苦难'问题，我认为现在的评论和写作把'苦难'简单化和笼统化了，而我想表达的是人之所以为人在生存中的疼痛，这是一种人的疼痛，并不是某个人、某一个阶层人的苦难，我想自己的表达可能不够到位，所以评论者都拿'苦难'来定位它。但是，无论是《日光流年》、《受活》、《年月日》、还是《丁庄梦》，你都可以从中发现人在生存中精神上的疼痛。"[1] 显然，人之为人的疼痛是作者后期创作的关注点，《年月日》、《日光流年》、《耙耧天歌》、《受活》等作品，是对人生命痛苦的探索，这些痛苦有不可知的命运带来的，也有人为的原因带来的。

作者在写出这些生命之痛的同时，也表达了人对命运的顽强反抗以及这种顽强的反抗之下生生不息的生命力。这也是作者以寓言的形式对中原人顽强生存、勇于抗争精神的形象演绎。历史上河南苦难深重，正是重重的苦难磨炼了人的意志，使中原人比其他地方的人们更具有吃苦精神与顽强的生存意志。如《黄河东流去》的赤杨岗的村民，洪水中他们在山冈上很快搭建起一处处窝棚，后来他们流落到洛阳、咸阳、西安等地，拉包车、算命、进厂做工、开饭馆、做针线、说书卖艺等，以各种手段谋生，最后回到故土开出了一片片荒地，并为前线输送了大批粮食，李準曾感慨：他们的家淹没了，他们被抛在死亡线上，但是他们对生的信念，对活

---

[1] 阎连科、黄平、白亮：《"土地"、"人民"与当代文学资源》，《南方文坛》2007年第3期。

的信念，艰苦卓绝的吃苦精神，团结互助的品质，使我们看到了我们中华民族赖以生存的精神支柱。①有了顽强的意志不够，还必须有反抗精神，才使生命有意义。王国维曾表示："没有对灾难的反抗，也就没有悲剧。引起我们快感的不是灾难，而是反抗。"②重压之下也必有反抗，姚雪垠《长夜》中描写的土匪头目王成山就是被生活所迫而做土匪的，他手下的那些人也多是失去土地，生活无所着落的农民，官兵的抢掠、地主的盘剥、繁重的捐税使河南农民不堪重负，奋而反抗。张一弓的《犯人李铜钟的故事》也写出了富有反抗精神的中原人形象。《远去的驿站》中那群中原知识分子个个是拍案而起的反抗英雄。无论哪个时代，河南都不乏反抗者。正是这种对命运的抗争精神，才使生命绽放出美丽的光芒。加缪笔下的"西西弗斯"最动人之处就在于他的反抗姿态，有反抗才有希望，阎连科正是在小说中描写了令人绝望的客观生存环境，又在人的反抗中寄寓了希望，这体现出作者对于生命的热爱。

（一）反抗生命之痛

中篇小说《年月日》讲述了一个人与自然对抗的故事。先爷家住耙耧山，那里遭遇了百年罕见的大旱，人们都出外讨饭了，先爷决然地留了下来，靠村人残存的一些粮食与水活命，水和粮食一天天减少，他只好去田里寻找田鼠洞，从中挖出一些粮食，最后竟然不得不以老鼠为食。跑到远方去找水，遭遇饿狼，拼全力才得以保住性命。他小心翼翼地守护着唯一的一棵玉黍苗，天天用棉被在井水里吸出水，然后拧出来洒在玉黍苗上，仍无法满足玉黍的生长条件，最终把自己的身体变成了这棵植物的养料库，这棵玉黍苗终于长大，结下七颗种子。成了返回耙耧山的七户人家最珍贵的种子种在了地里，并长出了绿油油的苗。这部小说以寓言化的手法写出了人在遭遇不可知的灾难时，那种顽强的生命力。面对极端的困境，先爷没有自怜自艾，而是怀着极其乐观的精神，"饿死天，饿死地，还能饿死我先爷？"表现出他不服输的性格。先爷与命运进行了艰苦卓绝的抗争，是一个战天斗地的反抗英雄。

《日光流年》再次叙述了一个人与命运博弈的故事。作者表示："生命中的苦难在所难免。但那不是我着力表现的地方，也不是人类的希望所在，而苦难中的某种精神才是我的用笔之所在，我以为，那种生存中的精神和勇气，是人类的希望之光。正是这种精神把我们人类带到了文明的今天，

---

① 李準：《我想告诉读者一点什么》，《黄河东流去·后记》，北京十月文艺出版社1992年版，第777页。
② 朱光潜：《悲剧心理学》，人民文学出版社1983年版，第206页。

也将带到未来的明天。"① 小说里的三姓村位于耙耧山深处，那里的人都活不过四十岁，他们都会得一种喉病不到四十岁就死去，一代代人都难逃厄运。这种灾难把三姓村变成了一个孤独的存在，周围乡村都不把姑娘嫁过来，为了不使村子人口断绝，村子里的姑娘也不许外嫁。为了改变这种命运，第一任村长采用"极速生育"策略，只能使村里多了"儒瓜"；第二任村长采用"换肠"之法，改变村人饮食，仍无济于事；第三任村长带领全村人翻遍了所有的土地，更换了新土，仍然无法避免这种灾难。但三姓村人决不放弃希望，现任村长司马蓝决定带领全村人修水渠，引进外面的新水，试图以此来改变村子的命运。全村贫穷无钱，他就带领青壮年去城里卖皮，并让村中女子出去卖身以赚钱修渠，甚至卖了村中的树木、老人的棺材等值钱的东西，为修渠死去十八人。全村人全力以赴的姿态表现了村人对于改变命运的迫切与执着。《耙耧天歌》篇幅不太长，却内涵丰富，读来令人回味。尤四婆家住耙耧山深处的尤家村落，三女一男全是傻子，丈夫忍受不了这样的打击跳河自杀，留下她孤身一人带着四个傻子熬日子，日子过得艰难而无望。作者写道："这就是大妞家的日子。他们的日子，永远像是一条幽深的胡同，胡同里又黑又暗，虽能隐约看见胡同口的一片光泽，却似乎永远也走不出去。"更让她感到沮丧的是，因为家里全是傻子，在封建迷信较为浓重的尤家村落，被认为是不祥之人，村里一家人要生孩子了，却不让她从家门口经过，怕沾上了晦气，也生出痴呆来。因此，尤四婆对于"全人"的渴望尤其强烈，她一心要给三妞找一个全人，尤四婆找了一天终于找到一个"全人"答应娶三妞，却以让其倾家荡产作为交换，但她都答应了。寻找"全人"是一个象征情节，是尤四婆想改变处境、过上正常且自尊生活的渴望，而疯傻却是不可预知的命运的象征，残酷的命运如同一片乌云罩在尤四婆家的上空，使她们恐惧而不知所措，于是渴望改变晦暗无光的生活成了尤四婆最强烈的愿望。为了实现这一愿望，她锲而不舍地为三妞寻找"全人"，毫不犹豫地献出丈夫的骨头，义无反顾地献出了自己的生命，她的行为是对于残酷命运的最决绝的反抗。

  这三篇作品中剔除了人为的因素，没有战争，没有世间恩仇，没有道德人伦纠葛，而是未知灾难对于人的压迫，正如作者自己所言，他写的是"人之所以为人在生存中的疼痛"，这是来自生命自身的疼痛。陈思和说："阎连科孜孜不倦地写着凡人对'天命'难以想象的违抗与冒犯。"② 这几篇作品的标题富有寓意，"年"、"月"、"日"、"天歌"、"日光"、"流

---

① 阎连科、侯丽艳：《关于〈日光流年〉的对话》，《小说评论》1999 年 4 月。
② 陈思和：《读阎连科的小说札记之一》，《当代作家评论》2001 年 3 月。

年"这些字眼均是构成时间序列的词语，既指永恒之时间，也指人在时间中的存在；既是作者对源于生命本体的苦难的思索，也是对生命本真意义的思考。生命中总会有意想不到的苦，在反抗这种苦的过程中更能体现生命意义。书里的人们为了能够活下去，或者活得长久一点，想尽一切办法改变现实，这是一种活下去的勇气，阎连科说："我写的，实际是一种勇气，面对生活的勇气。"①《年月日》中的先爷保住了那棵玉蜀黍苗并结出了种子，又一次大旱时村里有七户人家的青壮劳力留了下来，他们顶着酷烈的日光，"种出了七棵嫩绿如水样的玉蜀黍苗"，这七个青壮劳力是对先爷那种抗击厄运的精神的继承，而且依靠这种精神种出了希望。《耙耧天歌》中的尤四婆失去生命在所不惜，终于治好了子女们的疯病，这就是人与命运斗争的结果，是人的勇气的最后胜利，这也是作者给予人们的希望。然而，《日光流年》的结局却是绝望。这绝望与"瑶沟系列"中一连串的绝望相呼应，表达了作家对于生命抗争的忧思。

（二）表达生存焦虑

对于现代文明的批判也是作者这一时期小说的一个重要主旨。在长篇小说《日光流年》、《受活》与《丁庄梦》中，作者思考了在现代化进程中人们的焦灼与无所适从。阎连科明确表示："《受活》对我个人来说，一是表达了劳苦人和现实社会之间紧张的关系，二是表达了作家在现代化的进程中那种焦灼不安、无所适从的内心。如果说《日光流年》表达了生存的那种焦灼，那么《受活》则表达了历史和社会中人的焦灼和作者的焦灼。"②

《受活》叙述了一个处于偏远之地的小村子受活村发生的故事。受活村位于一个三不管地方，哪一个县、乡也不曾隶属，也正因为此，村人避免了各种纷扰。村子里全是身体残疾之人，他们过着自生自灭、自由自在的生活，"受活有种不完的地，有吃不完的粮"，"家家都请别人帮过忙，又去别家帮过工"，俨然一个世外桃源。一个因身体原因掉队的女红军茅枝走到这里留了下来，成了村子里的管事人。多年以后，一个偶然的机会茅枝发现外面正在进行轰轰烈烈的合作化运动，一下子唤起了她的革命激情。年少时她是一名红四方面军女战士，"可在丙子年的秋，她却如从山上滚下的一粒石子一样，再也不能回到那起初的高高的地方去，于是，就只能在山坡的下面等待着，静候着。一个等候就是十多年"。茅枝婆具有革命情结，"她不能忘了她是到过延安的人。说到底，她是革命过的人"，

---

① 阎连科、侯丽艳：《关于〈日光流年〉的对话》，《小说评论》1999年第7期。
② 李陀、阎连科：《〈受活〉超现实写作的新尝试》，《读书》2004年第3期。

外面轰轰烈烈的运动激活了她生命深处的革命情结,"她想,我要革命哩,要领着受活入社呢"。她跑了三个县,最终带领村人加入了双槐县柏树子乡农业合作社。入社给村人带来了意想不到的灾难,首先是"铁灾",树被砍光了,全村人的铁锅全被收走了,新的、旧的、犁铧耙钉、铁锅勺子、门锦儿和箱扣子,村人甚至没有了做饭的铁锅。接下来就是"大劫年",大炼钢铁,砍光了树,甚至拔光了草,满世界都成了荒坡。接着来了蝗虫、灾荒,村外到处都是饿死的人,村人仅有的粮食也遭到抢劫,受活村人陷入了饥饿与恐慌之中。这是受活村自从与外部世界发生关联、进行"革命"后的第一次灾难,梦魇一般的日子给受活村人带来了严重的伤害。

如果说茅枝婆的入社是革命情结所致,那么接下来柳鹰雀的致富之梦就是政治情结所致,正是不明真相的革命与极端膨胀的政治给人们带来了严重后果。改革开放以后,县长柳鹰雀第二次搅动了受活村的平静。为了树立政绩,使双槐县走向富裕,柳鹰雀异想天开,要把列宁遗体购买过来,放在耙耧山脉深处的魂魄山上,开发旅游经济。为了筹集资金,他在受活村挑出六十七人组成了一个残疾人绝术表演团,让受活村的残疾人到处表演。柳鹰雀去受活村赈灾时,组织了受活庆,用当场发钱奖励的办法激活了受活人的物质欲望,人们再也不能安分于自给自足的生活了,纷纷报名参加绝术表演团。茅枝婆认为是自己当初带领受活村人入社才使村子遭受了灾难,她要求退出双槐县柏树子乡,当她费尽周折终于换来了受活村人的退社时,受活人已经变得异样的冷漠,而且马上想到了退社之后猴子再表演时谁给开证明的问题。受活村人虽然退了社,但再也不能按照茅枝婆的愿望回到从前了,他们经历了现代化的洗礼,经历了喧嚣而繁华的世界,心再也收不回去了。下面一段话很有意味:

"到期了?出演团就要解散了?"
"到期啦,我们就该回到受活啦。"
问话的是有小儿麻痹的小伙子,他正在打着牌,猛地把手里的纸牌僵在半空中,似乎想到了天大的一桩事,盯着茅枝婆问得有根有梢儿。
"退完了社儿咋样呢?"
"退了社就再也没有人能管住我们受活了。"
"管不住咋样呢?"
"管不住你就像野坡上的兔样自在受活啦。"

"没人管了，我们还能来出演绝术吗？"

"这不是出演绝术哩，这是剥我们受活人的脸皮呢。"

小伙子就把手里的纸牌用力丢在铺上了。

"剥脸皮我也愿意哩。"

小伙子说："要是退了社，出演团解散啦，那我们家打死也不退社呢。"

退社已不是村民的关注点，能不能继续游荡在外面世界挣钱才是他们最关心的，受活村人再也不是以往的受活人了，他们那颗纯朴安静的心一去不返了。在外出表演过程中他们学会了互相隐瞒钱财，互相提防，绝术表演团的人赚了很多钱，当他们被歹徒困于魂魄山顶存放列宁遗体的大厅时，人们宁愿挨饿也不愿意把钱拿出来。现代化进程中，欲望的膨胀无处不在，偏僻的耙耧山深处的受活村也在劫难逃。受活村是一个象征，象征农业文明为主的乡村文化，那种悠闲诗意、自由自在的乡村文化在现代化的冲击之下，再也不可能复现了。柳鹰雀是赶超型现代化战略的象征，在现代化进程中以城市文化对农村文化的压迫性改造，造成了农村文化的扭曲变形。他当副乡长蹲点时，让一个村里通水通电的方式是：用了村里所有人家的红绸、红布、红棉袄铺成了五十七里红绸路，从回家探亲的南洋商人走下汽车之地一直铺到商人的老宅门口，感动了南洋商人，捐资给村里通水通电了。他当上椿树乡的乡长后，让村民发财致富的办法是："要求椿树乡每个村只能留下十个男劳力，领着老人、媳妇在家春种秋收地忙，余下的年轻人，你都必须到外面世界里打工做生意，偷也成，抢也罢，横竖你不能在家种地呢。"椿树乡人纷纷出去打工了，进入了城市的各个角落，拾垃圾的、端盘子的、做小偷的、卖皮肉的，不管什么方式，只要赚了钱回来盖房或办厂，柳鹰雀均给予鼓励。柳鹰雀让人们不择手段地向"钱"奔，这种扭曲的现代化方式，带来的结果是价值观念的混乱与失落。人们不再以娼以偷为耻，只要家里有钱，盖了漂亮的房子，就招人羡慕，贫穷安分，反而是无能的表现。在这种过度物化的欲望冲击之下乡村传统价值观念迅速土崩瓦解，传统伦理道德下的人格与人性在现代化潮流面前发生变异，乡村文化呈现沙漠化状态，这正是作者表达的一种焦虑与担忧。这样的焦虑在《日光流年》中有同样表达：三姓村人费尽周折引来的却是泛着垃圾的脏水，人类的希望有可能最终毁灭在现代人自身之上，这是作者对于现代化的焦虑与恐惧。

《丁庄梦》中作者把这种焦虑表达得更加鲜明：不择手段地奔向现代化后果将是可怕的。让丁庄致富是"上边"的任务，也是衡量"上边"

政绩的重要内容。丁水阳在不明真相的情况下被利用了,他带领全村人去参观了卖血致富的村子,接着丁庄村民也开始卖血了。村人疯狂卖血,疯狂地盖房,结果大多数村民染上了艾滋病,村里到处弥漫着死亡的气息。得了热病的人集中于一个学校之中,在生命危机之中,还有人偷米偷粮,有人争抢村中大树,有人用计夺取公章掌握村中权力,人们还在计较着棺木的厚薄与救济粮款的分多分少问题。村民被各种欲望所驱使,甚至丧失了基本的公平正义追求。一个村民得了艾滋病,要娶一个没病的姑娘,全村人替其隐瞒真相。"病"在小说中是人们心理疾病的隐喻,阎连科说:"《丁庄梦》重新来关注人情、人性、伦理、道德这些最日常的问题,它就不再单单是一个艾滋病题材,不单单是艾滋人的事情,而是整个人类的事情,整个人类共有的问题。"① 这也是作者对于现代化进程中暴露出来的人性弱点的一次检阅。

从自然灾难、不可知的命运带给人们的生命之痛,到社会问题给人们带来的灾难,阎连科对于生之为人的生存之苦进行了深入的思考,也是作者对于人类生存状况的担忧。阎连科表示:写完《日光流年》后,他的思想异常沉重与悲凉。② 表达了作者对于现实的深切忧虑,这也是河南当代乡土小说的主调,即强烈的忧患意识与反思精神。此外,阎连科小说具有的格外深沉的忧郁情怀、格外鲜明的悲剧气质,也使他格外引人注目。

三 阎连科与当代乡土小说叙事的变化

河南当代乡土小说以现实主义为主,阎连科前期的小说创作基本上也以写实为主,20世纪90年代中后期开始转向形而上的哲学探寻,使他的小说越来越具有寓言化色彩,魔幻、梦境、象征等手法在其小说中大量出现,《受活》被李陀称为超现实写作:"小说近结尾的时候,故事发展到绝术团被困列宁纪念堂,就已经没有什么写实因素了,完全是一种荒诞,把一种现实生活中本来就具有的'冷酷'(或者是'残酷')在结尾时突然用一种超现实的方式表现出来。"③ 还有论者称为"中国的百年孤独",④ "一部充满政治梦魇的小说",⑤ 陈晓明也表示:《受活》文学史意

---

① 阎连科:《活着不仅仅是一种本能》,《南方周末》2006年3月23日。
② 阎连科、梁鸿:《巫婆的红筷子——作家与文学博士对话录》,春风文艺出版社2002年版,第23页。
③ 李陀、阎连科:《〈受活〉超现实写作的新尝试》,《读书》2004年第3期。
④ 咸江南:《阎连科:我的自由之梦在〈受活〉里》,《中华读书报》2004年2月11日。
⑤ 王鸿生:《反乌托邦的乌托邦叙事——读〈受活〉》,《当代作家评论》2004年第2期。

义不可低估,它解决了当代文学发展的一些重要问题,即传统现实主义如何开放的问题,乡土描写如何创新的问题,后现代思维如何引进当代乡土写作问题等。① 论者从很多方面评论了阎连科对于乡土文学的传统现实主义写作方法的突破。

《受活》呈现出鲜明的后乡土叙事特征,是对传统乡土叙事的改写,这种寓言化、象征、魔幻的写法在《年月日》、《日光流年》、《丁庄梦》、《坚硬如水》中都十分突出。《年月日》中与大自然抗争的先爷、与狼抢水,与鼠争食的情节,荒原之上的一棵玉米苗,这些都具有魔幻色彩,是一部人类战胜大自然的寓言。《日光流年》中的三姓村、活不到四十岁的喉病、卖皮、换土等情节极富于想象。《丁庄梦》依托了一个故事原型,河南上蔡县一个艾滋病村的故事,情节与人物却完全来自虚构。这种超越现实的创作方法是作者自觉进行艺术探索的结果。阎连科曾表示:"我越来越感觉到,真正阻碍文学成就与发展的最大敌人,不是别人,而是过于粗大,过于根深叶茂,粗壮到不可动摇,根深叶茂到已居为参天大树的现实主义。"② 他创作风格的变化与受西方文化的影响也是分不开的,他曾谈到胡安·鲁尔福的《佩德罗·帕拉莫》对他影响很大,他说:"我想这部小说对我有很大启发,恰恰它也唤醒了我对民间经验的那些记忆",③"北方农村的记忆对我的影响太深刻太深刻了,现在有一声喊叫把它唤醒了。那些小说唤醒的恰恰是我的记忆,我在写很现实的小说时,其实也有很多亡灵的叙述,或者乡村的神秘事件等,只是当时它们非常非常次要。后来这些东西慢慢升上来了。"④ 西方启示、生活记忆加上有意的探索,使阎连科取得了写作上的突破。李陀指出:《受活》更重要的意义,是作者找到了一种适合对中国现实发言的写作形式,是作者对于现实尽了责任。⑤

阎连科在文体上也作出了有益的探索,《日光流年》中由死写到生,整部书是一个时间上的回溯,曾被王一川预言为完全可以列入现代长篇小说杰作之列,"在逆向叙述中叩探生死循环和生死悖论及其与原初生死游戏仪式的关联,由此为探索中国人的现代生存境遇的深层奥秘提供一个充满想象力的奇异而又深刻的象征性模型,似乎正是这种索源体的独特贡献

---

① 陈晓明:《墓地写作与乡土的后现代性》,《吉林大学社会科学学报》2004年第6期。
② 阎连科:《寻求超越主义的现实(代后记)》,《受活》,春风文艺出版社2003年版,第369—370页。
③ 阎连科、田志凌:《阎连科:不顾一切地表达不存在的存在》,《南方都市报》2007年9月23日。
④ 同上。
⑤ 李陀、阎连科:《〈受活〉:超现实写作的新尝试》,《读书》2004年第3期。

之所在。"① 在《受活》这篇作品中，作者采用了絮言体，即注释体，作者在文中使用了大量的豫西方言，为了便于阅读，在写作过程中采用了正文与注释并行的方法，这样注释内容不但是正文内容的注释，更成了正文内容的扩展与补充，作者通过注释把大量的风俗人情镶嵌在注释里，二者互相映照，相得益彰，成了独特的絮言体，这在当代乡土文学中是一个新的尝试。

阎连科对于乡土小说创作方法的探索，代表了乡土小说创作艺术的新的审美变化，使乡土小说写作开拓新的路径成为可能，这也是阎连科之于中国当代乡土文学的重要意义，如评论家所言：阎连科的《年月日》、《日光流年》等作品，则开辟了中国"乡土文学"的"现代派"的路子。这样的"现代派"小说，既借鉴了西方（包括拉美"魔幻现实主义"）的创作理念与手法，又融入了中国作家对民间神秘文化和地域文化的独特理解。因此可以说，这一部分作品是中国"现代派文学"的重要组成部分。无论是研究当代"乡土文学"，还是研究当代"现代派文学"，这一部分作品都具有重要的意义。②

第二节　刘震云：说话中的生存哲学

刘震云认为文学的贡献在于不断地为人们提供一种新的观察世界的方法。③ 这句话也是刘震云写作过程的真实写照。从最初的新写实小说，到"故乡系列"的新历史小说，再到新世纪关于"说话系列"小说，他一直在寻求不断地给读者提供观察世界的新方法。从"说话"角度进入人类语言与生存关系的深层追问是其近年来小说创作的一个独特视角，从长篇小说《手机》到《一句顶一万句》，到新作《我不是潘金莲》，这些作品通过对底层百姓日常"说话"方式与内容的描写，探讨了底层人们的精神世界问题，同时，作者也从"说话"这一角度表现了中原人的文化心态。

一　言与心的距离

刘震云在谈到《手机》时说："手机，是正面地面对人说话的语言，

---

① 王一川：《生死游戏仪式的复原》，《当代作家评论》2001 年第 6 期。
② 樊星：《阶级与人性》，《当代文学新视野讲演录》，广西师范大学出版社 2007 年版，第 118 页。
③ 刘震云：《独白》，《小说选刊》1988 年第 5 期。

真正还原到生活中,关心人们的谈话,这种嘴和心之间的关系。"①《手机》正是通过人们的"说话",探究了现代社会里人们的精神问题。

《手机》中有两条线索,一条线是老家严庄的现实生活和严守一的故乡记忆,另一条线写严守一在城市过着言不由衷的生活。无论是以说话为职业,整天对着无数观众喋喋不休的严守一,还是文文静静的于文娟,无论是常常以代言人策划人身份发言的大学教授费墨,还是身处偏远农村的老严,他们都存在一个共通的问题:有话无处说,因此,内心充满了难以排遣的孤独与压抑。小说开篇就写到了说话问题,严守一的父亲老严不爱说话,一天下来说不了十句话,十句话中不得不说的占六句。后来和卖葱的老牛一块儿卖葱,之后开始说话了。于是他开始热衷于这项买卖,不单单是为了生活糊口,更在于和老牛有话可说。后来和老牛发生了矛盾,发誓从此再不卖葱还是因为说话,他告诉儿子:"一辈子没说得来的,就一个说得来的,还说我是傻逼!"从此后至死再也没说过一句话。老严不说话原来不是没话可说,而是没有"说得来的",有话无处说。终于自认为有了一个说得来的,原来把他当成了傻子,老严的精神受到了严重打击,因此再也不说话了,可见说话与人生的重要关系。语言是表情达义传递信息的工具,没有了可以传递内心情感的对象,或者传递的信息不能被有效接收,等于废话,倒不如不说。老严看似一个木讷本分的农民,不说话的背后原来是深层的精神诉求,自动放弃了说话的权利,应该说是对于知心朋友的存在产生了虚妄,正是"高山流水,知音难觅"故事的翻版。严守一是"有一说一"栏目节目主持人,在电视上谈笑风生,回到家里却无话可说了,两个人吃饭时只听见一片叮叮当当的碗筷声,于是,他总是找借口不回家,宁愿在外面鬼混,也不愿回到家里"大眼瞪小眼"没话说。严守一的老婆于文娟说:"我现在听你说话,都是在电视上。"于是她只好每天把不能给严守一说的话对着毛毛熊说。大学教授费墨,一肚子学问,也有着无处倾诉的寂寞,只有在喝醉时才对着严守一滔滔不绝,然后又伤感地感叹:"嘴里贫,是证明心里闷呀。"费墨曲高和寡,与别人无话可说,在家与老婆也无话可说,老婆只好整天网上聊天。

一方面是话语喧嚣的时代,垃圾信息满天飞,广告宣传满大街,各种声明、各种发言、各种访谈、电话、QQ聊天等话语充斥世界,另一方面是人们无处可说的郁闷,二者构成了悖论,揭示了现代人们"嘴与心"相背反的荒谬处境。刘震云认为:人们每天都说很多话,但有用的话不

---

① 《刘震云:用小说拨打心灵"手机"》,子水主编《提问中国文化名流》,上海人民出版社2006年版,第85页。

多，这是一个话语喧嚣的时代，而手机的出现助长了这种喧嚣。① 严守一是"有一说一"电视节目主持人，以说实话为主，而在现实生活中却常常口是心非，言不由衷，接电话时谎话张口就来："我不在台里"、"在开会"。无话可说意味着心与心之间的壁垒，有话需要说时却又言不由衷，意味着人们说话很多，却无法说出心里话的无奈心态。手机给人们提供了交流的方便，却拉长了人们之间的距离。费墨在给节目组开会时，大家的手机都不停地响，盛怒之下费墨语出惊人："你们在手机里说了多少废话和假话？汉语本来是简洁的，现在人人言不由衷。"刘震云说："写小说时我关心的是人的物质和精神之间的磨合点，关注的是人的说话，因为说话这个东西是物质的，又是精神的，听得着，但是看不见，语言最能反映人的嘴和心之间关系。"② 小说从深层上揭示了现代人的精神迷失，揭示了喧嚣背后的人们因隔膜而产生的难以名状的孤独与寂寞。

同样是写说话问题，《手机》写出了现代社会里人们的精神隔膜，而《一句顶一万句》却写出了农民"把话说出去"本身的艰难。《一句顶一万句》与刘震云以往大多数作品一样，把故事背景设置在了故乡延津，作者以写实的手法描写了延津一大群卑微人物琐碎的日常生活，从吃、穿、住、说话行事到日常的邻里关系、利益纠葛、兄弟亲疏、夫妻反目等，里面涉及各类人物，贩牲口的、做木工活的、杀猪的、剃头的、卖饭的、耍猴的等，多为引车卖浆之流。作者旨在通过这群人物在日常琐碎生活中对于"说得着话"的人的寻找，以寓言化的方式，表现了底层世界的精神状态。透过这些人的纷纷扰扰的繁杂生活，直抵他们的内心、探寻他们精神深处无处诉说的孤独。刘震云说："我不认为我这些父老乡亲，仅仅因为卖豆腐、剃头、杀猪、贩驴、喊丧、染布和开饭铺，就没有高级的精神活动。恰恰相反，正因为他们从事的职业活动特别'低等'，他们的精神活动就越是活跃和剧烈，也更加高级。"③ 作者是通过"说话"这一视角写出了农民式的孤独，即"有没有说得上话的人"、"话语怎么说出去"的问题，也即找到一个真正能听懂自己、听进去自己说话的知心朋友，刘震云在关于这部书的访谈中强调："这句话指的是怎么说出去，而不是这句话它本身。中国有古语讲，一生能够找到一个知心朋友，就足矣。可见，话想找一个'唠处'是非常非常难的，我觉得《一句顶一万

---

① 刘震云：《手机助长了话语喧嚣》，白烨主编《2003年中国文情报告》，社会科学文献出版社2004年版，第195页。
② 张英：《刘震云："废话"说完，"手机"响起》，《中国现代当代文学研究》2004年第3期。
③ 孙聿为：《刘震云访谈：一句顶一万句》，《北京晚报》2009年3月16日。

句》关键是它的'唠处'"。①

这部小说也写到了底层世界的艰难而粗鄙的生活，如"老李八岁那年，偷吃过一块枣糕，他娘扬起一把铁勺，砸在他脑袋上，一个血窟窿，汩汩往外冒血"。杨百顺家里丢了羊，他因痴迷于罗长礼的"喊丧"而忘记找羊，回家被他爹"兜头抽了一皮带"，再次出门去找羊，天黑了，一个十三岁的孩子怕狼，又不敢回到家里，只好躲在外面柴草堆里。由此可知暴力在乡村是多么常见。老蔡的老婆对于老蔡常常又吵又骂；杨百顺父子之间的仇恨与嘲弄超过了亲情；吴香香对吴摩西的嫌恶远远多于夫妻情义；曹满囤为了和哥哥嫂子斗气争夺家业，宁愿让自己女儿脖子上的鼠疮疼得死去活来，这些就是乡村的日常生活经验，这样的粗糙日子除了给他们带来了肉体之痛，更让他们饱尝精神之苦的是：很难找到一个"能说得上话"的人。正因为此，他们内心深处时时存在着无处诉说的孤独。这部小说把笔触深入到他们精神的内部，探求他们精神深处那种难以表述的孤独，就此点来说，这部小说显示出了独特的意义。

《一句顶一万句》上部以"出延津记"，写了杨百顺曲折坎坷的人生经历。杨百顺家本来是卖豆腐的，但杨百顺不喜欢做豆腐，也不喜欢父亲老杨，而喜欢喊丧的罗长礼，于是在家里生活得别扭而无希望。老马、父亲和弟弟杨百利的合伙欺骗终于让他有了一个离开家庭的理由，他离家出走了。他在外面干过杀猪、染布、挑水、竹业社破竹子、给县长老史种菜等种种杂活，后来入赘吴香香家，吴香香与邻居老高有私情并私奔。在吴家与姜家的逼迫下，他带着养女巧玲去找吴香香，结果在开封养女被人贩子拐走，找养女未果，只好一路向西去到咸阳，从此改名罗长礼，在咸阳了却一生。下部"回延津记"写牛爱国的妻子庞丽娜跟人跑了，牛爱国外出寻找，回到了母亲的出生地延津，结果发现他现在最想知道的是章楚红的下落及临别要告诉他的那句话。一走一回，两个寻找的故事经历了一个百年轮回，他们的悲欢离合皆因"说得上话"与"说不上话"这一根源所起，他们最终悟出的都是要寻找一个"说得上话"的人，这"说得上话"的人其实就是在一块可以说掏心窝子的话，可以交心，可以给生活带来生机的人。看似重复性的故事情节，是作者有意设置的一个循环式结构，通过这个结构作者意在强调农民的精神孤独如影随形，而且代代相传，"百年是一个时间概念，大多是国家民族或是家族叙事的历史依托。但在刘震云这里，只是一个关于人的内心秘密的历史延宕，只是一个关于

---

① 王宁：《刘震云：寻找〈一句顶一万句〉的知心话》，河北卫视《读书》栏目主编《读书29位文化名家的书心文事》，新世界出版社2010年版，第33页。

人和人说话的体认。对'说话'如此历尽百年地坚韧追寻,在小说史上还没有第二人。"①

刘震云把"说话"与底层人们的生活意义之间的关系写得如此引人注目。杨百顺与自己的父亲、兄弟无话可说,却与剃头的老裴有话说;与妻子吴香香无话可说,却与养女巧玲有说不完的话;庞丽娜与牛爱国没有话说,却与婚纱影楼的小蒋有说不完的话;牛爱国与庞丽娜无法交流,却与章楚红有说不完的话。正是这些"有话说"或"无话可说"导致了几个家庭破裂,甚至超越了血缘亲情,影响到了父子关系、母女关系、朋友关系等,可见这"说得上话"在普通百姓生活中的重要意义。"无话可说"给他们之间造成的痛苦远远大于物质上的贫困造成的痛苦,为了"说得上话",吴香香宁愿和银匠老高流浪在外、风餐露宿、在车站给人送洗脸水擦皮鞋过着居无定所的日子,她甚至把自己的女儿留给了吴摩西,因为女儿和自己无话说,而和吴摩西有话说。吴摩西妻子跑了无所谓,而在寻找妻子的过程中把唯一能说得上话的养女巧玲丢了,则伤透了心:"吴摩西想想自己这几年的遭遇,从做豆腐起,到杀猪,到染布,到信主破竹子,到沿街挑水,到去县政府种菜,到'嫁'给吴香香,到吴香香和老高出事,没有一步不坎坷;但所有的坎坷加起来,都比不上巧玲丢了。"② 吴摩西不喜欢卖馍,是因为需要不断和各种各样的人说违背心愿的话,"做生意跟人说话。又与平日说话不同,平日说话照着自己的心思,做生意得照着别人的心思,见什么人说什么话,一天馒头卖下来,卖馒头不累,说话累","比卖馒头更累的是,他与吴香香不对脾气。不对脾气不是说她曾唆使吴摩西杀人,吴摩西与她不亲;比让他去杀人更让人头疼的是,过起琐碎日子,两人说不到一起。"杨百利和牛兴国本不同班,两个人"喷空"能"喷"到一起,关系非常亲密,难舍难分;新乡机务段的采买老万与杨百利本是陌生人,两人因"喷空"成了知己,杨百利也因此毅然辞去了原来的工作,去新乡机务段当了司炉工。牛爱国在部队当兵两年多,连队有一百多号人,没交一个知心朋友,与杜青海只见一面,却成了知心朋友,"一个是山西人,一个是河北人,并不是老乡,但说起话来,竟能说到一起,越说越有话说"。这些看似都是"一地鸡毛"般的小事,却是芸芸众生的生活常态,是他们生活中的大事,寄托着他们心灵深处的绝望与渴望,对他们来说有了交流的生活才有生机有希

---

① 孟繁华:《"说话"是生活的政治——评刘震云的长篇小说〈一句顶一万句〉》,《文艺争鸣》2009 年 8 月。

② 刘震云:《一句顶一万句》,长江文艺出版社 2009 年版,第 201 页。

望，找不到"说得着"的人，缺少真正交流的生活没有滋味、没有希望。刘震云写出了底层人们虽然处于粗陋的生活之中，但他们同样有着精神上的渴望，渴望有交心的人可以和自己交流。刘震云谈到《一句顶一万句》这部作品时曾说："痛苦不是生活的艰难，也不是生和死，而是孤单，人多的孤单。"[①] 这种孤单不是利益所致、不是性格命运所致，而是无处倾诉的孤独，是源于内心深处的一种精神孤单。这种孤独不仅仅存在于延津人身上，也普遍存在于中国农民的精神之中。由此看来，刘震云的这篇小说具有更深层的乡土性，由故乡农民的寂寞灵魂揭示出了中国农民的孤独。刘震云认为：这样的孤独跟有宗教的西方国家的那种孤独是非常非常不一样的，有宗教的人们随时可以把自己痛苦的话、忏悔的话说给神听，而且神的嘴是严的，不必担心他会把你的话再捅出去。他们的孤独可以是倾诉之后的孤独，我们的是无处诉的孤独。[②]

一方面是人们走在寻找的路上，难以找到一个"能说得上话"的人，另一方面是互不相通的人们之间连篇的废话令人发疯，这是人生的一大悖谬。小说中写了大量人与人之间因生活琐事产生的误解，说者的自我言说，听者的自我理解，这中间总是绕来绕去，一句话说出来后就不再是原意，而成了另一句话，一件事说出来后就成了另一件事，距离本意越来越远，隔膜越来越深。剃头匠老裴的妻子，因为老裴外甥吃了家里孩子过生日的烙饼，便从吃饼这件事开始骂外甥，从外甥扯上了老裴，从老裴又扯到了老裴的姐姐，从老裴的姐姐作风，骂到了老裴的作风，从老裴又骂到姐弟二人"下流"，本来是一张饼子的小事，结果骂成了姐姐的作风问题，这样的结果把一件事扯成了另一件事，越绕离出发点越远，二人之间的矛盾进一步扩大，误会也进一步加深，于是，双方就不再是原来的双方了，而成了你死我活的对手，内心的怨恨越积越深，沟通和理解就更加困难，于是，孤独便不可避免。老裴宁愿一天到晚在外剃头，再也不愿回到家里听老婆绕来绕去不着边际的埋怨与唠叨，而且老裴的话越来越少了，还不停地叹气，这是夫妻之间无话可说的无奈生活的表现。老裴的妻哥蔡宝林跑来和老裴讲道理，从目前的二人吵架，讲到了过去发生的种种矛盾，又讲到了老裴"常有理"的娘，又讲到了老裴作风不正的姐姐，讲到了老裴的内蒙古事件，然后又回到了饼子上，绕来绕去，一大堆废话，废话逼得老裴想杀人了，他不是要杀死蔡宝林，而是要杀死他的"话"，"更是要杀死他的

---

① 苏颖：《语言捆绑了命运——评刘震云的〈一句顶一万句〉》，《书屋》2012年第6期。
② 王宁：《刘震云：寻找〈一句顶一万句〉的知心话》，河北卫视《读书》栏目主编《读书29位文化名家的书心文事》，新世界出版社2010年版，第40页。

绕"。形象揭示了生活中人们缺乏真正的理解沟通，废话连篇不着正题，越扯离本意越远。人们沟通交流的困难，原因在于心与心的距离太远，并非出自真心的交流，带给人的只能是精神负担。杨百顺十三岁时，出去找羊，邻村有人家办丧事，就跑去看罗长礼了，结果回到家里，他的父亲把他狠揍一顿，由丢羊的事扯到说瞎话的事，由说瞎话扯到了他不听说，由他不听说又扯到了谁当家的问题，绕了几道弯，逼得孩子离家出走。老杨难以理解杨百顺，造成了二者之间的隔阂，他们的沟通就十分困难。杨百顺卖豆腐喊不出来，却梦想学罗长礼一样"喊丧"，他痴迷于罗长礼的喊丧，因为喊丧喊出的话有用，喊一句人们遵从一件，有条不紊地进行，杨百顺对于"喊丧"这种行为的渴望正是源于说出的话能被大家认同的心理。

书中多次出现两句话："说着说着，就把一件事说成了另一件事"，"咱再说点别的，说点别的就说点别的"，这两句话也是这篇小说的中心所在，即隔膜与交流问题。因为人与人之间的隔膜，常常把一件事说成另一件事；也正是因为双方有了真正的交流，才说得意犹未尽。这就是生活的真正面目，一方面是人们之间的隔膜造成的孤独，另一方面是人们对于心与心的交流的渴望。曹青娥回娘家与养母说大半夜，两人还意犹未尽，还要说点别的；吴香香与吴摩西没话说，却与老高有说不完的话，临结束时还要再说点别的；牛爱国无处说话，和章楚红却有说不完的话，说了很多之后还要再说点别的。

吴摩西（杨百顺）为寻找"说得着"的养女巧玲，走出了延津；七十年后，巧玲的儿子牛爱国名为寻找一句话，走回了延津。这样的轮回，暗示着人们一直走在寻找的路上，寻找说得上话的人是人们永恒的精神追求，寻找也是绝望背后的期望，因此这篇小说忧郁的文字背后，还有作者所寄予的希望。而希望之中又有宿命般的轮回，这是作者的思想矛盾之处，也是作者对于人类孤独存在的独到理解。

二 "绕"出来的文化心态

刘震云表示："《一句顶一万句》是说，在人群中想说一句话，但把这句话说出去非常困难，困难并不是因为这句话我说不出来，而是因为我找不到听我说这个话的人。《我不是潘金莲》是说，在人群中想纠正一句话，结果发现，比想说一句话更困难。"[①] 他的新作《我不是潘金莲》继续沿着"说话"这一路子向前探索，表达了语言给人带来的困扰问题。

---

① 刘震云、唐追远：《刘震云：想纠正一句话比想说一句话更难》，《中国图书商报》2012 年第 12 版。

这部小说写了一个很"绕"的事件,农村女子李雪莲意外怀孕,想把孩子生下来,于是和丈夫秦玉河办了假离婚,半年后她把孩子生下来后,她的丈夫秦玉河却和另一个女人结婚了。李雪莲觉得委屈,想证明当时是假离婚,还事件一个本来面目,李雪莲要把案件翻过来,结果牵涉了一大堆人,镇政府民政助理、县民事厅厅长、法院院长、县长、市长等,李雪莲离婚案的性质也发生了变化,由想证明一句话变成了告一系列工作人员的不作为。有一次李雪莲决定不再折腾了,她想当面问秦玉河一句话,问他当时离婚到底是真是假,她想只要世界上有一个人承认她是对的,便从此偃旗息鼓,过去的委屈便不再提起。结果秦玉河反而骂她是潘金莲,于是她决定再闹个鱼死网破,告状的内容又多了要证明自己清白一项。事情越来越绕,越绕越大,李雪莲为此告状几十年,成了上访专业户。这部作品表现了人与人之间的沟通交流问题,更突出了农民与上层之间的沟通困难。从镇政府民政助理、司法专委,到县法院院长、县长、市长等没有人理解李雪莲的心思,也没有人愿意去理解她的真正想法。那些人都认为她是离婚又反悔了,想捞点好处而已,没有一个人愿意去问一下事件的真相。乍一看这似乎是个十分荒诞的故事,因为一个家庭纠纷升级成了一个地市级的政治案件,细究一下,也十分符合现实的生活逻辑与政治逻辑,一个小小农妇的离婚案件,确实不值得上层人员的关注。她也有过停止告状的念头,但找她谈话的人往往不相信她的话,李雪莲说:"他们总把我的话往坏处想,总把我当成坏人。"于是,她一次又一次走上告状之路。信任的缺失,大大小小部门的人自以为是,没人对事件本身真正关心,只是简单地把她当成一个上访钉子户,她的真正意图与想法没有人知道,最终双方都走向了愿望的反面,形成了一个最大的误会。人代会期间一位首长无意中提及了李雪莲告状一事,省里立即把市长、县长、法院院长等一溜儿全给办了,这就是中国的政治逻辑。

另一方面作者也深刻地揭示了人是如何被话语所驾驭,话语如何把一个人永久地定性钉在话语的十字架上的故事。李雪莲只是想把一件事说清楚,结果越来越纠缠不清。世界是由语言建构的世界,世界是语言性的存在,人的意识是语言建构的意识,人实际也成了被语言操纵的人。语言的魔力、语言对人的控制,其力道之大,非常人所能设想,控制力不分好话还是坏话,好话有力量,混账话同样有力量,很多歪理邪说大行其道,有些话对于一个人的评价,只有区区几个字,但其杀伤力却非同小可,就如阮籍对于刘邦的评价"竖子"两个字,便把刘邦钉在了历史的柱子上,使英雄人物成了一个流氓与无赖,成为后人判断其性格的一个重要典范。

李雪莲被丈夫说成了一个潘金莲的形象,她想把这话翻过来,却越描越黑,成了她永难洗掉的印记,她背负着这样的耻辱走在告状的道路上,越走越远,"我不是潘金莲"代表李雪莲的呼喊,但她的呼喊是如此微弱,能听懂她的呼喊,相信她说的话只有那头与她相伴了二十多年的牛。刘震云总结说,《我不是潘金莲》与《一句顶一万句》相同之处是主人公都"在路上",[①]"在路上"指什么呢?是在寻找理解与信任的路上。现实生活中,人与人之间的隔膜,以及由此产生的诸多误解,使得人与人失去了坦诚的沟通,使人们陷入更加隔膜的人生困境之中。李雪莲在寻找一个理解,一个真诚的交流,但她寻找不到,最初法官以离婚证据确凿为由判她败诉,然后法院审判委员会专职委员董宪法骂其"刁民"让她"滚"了,随后法院院长也同样骂她"刁民"并让她"滚"了。她告状的目的在不断发生着变化,由最初状告丈夫秦玉河,到状告专职委员董宪法贪赃枉法,到法院院长,开始是为了证明离婚的真假,后来变成了证明自己不是潘金莲,再到后来为了那些人都不相信她的话而咽不下那口气。貌似荒诞的故事背后,是李雪莲这个小老百姓无奈而拧巴的人生。

这几部小说最大的特点是"绕",刘震云的作品"绕",尤其是后期作品越来越"绕",这是很多评论家公认的,刘震云也承认自己是最"绕"的作家:"我经常听到别人评论我'绕',我也发现自己是中国'最绕'的作家。为什么这么'绕'呢?恐怕与民族思维相关——要说清一件事,必须说清八件事,大而化之,说起来特别费劲。但我觉得知识分子的责任,就是从别人说不清楚的地方开始,把它说清楚。可当我想说清楚时,大家又觉得'绕'了……"[②]《手机》就体现了作家"绕"的风格。首先《手机》的结构就"绕",全书分三部分,第一部分写严守一的童年记忆,第二部分写严守一的现实生活,而第三部分却又回溯过去,从头追忆严守一的出身渊源、严守一爷爷的故事及其爷爷时代的说话方式。这样绕的结构是刘震云特意安排,刘震云说:"我写手机特别写了第三部分,是写人跟人的那种最根本的交往。"[③]《手机》的"绕"一般不体现在叙述语言上,而是体现在简洁的叙述话语之下人们充满矛盾与悖论式的生活。《手机》里的严守一在"有一说一"节目中要不停说话,而在现实生活中却无话

---

① 河西:《刘震云:荒诞没有底线》,《南风窗》2012年第9期。
② 刘震云、唐追远:《刘震云:想纠正一句话比想说一句话更难》,《中国图书商报》2012年第12版。
③ 刘震云:《拧巴的世界,变坦了的心》,见北京青年报天天副刊版组编著《人物在线》,东方出版社2004年版,第85页。

可说，有话需要说时也是言不由衷。严守一每次录节目时都对观众说一段话，他已说了一千遍，但现场的观众每一次都是第一次听，然后哄堂大笑，这让严守一很别扭，严守一过着一种很"绕"的生活。严守一喜欢沈雪，是因为她说话可爱，"傻不棱登的"，而沈雪被前男友抛弃正是因为她说话直，"傻不棱登的"，这是人与人之间关系的"绕"。严守一与伍月一起吃饭，没有告诉沈雪，怕沈雪多疑，沈雪偏偏知道了，并认为他是故意隐瞒，于是两人大吵一场，事情总是"绕"在一起，出现与意愿相反的结果。

《手机》中的"绕"是一种生活本身的"绕"，到《一句顶一万句》，作者的"绕"变得更加繁复，不单单故事里面人物的生活"绕"，人物的语言"绕"，作者的叙述语言也"绕"，"绕"出了刘震云的艺术个性，"绕"出了丰富的文化内涵。《一句顶一万句》中首先是小说里的事件绕，吴摩西的日子"绕"，家里是做豆腐的，他偏偏不喜欢做豆腐，喜欢喊丧，喊丧又不能糊口，只好一路杂活做下来，杀猪、染布、破竹子、挑水、信主。入赘吴香香家终于有了一个安定日子却和吴香香说不到一块，日子天天过得别扭。得到一个和自己贴心的养女，却又丢了，这人生真够"绕"的。老马日子也"绕"，他是赶大车的，却不喜欢赶大车，换了很多营生如泥瓦匠、石匠、铁匠，于是在赶大车时还吹笙，别人以为老马图个高兴，老马吹笙却是为了忘掉赶大车。老胡生活也"绕"，做县长做得一塌糊涂，木匠活却做得巧。本来退休之后应该回乡，但在延津多年已吃惯了延津的含碱量大的井水，回乡不吃这水反而拉肚子，只好认他乡为故乡，留在延津专门做起木匠活来。牧师老詹的传教生涯也"绕"，在延津兢兢业业传教几十年，只发展了八个信徒。以为吴摩西是一个很好的发展对象，吴摩西却是为了糊口而信主，他每天在老詹的讲经声中睡去，老詹在虔诚与无奈中过完了一生。牛爱国生活也"绕"，与妻子庞丽娜无话可说，妻子跟人跑了，他假意出去寻找妻子，却去到了母亲曹青娥的出生地延津，寻找母亲临死之前要表达的一句话，最终悟出与自己有话说的章楚红对于自己的重要意义，又开始了对于章楚红的追寻。《我不是潘金莲》中的李雪莲事件同样很"绕"，为一句话而打官司、为一句话把一群人给告了，又为一句话而要上吊。她决定不再上访了，是因为听了老牛的话，后来她决定再次上访因为那些人全不信她的话。每个人的故事都"绕"，"绕"正是这些卑微人物的人生，他们都在"绕"中挣扎着，又不断地寻找着，寻找走出"绕"的人生之路。

小说的语言也绕，《一句顶一万句》中话语滔滔，一段连着一段，喋喋不休，语意一层套着一层，一句比一句"绕"。比如：

> 当初你劝我续弦，我刚才梦见死去的老婆了，用袖子擦泪呢，说我忘了她。仔细一想，续弦之后，真把她给忘了，一个月也想不起她一回。
>
> 又自言自语言道："死都死了，说这些还管啥用呢？你在的时候，还不是整天跟我闹？"
>
> ……
>
> 杨百顺听着雨打在房顶上，心里更加别扭。虽然师傅表面说是念起前妻，但话外的意思，还是夸续弦好了。夸就夸，用不着正话反说。

这是杨百顺的师傅老曾的一段话，要夸自己的续弦好，还要拐着弯夸，以正话反话来夸。

小说取材于刘震云故乡河南延津，"绕"，也体现了河南人说话的特点。河南人说话绕，刘震云认为是河南人的幽默性格所致，河南人见河南人，话都不直接说，而是开着玩笑说。刘震云曾举了日常生活的例子："河南人不正经说话，两人打招呼，吃了吗？也不说吃没吃，说明天吃，说这话不是非要吃你家饭，而是就这么风趣。别人到他家，他马上说：呦，又是吃过饭来的，又是不抽烟，又是不喝酒。河南人马上回答，吃过昨天的，不抽差烟，不喝孬洒。当我把河南人说话方式带出去，我发现屡屡碰壁。不管形而上形而下，他把河南人的玩笑当正经话听了。"[①] 河南人说话绕与幽默性格有关，常常正话反说，或者绕着道儿说，这样才能产生幽默效果。不明内情的人就会产生错觉，觉得这话阴阳怪气，不着边际，其实是用河南特有的方式在说话，而且说的都是真话，有时还是一种委婉的表达。如《手机》里面严守一要请费墨去搞策划，费墨顾及教授尊严而不答应，严守一说："知你看不上我们，无法与我们对话，但你也得顾及影响。我这次来，并不是代表我自己！""我代表天下的苍生，再不能让我们这么不明不白地活着了！""如果你再把授业解惑局限在学校，你就是自私。"[②] 绕了半天就是要请费墨出山，还要顾及他的情绪与脸面，于是"绕"着说，话就说得极其风趣委婉。"刘震云明确将这种河南式幽默概括为'拧巴'，并在后来的《一句顶一万句》中将这种'拧巴'的

---

① 见《刘震云：一地喜剧》，《三联生活周刊》2007年第42期。
② 刘震云：《手机》，作家出版社2009年版，第22页。

河南式幽默发挥到了极致。"①

作品人物语言绕，作者叙述语言也绕，如："杨百顺不喜欢做豆腐。不喜欢做豆腐不是跟豆腐有仇，而是跟做豆腐的老杨合不来。与老杨合不来不是老杨用皮鞭抽过他，因为一只羊，害得他睡在打谷场上，记恨老杨；而是像赶大车的老马一样，从心底看不上老杨。"② 这样"绕"的语言，一层进一层，把一条一条的道理逐条摆出，意思表达得环环相扣，不单单是绕，且别具一种语言酣畅与丰饶之美、一种连环纠结之文趣，不但把杨百顺不喜欢老杨原因交代明白了，而且把杨百顺的喜好与心理也表现得很充分。

这篇小说中有一个情节叫"喷空"，杨百利在延津新学没学会别的，倒学会了"喷空"，因为"喷空"和牛国兴成了朋友。新乡机务段采买老万与杨百利"喷空"三天竟然成了无话不谈的朋友，杨百利也因此毅然辞去了原来的工作。通过"喷空"，他们在真实与虚拟的对话环境中实现了情感上的沟通与交流。"喷空"是河南流行颇广的一个词，即一堆人坐在一起，山南海北、上天入地闲扯，可实可虚，可庄可谐。这是河南民间常见的一种娱乐形式，农闲时节的晚上，尤其是漫长的冬季夜晚，中间放一个小火盆取暖，一群人围坐在一起，你一言我一语，说上大半夜，能从古代到目前，从神话鬼怪到现实人生，从某村某家生活琐事到国与国之间战争大事等，无拘无束、话语满世界跑。"喷空"其实也是一种语言上的"绕"，是农民交流生活、打发时间、释放自我的一种重要方式。中原人见面爱说"喷一会儿"，其实就是闲扯一会儿。"喷空"的习惯也是河南人幽默性格的延伸，是对生活的一种态度，是打发苦日子的一种方式。扯着扯着，脾气相投了，就成了无话不谈的好朋友，也可见河南人性格爽快的一面。"喷空"也是一个巧妙的隐喻，作者给我们讲"一句顶一万句"的故事也是在"喷空"，在和读者交流，在和书中的那些农民交流，如论者所言："刘震云深得喷空的精髓，他才是喷空的真正高手，小说中的这些喷空高手也不过是他喷空的成果罢了。"③

河南人说话绕还有另一方面原因在于河南人性格中谦卑的一面。河南在历史上的辉煌地位与后来的边缘化地位形成了极大落差，河南人一下子从高高在上的位置上跌落下来，再加上后来的自然灾害、社会历史等原因

---

① 曾军编：《民间诙谐文化与中国当代文学》，上海大学出版社 2011 年版，第 137 页。
② 刘震云：《一句顶一万句》，长江文艺出版社 2009 年版，第 32 页。
③ 贺绍俊：《怀着孤独感的自我倾诉——读刘震云的〈一句顶一万句〉》，《文艺争鸣》2009 年第 8 期。

造成的灾难，河南更是落在了后面，闭塞、贫困、落后这些字眼也渐渐地与他们紧密相连，于是河南人说话行事变得谦卑拘谨了，就如同一个人在志得意满时与精神落魄时，说话方式自然差异很大。于是河南人学会了"小处做人"，"外圆内方"，变得内敛含蓄。"绕"着表达既是一种委婉礼貌的表现，也是一种缺乏自信的防御心理的体现，"好像我们河南人早已没有了自我，我们河南人的自我已经丢了，丢在了蹉跎岁月的深处，迷失在历史的长河里……"① 也透露了河南人的尴尬处境。另外，中原地带为中国传统文化发展最成熟最集中的地区，传统文化氛围浓厚，古代礼仪、谨言慎行等各种修身养性的言传、统治中心的高压政治、封闭保守的农耕文化等都对河南人逐渐变得内敛犹疑的性格有重要影响，可见，这些性格有深层的中原文化烙印。

此外，无论是《一句顶一万句》，还是《我不是潘金莲》，作者从说话这一角度都表现了河南人（也可以说是中国人）敏感脆弱的性格特点，一言不合，即生嫌隙，甚至反目成仇。如《一句顶一万句》中的老杨从儿子口中听到一句话，得知老马并没有把自己当朋友，半个月没理老马；杨百顺的师傅老曾因为老婆误传的一句话而断绝了与杨百顺的师徒关系；老秦因为一句话便和李家赌气，非让李家娶自己女儿不可。《我不是潘金莲》中的李雪莲因为一句话而把一生都耗在了告状之上，司法专委委员董宪法和法院院长皆因李雪莲说错了一句话而骂她为刁民，并让她"滚"开，导致了李雪莲的进一步上告。这种敏感脆弱有时又演变成好斗，过分自卑或自大，无法容忍别人，稍微受到触动，便会争斗不休。由此可见，小说另有一种反思"国民性"的深度。

---

① 张宇：《张宇散文》，华夏出版社 1999 年版，第 37 页。

第六章 河南当代女作家的乡土小说创作

20世纪90年代以来河南女作家邵丽、乔叶、戴来、傅爱毛等人的小说创作取得了不小的成就，邵丽的中篇小说《我的生活质量》获得《小说选刊》2003—2006年度优秀中篇小说奖；戴来于2000年获第一届河南文学奖，2002年获首届春天文学奖，2003年小说《茄子》获《人民文学》年度短篇小说奖；乔叶长篇小说《我是真的热爱你》入选2004年度中国小说长篇排行榜，短篇小说《取暖》被列入2005年度中国小说短篇排行榜，中篇小说《锈锄头》被列入2006年度中国小说中篇排行榜，中篇小说《打火机》获《小说月报》第十二届百花奖优秀中篇小说奖，中篇小说《最慢的是活着》获第五届鲁迅文学奖；傅爱毛中篇小说《嫁死》获第十二届《小说月报》百花奖，被改编为电影《米香》，中篇小说《天堂门》获第十三届《小说月报》百花奖。

新时期以来河南作家在乡土小说创作上取得了丰硕的成果，其中大多数为男性作家。20世纪90年代以来，河南女作家的小说创作逐渐引人注目，她们的小说创作与河南男作家的创作有明显的不同。男作家的小说创作地域文化特征非常鲜明，如李凖《黄河东流去》、李佩甫《羊的门》为主的豫中平原系列、刘震云的故乡系列、周大新的南阳盆地系列、刘庆邦的豫东平原系列、阎连科的"东京九流人物志"等，不但在风土人情、地方方言等方面有着明显的地域特征，而且内在精神气质方面也烙有很深的中原文化印记。而河南女作家的小说创作地域文化特征明显减弱，尤其是地理风物、民风民俗方面的描写在作品中越来越少了。她们的作品重在表现社会转型时期人们生活发生的一系列变化，常常不仅把乡村作为描写对象，更把城市或城乡交叉地带人们的生活作为主要描写对象。新时期以来河南的男性作家的作品多以写农村生活为主，虽然也有写城市为主的作品，如刘震云的《单位》、《一地鸡毛》，周大新的《第二十幕》、《21大厦》，李佩甫的《城市白皮书》、《等等灵魂》，张宇的《足球门》、《晒太阳》等，但在他们各自的创作中所占比例不大。总体上来说，无论从数量上还是从质量上,河南男性作家以写农村为主的乡土小说艺术成就一般高于写城市生活的作品。就作者个人来说,周大新的小说除《第二十幕》之外,他的城市类作品如《21 大厦》艺术上远不及《走出盆地》、《香魂塘畔香魂女》、《湖光山色》等作品;李佩甫的《等等灵魂》、《城市白皮书》也不及《李氏家族的第十七代玄孙》、《羊的门》等作品的艺术成就高;张宇的《活鬼》、《乡村情感》等作品也比他的城市类作品影响更大。另外,新时期以来河南男性作家的作品中对于河南农村的"苦难"与"权力"描写普遍突出,他们的作品整体显示出"苦"与"土"的中原文化痕迹,这些在河南女作家的作品中已不再是明显特征,她们更偏重于描写目前城市化进程中乡村面貌的常与变,并进行种种人性的探究。

  出现上述状况,首先与作者的生活经验有关,上述男作家多出生在 50 年代,大多有过长时期的农村生活经历,在农村度过了童年与少年时代,经历了"文化大革命"、五六十年代农村的多灾岁月,这些农村生活经验对他们以后的小说创作影响很大,是他们创作素材的重要来源。李佩甫表示:"'平原'是生我养我的地方,是我的写作领地,也是我的精神家园。"[①] 阎连科曾说:"这些青年时代的生活以及这些生活体验,对我后来的创作产生了巨大的影响,我的许多作品都表现了这样几个主题,一是权力崇拜,二是城市崇拜,三是健康崇拜。"[②] 周大新也说过:"写作是对家乡的美好回忆。"[③] 虽然后来他们走向了城市,但他们与城市生活之间总是有隔膜,"城市生活对他们来说是相对遥远的,难以把握,至少我个人是无法把握的"。[④]而上述河南女作家大多是 70 年代出生(邵丽为 60 年代),成名于 90 年代以后,此时期的农村再一次发生了巨大变化,农村给予她们的感受与过去五六十年代给予上述男作家的感受大不相同。这些女作家毕业以后,大多生活在城市,瞬息万变的城市生活面貌给予她们的影响很大。其次,与正在发生着的社会变迁有密切关系。随着我国城市化进程的加速,城市文化不断向农村渗透,农村的许多乡村自然特征正逐渐失去,过去那种封闭落后、山清水秀、民风淳朴的乡村一去不复返了,农村的乡土气息在一点点消减,代之而起的是横七竖八的水泥路、乡办工厂、弄脏了的小河、砍伐过度的树林、林立的楼房,电视机、手机等电子产品,电视里天天播放的是穿越剧、搞笑剧。农村很多古老的乡风民俗也随着时代的变化而变化,一些风

[①] 孔会侠:《以文字敲钟的人——李佩甫访谈录》,《创作与评论》2012 年 8 月。
[②] 阎连科、晓苏:《文学·生活·想象——阎连科访谈录》,《语文教学与研究》2001 年第 18 期。
[③] 冻秋风:《周大新:写作是对家乡的回忆》,《河南日报》2010 年第 10 版。
[④] 阎连科、姚晓雷:《写作是因为对生活的厌倦与恐惧》,《当代作家评论》2004 年第 2 期。

俗的原貌已经改变,甚至不复存在。农民一批批走入城市,农村耕地一点点减少。城市文化正以无孔不入的势头影响到农村生活的各个角落,从表层的穿衣、吃饭、流行语等日常生活,到内在思想、传统伦理道德、价值观念都发生了巨大变化。因此,现代乡村给予这些女作家的感受与影响与那些男作家已大不相同。另外,在以往的乡土文学叙事之中,乡村常常是作为城市文明的"救赎"之地而存在,如今,乡村却变成了农民的逃离之地,如梁鸿的《中国人在梁庄》中,农村现在成了儿童与老弱病残者的留守之地,村里到处是大堆的废墟、肮脏的池塘,再也不是那个世外桃源般的、人们休养生息的后花园了。河南女作家写了不少以乡村为主要表现对象的小说,但作品中的人物多介于城市与农村之间,如邵丽《我的生活质量》,乔叶《最慢的是活着》、《解决》等,小说里面已经很少传统乡土小说中常常描写的桑麻耕种、婚丧迎送、节日礼俗、风土人情了,更多的表现高速发展的转型期社会生活之变,人们深层的文化心理之变,写出了一个变化中的中原。事实上,在近年来河南男性作家如刘震云、阎连科的创作中也显露出了此种倾向,即自然地理风物的描写日趋减少,因为乡村的破败之势有目共睹,令人痛心。河南当代女作家的小说在中原自然地理风景方面特征在逐渐减弱,但河南女作家的小说创作在内在精神气质方面与中原文化精神仍有密切联系,她们对于城市化进程中农村巨变的关注,对于乡下人进城问题的描写,对于农村征地拆迁问题的思考,都秉承了中原文化一贯的关注社会民生问题的入世精神。如乔叶描写拆迁的作品,邵丽写乡下人进城的作品,梁鸿写城市化进程中乡村颓败趋势的作品,她们的作品对于90年代以来直到新世纪的乡村矛盾冲突给予了真实的表现。

河南男性作家的乡土小说对于90年代以来的乡村描写较少,如刘震云、阎连科、李佩甫、张宇等人的乡土小说大多是对于五六十年代以前的乡村生活描写,张一弓对于改革开放初期的农村生活有所展现,李佩甫个别篇目对于改革开放以后的乡村生活有所描写,但这在其创作中占比例很少。因此,河南女作家的乡土小说创作可以看作是河南乡土小说创作的接续与进一步拓展。河南女作家在描写中原乡村的困苦生活方面、在中原方言土语的运用方面与河南当代男性作家的小说创作又是一致的。

第一节 邵丽:城乡夹缝中的人性审视

邵丽(1965—)河南漯河人。她的小说集有《纸灯笼》、《碎花地毯》、《腾空的屋子》等，短篇小说《明惠的圣诞》获第四届鲁迅文学奖短篇小说奖，长篇小说《我的生活质量》为第七届茅盾文学奖入围作品，获文学大赛小说类特等奖，第二届河南文学长篇小说奖，2012 年发表新作《刘万福案件》。

一 悬浮于城乡之间

《我的生活质量》主要以农村青年王祈隆走向城市的生活轨迹为主线，描写了他事业上的成功与家庭生活的失败，他对于城市的征服与他心灵深处的失落，他骄傲的个性与他虚弱的内质等种种矛盾纠结及由此导致的生活质量问题。王祈隆是被奶奶鞭策着长大的，他从小就被奶奶编织进了一个神话里，自认为是一个不凡的人。考上大学开始走上了通往城市之路，城市人的目光与城市女孩的捉弄使他敏感的内心感到了自卑，这是第一次受到了来自城市的伤害。大学毕业时自己本来被定为留校目标，却被别人代替了，这是第二次受到伤害，"所有的屈辱顷刻之间全都回来了，他刚刚激起的雄心壮志反过来像一记耳光扇在他的脸上"。[1] 当他踌躇满志地去农业局报到时，却被分到了一个节奏缓慢、人们懒散却是非繁多的农校当了教师。一连串的打击消磨了他的宏大志愿，他消沉了。一个偶然的机会他随校长调到农业局，很快就显露出了自己的才干，由此一步步高升，由农业局办公室主任到农业局副局长、再到县长、最后做了市长。评论家李敬泽曾说："这部小说的力量不在于把'官员'当成了'人'，而是揭开了'官员'这个身份在城市与乡村之间、在现代化进程与穷困的乡土之间难以安顿的复杂处境。"[2] 这部小说揭示出了在现代化进程中，涌入城市的人们，无论是"官员"还是普通劳动者，他们在城市与乡村之间都有着难以摆脱的身份焦虑与尴尬处境。王祈隆的脚踝上带有大王庄的特有印记"拐"，这个象征着农村的印记带给他的是自卑与愤怒。面对一些城市人的盲目自大与愚蠢自傲，他愤怒，而对着城市人的优越心理他又深陷自卑。他厌恶粗鄙的农村妻子许彩霞，却又在妻子面前才称得上男人；他真正喜爱城市精灵般的女子安妮，却在安妮面前难逞雄风；他没有失掉一个农村孩子的正直与淳朴，是位有所作为的好官，却又深通为官之道，懂得韬光养晦；他为田俊涛深爱厚道无私的农村父母而感叹，却又时时刻刻为自己的出身而自卑。邵丽写出了一个农村出身的性格十分复杂的"官人"形象，何弘说："始终关注人物的内心生活，努力去探索人内心

---

[1] 邵丽：《我的生活质量》，《中华文学选刊》2003 年第 12 期。
[2] 李敬泽：《注定不高的生活质量》，《全国新书目》2004 年 4 月。

深处最微妙的地方,揭示人性的复杂性,这应该说是邵丽小说的一个重要特点。①"

这部小说更为深刻的意义还在于对农村文化与城市文化冲突的生动呈现。进入城市的王祈隆遭遇的是城市文化与城市伦理,带有大王庄印记的他却无法从精神上真正融入到现代化城市之中。在王祈隆身上,邵丽醒目地揭示了现代化进程中文化冲突带来的人们的精神生活问题。城市在走向现代化的过程中,以它的现代性吸引了来自农村的人们,却又在精神上把他们排除在外,在现代性的优越位置上傲视着他们,因此,乡村记忆便成为温暖他们内心的一道阳光。但"乡村身份"却又时时提醒着他们的处境,使他们处于身份焦虑之中。乡村已今非昔比,革命时代的乡村代表着淳朴与光荣,如今的乡村已成了贫穷落后的象征,如孟繁华所言:"乡下人进城就是一个没有历史的人,乡村的经验越多,在城里遭遇的问题就越多,城市在本质上是拒绝乡村的。因此,从乡下到城里不仅是身体的空间挪移,同时也是乡村文化记忆不断被城市文化吞噬的过程,这个过程对乡村文化来说,应该是最为艰难和不适的。"②"在某种意义上,这是一部充满了同情和悲悯的小说,是一部对人的文化记忆、文化遗忘以及自我救赎绝望的写真和证词。"③

《明惠的圣诞》也写了一个乡下人由农村进入城市的故事。主人公明惠是个聪明漂亮的农村姑娘,高考的失败使她陷入了迷惘之中,由过去的乡村公主变成了被嘲笑的对象,而那个从小受到歧视的桃子在城里打工之后衣着光鲜地回到了村里,受到了人们的羡慕。于是明惠也到了城里,做了洗浴中心的按摩女,她再也不想回到那个"满是泥巴"的乡村了,而且她计划着攒够钱后在城里买一套房子,找一个像马强(桃子的城市男友)一样的丈夫,把孩子生在城里。后来碰到了李羊群,一个心情寥落的文化传播公司老板,交往一段时间之后,李羊群对于她的怜爱打动了她,她搬到了李羊群的家里,在李羊群家里过起了养尊处优的生活。她从来不向李羊群打听太多的事,也从来不提什么要求。圣诞节来临时,她想撒一次娇,要李羊群带她出去玩,李羊群把圆圆(即明惠)介绍给他的同事们时只是用"伙伴"这个词,圆圆知道伙伴这个词可能是生意伙伴,也可能是工作伙伴,也可以是性伙伴。在李羊群和他的同事们谈天说地,把她完全忘在一边的时候,她独自回去了。第二天李羊群回到家里,才发

---

① 何弘:《因为理解所以悲悯:邵丽小说简评》,《文艺报》2007 年第 2 版。
② 孟繁华:《"到城里去"和"底层写作"》,《文艺争鸣》2007 年第 6 期。
③ 孟繁华:《文化记忆、遗忘与绝望的自我救赎》,《中华合作时报》2004 年第 A03 版。

现圆圆安详地躺在床上，身上已经冰凉。他花了很长时间把"圆圆"的身份搞清楚了，却始终不明白她为什么要死。作者在这里写出了明惠与李羊群之间的隔膜。无疑，圆圆是爱上了李羊群，她们一起两年了，她想向他撒娇，还看了一块布料可以作为结婚礼服，但李羊群与那群同事不把她放在眼里的谈笑，那些人的漂亮与霸道，使圆圆明白了："她圆圆哪里能与他们这个圈子里的人打交道？圆圆是圆圆，圆圆永远都成不了她们中的任何一个！"[①] 城市对她永远存在着吸引力，但低下的身份又使她极端敏感自卑。平时圆圆与李羊群在一起的时候，也很少与他语言交流，大多时间都是李羊群说，她只是点头或摇头。圆圆死了，而李羊群却不明白这个姑娘为什么会死，这是书中精彩的一笔，作者深刻揭示了他与圆圆之间永难打破的隔膜，圆圆用死来表达了她的爱与失落，以及发现无爱的极度失望，她付出了生命代价也没有得到李羊群的理解。李羊群平时对她的体贴只是出于对于弱者的同情与怜悯，他永远不可能爱上这个单纯的农村姑娘。在他眼里，圆圆仅仅是个性伙伴而已，他几乎无视圆圆的存在。圆圆终于看清楚了自己的处境，她的梦破碎了，于是她不再抱有希望，她不再安于这种处于"伙伴"关系而没有前途的身份，走向了生命的终结。作者细腻的笔墨写出了城乡人们之间，尤其是城市上层人士与底层乡村人们之间难以逾越的精神鸿沟，这是作者对于现代化进程中城乡之间问题的深刻思考。

二 乡村何处去

中篇小说《刘万福案件》以半山羊村村民刘万福杀人事件为中心，描写了当今农民的现实生存状况，并对现存的一些社会问题作出了深刻的思考。刘万福是一个贫苦农民，人生中经历了多次的生死交锋。生于自然灾害时期，差点被饿死，被解放军救了一命。家中兄妹众多，为了生计，他去到山西一个煤窑，遇到了塌方事故，几乎失去生命。回到家后，和妻子跑长途运输，遇到车祸，又到死神面前走了一遭，后回到家里以卖菜为生。村里的地痞刘七的父亲与刘万福的父亲曾经结怨，刘万福的妻子又被刘七调戏，因此二人也结下怨仇。刘万福终因女儿被刘七强暴，在忍无可忍之下杀死了刘七并投案自首。刘万福被判了死缓，他在判决书上签上了"共产党万岁"几个大字。刘万福是一个善良老实的农民，这样的农民要求的并不多，只要得到少许的恩惠，就懂得知恩图报，生死关头的几次获

[①] 邵丽：《明惠的圣诞》，《小说选刊》2005 年第 2 期。

救,使他深深感恩于共产党。刘万福曾为了维持生计四处奔波,他对于城市有着最深切的向往,总想往城里跑,却无法在城里扎根。在村子里,却又受到无赖刘七的欺凌,一家子只能忍气吞声,到派出所去报案,派出所认为这是鸡毛蒜皮般的小事,不值得大惊小怪。村人对于刘七也是恨之入骨,却毫无办法,用村民的话说"凡是大闹的都是上边有人的",可见当地的治安环境现状。另外,一些地方人们的困苦生活令人吃惊,有些家庭甚至过年都吃不上一顿像样的饭菜,有的孩子过年还穿不上一双新鞋子。邵丽这篇小说中没有直接写到其他河南作家小说中常出现的乡村干部横行霸道、欺压百姓的问题,却暴露了农民的生活环境问题、乡村治安问题、乡村正义与公平问题。农民的生活仍然很苦,而地痞无赖为所欲为却未受到惩治的现状更加深了他们的痛苦。小说中还写到了"矿难"问题,把有关领导处理"矿难"的态度与"美国总统奥巴马就西弗吉尼亚州矿难发表声明"进行对比叙述,显示了作者的批判勇气。

这篇小说更为深刻的地方还在于探讨了农民进城、农村如何走向现代化这些社会问题。作者借助县委书记周启生与一个经济学家、一个挂职锻炼的作家的对话,分别从现实层面、理性层面与人文层面对这一问题进行了思考。以县委书记的观点:目前农村劳动力剩余,他们进入城市,"每个月即使他们只有一千块钱的收入,也几乎是每亩地一年的收入,这不仅仅能解决脱贫的问题,上学就医都能解决了"。[①] 以经济学家的观点,"改善某些人的情况,就会使其他人的情况受损,那么这个社会就是合理的,最合理的也就是最道德的"。[②] 而小说中的挂职作家却是从一个普通知识分子的人文立场出发,认为把农民赶进城市,他们面对的是不公、歧视、尊严丧失、家庭变故等问题。农民工进城是目前社会各界较为关心的一大问题,不少学者对此有所研究,这是中国现代化进程中必然面临的问题,作者以文学的方式表达了对于这一问题的关注。

这篇小说由一个杀人案件为主线,牵系到了上访问题、矿难问题、农民进城问题、农村生存环境问题、乡村伦理问题、官场问题等,作者巧妙设置了多重观察角度,县委书记、经济学家、挂职锻炼的作家、普通农民、有后现代气质的年轻人、小学教师等,多侧面地展示了目前中国基层社会的复杂现状,是一篇内涵非常丰富的作品。

邵丽的小说最初多以女性为书写对象,女性的成长、女性细腻微妙的心理变化、男女情感世界等问题是她常常在小说中思考的对象,《寂寞的

[①] 邵丽:《刘万福案件》,《人民文学》2011 年第 12 期。
[②] 同上。

汤丹》主要描写了一个女干部汤丹的心事,在与一个男性同事的接触中汤丹产生了美妙的臆想,而这只是她的一厢情愿。《迷离》中的安小卉是个有点"迷离"的女人,是那种天然的简简单单、大大咧咧的女人,却因丈夫偶尔的一句话触动了心弦,产生了一连串的情绪波动,表现了青春女子微妙的心理世界。《长命百岁》中的夫妻二人在庸常生活中越走越远,二人都无法忍受琐碎生活的磨砺,结果父亲病故这一场意外的事故使二人重新认识到了生活的本来面目,又回到了美好的当初。一篇小说叫《戏台》,"戏台"象征男女关系的聚散之地,在这个"戏台"上上演着人生的分分合合,里面掺杂着最为复杂微妙的男女情感心态,也糅合了很多社会因素。从《我的生活质量》开始,邵丽开始面对更为广泛的社会问题,小说虽然也写了一对夫妇王祈隆之间的情感问题,但里面已涵盖了更为广泛的社会内容,如城乡对立问题、文化差异问题、官场问题、官员的精神生活问题等,使小说具有了更为丰富的内涵。而《明惠的圣诞》、《刘万福案件》则更进一步面对现实,揭示目前我国现实社会中存在的问题,追问背后的原因,批判不合理的现象,这是邵丽写作上的进一步深化与成熟。对于社会现实的关注有儒家文化的济世情怀,中原文化精神已内化在作品的思想内涵中。

邵丽小说的语言富有特色,文本叙述语言多采用普通话,而小说中人物语言则采用地道的河南话,幽默活泼。既使小说流畅易读,又因方言的运用而颇具河南味。如:"嘿!说你胖你就扶墙了,我看你是秋后算账哩!实话说给你吧,女人都是泥,男人是模子。啥样的泥装到我这模子里,铸出来都一样,明白吧?""不明白还让你这死人天天压制我哩!嗳,刚才说起算卦,人家都说你会掐会算,你咋不好好弄弄哩?现在这个可吃香了。"[①] 这是王庭柱和他老婆的一段对话,形象地刻画出了一对淳朴而又风趣的老年夫妇形象。又如:"仔细想想,没有车咱不怕撞死,没有酒咱不怕喝死。虽然没上过大台面,但也没短过吃喝。老天爷也怪开眼,连个头疼脑热也没处罚过咱。"[②] 这段话非常符合河南人说话方式,爱正话反说,形象地表现了一个农村老太太幽默乐观的生活态度,这也是千千万万河南农民的人生态度,善于以幽默来化解生活中的沉重。这一点在前两代河南男性作家如姚雪垠、李準、刘震云、张宇人等的小说中都有所体现。

---

① 邵丽:《村北的王庭柱》,《芒种》2010年第12期。
② 同上。

第二节 乔叶:城乡众生相

乔叶（1972— ）河南省修武县人。主要作品有长篇小说《我是真的热爱你》、《爱一定很痛》、《虽然，但是》等；中短篇小说有《解决》、《遍地棉花》、《锈锄头》、《最慢的是活着》等；散文集《孤独的纸灯笼》、《坐在我的左边》、《薄冰之舞》等。乔叶的乡土小说均以河南为背景，描写各个领域内的中下层人物，有知识分子、农民、戏剧演员、搓澡工、收废品的、妓女等，从多侧面展现了河南人的众生相。这些河南人与前两代河南作家笔下的河南人已有很大不同，他们身上也还存在中原文化环境中形成的性格特征，但他们更具有普通中国人的特征，因此，他们的生活也是中国普通百姓当下的生活，如郜元宝所言："他们身上无疑具有河南人的传统性，但已卷入现代化交通和信息工具维系的流动性世界，具有更大的开放性。"[1] 这使乔叶的小说在河南性的基础上更具有了开放性。乔叶的小说自然朴素，几乎没有另类的表现方法，她善于沉入生活底部，细细打量生活的底色，然后运用朴素的白描，娓娓的叙述，展现现实生活百态。有对底层的真切关怀，对于社会现实的批判，对于乡下人进城的描写，对农村征地拆迁问题的思考。乔叶曾说："诚实就是说真话。如果此时还满纸谎言，那就是违背了合同，违背了写作者的底线，不具备写作者的基本道德也就是第一道德。"[2]

一 乡村与城市

长篇小说《我是真的热爱你》讲述了一对来自农村的姐妹冷红冷紫进入城市后的命运波折故事，通过她们的遭遇写出了引人深思的社会问题。冷红冷紫生在一个贫困的家庭，父亲在一次车祸中丧生，母亲在沉重打击下重病在床，正在读高中的姐妹二人面临生存危机。冷红把上学的机会给了妹妹冷紫，自己进城打工挣钱，担负起家庭的重担。她是一个有着强烈自尊与是非观念的姑娘，宁愿干最繁重的活儿挣微薄的工资，为了挣钱给母亲看病供妹妹上学，她甚至去卖血，也不愿卖淫，但是却在洗浴中心遭到了老板方婕的算计，从此沦为妓女。后来在这个路上越滑越远，并

---

[1] 郜元宝:《从寓言到传奇——致乔叶》,《岂敢折断你想象力的翅膀》,上海文艺出版社 2011 年版，第 225 页。

[2] 乔叶:《写作的第一道德》,《光明日报》2011 年第 14 版。

走上了自甘堕落的道路。冷红曾经是一个不怕吃苦的单纯女子,她想通过自己双手的劳动改变家庭状况,却在充满诱惑的城市里成了邪恶者的猎物。作者不但呈现了冷红姐妹生命的苦难,而且追问了她们苦难命运背后的原因,对产生这些社会现象的种种根源进行了深刻的剖析,引人思考,这部小说因此蕴含了深厚的道德情感力量与思想洞察力。是什么让冷红走上了这样的道路?又是什么原因让她在这样的路上破罐子破摔?贫穷是一个重要原因,其他一些社会因素更值得重视,方婕敢于为所欲为地算计冷红姐妹,是因为有"很硬的后台",冷红做了妓女之后回到村里受到的是打击与鄙视,当冷红姐妹帮助警察捉住了犯罪分子之后,不但没有得到奖金,反而受到嘲弄,那个前来报复她们的罪犯也骂她们是婊子,不配谈正义与尊严。这里作者不但指出了一些丑恶社会现象,也突出了复杂的社会环境问题,显示了可贵的批判现实的精神。

小说写了底层的苦难,但字里行间却又洋溢着理想主义精神。小说中设置了一个关键人物张朝晖,他是冷紫的高中同学,他一直爱恋着美丽而忧伤的冷紫。冷紫得知冷红所从事的工作真相之后,为了挽救冷红,她也来到了洗浴中心监视冷红,却也如同冷红一样遭到了暗算,因而走上了与冷红同样的道路。张朝晖那坚定不移的爱温暖了冷紫那颗破碎的心,于是她决心离开那个是非之地,以自己的劳动挽救自己,报答张朝晖的真爱。她帮助警察捉住了抢劫犯,最终为救冷红而失去了生命。是张朝晖的爱给了冷紫重新生活的勇气,他像一抹冬日的暖阳照耀在冷紫那晦暗的天空之上,正是这种无私、宽容的爱的力量给冷紫带来了温暖之光,这是作品令人感动的地方。写人性的温暖是乔叶小说中的一个重要方面,《取暖》写一个大学生因性犯罪而被关进了监狱,出来后无家可归,父亲都以为是耻辱,他在大年夜里无处可去,游荡在一个小镇上,小镇上一个开店的妇女收留了他,从行李中得知他是刚出狱的人,不但对他毫不设防,还表示出了极大的信任与理解,正是这个妇女那颗仁爱之心温暖了他,这篇小说读后有一种温暖人心的力量。

《我是真的热爱你》写了一个乡下人进城并沦落的故事。河南作家师陀在《结婚》中也曾写过乡下人进城并沦落的问题。胡去恶为了娶乡下姑娘林佩芳,去上海寻找挣钱机会,却被卷入到了阴险虚伪而又残酷的都市倾轧之中,并成了那里尔虞吾诈的牺牲品,他所追求的田国秀离他而去,他的书与所借的钱被骗走,在绝望之中他起了杀机,杀死了钱亨,自己也被警察开枪打死。在师陀的笔下,都市是一个藏污纳垢的地方,人们虚伪冷酷,充满欺骗,田国秀做作放荡,钱亨阴险狡诈,瞎眼的黄博士被美貌太太所抛弃,时刻想着利用离婚敲一笔竹杠,那里看不到人性的光芒,只有贪婪、唯利是图,作者真实地暴露了特殊年代大上海大都市的腐烂状况。《我是真的热爱你》这篇小说里同样写到了时代巨变之中城市物欲横流、人心难测的情况。冷红初入城里找工作,遭遇到黑中介的欺骗,到洗浴中心遭到的是暗算,后来又遇到抢劫犯的凌辱,遭到警察的嘲笑。一些衣冠楚楚的人们一边在电视上大讲文明道德,一边在洗浴中心为所欲为,肆意践踏她们的尊严。与《结婚》所不同的是这篇作品在深刻批判一些黑暗社会现实的同时,还张扬了理想主义与人道主义,冷红对于家庭的热爱与奉献,冷紫对于姐姐的热爱与极力挽救,张朝晖更代表了正义、良知、温暖,这些都给读者以希望。毕竟,乔叶所写时代与师陀的时代已不可同日而语,师陀当时站在乡村立场上,利用道德尺度去审视上海,他说:"上海是个最讲现实的地方,它产生车载斗量的血淋淋的黄色故事,绝不产生浪漫的故事。"①师陀是带了那个时代的启蒙思想与理性主义思想,作出了对于城市的审视。乔叶则立足于社会生活的经验感知,以一个作家的良心与道德追问社会中的一些黑暗现象,既写出了社会的暗疾,也写到了社会上给人以希望的健康元素。

《锈锄头》是一篇颇具匠心的短篇小说,入室盗窃的石二宝与中途返回的主人李忠民相遇并由一把锄头引起了一场对话,揭示了一部分由乡村走入城市底层的人们的生存现状。石二宝是郊区农民,由于乡村耕地不断被占用,在乡村难以维持生计,来到城里谋生。换了几次活,最终收起了废品,并顺便搞些偷窃。石二宝在一个城市人的客厅里发现了自己最熟悉的农具——一把锈锄头,这勾起了农民石二宝的好奇心。李忠民有过一段下乡经历,锈锄头是他下乡史的见证,也是他怀旧的寄托,更是他作为成功人士的确证。当石二宝问李忠民为什么要在客厅墙上挂一把锈锄头时,李忠民马上想到借机可以和他交流,以稀释室内的紧张气氛,于是由一把与二人都有关联的锈锄头,开始了对于乡村的叙述。李忠民是回忆往事,石二宝则是叙述现实。回忆中的乡村生活是清苦的,吃白菜、萝卜丝甚至白饭,住土坯房,干最重的活,常磨破肩膀,磨肿手脚,但老乡对他们不错,用了村里所有的家底帮他们盖起了房子。现实中的乡村是:耕地越来越少,"城市的版图就像他婆娘擀的烙馍,越摊越大,眼看就擀到了他们村口",种出的粮食勉强够吃饭,孩子的学费与家庭的费用无法保证,于是"村里的人乌鸦般地涌到城里打工",石二宝说:"现在谁还愿

---

① 师陀:《谈〈结婚〉的写作经过》,刘增杰主编《师陀研究资料》,北京出版社1984年版,第167页。

意种地？种出来的粮食也都卖不上价，只够自己吃，饿不死就算好的了。要不然我也不会干这个。"① 看来无论记忆中的乡村还是现实中的乡村生活都是艰辛的。李忠民表示虽然当时下乡觉得苦，现在却觉得有意思了，石二宝则立即揭穿了事情的真相："那是因为你回来了。要是你还在农村，你他妈的就不觉得有意思了。"② 小说中有一个值得注意的细节：返城之后的李忠民与同样有下乡经历的妻子在婚前第一次见面时，他们对于过去的下乡生活进行了共同的回忆式叙述，俩人泪流满面地重复着一句话："熬出来了。"可见，对于乡村，他们是逃离的。后来对于乡村充满感情的回忆也是真实的，隔了长长的岁月，滤去了生活的杂色，剩下的是对那段记忆的温情抚摸。在二人不停地对农村进行叙述的过程中，李忠民始终没有忘情于农村生活的回忆之中，同时发出对石二宝身份的巧妙打探，而石二宝则是真正沉入到自己原来的生活中去了，最后情不自禁地拿起了锄头在地上锄了起来，"仿佛脚下都是土地——他们曾经熟悉的无边无际的土地"。石二宝非常羡慕李忠民这些城里人，并且计划着多赚一些钱，把儿女送进城里读书，将来永远脱离农村。但石二宝在城里的生活相当艰难，工作繁重，收入低微，自尊心受着伤害，他在精神深处真正眷恋着与土地相伴的日子，他拿起锄头锄地的动作是下意识的对于旧生活的温习。当石二宝完全放松警惕并准备离去之时，李忠民拿起锄头锄向了石二宝，"李忠民又锄了一下"，这个动作的描写是极为巧妙的一笔，李忠民终于拿起自己作为乡村生活美好回忆的工具锄向了农民石二宝，也锄向了自己的过去，而且锄得很彻底。这个动作一下子揭开了李忠民蒙在锈锄头上的美丽面纱，露出了事情的残酷本相。贫苦的乡村生活使石二宝这样的农民对于城市有最深切的向往，他告诉李忠民："我这算啥，拼拼打打，提心吊胆的，也不是个正经事。混两年没力气了，还得回去。不过我来城里熬煎，就是为了让孩子好好上学，长大了彻底离开农村。"③ 他已没有办法真正离开乡村，他希望以自己的打拼使自己的孩子永远离开农村，但他选择的路线最终使自己在城里付出了生命的代价。

对于乡村人进入城市的问题，在中国现当代文学史上多有关注，如30年代师陀《结婚》、老舍《骆驼祥子》，"十七年"时期的《我们夫妇之间》、《我和我的妻子》等，新时期以来更多作家关注到了这一问题，如《陈奂生上城》、《人生》、《瓦城上空的麦田》、《城的灯》等，不同的

---

① 乔叶：《锈锄头》，《人民文学》2006年第8期。
② 同上。
③ 同上。

作家在不同的时代,对这一问题作出了不同的思考。乔叶着意于进入城市的农民的物质与精神的双重困顿的表现,表现了她的底层关怀。

二 散淡的民间

乔叶多篇小说写到了豫北农村,写到了农村在城市化进程中发生的变化,但乔叶没有特意强调农村的颓败,也很少描绘农村的诗意,而是对农民的生活状态进行了独特的观察,写出了农村生活自在散淡的一面。《解决》是一篇乡土风情浓郁的作品,以"我"回乡参加一次葬礼的事件为中心,写出了乡村的面貌,有发生了极大变化的一面,也有恒常不变的一面,作者写出了一个散淡自在的民间世界。在现代化进程中,中原深处的豫北农村也在发生着变化,村子有了工厂,以前的菜地不见了,被村民们盖满了高高低低的房子,等待着拿取补偿费;镇里有美发店和专门做那种生意的女孩;有人专门从事往车检所领车从中抽取费用的生意。尽管时代的车轮不断地从乡村大地上辗过,但乡村仍然保留着散淡的生活方式,这些是根深蒂固的东西。一些古老的习俗如葬礼之上的一整套礼节守灵、搭孝、躲钉、通路、起灵等还是一环扣一环地进行,灵棚里不时传出孝子的哭声,与此同时,灵棚内外,有男人们打牌,女人们扎堆传闲话,孩子们快活地跑来跑去。这就是鲜活生动的民间生活本相,他们对于生命的理解自有一套价值尺度,人过 70 岁是喜丧,便没什么值得悲哀的了,参加葬礼的人们会利用一切闲暇捕捉自己的欢乐。葬礼上还保存有"讹女婿"风俗,女婿要进灵棚,有人会拦在门口翻遍他们的口袋,摸出钱来给大家买好吃的,一边翻检一边取笑,作者写道:

> 几乎棚里所有的人都在笑。我也笑了。灵棚成了欢乐的海洋,我忽然完全理解和接受了这种欢乐。这就是真实的欢乐。这就是悲哀的欢乐。这就是穷人的欢乐。这是底层的欢乐。这是民间的欢乐。这种欢乐的生命力是强劲的。没有这种欢乐,这些人无法活下去。苦焦焦的日子里,这种欢乐就是珍贵的山泉,它一路跋山涉水,大多已经天消地散,一旦被人们掬到口里,自然是要随时喝下去。由它润润,光景才能开出花来。这种欢乐,对他们来说,就是所谓的幸福。

这就是民间的趣味,民间的欢乐,朴素散淡亲切,即使面对最严肃的生命问题,也以轻松的方式去对待。"红事贵在笑,白事贵在叫",笑和叫都是热闹,热闹才证明有脸面,一种民间特有的行事规则。穿了孝衣的人们脸上没有悲哀，而是"他们身上的白衣使他们都英俊起来了"，"看起来像飘逸的侠客"。而在上祭时刻，乡村人们则又显示了少有的严肃与庄重，他们神色凝重如天空，一切笑闹都静止了，上跪、献酒、大跪、痛哭又是一整套礼节。坟隆起以后，烧过纸马，最后一项仪式是撂孝衣，人们隔着坟头，要把孝衣撂一次，以消灾除难。自愿结合，两人一组，一人一边，一个撂一人接。"丽扬起了手，唪，孝衣像风一样，轻盈地向上飞去，它如一只巨大的蝴蝶，飘过无垠的天空，划过不远处正在施工的大楼的灰影，穿过东院爷的坟头，安全地抵达了大哥的怀抱。一瞬间，我看见，所有人的脸上都笑靥如花。"①乔叶以细腻从容的笔墨，伸入乡村生活的肌理，细细地描绘出乡村生活的底色来。

散淡的民间生活中也贯穿了时代与人生的变故。小说的题目"解决"，包含一连串问题的"解决"："大哥"是县里干部，因嫖娼被妓女讹诈，陷于惊恐与焦虑之中。"大哥"的事没有泄露就是浪漫故事，被政敌上了常委会就成了"政治事件"，上边的解决办法是把他从肥得流油的土地局调到了清水衙门文明办；"大哥"无法摆脱的私人麻烦是通过村子里另一个妓女丽的点拨而得到解决；死去的"东院爷"与"奶奶"原来有过私情，生下了月姑并送给了族里另一位"三爷"做了养女，"东院爷"以他那个时代特有的方式解决了家庭伦理问题。小说虽短，却涉及了官场问题、人性问题、乡村伦理问题，这正是这篇小说的不凡之处。

《旦角》以一场家乡葬礼上的"白戏"为主线，以白戏的出演进程为顺序，写出了家乡人松散而又丰富的生活。中间穿插母亲、自己、红羽绒三个家庭的悲欢故事，有戏如人生的感慨，有世事沧桑的体悟，有对于俗世人生的热爱。作者通过台上台下、戏里戏外，把乡风世态渲染得淋漓尽致。这里有着多年流传下来的老规矩，远亲不如近邻，谁家的长辈没了，第一件事就是在门口挂起串了麻钱的招魂幡，第二件事就是遣出孩子们给东西邻居磕头，借桌子凳子并且借人，男街坊帮忙记账、安置礼桌、打墓、做菜等，女街坊帮忙招待宾客、扯孝布、做孝衣等。一个头磕下来，只要不是天大的事，都会放下手中的事来到这家帮忙，这是朴素厚道的乡里乡亲情谊。请响器班是葬礼必不可少的一道程序，响器班的意义在于：

> 这些零零碎碎的短曲子对响器班来说是显不出本事的。真正的本事就是出殡前的一晚在灵棚前上的这出戏。这叫白戏，又因为不抹脸

---

① 乔叶：《解决》，李敬泽主编《中国记忆小说》卷2，百花洲文艺出版社2009年版，第243—262页。

装扮,内行的人也叫这素戏。第二天亡人就要入土,辛苦了一辈子,再大的对错恩仇都说不得了,他能参与的最后的尘世的热闹也就这一台戏了。儿女们的孝心,亲戚们的情谊,街坊们的送别也都在这一场戏的入场里。这就是响器班最大的用处。①

豫剧是响器班的主戏,豫剧是中原地方戏曲,以其质朴的风格与优美的唱腔深受中原人的喜爱。在中原,几乎各地的人们都能哼两句豫剧,小说里的陈双对其更是情有独钟,"每当看到报上说要把豫剧往雅里改革,陈双就想,要这么土下去才如自己的意呢。没什么比这土味更丰满、更宽厚、更生机勃勃、更情趣盎然。对她来说,土就是豫剧的真髓"。② 看戏的多为中老年人,即使响器班会唱一些流行歌,也留不住那些年轻人了,只有这些"成家了,懂了点儿世道了,心思和工作都有点安定了,才会有这种宽厚恬淡的趣味来看这些戏。这些说残不残,说整不整,说对不对,说错不错,说里不里,说外不外,说深不深,说浅不浅的戏"。③ 响器班的戏,既有传统的戏曲内容、唱腔,又增加了时代流歌曲,已成了一种特别的民间戏曲形式。看戏的女人随意地站着,穿得随便,披头散发的,抄着手,有的穿着棉拖鞋,或者印着娃娃图案的家居服就出来看戏了。夏天摇着扇子看,冬天把手袖在棉袄里看,不冷不热时嗑着瓜子聊着天看。几个老太太坐在屋顶上,一边听戏一边行家似的评头论足,她们有放肆的笑与矜持的动作,可笑而又可爱。这是作者笔下的乡村人,他们过着最平常的日子,有简单的快乐,有生活的烦恼,有小小的算计,也有时代变化带来的家庭变故。陈双父亲与前妻离了婚,娶了比他小十多岁的"母亲","父亲"喜欢演戏的"母亲",却又视演戏为下贱职业,禁止"母亲"再演戏;陈双在同父异母哥哥姐姐的骂声中长大;陈双的丈夫追逐潮流有了外遇导致二人离婚;陈双同父异母的哥哥用计骗去了大房子,让陈双母女住进了老房子里,又试图把老房子也讨要回去。陈双在岁月的风霜里学会了宽容,但她也有底线,她决定把房子卖掉,哪怕拿钱去接济那个同父异母的二哥,但绝不会把房子给她的哥哥。台上唱戏的"黑羽绒"戏中不断落泪,原来她自己同戏中人物有同样凄苦的命运。《旦角》虽短,却写得汁液丰沛,有极浓的生活味。里面贯穿了很多豫剧戏曲的描写使作品极富地域文化气息。在一场小小的农村"白戏"中写出了时代

---

① 乔叶:《旦角》,《西部华语文学版》(上) 2007 年,第 23 页。
② 同上书,第 31 页。
③ 同上书,第 23 页。

人心之变，精短的篇幅涵盖了丰富的内容。

《最慢的是活着》描绘出了乡村老太太的典型形象。"奶奶"很能干，在地里耕地播种，在家里纺棉织布、缝衣做饭，里里外外都是干活好手。但"奶奶"又有浓厚的封建思想，重男轻女，村子里谁家生了儿子是"添人了"，生了女儿就说"是个闺女"；"大哥""二哥"犯了错误是：饭前不能批评，因为要吃饭。饭时不能批评，因为正在吃饭。饭后不能说，因为刚刚吃过饭。刚放学不能说，因为要做作业。睡前不能说，因为要睡觉。而对于女孩子，则可以随时打骂都没有关系。这样不太讲理的老太太式双重标准让人哭笑不得。"父亲"去世了，"奶奶"把"父亲"去世的原因归结于"我"和她都命硬，对"父亲"造成了威胁，为此她自责，对"我"也耿耿于怀。苦日子养成了她勤俭持家的习惯，"路上看到一块砖、一根铁丝、一截塑料绳，她都要拾起来"。当"我"花了第一个月的工资给母亲和她买了衣服时，她骂"我"败家子，乱花钱。当"我"休病假在家时，"奶奶"表面淡然，实际上却心如明镜，对"我"细致照顾，另一方面又警告"我"不要在村子里丢人。因为寡居，奶奶和下乡工作组人员毛干部有过一段私情，"奶奶"怕给毛干部惹麻烦就自己跑到外地把孩子打掉了，可见"奶奶"的心思细密与体贴宽厚之处。"奶奶"是千千万万乡村老太太中的一个，固执、迷信、淳朴、勤劳，所求不多，所怨也不多，自然地活在生活的潮流里，怀着对于生活的热爱走完了自己的一生。

乔叶的小说很富有河南味，她善于运用蕴含了豫北地区丰富的历史文化信息的豫北方言，传达出豫北地区特有的生活习俗、思维方式、价值观念等。如《最慢的是活着》中主人公"我"的名字叫"让"，是因为"我"生于七月二十，命硬，因为当地有"初一十五不算硬，生到二十硬似钉"之说，于是家人在"我"刚生下来就请了算命先生起名消灾。命硬就得在名字上下功夫，于是起名"让"，在豫北方言里不仅有"避让"之意，而且也有柔软之意。又如过小年时"奶奶"总是在给灶王爷上供时念叨："您老好话多说，赖话少言。有句要紧话可得给送子娘娘传，让她多给骑马射箭的，少给穿针引线的。"形象地表现了一个有重男轻女迷信思想的乡村老太太形象，对神灵无比虔诚，对于多生男丁无限期望。又如："二妞要说也是命苦。爹走得早，娘只是半个人。我老不中用，也管不出个章程，反正她就是个不成材，啥活也干不好，脾气还傻倔。给了你们就你们的人，小毛病你们就多担待，大毛病你们就严指教。总之以后就是你们费心了。"[①] 这

---

① 乔叶：《最慢的是活着》，《失语症》，工人出版社2012年版，第182页。

是"奶奶"在"我"出嫁时代表家长说的一段话,写出了老太太谦虚、明事理、快人快语的性格。乔叶的其他小说中方言俗语随处可见,如"老大娇,老末娇,就是别生半山腰",这句话指在过去一些家庭中会有多个子女,两头的容易受宠爱,处于中间的人按中原人的说法是"上不挨天,下不靠地",容易受到轻视,这种思维方式,和中原文化精神有神秘的暗合。"吃柿子捡软的捏"(《最慢的是活着》),这是指弱者容易受到别人的欺负。"都等着呢。赶快开始吧。早开始了。最好麦头都弄利落。""麦头"指收麦前,小麦是中原的主要粮食作物,收麦是农民一年中最重要的一件大事,因此收麦前每户人家总是把一切事情收拾利索了,全力以赴准备收麦子,很多工作在外的人在收麦季节都会回到家乡。现在农村大多实现机器化收割,但这种传统习惯仍然存在着。另外如:"在路!说得在路!"(《拆楼记》)、"馍要一口一口地吃"、"这事摸不透呢。所以就和你商量啊。你不是咱的主心骨么。""无利不起五更"、"上梁不正下梁歪"(《盖楼记》)等,这些地方语的恰当运用,丰富了小说的文化内涵,也使小说具有浓郁的河南味。

三 土地的忧虑

我国在城镇化进程中出现越来越多的问题,"三农"问题是 21 世纪最为引人注目的问题,而农民问题又是这些问题中最大的政治问题。随着城市化进程的推进,城镇面积不断扩大,也引发了大面积的农村征地拆迁。目前征地拆迁问题常常是媒体的焦点问题之一,涉及普通群众的集体利益,甚至涉及弱势群体的安身立命问题。《拆楼记》、《盖楼记》便主要叙述了拆迁的故事。在焦作市高新区农村征地拆迁过程中,官方、民间、农民、知识分子等各种阶层有不同的反应与博弈。这两篇作品取材于真实的事件,它艺术地再现了转型期中国的社会现实,同时也在这一场盖楼与拆楼的较量中展示了复杂的人性。

《盖楼记》中的张庄被划入了焦作市高新开发区,原来像地毯一样的田野让新修的条条马路剪裁得横七竖八,曾经水草丰茂日夜汩汩流淌着的灵泉河已不见踪影,变成了豪华的六车道、交通灯、巨大的广告牌等时尚都市的标志建筑物。"我"生活过的乔庄如今变得空空落落,没有了牛,没有了马,没有了庄稼地。原来本是春绿秋黄的庄稼地,现在变成了正在施工的火热的楼盘。田园乡村一去不复返,乡村牧歌正渐渐消失,这是不可阻挡的大趋势。在这一过程中,农民失去的是土地,他们想尽可能地获得更多的补偿,于是,张庄的农民在已经被划为绿化带的位置上盖房,他们要在政府开工之前把房建好,以赚取高额赔偿款。文中的"我"是一个从乡村走出来的孩子,在郑州已有了可靠的工作与不薄的收入,按说"我"与这次拆迁没有关系,却因姐姐与三姨都在那个划定的圈子之内,"我"成了这次盖楼的幕后军师。为了达到被赔偿的目的,"我"想到了利用群体的力量,于是串联起小学的老师和另几家人,并想尽办法动员村长的弟弟王强加入进来。富有心计的王强先是放风给三姨使之做了"出头鸟",后又以哥哥的压制为名赚得了大家对他的经济支持(几家人共同给他凑了八万元)。姐姐对此很不情愿,因为她们一向抱着"不患寡而患财富之不均"的思想,但为了赚取更大利益也只好答应。最终大家为了各自的利益而达成了协议,共同盖起了一排排楼房。村里没有机会把楼盖在绿化带上的人家,则与有机会而没钱盖楼的人家达成协议,一家投资,一家盖楼,到时候两家分成。在利益的诱惑面前,人们充分发挥自己的聪明才智,各尽其能。

《拆楼记》主要写政府要开工修绿化带,张庄那些刚盖在绿化带上的房子需要拆除了,上面人采取拆解联盟的办法,让村民拆除楼房。各家开始团结一致,但最终还是被瓦解了。作者通过拆迁这一活动,也生动地刻画了各种各样的人性。乔叶说:"我觉得首先就是因为这个大环境,作为一个中国人,我觉得中国现在就是一个拆迁中国、拆迁大地,我们处处都在拆迁。即使你自己没有拆迁,但是你数一数你的亲戚里面,肯定有人涉及了拆迁。在耳闻目睹下,拆迁成为我们一个最习以为常的常态的事情。作为一个写作者,我一直身陷其中,想关注这样的事情,也不得不关注这样的事情。"[1]"我的《拆楼记》写的就是这最常态的,百分之九十多的'大多数'拆迁样本,他们的人性深处是什么样的,我进行了一些思考。"[2]尽管十六家盖楼户组成了"护房帮",但各家有各家的想法。上边的工作也很到位,对于那些有在外工作人员的人家,以停止他们的工作为要挟;对于低保户,以停止低保为条件;还有的以再加一份低保为条件;答应给超生的小孩上户口;答应给远嫁的姑娘户口迁回来;给某家的孩子找个临时工;让某家孩子去参军;等等,就这样各自怀着各自的打算,那些盖起的楼房被稀里哗啦拆去了很多,于是文中的"我"慨叹:"我以为他们穷,他们在乎钱,他们就会为了钱不顾一切地去拼。但事实上,他们的穷是多方面的,绝不仅仅是钱。那么他们在乎的东西也就绝不仅仅是钱。他

---

[1] 乔叶、周大新、梁鸿:《拆迁深处的人性真相——银川书博会〈拆楼记〉对话实录》,《黄河文学》2012 年第 10 期。

[2] 同上。

们害怕失去安稳,害怕没有归属感,也害怕被针对,害怕被收拾,害怕被整治,甚至害怕被遗忘,哪怕尊重只是最表层的最敷衍的尊重……和这些害怕相比,钱的魅力甚至十分微弱……一般的光脚人,哪有那么强悍呢?更多的光脚人,是弱的,他们看见穿鞋的人,怎么敢伸出自己的脚?"[①]这些就是作者探寻到的人性,它是那样的复杂,里面包含着那样特殊的生活逻辑、乡村伦理、价值观念等,这些与几千年积淀的中国农民文化密切相关,"不患寡而患不均"的思想使他们难以牢固团结,保守思想、面子意识、目光短浅、斤斤计较眼前利益等这些小农意识根深蒂固地沉积在他们的意识里,束缚了他们的心灵。作者在剖析这些人性之时,把自己当作了其中的一分子进行审视,"我"是这些盖楼拆楼事件的直接参与者,"我"为了让姐姐赚取赔偿款而进行串联、组织"鸿门宴"等,"我"并不比那些农民厚道或高尚。"我"本来也是农村出来的孩子,多年的城市生活使我变成了精于算计、会动用关系的小市民。无论是处于农村的姐姐、赵老师等"护房帮"的成员们,还是处于城市之中的"我"们,都是滚滚红尘中的凡人,都不能免俗,都在热气腾腾的生活中为一些小利小惠挣扎着、扑腾着,这就是生活的本来面目,作品既有一股对于世俗生活的认同,又有一种对于世事的洞察。

这些卑微的农民除了想利用拆迁赚取一定的补偿款外,对于过去生活方式的难以割舍也是他们的一种最为真切的心态,几千年流传下来的生活方式说变就变了,用赵老师的话说是:"可不是被上楼吗?谁想上楼啊。不敢想啊,将来整体搬迁,都上了楼,日子该怎么过?镰刀,锄头,玉米,小麦,这桩桩件件都搁在哪儿?想吃个放心面也找不到磨坊了。哪个小区会给你安磨坊?去店里买,又贵又不好。还得交水费、物业管理费、卫生费……还有生活方式的彻底改变对精神的影响。这些农民,他这么生活了一辈子,出门就是地,是平展展的田野。阡陌交通,鸡犬相闻……"千百年来,农民与土地形成了千丝万缕的联系,土地对他们来说是安身立命之本,土地是他们的根,没有了土地,就没有了根系。赵老师的话表达出了那种来自心底的忧虑。关于农民与土地的亲缘关系,现当代许多作家都有过真切的描写,《创业史》中的梁三老汉,《不能走那条路》中的宋老定,《黄河东流去》中的海长青等,他们曾千方百计想拥有土地,因为在旧社会里,土地是生存的一个重要条件。现在的农民虽然不再像过去的农民那样没有土地就面临生存危机,但千百年来形成的与土地的亲密关系

---

① 乔叶:《拆楼记》,《人民文学》2011 年第 9 期。

已扎根于思想深处,那种对于土地的精神依恋一时是难以割舍的。他们也明白,无论如何,历史的车轮正以无可阻挡的气势向前突飞猛进,恋旧也好,不舍也罢,都将成为一道逝去的风景而存在于记忆里,并渐渐为新的风景所覆盖,于是他们只有尽可能地抓住一些较为眼前的、实实在在的东西,那就是尽可能多地拿到一些补偿款,这些又远远超出了国民性的劣根性问题,而是面临新的生活选择时的一种复杂的心态的折射。

《拆楼记》既写出了农民想多得补偿款的真实欲望,也写出了他们对于土地的难以割舍的心态,同时作者也写出了豫北乡村农民的策划与心计。如"姐姐"与"大姨",一听到拆迁的风声,马上计划着在自己门前盖楼,而且很快算计出了"一盖一拆"将会获利不小。村支书的弟弟王强也想盖楼,但碍于自己的哥哥是村支书,便故意透露信息给"大姨",让"大姨"为其打前锋。"我"及大姐正好上了他的"圈套",要拉他入"盖房帮",他又装作自己没钱,不能盖楼。结果大家为他凑了八万元的房款,他才答应盖房。为了获取赔偿款,一些没钱盖房的人家与有钱人家合作,商定到时候两家分成。一排楼房盖好后,大家等待拆房拿补偿款,结果上边说是违规建筑,不予赔偿,于是张庄村组成了"护房帮",与上边周旋。在李準的小说中也有一些对于富有心计的农民的描写,如《黄河东流去》中的王跑,无论谁经过他家门前他都要想办法沾点光,后来洪水冲毁了家园,他一家流落到白马寺种菜,无意中挖出了刻有《熹平石经》的石头,便说是自己的祖传宝贝,做起了发财梦,最终差点丢掉性命。这种心计用来获取利益,是一种投机取巧心理;如果用在惩恶扬善方面,则变成了一种人生智慧,如另一个人物徐秋斋也是一位富有心计的农民,黄河水淹没了很多人的家园,一些流落到洛阳的妇女以背盐谋生,结果遇到黑心的盐行老板,徐秋斋用计帮助她们巧妙讨回了盐钱。王跑的驴子被抢,徐秋斋让他把蛐蛐悄悄放在马的耳朵里,利用褚元海的迷信心理要回了驴子。李佩甫《羊的门》中的呼天成也是一位颇有心计的农民,他在村人的"脸"上大做文章,先用孙布袋的"脸"给村人以精神上的压力,刹住了村子里的偷盗风;再利用村子里开会及各种展示台的办法,把村子里一部分人的"脸面"撑起来;然后再分层次把所有人的"脸面"统一起来,最终按照自己的意愿建立起了一个富有影响的王国。呼天成的心计用来治理村子、运筹官场,是李準所说的中原人的"机智狡黠"。机智狡黠是中原人在长期的生活磨砺中形成的性格,是一种生活的经验,如《城的灯》中的冯家昌由淳朴的乡村青年变成了一个富有心机的城里人,家乡粗鄙的生活、部队严酷的竞争是形成其狡黠性格的重要因素。当然，富有心计与中原强势的政治文化也有关系，政治与心计从来都是紧密相连的。

第三节　梁鸿：乡村的立体观察

梁鸿（1973—　）河南邓州人。主要作品是《中国在梁庄》（江苏人民出版社2010年版）。作者回到家乡河南南阳的一个小乡村——梁庄，利用近五个月时间，通过走访、调查、统计等，收集了大量的第一手资料，在此基础上写成长篇非虚构作品《中国在梁庄》，这部作品发表之后，曾引起了很多专家学者的注意，并获得2010年度"人民文学奖"。

在谈到为什么创作《中国在梁庄》时，梁鸿说："漫游在大地，我希望，通过我的眼睛，村庄的过去与现在，它的变与不变，它所经历的欢乐，所遭受的痛苦，所承受的悲伤，慢慢浮出历史的地表。由此，透视当代社会变迁中乡村的情感心理、文化状况和物理形态，中国当代的政治经济改革、现代性追求与中国乡村之间以什么样的关系存在？一个村庄如何衰败，更新，离散，重组？这些变化中间有哪些与未来、现代相联系，而哪些，是一经毁灭，就永远不会再有，但对我们民族来说又非常重要的东西？"[①] 走出都市学院的大门，返回故乡，触摸故乡的土地，感受故乡的呼吸，透视当代社会变迁中乡村的物质与精神状态，还原乡村的本来面目，这是梁鸿写作的重要目的，在这本书中，梁鸿确实做到了。李云雷说："梁鸿将人们习焉不察的农村及其20年来的变迁，以一种立体的方式呈现出来，让我们看到了当前农村中存在的诸种问题，以及人们在情感、精神、内心深处的变化，读之令人触目惊心，也可以启发人们更为深广的思考。"[②]

一　梁庄忧思

《中国在梁庄》以梁鸿的家乡河南南阳的一个小村子梁庄为中心，写出了当下农村的真实生活面貌。我国都市化进程中的乡村问题，是目前社会各界比较关心的一个重要问题，现代化浪潮正以强劲之态势冲击着曾经闭塞的农村，农民在物质生活、精神生活、思想方式、价值观念等方面都在发生着巨变，这些在一些作家的笔下也得到了书写。如贾平凹的《秦

[①] 梁鸿：《〈梁庄〉的疼痛——我为什么写〈梁庄〉?》，《北京日报》2010年第006版。
[②] 李云雷：《我们能否理解"故乡"？——读梁鸿的〈梁庄〉》，《南方文坛》2011年第1期。

腔》、林白的《妇女闲聊录》，姜戎的《狼图腾》等。《秦腔》采用一个疯子的视角，以清风街为主要对象，进行了碎片化叙事，书写了一曲农业文明的挽歌。《狼图腾》采用知青视角叙事，充满怀旧情调，写出了现代化对于草原生态的巨大影响。随着市场经济的实行，人们开始定居，草原严重退化，人们丧失了以往在与狼群斗争的过程中磨砺出来的斗志与毅力，人们的性格与精神发生了极大变化，那种属于草原人的血气方刚在渐行消失。《妇女闲聊录》以一个异乡人的身份倾听着一个来自异乡的妇女的叙述，小说采用了狂欢式的叙述方式，倾听无疑隔断了作者与现场人们的交流，是单向度的呈现。而《中国在梁庄》则以一个返乡者的视角，深入乡亲内部，与他们平等地对话交流，是一种近距离的介入，能够更为真切地、多侧面地呈现乡村的状况，如李遇春所说："对于梁鸿的《梁庄》，我最欣赏的就是这种'介入'姿态。她不搞什么'零度情感'事，她要的就是全身心地拥抱故乡，感受当下乡村的变迁。"[①]

　　乡村文化氛围的流散问题是目前乡村里最值得关注的问题。现在的乡村不再是过去那种交通封闭、物质贫困的乡村，村子竖起了一栋栋楼房，镇上还有欧式建筑，尖顶房屋很现代。村里修了横七竖八的水泥路，有商业头脑的人做起了电子游戏厅之类的生意。挖沙机在轰鸣，运货大卡车在来回奔跑，道路在不断拓宽，这些都昭示着乡村发生了极大变化，物质生活水平得到了很大提高。与之形成鲜明对照的是村子里的小学竟变成了养猪场，门前一副对联写着："梁庄小学，养猪育人"，颇具讽刺意味。梁庄小学是全村人曾抱着极大的热情共同建立的，过去十分兴盛，村民们听到学校的钟声，生出的是敬仰、尊重之情。现在很多孩子不到中学毕业就开始辍学，有的跑到父母那里开始投入打工的行列，不再回来。村子里的失学率比 80 年代还高，失学的原因已不再是交不起学费的问题了。产生这些问题的原因是什么？作者指出：大学生的毕业分配问题、一些家长目光短浅急功近利、一些基层领导的不作为等多方面的原因，使乡村的教育越来越走向荒芜。于是作者感叹："也许村庄的真正破败并不在那些内部的废墟，这学校的破败、荒凉才让人感觉到了这村庄的真正腐朽与行将消散。"[②] 表达出了一个知识分子面对乡村文化溃散的忧虑。在金钱观念的冲击下，很多家长对于孩子读书的态度有很大变化，"原来小孩不去上学，家长都是拿着棍子满村打"，现在家长也希望孩子上学，但孩子失学了也没有根本的痛，很多家长听之任之，很多失学的孩子早早出去打工

[①] 见《〈梁庄〉讨论会纪要》，《南方文坛》2011 年 1 月。
[②] 梁鸿：《中国人在梁庄》，江苏人民出版社 2010 年版。

了,"读书无用论"越来越被认同了。一所小学的消失,不仅仅是一个小学的消失问题,而是一种失落散漫的气氛弥漫于村民们的心头,正以无形的力量销蚀着人们的精神。县政府为了提高村民的文化素质,要求村子里办文化茶馆,以便于村民们在里面看书、培训,或接受一些远程教育。文化茶馆里面的科普类读物等书籍几乎没有人看,文化茶馆变成了麻将馆。农民物质上取得了进步,但思想深处却仍然有浓厚的小农意识。孩子不上学就让去打工,打工之后怎么办,没人去想。人们出去挣钱,挣钱之后回家盖房,房子盖好后在村里空着。很多年轻夫妇把孩子丢给老人,甚至不给老人抚养费。村子里准备修一条道路,距离道路较远的人家竟然怕吃亏而不愿意拿钱。作者通过这些细微的日常生活琐事,写出了村庄的变与不变,一些面目皆非的变,与一些令人担忧的不变。

《中国在梁庄》写出了不同于以往河南男性作家笔下的乡村政治问题,阎连科、刘震云等人笔下的乡村充满了政治权力争斗,而梁鸿笔下的乡村人则表现了对于政治的极度冷漠,在选举、上级政策落实、村里公共财产管理与运作等方面表现最为明显。村子里选举是"给钱也找不来人"。现任村支书说村子里的事"谁干累死谁",上面常常推行一些项目比如栽树之类,很多人可以充耳不闻,只有村干部去应付差事。村里常常因宅基地、日常琐事闹纠纷,有时需要村干部多次周旋才能解决。一些民主选举程序、村民自治之类问题,似乎离村民很遥远,他们认为不关自己的事。农村人口流动是一个原因,经济观念的影响也是重要因素,很多人认为在村子里没意思,不如出门挣钱。也有社会历史原因,农民一向认为"政治就是官人的事",他们习惯于政治生活中"被动服从"原则,权利意识不强,看来乡村距离现代化之路还很遥远,现代化不仅仅是物质上的,更重要的是精神上的。

乡村孩子的教育与安全问题堪忧。梁庄和中国其他乡村一样,村子里的年轻人都外出打工了,村子里剩下了老人、孩子和一些妇女。孩子留在村子里让老人照顾,孩子们逃学、在家里打游戏、上网等,老人管不了。王家孩子的父母把他丢在家里,跟着奶奶生活,奶奶去世后跟着婶婶生活。在一天夜里看完黄碟之后,残忍地强奸并杀害了80岁的老太太。王家孩子"白白净净的小伙子,不多说话,看着挺面善",村子很多孩子逃学,他却天天在学校学习,成绩也不错。然而这样一个孩子却对一个老太太痛下杀手,可以想到:孤独、缺少交流、在孩子成长的关键时期缺乏教育引教,致使孩子的心理已经严重扭曲,如论者所言:"由于缺乏亲情滋养,这些幼小的心灵,有的走向消极、孤僻,有的变得任性、暴躁。父母在生活中的缺位，已经严重地影响到了这些孩子健全人格和良好心理的形成。"① 老人带孩子，精力有限，形成很多安全漏洞。如60多岁的五奶奶，自己在家带着孙子孙女生活，很感疲惫。孙子淘气，她管教不了，一天在河边找泥鳅，掉进河里淹死了，悲伤过度的五奶奶甚至想到了死。更为让她无奈的是，儿子的另一个女儿才两周岁，又要送回来让她抚养。农民的文化素质、健康心理对农村将来的精神面貌有决定性的影响，而这些缺失关爱、缺乏教育的孩子将来会是个什么样子呢？作者发出了无奈的感叹："什么时候，小学沦为了猪场，育人变成了养猪？我可爱的家乡，那些可爱的孩子们，难道只在能奔波中完成自己最初的基础教育？难道他们必须忍受与父母分离的痛苦？必须在爱的缺失中成长？难道他们命中注定只能成漂泊在外的打工者？"②

　　乡村生态问题严重。过去村子旁边有着清澈的河水，沿河是各色自然生长的小花，蓝天高远，水鸟低旋，是安静朴素的梁庄。如今，过去那个静谧安静的梁庄已变得千疮百孔。村子里的水塘"上面扔着塑料瓶，易拉罐，小孩的衣服和各种生活垃圾。你不能走近它，它的臭味会刺激得人的眼睛睁不开"。小河变成了："整个河道上散发着一种可怕的臭味儿，是夏天化工厂旁边流出的废水，经过高温蒸发后的那种刺鼻的工业味儿，是某种坏了的发酵物，甜丝丝的又带着血腥的味道，这些气味使所有走近的人禁不住头晕、窒息、呕吐。河面上漂浮着各种白色、黑色、杂色的泡沫。"废弃的池塘，污染的河流，巨大的废墟，崭新的楼房"组成了一幅怪异的景象"。此外，由于村子里一些男人常年在外打工，给一些黑暗势力造成了可乘之机，一些地痞流氓在村子里寻衅滋事，骚扰妇女；还有一些村官拥有三妻四妾；乱伦、外遇、同性恋现象时有发生。外出打工的民工因为常年在外，嫖娼、重婚、私生子等现象很多，乡村道德与伦理观念处于崩溃的边缘。

　　贾平凹曾无奈地表示："在社会巨变时期，城市如果出现不好的东西，我还能回到家乡去，那里好像还是一块净土，但现在我不能回去了，回去后发现农村里发生的事情还不如城市。我的心情十分矛盾。"③ 面对着自己生活了二十年的故乡，梁鸿像其他乡土作家一样有更多的无奈、矛盾与困惑。城市化进程已是无可阻挡的滚滚洪流，不断遭到冲击的乡村到底会被冲向何处？梁鸿认为，当代中国在城市化进程中，人们忽略了最重

---

① 阮梅：《世纪之痛——中国农村留守儿童调查》，人民文学出版社2008年版，第9页。
② 梁鸿：《梁庄》，江苏人民出版社2010年版。
③ 贾平凹、郜元宝：《关于〈秦腔〉和乡土文学的对谈》，《上海文学》2005年第7期。

要的东西即人心,这也是中国现代化过程中的最大问题。经济可以用明确的指标计量,人心是看不见的东西,却是影响最大的,人心是一个民族健康情感的最基本因素。人心如果被伤害了,人的精神涣散了,那么我们即使拥有了林立的高楼大厦,拥有了很高的 GDP 数字,也不再有意义,相反,还会产生出许许多多的社会矛盾。这样梁鸿所关注的问题便具有了至关重要的意义。梁庄问题是河南农村普遍存在的问题,也是目前中国乡村普遍面临的问题,因此,梁庄也是中国乡村的一个缩影。

二 豫西方言味

梁鸿在豫西农村有 20 年的生活经历,对于家乡方言非常熟悉,《中国在梁庄》中大量豫西方言的运用,使作品有很浓的河南味。方言是民俗民风的凝聚,最能反映地方风采,传递出地域文化的神韵。如"差子",谐音"杈子",原指棉花棵上长出的不结棉花的枝条,这里指差错,说某人"差子货",指办事不靠谱,这是来自劳动经验的土语,生动传神。"吹猪",很生气之意,当地人杀猪时为方便宰杀,有给猪体吹气之习惯,说某人气得"吹猪",是富于幽默感的调侃用语。"念古经"指讲历史,南阳作家周大新曾在《夏夜听书》中多次讲到自己小时候在夏夜里喜欢听书,俗称"讲古",这是当地人的一种生活习俗,农闲时节,晚上会有说书人在村子里说书,因为内容多为古代故事,所以称"念古经",后来引申为讲过去的事。"挖底财"指"四清"时让地主把家里埋藏在地下的财产也交出来,后指交出全部物品。这些土语与当地人的劳动、生活、习俗,或者一段历史有密切关联,负载了丰富的文化内涵。又如:"梁家光出那鲜点儿人物","鲜点儿"指不同一般,此处有贬义。"王家就不说了,都是些歪脖儿树,不成材"。"歪脖树",弯树,代指一无所成的人,朴素而生动。李準曾说:"河南群众的语言朴素、家常、形象、生动,我喜欢这种语言。"[①] 作品里有大量人物访谈,全部采用当地方言,有伸手可触的泥土味。如:

> 八几年,我和拐子常几个人去弄烟苗。到岗上歇,都在闲说话。拐子常就说,二哥,你现在不如我,欠人家钱,老婆还有病,六七个娃儿,你啥时候能超过我。那意思是笑话我,日子过不成哩。旁边有人说,你可别说,龙爬一步,鳖移十年。现在,拐子常还是拐子常,

---

[①] 李準:《阳光·土壤·硕果》,卜仲康编《李準专集》,江苏人民出版 1982 年版,第 157 页。

几个娃儿,没一个成样的,大娃倒插门,就没回来过;二娃儿出去打工也不回来,拐子常四十八岁时还又生两个小娃儿,后来一个淹死了,另一个天天出去上网,打游戏。

作者把农民的生活语言直接放进了作品里,朴素真实,既很好地传达出了农民的思想观念,也使作品颇具地方风采。中原因其居中的地理位置,在历史上的政治文化中心地位,曾经是各方人士聚积之地,在多次的文化交流与融合之中,中原语言形成了词汇丰富、诙谐风趣、表现力强的特点,如袁青坡所言:"中原语言在祖国不同地区的语言中,最突出的特点是晓畅、朴实,富有一定的幽默感和形象性。"[①] 又如:"总结来说,咱梁庄的情形,就是那个顺口溜,'韩家人尖,王家人憨,梁家光出些二货山。'""尖"指抠门儿,吝啬;"二货山"指耿直,不懂人情世故,说话办事直来直去,不会拐弯。这句话形象地概括了梁庄的几户大姓人家的性格特点,幽默生动。又如:"相比之下,咱梁家人就没有那么多知识。有光棍儿,也有老鳖一哩。""光棍儿"原意指挺直顺溜的树木,在当地不指单身汉,喻指体面人,能在村子里主持一些大事的人。"老鳖一"与上边的"光棍儿"意义相对,指老实笨拙、办事不利索的人。鳖行甚慢,反应迟钝,"一"则是"第一"之意,因此用"老鳖一"概括最老实本分、没有能力的一类人性格,是一种非常形象的比喻。由此可以窥见中原人的幽默本性。刘震云曾说中原人的幽默是"根本"上的幽默,面对最严酷的生活,也能用幽默来化解。[②] 这种幽默已内化为河南人性格的一部分,在日常生活里随处可见。在大树下众人聚积的饭场中,在邻人家的闲聊中,在人们见面互相打招呼的过程中,幽默无处不在,在乡村的各个角落不时爆发出爽朗的、狡黠的、会意的笑声,为乡村枯燥的生活增添了一些乐趣与生机。如梁村民周利忠家姑娘跟人跑了,有人编了顺口溜:"二月二,龙抬头,周家姑娘翻墙头。周利忠,抬起头,看看床上有人头,袄子搭在被子头,原来盖哩是枕头。"村民周利和得了胃癌,去安阳做手术,去之前还在晒麦子,把麦子晒晒装好才走。到安阳医院做手术失败而死,人们说:"去哩时候活蹦乱跳,回来响只鞭炮;去哩时候能吃馍,回来抱个骨灰盒。"这些语言极其精炼,准确地概括出了一些人生世相。从这些语言中也可以发现豫西人豁达乐观的性格。李準曾表示:自己很喜欢

[①] 年青坡:《中原文学艺术的魅力》,中州古籍出版社1993年版,第55页。
[②] 赵明河:《用幽默化解严酷的现实——访作家刘震云》,《人民教育》2011年第4期。

豫西方言，它是那样的精炼，能准确生动地表达人们的思想感情。①

三　寻觅在文学与乡土之间

梁鸿这篇作品，在21世纪以来的乡土文学写作方面有所突破。她以实地调查的方式，通过当事人的口述实录、自己的现场观察、回忆与反思，对现实中的梁庄作了一种立体性的展现。"她试图去表达的是社会问题和当下生存状况在普遍经验感知中的真实。在这样的意义上，她的小说打破了那种虚构文学的封闭状态，而通过自己对当下社会的调查、倾听、思索和整理，重新认知社会和重新进入社会。这种对社会问题的关切方式和准确呈现本身，就保证了这部作品的意义和价值。"② 梁鸿说："19世纪90年代以来，当代小说中的乡村与现实的乡村很少有对接的地方，大部分作家的笔始终停留在改革开放初期的乡村变化和那时的矛盾冲突……作家虽然仍以'乡村生活'、以'村庄'为基点来结构自己的作品，但是，却并没有走出'寻根文学'的窠臼，只是深入对文化根源的探索，而对'村庄'以及'村庄'中的人在当代社会中的位置，它所面临的困境、冲突和变化则愈来愈忽略。所以我一直想，当代文学与乡土现实之间，是不是出现了某种误区？这种误区或者不仅仅是文学的主题或形式的问题，而是作者心灵与写作对象之间出了问题。"③ 如何表达当下乡村的真实，一位学者也曾表示疑虑：我们的民族是一向重视现实的，我们的社会是根深叶茂的乡土社会，但在对于现实乡村的还原上，在对当下乡村的书写上，竟然成了问题。这个问题包含了两个层面的焦虑与不满：文学应该表现当下的乡村，文学又该如何表现当下的乡村。④ 梁鸿不满于当代文学与乡土现实之间越来越多的隔膜，梁鸿试图重建一种文学与乡土世界、与乡村生活之间更为有效的联系。梁鸿置身于村庄之中，全身心地感受目前乡村正在发生着的巨变，感同身受地写乡村的破败、农民的迷惘。表达了对现代化进程中乡村精神困顿的无奈与忧虑。从此处来说，梁鸿的乡土书写也是对于河南男性作家描写农村苦难的一种继续。

河南作家阎连科曾对当代乡土文学叙事作出了有益的探索，他突破了传统的现实主义写作方法，把后现代的许多手法揉进乡土小说的书写之

---

① 余非、孙荪：《李準新论》，北京十月文艺出版社1988年版，第210页。
② 贺桂梅：《〈梁庄〉讨论会纪要》，《南方文坛》2011年1月。
③ 梁鸿：《〈梁庄〉的疼痛——我为什么写〈梁庄〉?》，《北京日报》2010年第006版。
④ 李勇：《面对苦难的方式——评新世纪以来的乡村小说叙事》，《武汉科技大学学报》2009年第2期。

中，开拓了一片新的写作空间，如《受活》、《坚硬如水》、《日光流年》等作品都是较为成功的例证。阎连科小说中既有翱翔的想象，又有坚实的大地，因此，他的乡土写作走出了一条拓新之路。梁鸿的写作同样对于当代乡土书写作出了有益的探索，只是两人探索的路径大不相同，一个重想象的飞翔，一个更重现实的贴近。无论如何，他们两人对于乡土文学写作进行了可贵的探索，面对从未有过的新的乡土现实生活经验，这样的探索在当代文学写作领域有不可忽视的意义。

小结：河南女作家对于现代化进程中的河南农村的巨大变化进行了共时性的书写，对现代化进程中农村现代化问题进行了反思，比如农村的生态问题、农村的征地拆迁问题、农村教育问题、农村传统文化的流散问题等。这是对河南男性作家关注民生、关注农民疾苦的主题的继续，也是对男性作家90年代以来对于农村生活的疏离的书写状态的一种有益的补充，因而对于河南当代文学的发展具有积极的意义。

参考文献

一 著作类

丁帆：《中国乡土小说史》，北京大学出版社2007年版。
樊星：《当代文学与地域文化》，华中师范大学出版社1997年版。
张鸿声：《河南文学史·当代卷》，郑州大学出版社2011年版。
费孝通：《乡土中国》，北京出版社2005年版。
李庚香：《中原文化精神》，河南文艺出版社2007年版。
刘增杰、王文金主编：《精神中原·20世纪河南文学》，河南大学出版社2002年版。
钱穆：《中国文化史导论》，商务印书馆1994年修订版。
韩养民、韩小晶：《中国风俗文化导论》，陕西人民出版社2002年版。
孙荪：《风中之树》，人民文学出版社2002年版。
阎连科、梁鸿：《巫婆的红筷子——作家与文学博士对话录》，春风文艺出版社2002年版。
杨玉厚主编：《中原文化史》，文心出版社2000年版。
张青主编：《洪洞大槐树移民志》，山西人民出版社2000年版。
樊星：《世纪末文化思潮史》，湖北教育出版社1999年版。
徐复观：《中国人性史论》，华东师范大学出版社2005年版。
陈平原：《中国小说叙事模式的转变》，北京大学出版社2003年版。
刘乃和主编：《中原文化与传统文化》，高等教育出版社1996年版。
佟立：《西方后现代主义哲学思潮研究》，天津人民出版社2003年版。
张长弓：《张长弓曲论集》，黄河文艺出版社1986年版。
李振邦：《河南籍著名文学家评传》，大众文艺出版社2005年版。
李泽厚：《中国现代思想史论》，生活·读书·新知三联书店2008年版。
王永宽、白本松：《河南文学史·古代卷》，中州古籍出版社2002年版。
李吴编著：《河南人的生存之道》，中国电影出版社2006年版。

陶东风：《当代文艺思潮与文化热点》，北京大学出版社 2008 年版。
樊星：《当代文学与国民性研究》，中国社会科学出版社 2012 年版。
陈继会：《中国乡土小说史》，安徽教育出版社 1999 年版。
於可训：《当代文学建构与阐释》，武汉大学出版社 2003 年版。
赵园：《地之子——乡村小说与农民文化》，北京十月文艺出版社 1993 年版。
刘小枫：《拯救与逍遥——中西方诗人对世界的不同态度》，上海人民出版社 1988 年版。
王晓明：《20 世纪中国文学史论》，东方出版社中心 1997 年版。
崔志远：《乡土文学与地缘文化》，中央编译出版社 1998 年版。
田中阳：《湖湘文化精神与 20 世纪湖南文学》，岳麓书社 2000 年版。
李庚香、户焱：《中原文化精神》，新疆大学出版社 1996 年版。
陈国恩：《20 世纪中国文学与中外文化》，长江文艺出版社 2004 年版。
年青坡：《中原文学艺术的魅力》，中州古籍出版社 1993 年版。
卜仲康编：《李準专集》，江苏人民出版 1982 年版。
阮梅：《世纪之痛——中国农村留守儿童调查》，人民文学出版社 2008 年版。
刘增杰主编：《师陀研究资料》，北京出版社 1984 年版。
张宇：《张宇散文》，华夏出版社 1999 年版。
曾军编：《民间诙谐文化与中国当代文学》，上海大学出版社 2011 年版。
贾艳敏：《大跃进时期乡村政治的典型：河南崦岈山卫星人民公社研究》，知识产权出版社 2006 年版。
洪子诚：《中国当代文学史》，北京大学出版社 1999 年版。
孟繁华：《梦幻与宿命》，广东人民出版社 1999 年版。
段崇轩：《九十年代中国乡村小说精编》，华夏出版社 1999 年版。
丁帆、许志英：《中国新时期小说主潮》，人民文学出版社 2002 年版。
曹文轩：《20 世纪末中国文学现象研究》，北京大学出版社 2003 年版。
周水涛：《论新时期乡村小说的文化意蕴》，华中师范大学出版社 2004 年版。
曹锦清：《黄河边的中国》，上海文艺出版社 2004 年版。
张懿红：《缅想与徜徉：跨世纪乡土小说研究》，中国社会科学出版社 2009 年版。
谢有顺：《我们并不孤单》，中国社会科学出版社 2001 年版。
王晓明主编：《人文精神寻思录》，文汇出版社 1996 年版。
郑林选编：《智慧花园》，文化艺术出版社 2001 年版。
李佩甫：《无边无际的早晨——李佩甫中短篇小说自选集》，华夏出版社 1997 年版。

李佩甫：《黑蜻蜓》，解放军文艺出版社2001年版。
许纪霖编：《20世纪中国思想史论》，东方出版社2000年版。
黄轶：《传承与反叛中国文学现代转型研究》，河南人民出版社2008年版。
［英］伯特兰·罗素：《权力论》，东方出版社1988年版。
［美］J. K. 加尔布雷思：《权力的分析》，河北人民出版社1988年版。
［法］丹纳：《艺术哲学》，傅雷译，人民文学出版社1963年版。
［俄］车尔尼雪夫斯基：《艺术与现实的审美关系》，周扬译，人民文学出版社1979年版。
［美］华莱士·马丁：《当代叙事学》，伍晓明译，北京大学出版社2005年版。
［德］尼采：《悲剧的诞生》，周国平译，生活·读书·新知三联书店1986年版。
［法］米歇尔·福柯：《知识考古学》，谢强、马月译，生活·读书·新知三联书店1998年版。
［苏］巴赫金：《小说理论》，白春仁译，河北教育出版社1998年版。
［美］鲁思·本尼迪克特：《文化模式》，张燕译，浙江人民出版社1987年版。
［英］D. C. 米克：《论反讽》，周发祥译，昆仑出版社1992年版。
［捷克］米兰·昆德拉：《小说的艺术》，董强译，上海译文出版社2004年版。
［美］勒内·韦勒克、奥斯汀·沃沦：《文学理论》，江苏教育出版社2005年版。
［丹麦］勃兰兑斯：《十九世纪文学主流》，人民文学出版社1997年版。
［英］阿克顿：《自由与权力》，侯健、范亚峰译，商务印书馆2001年版。
［法］米歇尔·福柯：《疯癫与文明》，刘北成、杨远婴译，生活·读书·新知三联书店2003年版。
［美］W. C. 布斯：《小说修辞学》，北京大学出版社2007年版。
［德］马克斯·韦伯：《经济与社会》（上卷），商务印书馆1997年版。

二 论文类

王富仁：《河南文化与河南文学》，《渤海大学学报》2008年第5期。
姚晓雷：《张宇论》，《文艺争鸣》2007年第8期。
刘庆邦：《诚实劳动》，《北京文学》2007年第2期。
李丹梦：《卑贱的神圣之旅——李佩甫论》，《中国现代文学论丛》（第1

卷），上海人民出版社 2007 年版。

李云雷：《"不能走那条路"——对当代中国农村政策的文学考察》，《文艺理论与批评》2004 年第 3 期。

刘新锁：《乏力的超越》，《文艺争鸣》2005 年第 4 期。

樊星：《江浙文化与当代文学》，《观察与思考》2012 年第 9 期。

刘再复、林岗：《中国文学的根本性缺陷与文学的灵魂维度》，《学术月刊》2004 年第 8 期。

高有鹏：《20 世纪文学豫军的知识群落》，《中州学刊》2003 年第 1 期。

孙荪：《文学豫军论》，《河南大学学报》2002 年第 7 期。

孙荪：《文学豫军续论》，《河南大学学报》2002 年第 9 期。

郜元宝：《论阎连科的世界》，《文学评论》2001 年第 1 期。

王一川：《生死游戏仪式的复原——〈日光流年〉的索源体特征》，《当代作家评论》2001 年第 6 期。

张松辉：《老庄文化应属于中原文化》，《湖南师范大学社会科学学报》1997 年第 4 期。

刘增杰：《中原文化圈与 20 世纪河南文学》，《焦作大学学报》2001 年第 11 期。

杨春时：《新保守主义与新理性主义——九十年代人文思潮批判》，《海南师院学报》1996 年第 2 期。

贾平凹、郜元宝：《关于〈秦腔〉和乡土文学的对谈》，《上海文学》2005 年第 7 期。

樊星：《阶级与人性》，《当代文学新视野讲演录》，广西师范大学出版社 2007 年版。

阎连科、晓苏：《文学·生活·想象——阎连科访谈录》，《语文教学与研究》2001 年第 18 期。

丁帆：《作为世界性母题的"乡土小说"》，《南京社会科学》1994 年第 2 期。

阎连科、姚晓雷：《写作是因为对生活的厌倦与恐惧》，《当代作家评论》2004 年第 2 期。

李陀、阎连科：《〈受活〉：超现实写作的新尝试》，《读书》2004 年第 3 期。

王一川：《生死游戏仪式的复原》，《当代作家评论》2001 年第 6 期。

孔会侠：《以文字敲钟的人——李佩甫访谈录》，《创作与评论》2012 年第 8 期。

许子东：《一个故事的三种讲法》，《文艺理论研究》1995 年第 6 期。

王爱松：《当代名作家的创作危机》，《文学评论》2005 年第 1 期。

樊星:《深入剖析"国民劣根性"——试论新时期文学中"改造国民性"的主题特色》,《苏州大学学报》(哲学社会科学版)2003年第4期。

童庆炳、陶东风:《人文关怀与历史理性的缺失》,《文学评论》1998年第4期。

陈国恩:《知青作家的草原小说与内蒙地域文化》,《福建论坛》(人文社会科学版)2011年第1期。

於可训:《新世纪文学的困境与蜕变》,《江汉论坛》2009年第9期。

丁帆:《乡土小说的多元与无序格局》,《文学评论》1994年第3期。

赵明河:《用幽默化解严酷的现实——访作家刘震云》,《人民教育》2011年第4期。

叶立文:《以实击虚的艺术——评刘庆邦的〈月光下的抚仙湖〉》,《文学教育》2010年第7期。

王鸿生:《反乌托邦的乌托邦叙事》,《当代作家评论》2004年第2期。

叶南客:《当代都市人格与乡村人格的对峙》,《学习与探索》1995年第2期。

后　记

　　华夏文明的主要发祥地——河南，自南宋以前一直是中国的政治与文化中心，在这块大地上曾经诞生了无数精美的彩文华章。河南文学是一个说不尽的话题，从南宋以前的光辉灿烂，南宋以后的渐趋衰落，到五四时期的初步复兴，再到20世纪90年代形成的创作高峰，这一曲折的道路包含了太多的内容，也包含了太多的感慨，留下了众多思考的话题。河南所处的中原大地，其悠久厚重的历史给河南作家们留下了深厚的文化积淀，中原大地历经苦难的现实也留给了作家特殊的生命体验角度，中原文化丰富而复杂的内涵与个性，也为河南作家提供了文学创作的宝贵财富，他们默默地审视，冷静地思考，然后把内在的丰富的内涵认真仔细地展示给广大读者。乡土小说为河南作家的创作重心，河南作家通过中原农民与乡村生活的各个侧面的描写，蕴含了对文化与地域、文化与生存、文化与文学等关系的思考，从各个不同侧面描绘出了一幅立体的、交织了河南作家强烈爱恨情感的"乡土中原"画卷。

　　本书由郑州轻工业学院教师吕晓洁与漯河职业技术学院教师李炎超执笔完成。两位作者均生于河南，长于河南，耳濡目染、感同身受，对于这块悠久而丰富的文化厚土有着深刻的了解，对于生长于这块古老土地上的人们的生活、挣扎、奋斗异常熟悉，对于这块历经苦难却依然生生不息的生命厚土有着深厚的情感。因此，早有写一部关于河南文学研究著作的打算。多年来一直关注河南作家群的创作动向，收集阅读了大量河南文学作品，通过文本细读、多方访谈、查阅相关资料等，在掌握大量丰富的研究材料的基础上完成本著作。

　　在写作过程中也得到了本专业领域内的不少专家学者的帮助与指导，武汉大学樊星教授，给写作者提供了大量相关的研究资料，在整个写作过程中，针对书中的一些学术观点及存在问题给予了悉心指导，在此深表感谢！

  此书也是河南省教育厅哲学社会科学基础研究重大项目"河南当代乡土小说研究"成果，感谢教育厅给予大力支持，便于项目研究工作顺利完成。

  尽管十分小心，认真写作，因著者学识所限，肯定存在一些不尽如人意之处，敬请专家批评指正。写作者也会继承探索研究，争取奉献更好的成果。